María Martínez

ROMPIENDO
las Reglas

TITANIA

Argentina • Chile • Colombia • España
Estados Unidos • México • Perú • Uruguay • Venezuela

1.ª edición Mayo 2016

© 2016 *by* María Martínez
© 2016 *by* Ediciones Urano, S.A.U.
   Aribau, 142, pral. – 08036 Barcelona
   www.titania.org
   atencion@titania.org

ISBN: 978-84-16327-18-8
E-ISBN: 978-84-16715-03-9
Dep. legal: B-7.004-2016

Fotocomposición: Ediciones Urano, S.A.U.
Impreso por Romanyà Valls, S.A. – Verdaguer, 1 – 08786 Capellades (Barcelona)

Impreso en España – *Printed in Spain*

Dedicado a todos aquellos que pidieron este libro.
Sin vosotros, nada sería posible. Sois maravillosos.

Prólogo

Fayetteville, Carolina del Norte.
23 de diciembre de 2011.

*E*l chico tras la barra la miró.

—Este carné es falso.

—¿Y eso quién lo dice? —le espetó Cassie.

—Lo digo yo. Créeme, he visto muchos y este es, con diferencia, de los más chapuceros.

Cassie gimió. Apoyó los codos en la barra y se pasó las manos por la cara.

—Mira, solo quiero una cerveza. No, necesito una cerveza. ¿No podrías pasar por alto el pequeño detalle del carné y ponerme una? He tenido un día de mierda.

El chico sonrió sin dejar de observarla y se inclinó hacia delante. Los músculos de sus brazos se marcaron a través de la ropa y Cassie no pudo evitar fijarse en él. Era guapo, con el cabello negro y unos ojos igual de oscuros. Su piel bronceada resaltaba contra el blanco de su camiseta de Guns N' Roses. Era muy atractivo y parecía simpático, por lo que el fallo debía de estar en otra parte menos visible. En el fondo, seguro que era un capullo, como todos.

—Cuéntame tu día de mierda.

—¿Qué? —inquirió Cassie, entornando los ojos con desconfianza.

—¿Quieres esa cerveza? Convénceme de que merece la pena que me juegue mi empleo por servirle alcohol a una menor. Por cierto, ¿cuántos años tienes?

—Eso no es asunto tuyo. Ni tampoco mis problemas.

Cassie le quitó su carné falso de las manos y se bajó del taburete. Sin mirar atrás, se encaminó a la salida, maldiciendo por lo asquerosa que era su vida y lo asquerosas que iban a ser esas Navidades.

—¡Eh!

Oyó que el camarero la llamaba, pero no estaba de humor para aguantar tonterías de nadie; por muy bueno que estuviera. No ese día. Alzó la mano y le enseñó el dedo corazón, con un «que te jodan» a modo de despedida.

No tardó en encontrar otro antro, bastante más cutre que el anterior y con un camarero más interesado en hacer caja que en meterse en un lío por permitir la entrada a una menor. No iba a ser ella quien se quejara.

El bar estaba hasta arriba de militares. La base de Fort Bragg se encontraba muy cerca de allí y ver soldados en todas partes era lo habitual. No tardó en entablar conversación con un par de ellos. Eran simpáticos y parecían inofensivos, por lo que dejó que la invitaran a tomar algo.

Horas después, Cassie intentó enfocar su mirada turbia en la pantalla de su teléfono móvil. Dios, eran las dos de la mañana. ¿Cómo demonios se había hecho tan tarde? Tenía diez llamadas perdidas de su padre y varios mensajes de voz. Seguro que estaba cabreado; y a ella, lejos de importarle.

—Chicos, tengo que ir al baño —anunció.

—¿Necesitas que te acompañe? —le propuso uno de los soldados. Su mirada caliente la recorrió de arriba abajo.

Cassie arrugó la nariz con un gesto coqueto.

—Gracias. Prefiero que te quedes ahí sentadito como un buen chico.

Él no dijo nada y se limitó a sonreír, sacudiendo la cabeza.

Cassie se puso de pie. Después, con paso torpe, se dirigió a los servicios. Empujó la puerta y lo que vio la hizo vacilar. Estaban asquerosos. Apretó las piernas con fuerza, pero cualquier reserva que pudiera tener desapareció bajo la apremiante necesidad de deshacerse de todo el líquido sobrante de su cuerpo.

—Mierda —masculló al comprobar que todas las puertas estaban rotas, y mejor no hablar de los retretes. Hacer pis sin tocar nada se convirtió en todo un reto de concentración y equilibrio.

Mientras se lavaba las manos, observó su rostro en el espejo. Tenía un aspecto horrible y notaba su estómago en sintonía. Dios, estaba tan pedo que era un milagro que aún pudiera tenerse de pie.

Tragó saliva para contener una arcada y se humedeció la cara y el cuello. No estaba en condiciones de nada, pero volver a casa no era una opción. Aún recordaba sus manos sobre ella y su olor envolviéndola como una nube espesa y picante. No podía regresar. De ningún modo iba a regresar.

¡Cabrón hijo de puta! ¡Pedazo de mierda!

Si la gente supiera cómo era él en realidad... pero la única que lo sabía era ella. Y puede que alguna otra idiota confiada que, al igual que ella, había creído que todas aquellas muestras de afecto no eran el asqueroso preludio de un pervertido sexual a punto de atacar. ¡Cabrón! Se merecía que alguien le diera una buena patada en su minúsculo pene de mierda. Y su padre era aún peor por no haberla creído. Nunca la creía.

Otra arcada, peor que la anterior, la obligó a agarrarse al lavabo. Necesitaba tumbarse y dormir. Miró en su bolso y comprobó cuánto dinero le quedaba. Apenas cincuenta dólares, pero con eso podía coger una habitación en un motel. Solo necesitaba silencio y una cama decente, y todo desaparecería.

Abandonó el baño y se dirigió a la salida, tratando de pasar inadvertida mientras huía. Miró por encima del hombro la mesa que había estado ocupando y vio que un par de chicas se habían sentado con los soldados. Bien, así ni se darían cuenta de que se había largado sin pagar una sola copa.

Una cara conocida llamó su atención desde la barra. La observaba con atención mientras daba pequeños sorbos a una botella de cerveza, pero no perdió ni un segundo en tratar de averiguar por qué le sonaba.

Salió a la calle dando un traspié. La recibió un soplo de aire frío, invernal, que arrastraba el olor dulce e inconfundible de la Navidad. Solo faltaba un día para que Santa Claus visitara cada hogar cumpliendo deseos. Ojalá cumpliera el de ella y se la llevara muy lejos de allí. Lejos de cualquier parte.

Dio otro traspié y tuvo que apoyarse en la pared del edificio para no caer de bruces.

—¡Dios mío! —murmuró, arrepentida de haber bebido tanto. Con torpeza se quitó los zapatos de tacón y se estremeció al notar la humedad del asfalto en los pies.

—¿Necesitas ayuda?

Cassie dio un respingo y se giró. Un tipo la observaba desde el otro lado de la calle, apoyado en un coche, escondido entre las sombras. Se enderezó sin prisa y se acercó a ella. Todos sus sentidos se pusieron alerta al ver su aspecto. Debía de rondar los treinta. Llevaba ropa de trabajo, el pelo grasiento y los ojos vidriosos. Daba un poco de miedo.

—¿Estás bien? No parece que lo estés —dijo él con voz melosa y tranquilizadora—. ¿Necesitas que te ayude a llamar un taxi o algo?

Cassie se obligó a reaccionar. Un nudo le oprimía la garganta, el extraño presentimiento de que bajo aquella aparente e inocente preocupación había todo lo contrario.

—No, gracias. Estoy bien. Son estos malditos zapatos nuevos. Nada más —respondió, esforzándose en no arrastrar las palabras para parecer serena.

—¿Seguro? Porque yo diría que estás un poquito colocada y, en esas condiciones, no deberías ir por ahí tú sola. Podría ser peligroso —indicó él, y sus ojos chispearon con un brillo extraño.

—Estoy bien. No tiene de qué preocuparse, pero gracias.

Echó a andar y las rodillas le fallaron. Un brazo le rodeó la cintura, sosteniéndola, y el olor a sudor y alcohol le embotó el olfato.

—¡Cuidado, preciosa! —le susurró el tipo al oído—. Vivo aquí cerca, ¿por qué no vienes conmigo y dejas que me ocupe de ti?

—Ya le he dicho que estoy bien —replicó Cassie, a la vez que se sacudía para quitárselo de encima, pero estaba tan achispada que no era capaz de coordinar sus movimientos y acabó apoyada en su pecho.

—Eh, ¿todo bien por aquí?

Cassie intentó volver la cabeza hacia la voz masculina. Aquel cuerpo que la sostenía no se lo permitió.

—Todo bien, tío. Mi amiga se ha pasado un poco con las copas, nada más.

—Ya. No sabía que Jane tenía amigos como tú. ¿Os conocéis hace mucho?

La voz se acercaba y Cassie era incapaz de hablar por las náuseas. El tipo la abrazó con más fuerza.

—Somos muy buenos amigos, así que lárgate.

—Ni siquiera se llama Jane —gruñó el recién llegado—. Quítale tus putas manos de encima. ¡Ahora!

Cassie gimió de alivio, agradecida al notar cómo el hombre aflojaba su agarre; pero no la soltó y el pánico brotó de su garganta con un sonido lastimero. ¿Cómo demonios había acabado así? De acuerdo que no era la persona más sensata del mundo y que solía meterse en problemas a menudo, pero aquel se llevaba todos los premios.

—¿Quién coño te crees que eres para decirme lo que tengo que hacer? Métete en tus asuntos si no quieres tener problemas —replicó el hombre.

—Contaré hasta tres… y como no la sueltes voy a partirte la puta cara contra el suelo. ¿Quieres apostar?

El tipo vaciló y una mueca diabólica apareció en su rostro.

—Podemos compartirla. ¿Qué dices? Esta zorrita lo está buscando. Mírala.

—Puto enfermo. ¡Estás muerto!

Con el miedo reflejado en el rostro, el hombre soltó a Cassie, se dio la vuelta y se largó de allí con paso rápido. Ella se quedó inmóvil, tan impresionada por lo que podría haber pasado que empezó a temblar sin control. Sintió cómo le cubrían los hombros con una cazadora.

—¿Estás bien?

Cassie alzó la mirada y se encontró con unos ojos negros, enormes y preocupados, clavados en ella. Lo reconoció. Era el camarero que había descubierto su carné falso, el mismo que la observaba desde la barra unos minutos antes. Asintió una vez con la cabeza y después negó con un gemido. Se le doblaron las rodillas y perdió el equilibrio. Todo le daba vueltas, y la cerveza y el tequila que había ingerido parecían empeñados en salir de su cuerpo por donde habían entrado. Unos fuertes brazos la sostuvieron.

—Joder, estás peor de lo que parece. ¿Sueles pillar estos pedos a menudo? Porque esto te jode el cerebro, ¿sabes?

—Voy a vomitar. —Fue lo único que pudo decir antes de que su cuerpo empezara a convulsionarse.

Los espasmos se adueñaron de su estómago y unos calambres horribles la obligaron a doblarse hacia delante. Vomitó sin parar durante una eternidad. Notó vagamente que uno de aquellos brazos la sostenía por la cintura y el otro le sujetaba el pelo, mientras una voz grave le susurraba que pronto se sentiría mejor.

Cerró los ojos e inspiró. La calle olía fatal. No, era ella la que olía de ese modo tan asqueroso. Sintió vergüenza y trató de apartarse.

—Deja que te ayude. No estás en condiciones de moverte —le pidió él.

—Solo necesito un momento —tartamudeó Cassie. La calle giraba a su alrededor como una peonza. Se apoyó en un coche, sintiendo las piernas demasiado flojas, y se pasó la mano por la frente sudorosa.

—Yo creo que necesitas un médico. Estás pálida y no dejas de temblar. ¿Hay alguien a quien pueda llamar para que venga a buscarte?

—¡No! ¡No hay nadie! —exclamó a la defensiva.

Él la miró con el ceño fruncido. Sabía que le estaba mintiendo.

—Ya. Y… ¿tu casa? Puedo llevarte a tu casa si me dices dónde vives.

—No, tampoco puedo ir a casa. No te preocupes, buscaré un hotel.

El chico soltó un silbido y la miró de arriba abajo, evaluándola como lo haría un policía que trata de decidir hasta qué punto es seguro quitarle las esposas a un detenido.

—¿Tú sola en un hotel? Ni de coña. Mañana la mujer de la limpieza encontrará tu cadáver y yo me sentiré culpable por ello. Venga, dime dónde vives y te llevaré a casa. No soy peligroso. Te lo juro.

Cassie se arrebujó bajo la cazadora. Entonces se percató de que él solo llevaba la fina camiseta con la que lo había visto antes. Sin la barra de por medio, pudo darse cuenta de que era igual de guapo de cintura para abajo que de cintura para arriba. Suspiró y notó que le ardía la garganta con un sabor a bilis espantoso. Tosió.

—No es eso, es que… Mi padre va a matarme si me encuentra así; no hemos tenido un buen día que digamos. Por favor, no puede verme así o acabará encerrándome en algún psiquiátrico o, peor aún, en un correccional.

—¿Un correccional? A lo mejor el que está en peligro soy yo.

Ella arrugó la cara con una mueca de disgusto. Si era una broma, no tenía gracia. Volvió a sentir náuseas y se llevó la mano a la boca.

—En un hotel estaré bien. Solo necesito dormir un poco.

Las rodillas le fallaron y él la atrapó antes de que se desplomara. La atrajo hacia su cuerpo y quedaron pecho contra pecho, cara a cara.

—Vale, pero no voy a llevarte a un hotel. Te vienes conmigo.

—¿Contigo? —inquirió Cassie con desconfianza.

—Sí. Tengo alquilado un apartamento a la vuelta de la esquina. No es gran cosa, pero estarás bien.

Ella empezó a negar al tiempo que trataba de apartarse. Su cuerpo no respondía y le costaba respirar.

—No puedo... No puedo aceptar. Yo no te...

—¿No me conoces de nada? —terminó de decir él—. Es cierto, pero acabas de vomitarme en los zapatos y te he visto echar hasta los higadillos. Eso nos convierte en amigos, en muy buenos amigos, ¿no crees?

Cassie sonrió y se apoyó con ambas manos en sus bíceps para mantener el equilibrio. Su mirada vidriosa apenas podía enfocar su cara.

—Soy inofensivo, te lo juro. Y en cierto modo, me siento responsable. Si antes te hubiera puesto esa cerveza, quizá no habrías acabado aquí —añadió él.

Ella lo miró a los ojos y se perdió en ellos durante un largo segundo. Parecía un buen chico. Había algo en él que invitaba a confiar, que la hacía sentirse segura en su compañía.

—Tú no tienes la culpa de que yo sea imbécil.

—Es verdad. Pero hoy es la noche que suelo rescatar a imbéciles borrachas de las garras de un pervertido. Lo hago todos los viernes, es algo así como un segundo trabajo. Ya sabes, Bruce Wayne y Batman, Peter Parker y Spiderman...

Esta vez Cassie soltó una risita.

—Entonces he tenido suerte de que seas tú quien me encuentre.

—No me gusta presumir, pero sí. ¡Y las mallas me quedan de muerte!

—Seguro que se lo dices a... Dios, voy a vomitar otra vez.

Cassie se dobló hacia delante con las manos en el estómago. Un sudor frío le cubrió la piel y los temblores regresaron con mayor intensidad. Estaba segura de que iba a morir allí mismo. Quizá estaba sufriendo un coma etílico. De repente, la idea no le pareció tan mala. Si se desmayaba, al menos dejaría de sentirse tan mal.

Él volvió a sujetarle el pelo y la sostuvo todo el tiempo.

—Me estoy muriendo —gimió entre escalofríos.

—No te estás muriendo, aunque por la mañana querrás estar muerta. Te espera una buena resaca —dijo él en tono divertido—. ¿Crees que serás capaz de andar un poco?

Cassie asintió. Él le metió las manos por las mangas de su cazadora, le rodeó la espalda con un brazo y, sin prisa, la guió por un par de calles.

—Es aquí —dijo mientras metía la llave en la cerradura de una puerta y la empujaba, sosteniéndola para que Cassie pudiera pasar.

Entraron en el apartamento y la ayudó a llegar hasta el sofá. Cassie miró a su alrededor y se encontró con un salón diminuto. No había muchos muebles y estos eran incluso más viejos que el propio edificio. Aun así estaba limpio y ordenado, y olía bien.

—Voy a ver si tengo algo de ropa que pueda servirte —anunció el chico.

Cassie clavó su mirada en él.

—¿Ropa? —¿Acaso quería que se desnudara?

—Sí. Deberías quitarte ese vestido. Está sucio y apesta.

Ella se miró de pies a cabeza y asintió. Tenía razón. En sus medias había restos que no quería imaginar qué podían ser. Volvió a sentir náuseas y cerró los ojos. El tiempo se desvaneció.

—Eh, no puedes dormirte ahora.

Cassie abrió los párpados y pestañeó varias veces. Él continuó:

—He encontrado un pantalón y una sudadera que pueden servirte. Ven, te vendrá bien lavarte un poco.

Ella tomó la mano que le ofrecía y se dejó llevar sin decir una sola palabra. La hizo entrar en un pequeño cuarto de baño. Sobre el lavabo había toallas limpias y el agua de la ducha corría formando una pequeña nube de vapor sobre sus cabezas.

—¿Podrás tú sola?

—Sí, creo que sí.

—Vale. Estaré al otro lado de la puerta. Si me necesitas solo tienes que gritar.

Cassie asintió y le dedicó una sonrisa. Cuando él la dejó sola, se quitó la ropa como pudo y se metió bajo el agua caliente. Minutos después, salió del baño con un chándal gris que le quedaba grande, pero estaba calentito y limpio.

Un dolor profundo le atravesaba los músculos y los huesos, y la cabeza le palpitaba. Necesitaba sentarse porque las piernas iban a fallarle en cualquier momento. Una mano grande y suave le rodeó el brazo y un atractivo rostro moreno apareció en su campo de visión.

—¿Mejor?

Cassie notó que su cuerpo cedía bajo la ley de la gravedad. Unos brazos la alzaron y sintió que flotaba. Segundos después descansaba sobre una cama mullida. Alguien la estaba llamando insistentemente y se obligó a abrir los ojos. Su salvador la miraba preocupado desde el borde de la cama.

—Cassandra, tienes que tomarte esto. Después podrás dormir.

—¿Cómo sabes mi nombre?

—Lo ponía en tu carné falso. A no ser que el nombre también lo sea... —Frunció el ceño con un gesto muy mono—. ¿Lo es?

Cassie negó con la cabeza y una mueca de dolor deformó su rostro, como si miles de agujas le atravesaran el cerebro.

—Me llamo Cassandra, aunque mis amigos me llaman Cassie.

—¿Y yo cómo debo llamarte?

—Te he vomitado encima, llevo puesta tu ropa y estoy en tu cama. Te has ganado el derecho a llamarme como te apetezca.

El chico sonrió y se pasó una mano por la nuca con aspecto cansado.

—Me gusta Cassie —susurró, mirándola fijamente. Después alargó el brazo y cogió de la mesita una taza y un par de analgésicos—. Ten, tómate esto. Por la mañana te sentirás mejor.

—¿Qué es?

—Una infusión de manzanilla con miel y menta. Te relajará el estómago.

Cassie se incorporó sobre la almohada. Luego cogió los analgésicos y se los tragó con un poco de líquido caliente. Se dejó caer y suspiró. Apenas podía mantenerse despierta.

—Todo esto que estás haciendo por mí... No sé cómo agradecértelo.

—Estamos en Navidad, se supone que debemos ser buenos —dijo él al tiempo que se encogía de hombros—. Ahora duerme y no te preocupes por nada. Estaré ahí mismo, en el sofá. Por si me necesitas.

Le apartó un mechón de pelo de la cara y la arropó con ternura. Cassie lo miró a los ojos y una oleada de calor se extendió por su cuerpo.

Era guapo, atento, divertido y estaba segura de que sería gay, porque era imposible que un chico así fuese tan perfecto y además hetero.

—No vas a asesinarme mientras duermo, ¿verdad?

Él se echó a reír con ganas. Se puso de pie y la contempló desde arriba.

—Solo asesino a rubias guapas de ojos azules los sábados.

—Pero ya estamos a sábado.

—Contigo haré una excepción. —Se encaminó a la puerta, pero se detuvo un segundo antes de salir de la habitación—. Aun así, no mires bajo la cama, por si acaso.

Cassie sonrió y se abrazó a la almohada.

—Eh, ni siquiera sé cómo te llamas.

Él le sostuvo la mirada, con una intensidad que le provocó un hormigueo por toda la piel.

—Eric. Me llamo Eric.

1

Washington and Lee University.
Lexington, Virginia.
Mayo de 2015.

*M*ientras cerraba la última caja, Cassie no podía creer que por fin hubieran llegado las vacaciones de verano. Su segundo año de universidad finiquitado y se sentía como si hubiera sobrevivido a un apocalipsis zombi: destrozada, exhausta y… muerta de hambre. Su estómago llevaba un buen rato protestando, dejándole bien claro que no estaba de acuerdo con la absurda dieta que había iniciado. Ella tampoco lo estaba, pero así era la vida. Tomabas una decisión y después debías sufrir las consecuencias. Funestas en su caso.

Gimió.

Solo podía pensar en comida y más comida; aunque por nada del mundo caería en la tentación. Iba a enfundarse ese maldito vestido, costara lo que costara. Había sido un capricho, lo sabía, pero un capricho de doscientos pavos que había sacado de la cuenta que su padre le había abierto para imprevistos. Papá iba a cabrearse, y mucho, el vestido no había sido el único imprevisto de ese mes. ¡Jodido coche!

La relación con su padre nunca había sido buena y había caído en picado en los últimos años. Él era demasiado estricto y no perdía ninguna ocasión para demostrar lo decepcionado que se sentía con Cassie. Ella era su fracaso, el error que ahora trataba de compensar con sus nuevos hijos, su nueva familia, sus nuevos amigos, su nueva casa… Ya podría comprarse un nuevo planeta y mudarse una temporadita.

Cassie se quedó mirando la funda que colgaba de la puerta del armario. Cada vez que se paraba a pensar en cómo había acabado entrando en aquella tienda, su mente se perdía entre vagos recuerdos.

Había quedado con ese chico tan mono que trabajaba en la cafetería que había cerca de su residencia. Llevaban unas semanas tonteando, con miradas y sonrisas que ambos sabían a dónde conducirían. Cassie se había prometido a sí misma que no habría chicos en su vida mientras durasen las clases. Tenía muy claras sus prioridades. Pero ese día, tras su último examen, había mandado al cuerno la castidad. Necesitaba deshacerse del estrés y de toda esa tensión reprimida que había ido acumulando durante el semestre.

La cita había sido un desastre. Tim, Tom..., o como demonios se llamase, tenía un rostro atractivo y un cuerpo que quitaba el hipo, y hasta ahí llegaban sus cualidades. Cassie había esperado fuegos artificiales y al final ni siquiera habían llegado a su habitación.

El tipo era un cretino, enamorado de sí mismo y bastante cortito, cuya máxima aspiración en la vida era la de ser modelo para «Abercrombie and Fitch.» Y no es que Cassie tuviera un problema con eso, pero necesitaba algo más que un cuerpo seductor. Necesitaba esa reacción química e irracional que provocan dos personas que conectan, y no solo físicamente, sino también a un nivel más mental. Un tío guapo, con una mente bien despierta y una buena dosis de humor ácido, y sus hormonas se revolucionaban sin necesidad de preliminares.

Encontrar un hombre con ese tipo de conexión parecía un reto imposible. Y la culpa la tenían sus malditas expectativas y los dos idiotas que habían colocado el listón demasiado alto para cualquier otro ser humano con pantalones.

A lo largo de su vida, solo se había sentido realmente atraída por dos chicos. Con ese tipo de atracción que licua las entrañas y hace parecer tonta de remate. Como si de repente todo el mundo se moviera a cámara lenta y el primer plano se centrara en el tío cañón que se acerca con actitud sugerente.

Por supuesto, los dos idiotas tenían nombre: Eric y Tyler.

Eric había sido el primer chico por el que Cassie había sentido algo especial. Se había enamorado de él sin remedio. También había sido el primero que le había roto el corazón al marcharse sin ni siquiera despedirse. Él nunca le prometió nada, nunca le dijo que se quedaría, más bien al contrario; pero inconscientemente Cassie siempre había esperado que la antepusiera a su deseo de marcharse de Port Pleasant. Aún tenía la sensación de que no había superado esa relación y de que Eric continuaba siendo ese fantasma que no la dejaba avanzar. ¡Pero es que lo había querido tanto! Y la herida que le dejó aún dolía casi tres años después.

Con Tyler todo había sido mucho más complicado. La atracción había sido inmediata e innegable, el deseo demoledor, pero eran tan parecidos que chocaban todo el tiempo. Dos imanes atrayéndose y repeliéndose sin descanso. Sus duelos verbales habían sido épicos y sus discusiones catastróficas. Tratar de manejarlo había sido agotador. Además, ninguno de los dos había tenido el valor suficiente para dejarse llevar, intentarlo y ver a dónde los conducía lo que fuera aquello que habían iniciado.

Cassie sabía que se había asustado por todo lo que Tyler le hacía sentir. No estaba preparada para que le volvieran a romper el corazón y un sexto sentido le había dicho que esa vez podría ser mucho peor que la primera. Sin contar con que todavía no se sentía capaz de enfrentarse a la posibilidad de que otro chico ocupara el lugar de Eric. Por todo ello, siempre había mantenido las distancias con Tyler y se había limitado a disfrutar de lo único en lo que siempre estaban de acuerdo, el sexo. ¡Y menudo sexo!

Sin darse cuenta, pensando en todas esas cosas, había acabado abrazada a una tarrina de helado frente al escaparate de una tienda *outlet* de ropa de firma, comiéndose con los ojos un precioso vestido de color gris perla. Estaba segura de haber visto a Mila Kunis con uno igualito a ese.

De repente, toda su vida se centró en la necesidad de poseerlo. Ni siquiera cuando la dependienta intentó explicarle que no tenía uno de su talla porque se trataba del último que le quedaba, cedió en su empeño de hacerse con él.

Y allí estaba ahora, con un vestido de doscientos dólares colgando de una percha y un cuerpo que no había forma de meter en él. Le entraron ganas de llorar.

Miró el reloj y frunció el ceño. Savie llegaba tarde. Comprobó su teléfono por si había algún mensaje que hubiera pasado por alto. Nada desde la tarde anterior. Su amiga tampoco había visto los que ella le había enviado esa misma mañana; y empezaba a preocuparse.

Examinó su mitad de la habitación vacía y suspiró con alivio. No iba a echarla de menos.

Para el próximo curso buscaría un apartamento en el que pudiera vivir sola sin tener que aguantar las manías de una compañera histérica, ni las duchas comunes, ni la lista infinita de normas que siempre olvidaba cumplir. ¿Problemas con la autoridad? Pues sí, siempre los había tenido. Era la consecuencia de una infancia en la que había tenido que pedir permiso hasta para respirar. Incluso ese acto reflejo lo hacía mal a ojos de su padre.

Volvió a mirar el reloj y resopló al comprobar que ya eran las cuatro. No estaba acostumbrada a depender de los demás, pero no le quedaba más remedio desde que una furgoneta de reparto se había empotrado contra su precioso Toyota tras saltarse un *stop*. Siniestro total.

Marcó el número de Savie y se sentó en la cama.

—¡Hola! —contestó Savannah poco después.

—¿Dónde estás?

—¿Que dónde estoy?

Cassie se llevó una mano a la frente, negándose a considerar la idea que se abría paso en su cabeza. No podía hacerle algo así.

—Dijiste que estarías aquí sobre las tres y media.

A través de la línea se oyó un gemido y un ruidito ahogado.

—¡Ay, Dios! No me digas que olvidé decirte que no podría ir yo a recogerte.

«La mato. Esta vez la mato», pensó Cassie.

—Te aseguro que si me lo hubieras dicho… no estaría esperándote —le soltó enfurruñada—. ¿Qué es eso de que no puedes venir *tú* a recogerme?

—Lo siento. Lo siento mucho. Te juro que quería ir —empezó a justificarse Savannah—. Si supieras cuánto necesito esas horas contigo. Pero mi madre se volvió loca de remate en cuanto le dije que Caleb me había pedido que me casara con él, y se ha puesto a organizar no sé qué fiesta para un anuncio oficial de compromiso. ¡Oficial! ¿Qué demonios es un anuncio oficial de compromiso? Solo llevo aquí cuatro días y lo único que quiero es que alguien me mate. Para colmo ha concertado una cita con un fotógrafo. Quiere una foto de familia que irá impresa en las invitaciones y no he podido decirle que no... Soy su única hija y no deja de llorar. ¡Llora por todo, Cass!

Cassie puso los ojos en blanco y se masajeó las sienes. Comenzaba a dolerle la cabeza.

—Vale, me has dejado tirada porque no has podido decirle no a la histérica de tu madre, pero ¿qué pasa conmigo? ¿Cómo demonios esperas que vuelva a casa ahora? Tengo... tengo la habitación llena de maletas y cajas.

Al otro lado del teléfono solo se oían pasos, ruidos y muchas voces. De repente, una muy conocida se impuso a las demás.

—Ni de coña pienso ponerme esa ropa. Si tu madre cree que voy a vestirme de nenaza, es que aún no me conoce.

—Vamos, cariño, solo es un jersey.

—Es un polo, Sav, un jodido polo rosa. ¡Me largo!

Cassie soltó una risita, no pudo evitarlo. La última vez que había visto a Caleb lo había notado muy cambiado. Parecía mucho más tranquilo y feliz, y transmitía una sensación de paz que nunca antes había tenido; pero era como era y lo conocía lo bastante para saber que había cosas en un chico como él que nunca cambiarían.

—¿Te largas? ¡Caleb, no puedes largarte! —exclamó Savannah.

—¿Que no? Mira cómo muevo el culo hasta la puerta.

—Caleb, por favor.

—Paso de todo esto, princesa. Y ese fotógrafo es gilipollas. Ha insinuado que debería esconder mis tatuajes. ¿Qué coño les pasa a mis tatuajes?

—Nada, tus tatuajes son perfectos. Pero piensa en mi madre; se va a llevar un disgusto.

—Tu madre está loca.

—Caleb... hazlo por mí.

—¿Y si nos largamos a Las Vegas ahora mismo?

—No puedo hacer eso y lo sabes.

—Me voy.

—Oye, Savie, entiendo que estés agobiada. Pero ¿qué pasa conmigo? —preguntó Cassie.

Oyó a su amiga maldecir con una sarta de palabrotas que no le había oído nunca.

—Como pongas un pie fuera de esta casa... Caleb... Caleb, lo digo en serio. Me prometiste que ibas a ser bueno —gimoteó.

—¡Savie! —insistió Cassie. Empezaba a desesperarse.

—Dios, es el hombre más cabezota del mundo.

—¡Savie!

—Eh, sí, perdona. No te preocupes, está solucionado. Ya debería estar allí, qué raro...

—¿Quién debería estar aquí?

—Caleb le pidió a uno de los chicos que fuera a buscarte. Creo que a Matt. ¿Te acuerdas de él?

—Sí. El pintor... ¿no? ¡Mierda, seis horas en un coche con un tío al que apenas conozco! Mi personalidad asocial va a disfrutar de la experiencia.

—Tú no eres asocial, solo un poco... tú. Es un buen chico, Cassie. Ya verás como no es tan malo.

—Ya, supongo que podría ser mucho peor.

Savannah se echó a reír.

—No seas tan negativa. Esta noche estarás aquí y será como en los viejos tiempos.

Cassie sonrió. Necesitaba creer que sería así. Nunca había sido una persona dependiente, más bien al contrario. Siempre había sido una mujer poco dada a establecer fuertes vínculos, a necesitar a los demás, pero con Savannah la cosa cambiaba. Ella era el ancla que evitaba que acabara yendo a la deriva, la voz de su conciencia; y esa vocecita que siempre sabía qué decir para que todo pareciera un poco mejor.

—¿Me lo prometes? —susurró.

—Te lo prometo —aseguró Savannah—. Porque estoy a punto de asesinar a Caleb y solo quedaremos tú y yo.

Cassie soltó una risotada.

—Sí, seguro, ¿y cómo piensas matarlo? ¿A polvos?

—Es una forma de morir tan buena como otra —replicó Savannah entre risas.

—No le digas eso a alguien que no ha estado con un chico en meses —gimoteó Cassie.

Savannah soltó una carcajada.

—Pues a lo mejor te alegra saber que Lincoln está en Port Pleasant. Ha venido a visitar a sus padres. Lo vi ayer y... ¡Ha mejorado mucho!

—Oh, no, no intentes hacer de casamentera conmigo. Me basto solita para encontrar un hombre.

—Tienes un gusto pésimo para los hombres.

—De eso nada. Dime uno que no te haya dado ganas de comértelo enterito.

—No me refiero a eso y lo sabes —repuso Savie.

—No puedo evitarlo, me encantan los chicos malos...

—Y alguien tiene que redimirlos. Ya me sé la historia. Y por eso sigues sola.

—Eres cruel —replicó Cassie, indignada—. Además, no deberías decir eso cuando tú tienes a tu propio redimido.

Savannah soltó un gruñido.

—¡Redimido! Ya me gustaría. Caleb no tiene arreglo... Pero es mi chico malo y me encanta —ronroneó con voz sugerente.

—¡Eso, restriégamelo! ¿Y tú eres mi amiga?

—¡Savannah, Savannah!

—Oye, Cassie, tengo que dejarte o mi madre acabará explotando. Llámame en cuanto llegues, ¿vale?

—Vale.

—Te quiero.

—Yo también te quiero.

Cassie colgó y se quedó mirando su teléfono. Adoraba a Savannah, si bien lograba sacarla de sus casillas por cosas como aquella. Su amiga se había instalado en Vancouver con Caleb y ya llevaban seis meses viviendo juntos. La echaba de menos. La última vez que se habían visto había sido durante las vacaciones de Navidad en Port Pleasant. Entre comidas y cenas familiares, apenas pudieron pasar tiempo juntas, y este viaje de regreso era su esperado reencuentro.

Llegados a ese punto, tenía dos opciones: recrearse en todos los aspectos negativos de la situación en la que se encontraba, o respirar hondo y tratar de tomársela del mejor modo posible. Optó por la segunda.

Seis horas en un coche, con un tipo al que solo había visto un par de veces, no tenía por qué ser algo malo. Recordaba a Matt, un chico simpático y atractivo con pinta de ser un buen tío. Le gustaba el arte y, por lo que recordaba, tenía una beca completa para una de las mejores escuelas del país. A ella también le gustaba el arte. Había crecido entre pinturas y esculturas, ya que su madre se había licenciado en Bellas Artes y trabajaba en la única galería de Port Pleasant. Podrían hablar sobre ese tema.

Alguien llamó a la puerta. Debía de ser Matt. Cassie abrió sin apenas levantar la vista del suelo, murmurando un saludo, y se dio la vuelta para comenzar a recoger. Estaba deseando largarse de allí.

Señaló las cajas que había en el suelo.

—Si no te importa, coge primero esas. Cuidado con aquella, la que está bajo la ventana, es la que más pesa y contiene objetos de cristal —explicó mientras cerraba una de las maletas que tenía sobre la cama.

Al ver que no recibía contestación, se giró hacia la puerta.

Se quedó de piedra. Parpadeó perpleja y notó cómo se ruborizaba; y ella no se ruborizaba nunca. El tipo que la miraba desde el umbral, con las manos apoyadas en la parte superior de la jamba, no era Matt. ¡Y ojalá lo hubiera sido!

Cassie no estaba preparada para el vuelco que le dio el corazón y tardó un largo segundo en recuperarse. Segundo que sus ojos aprovecharon para mirarlo de arriba abajo. Habían pasado exactamente veintiún meses desde la última vez que lo había visto, y había cambiado. Había cambiado mucho. Ya no vestía con esa ropa holgada y oscura tras la que siempre había parecido esconderse. Los aros de sus orejas habían desaparecido, también el que llevaba en el labio, y su cara… Su cara estaba diseñada para que a las chicas se les cayera la baba cuando sonreía como lo estaba haciendo en ese momento.

—¡Vaya, pero mira quién es! Hola, Fracasado.

Tyler le sostuvo la mirada mientras deslizaba la lengua por su labio inferior. Sus ojos, verdes e intensos, la observaron divertidos al tiempo que ladeaba la cabeza con un gesto travieso.

—No seas tímida. Ya te dije que tú podías llamarme *mi amo*.

En el rostro de Cassie se pintó una adorable media sonrisa. Se fijó en él con más detenimiento. Vestía unos tejanos azules, una camisa blanca con las mangas dobladas hasta los codos y unas zapatillas también blancas. Nada más salvo una discreta pulsera de cuero y un anillo en la mano derecha.

¿Se habría comprometido? Eso sí que sería toda una sorpresa. Tragó saliva y notó un pellizco de inquietud en el estómago. ¿Le había molestado? ¡No! Sería algo absurdo después de tanto tiempo, sobre todo cuando entre ellos solo había existido un rollo de verano; incluso llamarlo rollo era exagerar. Se habían acostado, unas cuantas veces, nada más.

Lo miró fijamente a los ojos y entonces recordó por qué se había sentido tan atraída por él en el pasado. Tyler era un capullo egocéntrico, con mal genio y una arrogancia a prueba de bombas. Pero tenía los ojos más bonitos que había visto nunca, siempre iluminados por un brillo inteligente y despierto que anunciaban lo que escondía su cabeza. Era un tipo listo, rápido y perspicaz, y eso le gustaba. Y también le gustaba la parte que sostenía esa cabecita suya.

Se fijó en los tatuajes de sus brazos. Tenía un par nuevos y unas alas asomaban a través de la camisa entreabierta. Cassie no entendía esa necesidad de decorarse el cuerpo de una forma tan permanente. Ella jamás se había planteado marcar su piel de ese modo, pero no podía negar que le resultaba atractivo ver esos dibujos en un cuerpo masculino.

—Sigue soñando, Ty —le soltó con una mueca burlona—. ¿Qué ha pasado con Matt? Savie acaba de decirme que él vendría a buscarme.

Tyler se encogió de hombros y entró en la habitación, mirando a su alrededor mientras examinaba el cuarto.

—Anoche le surgió algo y yo tenía el día libre.

—¿Y te has ofrecido sin más? Me cuesta creerlo. ¿Cuánto me va a costar el favor?

Tyler la contempló sin poder borrar la sonrisa de su boca. La noche anterior, cuando Caleb lo llamó para pedirle que fuese hasta Lexington a buscar a Cassie, su primera reacción fue negarse. Fue instintivo y el «no» salió de su boca sin pensar. No tenía nada en contra de la chica. De hecho, no habían tenido ningún mal rollo, simplemente habían dejado de quedar y cada uno siguió su camino. Más tarde, en casa, no había podido quitársela de la cabeza, y la idea de volver a verla se le metió entre ceja y ceja.

Y allí estaba, mirando embobado a la única tía que había logrado sacarlo de sus casillas hasta hacerlo parecer un psicópata. Jamás había sentido nada parecido por una chica como lo que había sentido por ella. Había llegado a gustarle mucho, tanto como no la soportaba. Y es que no la aguantaba. Era quisquillosa, respondona, tenía mala leche y no se callaba nunca. Sabía qué teclas pulsar para sacarlo de quicio sin tener que esforzarse mucho. Pero estaba buena a rabiar.

Inclinó la cabeza y la observó de arriba abajo. Llevaba una camiseta de tirantes azul y una minifalda vaquera con unas zapatillas de lona. Su pelo, recogido en una trenza, colgaba por su hombro. Ni una pizca de maquillaje que ocultara sus pecas.

—¿Sabes? Me duele que pienses esas cosas sobre mí —replicó ofendido. La sonrisa que dibujaban sus labios lo desmentía—. Me conformaré con que pagues la gasolina. Intento ahorrar algo de pasta para la hipoteca.

Cassie lo miró por encima del hombro y sus ojos volaron hasta el anillo que llevaba en el dedo.

—¿Te has comprado una casa?

—Sí. Ahora soy propietario. Y responsable.

—Vaya. Has sentado la cabeza. No parecías de esos chicos.

—¿Qué chicos? —inquirió él con recelo.

—De los que se comprometen, compran una casa y se casan...

—Eh, frena un poco. ¿Te digo que me he comprado una casa y ya me has puesto a cambiar pañales?

—He visto el anillo, has mencionado la hipoteca y he supuesto...

—Ya. Has supuesto que me habían echado el lazo. Pues no, el anillo es solo un regalo y la casa... Tengo veintitrés años y quiero vivir solo, desayunar desnudo y echar un polvo cuando me dé la gana. Es la evolución natural de un hombre.

Cassie sonrió.

—¿Evolución natural? —Sacudió la cabeza y pasó por alto su talante de macho alfa. Había chicas que se derretían con esa actitud, pero a ella no le ponía toda esa demostración de testosterona. Bueno, puede que solo un poquito—. Así que no hay novia, ni prometida, ni esposa.

Tyler alzó una ceja con gesto socarrón.

—Pareces muy interesada en el tema.

Ella le sacó la lengua.

—Oh, sí, muy interesada. He visto a las mujeres con las que te mueves. Solo quiero asegurarme de que al llegar a Port Pleasant no habrá ninguna chica celosa con ganas de arañarme.

A Tyler le costó no echarse a reír con ganas. Había olvidado ese tonito de sobrada que usaba y también la forma en la que sus labios perfectos se fruncían.

—Si no me falla la memoria, la única gatita con ganas de arañar eres tú. Creo que aún conservo en la espalda la prueba que lo demuestra. ¿Quieres verla?

Una cascada de recuerdos desbordaron la mente de Cassie: Tyler sosteniéndola contra la pared de aquel cuartucho, su boca y sus manos por todo su cuerpo, y ella había perdido la cabeza por completo. Y sí, esa noche le había marcado la espalda.

Respiró hondo, intentando controlar el ritmo de los latidos de su corazón.

—En primer lugar, no me llames gatita, no soporto que un tío me llame así. Y en segundo lugar, me alegra ser ese recuerdo que algún día, cuando mires atrás, hará que tu vida haya merecido la pena.

Tyler se frotó la nuca y se acercó a ella.

—Sigues siendo una creída de cojones, encanto —soltó sin cortarse.

—¡No me llames encanto! —Le dio un ligero empujón en el pecho—. Ni gatita, ni nena, ni cualquier otra cosa estúpida que se te pase por la cabeza.

—Vale… rubita.

Cassie puso los ojos en blanco.

—¿Te das cuenta de lo infantil que eres? Los niños son monos hasta los siete años, después dejan de tener gracia. ¡Madura! —Le dedicó una sonrisa condescendiente cargada de falsedad.

—Y tú deberías sacarte ese palo que te has tragado, listilla.

—¿Para ser una pringada como tú?

Él alzó las cejas y sus ojos destellaron un momento.

—Voy a pasártelo por alto.

—¿Porque tengo razón?

—Porque recuerdo cómo acabábamos siempre que discutíamos: en posición horizontal, y entonces te parecía bastante mono. —Levantó la mirada, que en algún momento había descendido hasta su escote, y clavó sus ojos en los de ella—. ¿Quieres discutir conmigo, *encanto*?

La boca de Cassie se abrió perpleja. Hizo un ruidito de desdén y le dio la espalda como si dedicarle su atención le supusiera un esfuerzo que no merecía la pena.

Tyler la miró de reojo y reparó en lo tierna e inocente que parecía con su pelo tan rubio y esos rasgos tan dulces. Enarcó las cejas, recordándose que todo aquello solo era la máscara tras la que se escondía una mantis religiosa capaz de comerse su corazón.

—Este sitio no está mal —comentó él mientras le echaba un vistazo a la cama y al armario entreabierto.

—Es un asco —replicó Cassie con tranquilidad, como si hasta un par de segundos antes no hubieran estado molestándose como dos críos—. El próximo curso pasaré de residencias. Voy a instalarme en un apartamento para mí solita y así no tendré que aguantar a nadie.

—O nadie a ti —bromeó Tyler con una sonrisa de oreja a oreja.

No podía evitarlo. Picarla era algo que le salía sin pensar, como si tuviera un resorte que saltaba cada vez que ella abría la boca. La miró de reojo y la pilló dedicándole una mirada asesina. No pudo aguantarse y se echó a reír con ganas. Ella le golpeó el hombro y sus carcajadas subieron de volumen. Estuvo a punto de echársela sobre el hombro y darle una palmada en el trasero. De repente se moría por hacer algo así.

—¡Eres un idiota! —exclamó Cassie y volvió a golpearlo con el puño en el brazo—. ¿Es que no has madurado ni un poquito en todo este tiempo?

—He madurado muchísimo, te lo aseguro. —Se mordió el labio y entornó los párpados. Sus ojos se convirtieron en dos rendijas que no lograron ocultar la malicia que brillaba en ellos—. También he aprendido algunas cosas nuevas. ¿Quieres que te las enseñe?

—Tanto como que me salga un sarpullido —replicó ella al tiempo que cogía la maleta y se la estampaba en el pecho con todas sus fuerzas.

Tyler arrugó los labios con una mueca de dolor. Ella añadió:

—¿Por qué no vamos sacando todo esto de aquí? Cuanto antes nos vayamos, antes podré encerrarme en un coche contigo durante seis horas. Se cumplirá mi mayor fantasía. ¡Qué emoción! —exclamó con ironía.

Él sacudió la cabeza y sonrió con picardía.

—¡Dios, estás loca por mí!

Cassie soltó una carcajada. Sus ojos brillaron mientras le sostenía la mirada.

—¡Oh, sí, no imaginas cuánto! Ni siquiera sé cómo estoy logrando contenerme ahora. —Gimió de forma exagerada y deslizó las manos por sus caderas—. ¡Ty, por favor! ¡Recuérdame qué se siente al ser mujer!

Esta vez fue Tyler el que se ruborizó. Su respiración se aceleró al ritmo que los latidos de su corazón. Pese a saber que le estaba tomando el pelo, cada palabra se había convertido en un dardo directo a su entrepierna. Una sonrisa lenta se dibujó en su boca y se humedeció el labio inferior con la lengua.

—¡Joder, no has cambiado ni un poquito!

Cassie bajó la mirada a sus pies y después la alzó muy despacio con un gesto coqueto.

—Y por lo que veo, tú tampoco. —Cogió su bolso de encima de la cama y se lo colgó con una actitud resuelta—. Anda, sé buen chico y ayúdame con mis cosas.

2

Cassie siguió a Tyler fuera de la habitación. Inspiró hondo y trató de volver a respirar con normalidad mientras se dirigían al aparcamiento, donde él había dejado su camioneta.

No entendía por qué se había puesto tan nerviosa. Quizá sí, pero eso no hacía que se sintiera menos estúpida. Ver de nuevo a Tyler había provocado un terremoto en su interior. El corazón le latía deprisa y notaba la boca seca. El ligero temblor de sus manos era otro claro síntoma de que algo no andaba bien.

Él se había convertido en un fantasma del pasado, en un recuerdo sexy, en el protagonista de un verano que nunca olvidaría. Y, en los últimos meses, cuando por algún motivo pensaba en él, ya no se alteraba. Pero, de repente, toda esa calma había desaparecido y todos esos recuerdos se habían convertido en un maremoto de emociones que no la dejaban pensar con claridad. Diez minutos ocupando el mismo espacio y ya la había vuelto loca. Desde luego, al chico había que reconocerle que no había perdido ni un solo ápice de su atractivo. ¡Dios, estaba guapísimo! Y continuaba siendo el mismo cretino arrogante que la sacaba de quicio sin necesidad de abrir la boca.

¡Menudo tarado! Aunque un tarado con un culo muy bonito.

Caminaba tras él y lo pilló mirándola por encima del hombro. Sonrió sin darse cuenta y sin tener muy claro si el cosquilleo que sentía por todo el cuerpo se debía a las ganas de abofetearlo o a la forma en la que se movía al caminar. Tan masculina, tan segura, tan atractiva. Espalda ancha, caderas estrechas y una definición muscular evidente bajo la ropa. Y desnudo era aún más impresionante.

Frunció el ceño, castigándose mentalmente por pensar así. Seguro que todo era culpa de sus hormonas revolucionadas. ¿Tendría fiebre? Porque eso podría explicar que su mente desvariara de ese modo.

—¡Eh, Cassie! —Se volvió y vio a una de sus compañeras de residencia corriendo hacia ella—. Iba a tu cuarto a buscarte. Vengo de administración. Quieren que pases por allí antes de marcharte. Por lo visto tienes que firmar no sé qué cosa.

—Gracias. Enseguida voy —dijo Cassie.

—De nada. Espero que pases unas buenas vacaciones. Nos vemos pronto.

—Claro, nos vemos. Cuídate.

Cassie se dio la vuelta buscando a Tyler y a punto estuvo de darse de bruces con él.

—¡Dios!, ¿siempre te pegas tanto a la gente? —Él soltó una risita burlona y se la quedó mirando. Ella añadió—: Tengo... tengo que ir a administración. ¿Te importa seguir sin mí? No tardaré mucho.

Tyler no contestó y se limitó a inclinarse para que ella pudiera poner la maleta que cargaba sobre la caja que él sostenía.

—Vale. Vuelvo enseguida —le aseguró antes de salir corriendo en dirección contraria.

*A*l final tardó un poco más de lo que esperaba y, cuando regresó a su habitación, se la encontró vacía. Ni rastro de sus cosas ni tampoco de Tyler. Se asomó al armario entrecerrado. El vestido no estaba allí y se le encogió el estómago. Si lo estropeaba, aunque solo fuese un poquito...

Inspiró hondo y salió del cuarto cerrando la puerta tras ella. Con paso rápido se encaminó al aparcamiento, repleto de estudiantes que cargaban sus coches para volver a casa.

No le costó dar con él. Su mirada se vio atraída hacia la cabeza rubia que sobresalía por encima del techo de una camioneta gris metalizada. Tyler se encontraba en la parte de atrás, donde ya había cargado todas sus cosas, con el torso al aire y la funda del vestido colgando por su espalda. A su alrededor había un grupo de chicas embelesadas con su sonrisa más encantadora. Destilaba atractivo y rebeldía con su pelo revuelto y el pecho y los brazos tatuados.

Una de las chicas, una morena de curvas marcadas, estaba anotando algo en un cuaderno. Después arrancó la hoja y se la entregó a Tyler con una sonrisa en los labios con la que pretendía parecer sexy. Sin cortarse lo más mínimo, se puso de puntillas y le dio un beso en la mejilla, a lo que Tyler respondió con un gruñido y una caída de ojos de lo más sugerente. Ella le golpeó el hombro juguetonamente. Él dijo algo y todo el grupito se echó a reír.

«¡Mojabragas!», pensó Cassie.

Suspiró al verlo pavoneándose y no pudo evitar fijarse en él con más detenimiento. Estaba bueno, de eso no había duda, hasta el punto de hacer que aquellas chicas se comportaran de forma estúpida. ¿Acaso no tenían un poco de dignidad? ¿Y él? ¿Cómo demonios lo hacía? No llevaba allí ni media hora y ya las tenía comiendo de su mano.

Tyler levantó la vista y clavó sus ojos en Cassie. Sus miradas se cruzaron y la de ella se entornó al tiempo que evaluaba a las chicas que estaban a su alrededor. Una sonrisa bailó en sus labios al verla enseñar un dedo a un tipo que estaba dando marcha atrás con un todoterreno. La sonrisa se desvaneció de su cara cuando sus ojos descendieron a la longitud de sus piernas. Preciosas.

Emilie, Amelie o como demonios se llamase la morena, continuaba hablando, pero él había dejado de prestar atención y su voz solo era un ruido más en el ambiente. La rubia era mucho más interesante… y divertida. Y si le acercabas la mano demasiado, podía morderte. Pero bien sabía que merecía la pena correr el riesgo.

—Ya he terminado. Podemos irnos —dijo Cassie en cuanto llegó a la camioneta. De un tirón le quitó a Tyler la funda del vestido.

—¡Eh! —protestó él. Casi le arranca un dedo.

La chica morena observó a Cassie de arriba abajo y sus cejas se unieron con toda su atención puesta de nuevo en Tyler.

—¿Es tu novia? —preguntó con suspicacia.

Haciendo una mueca, Tyler sacudió la cabeza.

—¿Ella? ¡Joder, no!

La chica sonrió y se mordió el labio inferior, ignorando por completo el ruidito de exasperación que soltó Cassie.

—Entonces, ¿me llamarás? Seguro que podemos pasarlo bien. —Le guiñó un ojo e inspiró hondo, de modo que sus pechos emergieron como dos globos en su escote.

La mirada de Tyler bajó hasta su canalillo.

—Seguro que sí —replicó.

Su sonrisa reapareció y un pequeño hoyuelo adornó su mejilla derecha. Embutió las manos en los bolsillos de sus tejanos, y su torso y sus brazos se movieron evidenciando lo que ya se podía ver sin ningún problema. Tenía un cuerpo de escándalo, lo sabía y no se cortaba en aprovecharse de ello. Se enderezó y sus ojos verdes subieron lentamente hasta la cara de la chica, dejando un rastro de calor a su paso.

—Ya tengo algunas ideas que seguro te van a gustar —añadió él.

—¿Ah, sí? ¿Y no podrías darme alguna pista? —ronroneó la morena.

Tyler se inclinó hacia la chica sin hacer caso del coro de risitas de sus amigas y acercó la boca a su oído.

Cassie lo miró atónita. ¿De verdad se lo iba a montar allí mismo? Perdió la paciencia y sin ningún miramiento lo agarró del bolsillo trasero de sus pantalones y lo apartó de un tirón. Le quitó de la mano el trozo de papel con el número de teléfono garabateado y se lo estampó a la chica en medio de su escote.

—Pero ¿qué haces? —le espetó ella.

—Evitar que te sigas poniendo en ridículo —masculló Cassie—. ¿De verdad crees que va a llamarte? No lo hará porque, en cuanto llegue a casa, otra ingenua se cruzará en su camino y se olvidará de ti. Ni siquiera recordará quién le ha dado ese número. ¡Vamos, seguro que ni se acuerda de cómo te llamas!

Se dio la vuelta y miró a Tyler, que parecía divertido con la reacción de Cassie. Él puso cara de póquer.

—¿Emilie?

—¡Elise! —exclamó la morena, ofendida.

—¿Lo ves? —inquirió Cassie—. Es idiota.

—¡Eh! —protestó Tyler.

Elise se dio la vuelta y se alejó de ellos con la actitud más digna que pudo aparentar, seguida por sus amigas.

—¿Por qué cojones has hecho eso? —preguntó Tyler con cara de pocos amigos.

Cassie suspiró y alzó los ojos hacia él.

—¡Te conozco! Te encanta jugar y llamar la atención.

—No es cierto —repuso Tyler con una mueca de desdén.

—No pensabas llamarla y la pobre se habría pasado toda la semana mirando su teléfono hasta darse cuenta de que no ocurriría. Además, quiero irme y no tengo ganas de esperar a que desatasques tu lengua de su oreja.

Tyler se pasó los dientes por el labio inferior para no echarse a reír.

—Venga, no tienes que disimular conmigo. Admite que te has puesto celosa y ya está.

—¡¿Que yo estoy celosa?! —Se llevó la mano a la boca para contener el grito, pero ya era tarde. Un chico que pasaba los observó con curiosidad. Cassie resopló—. Pobrecito, si creer eso te hace feliz, no seré yo quien rompa tus ilusiones.

Tyler se inclinó sobre ella. Le sacaba una cabeza y tuvo que bajar la barbilla para ponerse a su altura. Contuvo el aliento. Estaban muy cerca y sus caras se encontraban a escasos centímetros de distancia.

—Me quieres solo para ti, ¿eh? —susurró con ardor.

Una pequeña llama se estaba encendiendo en su pecho y se sorprendió al darse cuenta de que había echado de menos aquellos piques. Cassie le sostuvo la mirada.

—Tanto como que me devore una pitón y tener que pasarme en su estómago seis meses hasta que me digiera por completo. O peor aún, que tenga que comérmela yo —espetó ella con suficiencia.

Los ojos de Tyler se abrieron exageradamente y una sonrisita socarrona se dibujó en su cara. Y Cassie pudo ver en su expresión a dónde había llegado su cerebro pervertido.

—No lo digas —suplicó, muerta de vergüenza—. No lo digas, por favor. No lo digas.

—Vamos, me lo has puesto a huevo.

—Cállate.

—Una pitón no, pero...

—¡¿Quieres callarte, idiota?!

Lo apartó a un lado. Abrió la puerta de atrás de la camioneta y colocó el vestido lo mejor que pudo. Lo cambió de posición varias veces, buscando la mejor forma de que no se arrugara.

Tyler la observó, sin entender por qué se estaba comportando como una maniática obsesiva con aquella funda de plástico. Dejó de prestar atención a la parte superior de su cuerpo y se fijó en la inferior, en concreto en sus caderas. En aquella posición inclinada, su trasero, enfundado en la ajustada falda, se contoneaba de un modo delicioso. Su sonrisa se volvió mucho más amplia y se acercó por detrás.

—¿Necesitas ayuda con eso? —preguntó inocentemente al tiempo que pegaba sus caderas a las de ella, como si se tratara de un roce accidental.

Cassie se enderezó de golpe y a punto estuvo de fracturarse el cráneo contra la puerta. Se giró y lo miró a los ojos.

—¿Acabas de tocarme el culo?

—No a propósito. Y no con las manos —se excusó Tyler muy serio. Una sonrisilla le apareció en la cara y alzó los brazos con un gesto de paz.

Cassie se lo quedó mirando y se le aceleró el corazón. Esos ojos de pestañas imposibles estaban clavados en ella de un modo que le cortó el aliento. Reconocía esa mirada y la sintió en varias partes del cuerpo. Notó que empezaba a sonreír y trató de evitarlo. ¡Madre mía, no podía caer, otra vez no! Tyler no era una buena idea, nunca lo había sido. Apoyó una mano en su pecho desnudo e intentó que se hiciera a un lado. Él no se movió. Sus ojos quedaron a la altura del nuevo tatuaje que le cruzaba el pecho: las alas extendidas de un ángel flanqueaban las palabras «sin alma». ¿Por qué demonios se había hecho algo así? Era demasiado oscuro y dramático.

—¿Te he dicho que estás mucho más guapa de lo que recordaba? Y te recordaba muy guapa —dijo él, rescatándola de sus pensamientos.

Cassie se quedó inmóvil, con la mano aún sobre su piel caliente. Su pregunta la había pillado por sorpresa. El tono de su voz, dulce y suave, la había tocado como una caricia e hizo que su respiración se detuviera. El maldito engreído era bueno, condenadamente bueno.

—No —respondió sin más.

—Pues estás preciosa —murmuró él a la vez que le apartaba con un dedo un mechón de pelo de la frente.

A Cassie se le escapó una sonrisa mientras negaba con la cabeza.

—¿Qué? ¿No eres preciosa? A mí me pareces una diosa griega.

—No te has reformado ni un poquito, ¿verdad?

—Te gustaba así.

—De eso hace ya casi dos años, Ty.

La expresión de Tyler cambió, pasó de maliciosa a dulce en un instante. Sin darse cuenta se estaba derritiendo bajo la mirada azul de Cassie.

—¡Dios, lo había olvidado! Cómo suena mi nombre cuando tú lo pronuncias.

Cassie se quedó sin aliento mientras su corazón le golpeaba las costillas con fuerza. Se le iba a salir del pecho. No tenía ni idea de por qué sentía ese nudo tan apretado en el estómago. Quizá porque el chico que tenía delante en ese momento era el Tyler encantador, dulce y divertido que había empezado a conocer y que tanto miedo le había dado, por el que había salido huyendo sin mirar atrás. El tipo borde, el capullo, era más fácil de manejar.

Poco a poco su corazón recuperó el ritmo. No iba a entrar en ese juego y esperaba que él lo dejara, porque seis horas juntos en un coche podrían convertirse en un infierno; puede que dulce, pero un infierno al fin y al cabo.

—¿Nos vamos? —Lo empujó con la mano y esta vez logró que se apartara—. Y ponte la camisa —le espetó mientras rodeaba la camioneta hacia el lado del copiloto.

Tyler dejó caer la cabeza hacia atrás y una risa silenciosa lo sacudió. Cogió la camisa, que había dejado sobre el techo, y se la puso. Entró en la camioneta y se acomodó en el asiento al tiempo que metía la llave en el contacto y la giraba. Miró a Cassie de reojo y sonrió satisfecho.

—¿Lista?

—Seis horas. —Suspiró ella. Asintió con la cabeza sin apartar la vista del parabrisas—. Pan comido.

Próximo destino… «¡Hogar, dulce hogar!», pensó con sarcasmo.

3

*T*yler condujo en dirección a la autopista y tomó la US-60 hacia la 29. Comprobó la hora. Eran más de las cinco y media, así que no contaba con llegar a Port Pleasant hasta medianoche. El sol comenzaba a bajar, incidiendo en el parabrisas de un modo molesto. Agachó la cabeza y se inclinó sobre las piernas de Cassie para alcanzar la guantera. Percibió la dulce fragancia que desprendía su piel y cómo se ponía tensa al notar su brazo en las rodillas. Cogió las gafas de sol y volvió a su sitio.

El silencio se alargó durante varios minutos. Cassie tenía la cabeza apoyada en la ventanilla y miraba el paisaje, mientras él se perdía en sus pensamientos que, sin pretenderlo, vagaban sin rumbo hasta acabar en ella. ¡Dios, habían transcurrido casi dos años desde la última vez que habían estado así! Ni siquiera se había dado cuenta de que hubiera pasado tanto tiempo y tan rápido; porque, mirándola de nuevo, tenía la sensación de que todo había sucedido ayer.

Recordaba perfectamente la última tarde que habían pasado juntos. Una tarde en la que no había vuelto a pensar hasta ahora. Habían empezado tomando una cerveza en el Shooter y habían terminado dándose el lote en un lugar más privado. Cerró los ojos ante la imagen que tomó forma en su mente: ella sobre su regazo, en el asiento trasero de esa misma camioneta, deshecha entre sus brazos. Mierda, se estaba excitando.

Trató de pensar en otra cosa y se centró en organizar todo el trabajo que tenía pendiente para esa semana. Necesitaba llantas nuevas para el Impala del 64 que estaba restaurando; el motor del Chevelle se estaba retrasando y, si no lo terminaba a tiempo, podía perder un par de miles; y debía asegurarse de que la pintura amarilla para el Camaro llegaba a tiempo.

¡Putos Transformers y puto Bumblebee! ¡Qué daño estaban haciendo!
Sacudió la cabeza…

Y después de esa tarde, ella se largó sin ni siquiera despedirse. Solo se fue. Jamás lo admitiría, pero le sentó como una bofetada que se comportara de ese modo. Un jodido adiós tampoco habría sido para tanto. ¿Por qué cojones no se despidió? ¿Y por qué cojones se estaba enfadando ahora por algo que había pasado dos años atrás? La miró de reojo y la pilló observándolo.

Cassie clavó la vista en el parabrisas. Sin percatarse de que lo hacía, se había quedado embobada mirando a Tyler, mientras este parecía perdido el algún pensamiento que le hacía arrugar el ceño como si estuviera cabreado. El silencio se alargó otro rato y empezó a ponerse de los nervios.

Pensó en algo que decir para entablar una conversación, pero no se le ocurría nada. La verdad era que nunca habían hablado mucho. No sobre cosas importantes, o demasiado personales. En realidad, apenas sabía nada sobre él. No conocía sus gustos, ni sus aficiones, ni siquiera cuál era su comida favorita… Su relación, por llamarla de algún modo, había sido superficial.

Alargó el brazo y encendió la radio. Fue cambiando de dial hasta que encontró una emisora de música pop.

—¿Qué haces? —preguntó Tyler.

—Pongo música. Oírte resoplar me está poniendo nerviosa.

—Yo no resoplo —replicó él, y estiró el brazo hacia el equipo. Cassie le dio un cachete—. ¿Por qué has hecho eso?

—¿Por qué quieres apagarlo?

—No voy a apagarlo. Solo voy a quitar esa mierda que has puesto.

—No son mierda. Vamos, son Savage Garden. Un clásico.

Tyler puso los ojos en blanco e hizo una mueca de asco.

—Sí, un clásico para hacerte vomitar. No voy a escuchar a esos tíos con voz de pito. Además, en mi camioneta mando yo y no dejo que nadie toque nada.

Mientras hablaban, se habían enzarzado en una especie de lucha a manotazos para ver quién lograba hacerse con el control de la radio. Parecían dos niños pequeños discutiendo por un juguete.

—¿Por qué? —le espetó Cassie.

—Ya te lo he dicho. Es mi camioneta y pongo la música que me da la gana. —Logró apagarla y cogió un CD de la puerta. Cassie la encendió de nuevo y subió el volumen—. ¡Joder! Lo digo en serio. No toques nada.

La apagó y metió el CD en la ranura. Un gruñido escapó de su garganta. Ni él mismo entendía por qué se estaba enfadando tanto con ella, lo que hacía que se comportara como un crío malhumorado. Cassie lo fulminó con la mirada. Tenía los dientes apretados y los nudillos blancos. Por un segundo Tyler pensó que iba a atizarle y esa idea estuvo a punto de arrancarle una sonrisa.

—Vale, es tu camioneta. Pero yo estoy en ella y podrías ser un poquito más amable conmigo. ¿Has oído hablar de la *caballerosidad*? —replicó Cassie.

Tyler se echó a reír con ganas.

—Vamos, nena, mírame bien. —Esperó hasta que ella giró la cabeza y clavó sus ojos en él. Entonces se inclinó sobre su cara y bajó las pestañas con una expresión maliciosa—. ¿De verdad crees que soy de esos tíos que salen corriendo a abrirte la puerta y que dejan que toques su coche o su radio solo por parecer amables?

Cassie lo taladró con la mirada y notó que volvía a pasar otra vez. Sus neuronas se evaporaban en cuanto lo contemplaba. Cada centímetro de su cara era perfectamente imperfecto. Hasta la pequeña cicatriz que tenía en la mandíbula, junto al mentón, era atractiva.

—No, la verdad es que no. Pero no creo que te mueras por intentarlo un poquito.

—Es posible, pero es que no me va toda esa mierda sobre la *caballerosidad* y me cabrea que las mujeres os empeñéis en que nos comportemos como si fuésemos personajes de Brontë o Austen: halagándoos todo el día, cumpliendo cada uno de vuestros deseos, pagando siempre la cuenta… —Un gesto burlón apareció en su cara—. ¿No queríais igualdad?

Ella frunció el ceño y después abrió mucho los ojos. Una leve sonrisita se dibujó en su cara.

—¿Conoces a Brontë y a Austen?

—¿Tanto te sorprende? —Un destello de ira contenida brilló en sus ojos—. Oh, por supuesto, perdona. Soy un chico del barrio. Un delincuente que solo mira revistas porno.

Cassie contuvo el aliento y se mordisqueó el labio con la sensación de que lo había ofendido. Más que una sensación, estaba segura de que había herido esos sentimientos que dudaba que tuviera. Vale, sí, no tendría que haberla sorprendido que supiera quiénes eran dos de las escritoras más relevantes de la literatura, pero cuando intentaba imaginarlo leyendo, solo podía ver revistas sobre motores, coches y… sí, porno.

—Yo no he dicho eso.

—Pues es lo que parecía. Esperaba que, después de lo que hubo entre nosotros, me conocieras un poquito mejor.

A Cassie se le escapó un gritito y giró el cuello tan rápido que notó un tirón. No pudo contener una carcajada nerviosa.

—¡Entre tú y yo no hubo nada salvo un poco de sexo! Bastante normalito, por cierto. Nada memorable. No sé por qué crees que debería conocerte —replicó sin ninguna emoción. Por dentro su cuerpo era un volcán a punto de entrar en erupción.

Tyler la observó unos instantes y sus labios temblaron. Ella no apartaba la vista de la carretera, negándose a cualquier contacto visual. ¡Qué mentirosa! Apenas tenía que esforzarse para revivir la primera vez que se habían liado. Los pequeños sonidos de placer que habían salido de su garganta, el tacto aterciopelado de su lengua enredándose con la suya, sus manos clavándose en su espalda mientras se hundía en ella. Y las siguientes fueron *in crescendo* hasta que se convirtieron en dos adictos a esos momentos íntimos.

—¿Acabas de decir que follar conmigo no te gustó? Porque yo tengo otra percepción sobre esos encuentros. Encuentros… —repitió con un tonito cargado de chulería—, en plural. Porque repetiste. Varias veces. Y te gustaba, admítelo.

Cassie se volvió hacia él arqueando una ceja y el corazón empezó a latirle como loco. Ya podían esperar sentados, él y su maldito ego. Abrió mucho los ojos, de un modo inocente, y movió la cabeza.

—Tyler, ¿hay algo que quieras contarme? ¿Algún gatillazo traumático? Porque empiezo a sospechar de tu empeño para que alabe tus cualidades en la cama y… lo siento, va en contra de mis principios mentir sobre esos temas. Pero sabes que cuentas con todo mi apoyo y comprensión si los necesitas. Esas cosas pasan, cielo.

Él se la quedó mirando durante una eternidad. Cassie incluso llegó a preocuparse, porque él no apartaba los ojos de su cara mientras la camioneta subía de revoluciones en la autopista. Poco a poco, una amplia sonrisa se dibujó en la cara de Tyler. Y no era una sonrisa amable, ni tampoco cálida. Era la sonrisa de un depredador consciente de que es mucho más listo y fuerte que su presa. El aviso, dulce y tranquilizador, que intenta distraerte antes de abalanzarse sobre ti para devorarte.

Cassie esperó a que dijera algo, cualquier cosa, pero él guardó silencio y la sonrisa en su cara se acentuó. Habría preferido que se cabreara, que se pusiera a la defensiva e incluso que soltara una de sus estúpidas bromas, a ese silencio. Aquella cabeza estaba tramando algo, lo sabía, y su cuerpo se puso en tensión mientras él pulsaba el *play* y una canción comenzaba a sonar.

Tyler subió el volumen y *Want you bad*, de The Offspring, engulló el aire de la camioneta. Empezó a mover la cabeza, al tiempo que con su mano tamborileaba sobre el volante. Miró de reojo a Cassie y su cara de asombro le arrancó una risita traviesa. La letra surgió de entre sus labios, empastando a la perfección con la del cantante:

> *I want you…*
> *All tattooed*
> *I want you bad…*
> *Complete me*
> *I want you to be bad…*

Boquiabierta, Cassie no podía apartar sus ojos de Tyler, que no dejaba de moverse al ritmo de la música mientras cantaba sin ningún pudor. Él hizo un mohín adorable y su expresión chispeante tocó todas sus terminaciones nerviosas. Puso los ojos en blanco y fingió que nada de lo que pudiera hacer la sorprendía.

—¿Esto es a lo que tú llamas buena música?

—Vamos, son The Offspring. Un clásico —se justificó él.

—Sí, un clásico para hacerte vomitar.

Ambos sonrieron y apartaron la mirada a la vez. Cassie sentía su corazón ascendiendo muy deprisa hasta su garganta. Lo negaría llegado el momento, pero estaba disfrutando de la compañía de Tyler. El deseo de asesinarlo era constante, pero, para bien o para mal, se sentía a gusto a su lado. Era como si la sensación de soledad que siempre la acompañaba hubiera desaparecido como por arte de magia. Y esa idea le resultó inquietante y fascinante al mismo tiempo.

—¿Sabes, Cassie?

Ella ladeó la cabeza y alzó las cejas con un gesto inquisitivo. Tyler contempló su rostro un segundo y se sintió abrumado por el deseo repentino de deslizar los dedos por sus perfectos labios solo para ver cómo se entreabrían.

—Sé que te gusto y que sabes que soy la hostia en la cama. Y me atrevería a decir que te has alegrado mucho de verme aparecer hoy.

Cassie resopló.

—Estás demasiado seguro de ti mismo.

—Lo bastante como para saber que acabarás admitiéndolo.

—Ni en tus sueños.

—¿Apostamos algo?

—No voy a hacer ninguna estúpida apuesta contigo —replicó ella con la paciencia agotada.

—Porque sabes que perderías.

Tyler se encogió de hombros y aceleró para adelantar a un enorme camión frigorífico. Inconscientemente coló la mano en el bolsillo de la puerta, buscando la cajetilla de tabaco. La palpó con los dedos y entonces recordó que trataba de dejarlo. Resopló para deshacerse de la ansiedad y se concentró en la distracción que tenía al lado. Podía ver por el rabillo del ojo que ella lo estaba mirando con el ceño fruncido y la boca abierta. Fingió no darse cuenta.

—¿Te haces una idea de lo frustrante que es compartir el mismo aire contigo? —gruñó Cassie.

Él suspiró de forma teatral y le guiñó un ojo. Meterse con ella era divertido, siempre lo había sido.

—Disimula cuanto quieras. A mí no me engañas.

Exasperada, apartó la vista de él y la posó en la ventanilla; poco a poco, una leve sonrisa se dibujó en su cara.

—Estás sonriendo.

—Que te den.

—Lo admitirás.

—Sigue soñando.

Ambos se quedaron callados, escuchando la música, mecidos bajo el ronroneo suave del motor. Cassie mantuvo los ojos pegados en el paisaje que pasaba a toda velocidad tras la ventanilla. El silencio era cómodo, puede que demasiado, y poco a poco se fue relajando. Sus músculos se aflojaron y su respiración fluyó con un ritmo pausado. En algún momento, se quitó las zapatillas y subió las piernas al asiento, haciéndose un ovillo.

Podía sentir la mirada de Tyler sobre ella, intensa y constante.

Acabó deslizando la vista hacia él, no pudo evitarlo. Sus ojos se encontraron y se le cortó el aliento por todo lo que su expresión mostraba. Era como si de un momento a otro fuese a abalanzarse sobre ella para devorarla. Sabía que era una locura, pero le encantaba.

Tyler sentía la anticipación corriendo por sus venas. La falda de Cassie era una tentación imposible de ignorar. Moldeaba sus curvas con una perfección absoluta y era tan corta que deslizar la mano por debajo sería tan fácil que casi le daba miedo que se lo estuviera planteando de verdad. ¿Le dejaría si lo intentaba? Joder, se volvería loco si continuaba mirándola, así que se obligó a prestar atención a la carretera y solo a la carretera.

4

Cassie abrió los ojos y se los frotó varias veces. Inspiró profundamente mientras estiraba la espalda con los brazos por encima de la cabeza. Se había quedado dormida como un tronco sin darse cuenta. Miró de reojo a Tyler. Su postura era lánguida como la de un gato, con el codo apoyado en la ventanilla, la mano izquierda reposando sobre el volante y los hombros encorvados como si estuviera repantigado en el sofá de su casa.

Miró afuera, advirtiendo que había oscurecido por completo. Se enderezó y se colocó la falda con disimulo.

—Tranquila, creo que ya he visto todo lo que había que ver.

—Ja, ja.

Tyler sonrió y se pasó una mano por el pelo con gesto cansado.

—¿Qué hora es? —se interesó ella.

—Casi las once.

La sorpresa se dibujó en el rostro de Cassie.

—¡¿De verdad?!

Tyler ladeó la cabeza para mirarla.

—Llevas tres horas *sobando*, Bella Durmiente. He estado a punto de zarandearte para asegurarme de que no te habías muerto.

—Lo siento. Estas últimas semanas han sido muy duras. Estoy más cansada de lo que creía. —Se pasó las manos por la cara y se frotó las mejillas—. Soy una compañera de viaje penosa.

Él se encogió de hombros y la observó a través de sus espesas pestañas.

—No pasa nada. Estoy acostumbrado a conducir.

—¿No has parado ni una sola vez?

—No, pero estoy bien.

—¡No puedes estar bien! Llevas cinco al volante. ¿Por qué no nos detenemos unos minutos y estiramos las piernas? —sugirió ella. Se frotó los muslos de arriba abajo varias veces—. Apenas las siento.

—Solo queda una hora de viaje. Si continuamos, estaremos en Port Pleasant a medianoche —insistió Tyler.

En realidad estaba muy cansado. Tenía ganas de llegar a casa y sentarse en su terraza con una cerveza bien fría. El estómago de Cassie sonó con fuerza en ese preciso momento. Sus cejas se unieron con un gesto divertido y sonrió al ver cómo ella se sonrojaba.

—¿Qué tienes ahí dentro, un dinosaurio?

Cassie gimió e hizo un puchero.

—Tengo hambre. No he comido nada decente desde ayer.

—Ya queda poco —dijo Tyler, y aceleró—. Pronto estaremos en casa.

Empezó a sentirse mal por no querer parar, pero era como si algo dentro de él se negara a alargar aquel viaje más de lo necesario. Estaba de los nervios y tenso como la cuerda de un violín. La culpa la tenía esa idea enfermiza que se había instalado en su cabeza: quería volver a sentirla como lo había hecho aquel verano.

Llevaba cinco putas horas dentro de su camioneta con ella, respirando su olor, contemplando su piel, la forma en la que sus labios se abrían y se movían cuando sonreía; y cada vez que ella pronunciaba su nombre, con ese tono bajo y suave, su cuerpo se estremecía con una necesidad dolorosa.

No quería complicarse la vida con historias que no iban a ninguna parte y menos con ella. Cassie era la mejor amiga de Savannah, y Savannah era la chica de su mejor amigo. Cagarla con ella podía acarrearle muchos problemas y por nada del mundo iba a jugársela con Caleb.

El estómago de Cassie volvió a rugir.

—No creo que aguante tanto tiempo. Me muero de hambre, Ty. Por favor.

—Es tarde, nena. Si paramos…

—Tengo hambre. Voy a desmayarme. Peor aún, me moriré y tú vivirás con ello en tu conciencia. —Se llevó la mano a la boca y añadió por lo bajo—: Aunque dudo que tengas una.

Tyler sacudió la cabeza y se obligó a permanecer impasible. Por dentro se estaba tronchando.

—Venga, eres una chica grande, aguanta un poco más.

Cassie se movió en el asiento hasta pegarse a él y lo miró con sus ojos grandes y brillantes.

—Por favor, por favor, por *favoooorrrr* —repitió con los labios fruncidos con un mohín caprichoso.

Tyler le sostuvo la mirada. Mierda, ya conocía ese truco y ni de coña iba a caer en él. Estaba a punto de decir que no, cuando el testigo de la gasolina se encendió en el salpicadero. Hasta el universo se había puesto en su contra. Ella le dedicó una sonrisa traviesa y señaló un cartel que anunciaba una zona de descanso con una gasolinera y un par de restaurantes.

—Mira, podemos parar allí —dijo entusiasmada, dándole una palmadita en el muslo.

Tyler tomó la salida y condujo hasta la gasolinera. Se detuvo junto a uno de los surtidores y se bajó con las piernas adormecidas. Empezó a dar saltitos para activar la circulación.

Cassie lo observó desde el interior de la camioneta. Él no dejaba de moverse de un lado a otro, flexionando los brazos y moviendo el cuello con los ojos cerrados. Tras cinco horas seguidas conduciendo, debía de estar hecho trizas; y aun así su aspecto era fantástico. La forma en la que los vaqueros se ceñían a sus caderas era perfecta y le estaba costando apartar la mirada de su trasero. Se mordió el labio inferior cuando él alzó los brazos por encima de la cabeza y le ofreció una vista estupenda de su estómago. ¡Madre mía!

Oyó al pasado llamando a su puerta y todos los motivos por los que no debía dejarlo entrar pasaron por su mente como una mala película. Tyler reunía todos los requisitos para complicarle la vida si volvía a caer en sus brazos.

Estaba tan ensimismada en sus pensamientos que se asustó cuando Tyler entró en la camioneta y cerró la puerta de golpe.

—El empleado de la gasolinera me ha dicho que por esa carretera, a un par de kilómetros, hay un pequeño restaurante que prepara unas hamburguesas alucinantes, mucho mejor que lo que podamos encontrar aquí. ¿Qué te parece, le echamos un vistazo?

Cassie asintió y se colocó el pelo tras las orejas. Tyler se fijó en que tenía el ceño fruncido y que su ánimo había cambiado.

—¡Eh, listilla! —Con un dedo la empujó en el hombro. Aunque lo que realmente le apetecía era deslizar la mano por su piel cremosa, rodear su cuello y besarla. Ella inclinó la cabeza y lo miró—. Si has cambiado de opinión, solo te lo restregaré unas cien veces durante la próxima hora. No pasa nada si quieres que continuemos.

Cassie sonrió de oreja a oreja.

—Eres tan dulce y cuidadoso como un cactus.

—Tengo mis momentos —susurró él.

Se encogió de hombros y la camisa se tensó alrededor de su torso. La mirada de Cassie bajó hasta el hueco que dejaba a la vista su pecho y al levantarla sus ojos se encontraron.

—Me encantaría verte en alguno. Un buen momento de verdad.

—Ya me has visto. —Ella alzó las cejas con un gesto de duda. A Tyler se le escapó una risita—. Joder, Cass, haces que me sienta como un cabrón. No soy tan malo. —Ella alzó aún más las cejas. Él suspiró con resignación—. Vale, tienes razón. Pero para demostrarte que puedo ser un tipo atento y agradable...

—Tú nunca eres agradable.

—Sí que lo soy, ahora mismo lo estoy siendo; y no me interrumpas. —Hizo una pausa y tomó aire—. Iba a decirte que te lo demostraré invitándote a cenar, incluso te abriré las puertas y diré cosas cursis.

Cassie se enderezó en el asiento, interesada en el rumbo que estaba tomando la conversación.

—¿Como qué?

—No sé, cosas como...«Oh, por supuesto que no me importa que te comas mi postre, después de que me hayas asegurado que no te apetecía nada más». O... «Claro que puedes poner a Savage Garden en mi radio durante toda la noche, son un clásico y no me dan ganas de vomitar». O... «En realidad no te estoy mirando las tetas, sino tu corazón. Me encanta tu corazón» —comentó mientras se inclinaba sobre su escote.

Cassie le tapó la cara con la mano y lo apartó muerta de risa. Sus ojos chispeantes se clavaron en él. Tyler también se echó a reír.

—Déjalo. Me conformo con que me invites a cenar.

—¿Estás segura?

Ella asintió sin dejar de reír. Tyler podía ser tan encantador e irresistible que la dejaba sin aliento, y un minuto después ser arisco, receloso y callado. Con él nunca había podido saber a qué atenerse.

—Está bien. Yo invito —dijo él mientras ponía la camioneta en marcha—. Y la gasolina también corre de mi cuenta. ¿Lo ves? Si quiero también puedo ser un calzonazos.

*P*oco después, entraban en el restaurante. Un local amplio, con unas bonitas cristaleras y una barra que ocupaba toda la pared. Detrás se encontraba la cocina. La decoración era bastante antigua, con un aire rural a los años cincuenta, pero resultaba acogedora. Aunque lo mejor de todo era el aroma, la paleta de olores que flotaban en el aire, a cual más apetecible.

—Necesito ir al baño —dijo Cassie, alzando la voz para que él pudiera oírla por encima de la música y el estruendo de las voces y el sonido de los cubiertos.

Era tarde, pero el bar estaba lleno de gente. Las camareras iban de un lado a otro con los brazos cargados de platos. Los ojos de Tyler volaron hasta las raciones de tarta que cargaba una de ellas.

—No me voy de aquí sin probar una de esas. —Sonrió a Cassie y le guiñó un ojo—. Vale, ve. Yo pillaré una mesa.

Le echó un vistazo al comedor y encontró una libre junto a la cristalera. Una camarera se le acercó de inmediato. Llevaba una libreta y un bolígrafo en una mano y en la otra un menú, que le entregó con el brazo extendido.

—¿Qué vas a tomar? Tenemos el especial de la casa por solo nueve con noventa y nueve.

Tyler cogió el menú y le dio las gracias con una sonrisa.

—He venido con alguien y prefiero esperarla antes de pedir. Si no te importa.

La camarera se encogió de hombros y lo miró de arriba abajo. El escaneo fue meticuloso. Empezó por su cara y fue bajando por el cuello hasta su torso, y se detuvo allí un par de segundos, donde su cuerpo tensaba la camisa. Después se fijó en sus brazos y tragó saliva al estudiar los tatuajes.

—No, claro que no me importa. Es la chica rubia con la que has entrado, ¿no? ¿Es tu hermana? —se interesó ella.

En la boca de Tyler se dibujó una sonrisita burlona. Sabía que su aspecto era como un imán para algunas chicas: el tipo malo y peligroso con el que podían ser rebeldes, enfadar a papá o experimentar lo que, en otras circunstancias, no se atreverían. Y era guapo, no estaba ciego y sabía lo que veía frente al espejo. Pero él era mucho más que un chico malo con una cara bonita.

Su aspecto era el mensaje claro y directo de que encajar era lo último que le preocupaba. Pero tampoco pretendía engañar a nadie, y menos a sí mismo. Le gustaba ser la tentación por la que las chicas estaban dispuestas a hacer locuras.

Se pasó la lengua por los labios y vio cómo la camarera contenía la respiración.

—¿Mi hermana? ¿Crees que nos parecemos?

Ella se llevó el bolígrafo a la boca y comenzó a mordisquearlo.

—Bueno, en el color del pelo y eso.

—¿Y qué pasaría si te digo que sí lo es?—lanzó el cebo con voz tentadora.

Ella sonrió y se inclinó sobre la mesa, de modo que él pudo ver mucho más que su canalillo.

—Entonces te sugeriría que la llevaras pronto a casa y que volvieras por aquí. Podríamos tomar algo juntos. Mi turno acaba dentro de un rato.

Tyler le sostuvo la mirada. Era guapa, con el pelo del color de una zanahoria y unos rizos descontrolados que la hacían parecer un duende, un duende sexy. Pero no estaba interesado. De reojo vio a Cassie, de pie junto a la barra, que no quitaba ojo de la mesa. En ella sí que lo estaba, por muy mala idea que fuera.

Se arrepintió de inmediato del coqueteo que había iniciado. Algo que hacía casi de forma mecánica.

—Eres un encanto. Pero, por mucho que me apetezca tu invitación, no va a poder ser. Esa chica no es mi hermana.

—¿Es tu novia? —preguntó con decepción.

—No, es una amiga. La estoy acompañando a casa y solo estamos de paso.

—Es una verdadera lástima.

—Sí que lo es.

—Bueno. Si algún otro día pasas por aquí y te apetece…

—Me encantaría saludarte —le susurró él con una promesa en la voz.

Cassie se encaminó a la mesa que ocupaba Tyler. ¿Qué tiempo había pasado en el baño, tres, cuatro minutos? Y él ya tenía a esa camarera a punto de subirse a su regazo. Ni siquiera podía decir que estuviera sorprendida de haberlo encontrado en plena faena, pero, de algún modo, le molestaba. Le molestaba porque, apenas un rato antes, era dentro de su escote donde él quería colarse.

—Perdona, pero tu culo está en medio —le soltó a la camarera, que continuaba inclinada sobre la mesa.

La chica se enderezó de inmediato y la miró colorada hasta las orejas.

—Disculpa. ¿Os tomo ya nota? —preguntó casi sin voz.

Tyler cogió el menú y se puso a hojearlo.

—Yo quiero una hamburguesa con todo, patatas y una cerveza sin alcohol. También nachos con queso, pero sin los jalapeños —pidió sin prisa. Se inclinó sobre la mesa—. ¿Y tú?

Cassie le echó un vistazo al menú. La boca se le hizo agua con la carne, las patatas y todas las salsas para acompañarlas. Pero el recuerdo de su maldito vestido se coló en su cabeza.

—Yo tomaré una ensalada de pollo a la parrilla con manzana, pero sin el pollo, y agua. Gracias —masculló mientras le devolvía la carta a la pelirroja.

En cuanto se hubo alejado, Tyler frunció el ceño y clavó sus ojos en Cassie.

—¿Por qué has sido tan borde con ella?

—¿Yo, borde?

—¿«Perdona, pero tu culo está en medio»? Yo diría que eso no ha sonado muy bien.

—Era la verdad. Su enorme culo estaba en medio y no me dejaba sentarme.

A Tyler se le escapó una risotada.

—No tenía el culo enorme.

—Así que te has fijado.

—Creo que menos que tú.

—Dada su posición, sí, pienso que tu atención estaba en otra parte de su cuerpo —le espetó sin atreverse a mirarlo a los ojos.

—Ten cuidado, Cass. Podría pensar que estás celosa.

—¡No estoy celosa!, más bien intrigada. ¿Cómo demonios consigues engatusarlas para que se comporten como unas idiotas desesperadas por acostarse contigo?

Tyler se la quedó mirando con una chispa de diversión en los ojos.

—No sé, dímelo tú. ¿Cómo lo hago?

—¿Engatusarme? Eso no funciona conmigo.

—Es verdad. A ti solo tengo que cabrearte.

Cassie le sostuvo la mirada. Eso no podía discutírselo. Con ella solo había necesitado una bronca de dimensiones épicas y, entre un grito y otro, habían acabado besándose como locos. Después una cosa había llevado a la otra y… ¡Dios, recordarlo aún la aturdía!

—Intenta no ir a la playa con ese ego, podrías hundirte con su peso y ahogarte. Aunque bien visto, quizá no sea tan mala idea —se burló ella.

Tyler rió entre dientes y quitó los codos de la mesa cuando la camarera se acercó con sus platos. Se quedó mirando la ensalada de Cassie.

—¿Solo vas a comer eso? —preguntó en cuanto la camarera se hubo marchado.

—Sí —respondió Cassie sin poder apartar la vista de la jugosa hamburguesa.

—¿Por qué?

—Porque es lo que he pedido.

—Ya, y yo me estoy preguntando por qué lo has pedido cuando es evidente que te comerías un buey tú sola.

Cassie miró su cena. Colocó un trozo de manzana a un lado y luego lo movió hasta el otro extremo. El olor de las patatas fritas la estaba torturando. Tyler la seguía escudriñando y pensó que era inútil perder el tiempo en buscar una excusa creíble.

—Es por el vestido.

—¿Qué vestido?

—El que llevo en esa funda de plástico en el asiento de atrás.

Tyler puso cara de póquer y tomó un sorbo de su cerveza. Alzó las cejas, esperando que le aclarara algo más.

—Está bien —suspiró ella al tiempo que dejaba el tenedor en la mesa—. Me compré un vestido y es demasiado pequeño para mí.

Necesito bajar de peso si quiero ponérmelo, sobre todo después de la pasta que me ha costado. Se ha convertido en una cuestión de orgullo.

—¿Y por qué no lo compraste de tu talla?

—Porque era el único que tenían.

Tyler la miraba como si ella hubiera perdido un tornillo.

—¿Y por qué te lo quedaste si sabías que no ibas a poder ponértelo?

—Es una larga historia.

—Vale, casi prefiero no saberla. —Agitó la mostaza y puso un poco en su hamburguesa—. ¡Joder, Cassie, no lo entiendo! ¿De verdad vas a dejar de comer para ponerte un vestido?

—¡Es un vestido precioso! —exclamó indignada.

—Lo que tú digas. Pero me parece una soberana gilipollez. Además, ya estás muy delgada. —La señaló con un gesto de su cabeza—. Y tienes un culo fantástico, por no hablar de tus tetas; me parece un sacrilegio que los eches a perder por un vestido. Pero tú misma, no soy quién para convencerte de nada.

Cassie se lo quedó mirando y trató de disimular la sonrisa que se empeñaba en aparecer en su cara. Tyler no era el chico más elegante a la hora de decir las cosas, pero había que reconocerle que su sinceridad tan directa podía ser igual de agradable. Solo él podía decir algo tan vulgar y hacerla sentir una princesa.

—Vale, quizá sea una tontería, pero me gustaría ponérmelo para la fiesta de compromiso de Caleb y Savannah.

—La fiesta…

Tyler se quedó mirando su cerveza y la hizo girar entre los dedos, distraído por un momento. Cassie notó que empezaba a irse muy lejos de allí.

—¿Qué pasa?

Él llenó el pecho de aire con una profunda inhalación y alzó la vista hacia la ventana.

—Me cuesta creer que Caleb vaya a casarse —susurró. Sus labios se convirtieron en una fina línea.

—Bueno, de momento solo se ha comprometido a hacerlo. Pero, si todo sigue igual, dentro de un año estará dando el «sí quiero» —dijo Cassie. Se fijó en su expresión y creyó percibir desencanto y melancolía a partes iguales—. ¿No te gusta la idea de que se case? ¿No será por Savie? —replicó a la defensiva.

—¡No! Me gusta Savannah. Es lo mejor que ha podido pasarle a Caleb.

—Entonces, ¿qué es lo que no te gusta de este asunto?

Tyler suspiró y la miró durante medio segundo antes de volver a contemplar las luces del pequeño motel que había al otro lado de la carretera. Cambiaban de color con una aburrida secuencia, pero a él debían de parecerle fascinantes, porque apenas pestañeaba.

En realidad ni siquiera las veía. Su cabeza estaba en otra parte.

Le preocupaba su relación con su mejor amigo. En los últimos dos años solo se habían visto unas cuantas veces y lo echaba de menos. Caleb pronto volvería a Vancouver y tenía la sensación de que lo estaba perdiendo para siempre. O quizá había empezado a perderlo aquel día que lo sacaron esposado de su casa por haberle dado una paliza a su viejo. Aquel día todo se fue a la mierda: la vida de su amigo y también la suya. Dios, cómo la había jodido. Cada día deseaba poder volver atrás en el tiempo y cambiar esos días, minuto a minuto.

Que ahora Caleb se casara, formara una familia y tuviera otras cosas en las que pensar, solo era otro montón de tierra más en la tumba de su amistad. Y le dolía sentirse así porque Caleb era el hermano mayor que no había podido tener, aquel al que echaba de menos todos los días pese a saber que no lo quería. Caleb había llenado ese vacío.

—Tyler —susurró Cassie, llamando su atención.

Él sonrió y sacudió la cabeza.

—Lo que no me gusta es tener que ponerme un puto traje. ¿Desde cuándo es una ley universal que el padrino tenga que vestirse como un pingüino?

—¿Tienes que ponerte un frac? —se interesó Cassie con un tonito burlón. Sabía que él había desviado el tema y lo dejó estar. No era asunto suyo indagar en sus cosas.

—Algo he oído, pero ni de coña voy a ponerme uno.

—¿Ni siquiera para la boda de tu mejor amigo?

Tyler la miró y sonrió con aire juguetón.

—Cruza los dedos para que ese día Caleb no aparezca en bermudas.

Cassie se echó a reír con ganas. De repente se imaginó a Caleb junto al altar, vistiendo bermudas cargo y una de sus camisetas con mensajes ridículos: «¡Hey, jódete!».

Sería la comidilla de la gente de la Colina durante décadas.

Él la contempló absorto. Cómo no hacerlo cuando tenía la risa más alucinante que había oído nunca: chispeante y contagiosa. De pronto se le ocurrió algo.

—Mi madre sabe coser, se dedica a eso. Quizá pueda arreglarlo.

Cassie alzó las cejas con curiosidad.

—¿Arreglarlo? ¿Te refieres a mi vestido?

Él se metió una patata en la boca.

—Ajá.

Cassie consideró la idea. Su estómago volvió a protestar, muerto de hambre. Tragó saliva y miró con pena su ensalada.

—No lo había pensado. ¿Crees que lo haría? —se interesó, sin disimular el sentimiento de esperanza que se abría paso dentro de ella.

—Si puede arreglarse, seguro que sí. Le preguntaré mañana.

—Eso sería genial. ¡Gracias! De verdad, ¡gracias!

Tyler bajó la vista y esbozó una sonrisa taimada. A continuación, cortó su hamburguesa por la mitad y puso el plato en el centro de la mesa. Después hizo lo mismo con la ración de patatas.

—Come antes de que me arrepienta.

Cassie soltó una risita y cogió el kétchup. Lo agitó antes de abrirlo y puso una buena cantidad sobre las patatas.

—Gracias. —Sonrió de oreja a oreja—. ¿Sabes? Es cierto que tienes tus momentos.

Él se la quedó mirando y después meneó la cabeza con ese aire socarrón tan natural en él.

—¿Qué? —preguntó Cassie. Gimió al sentir el sabor de la jugosa carne en contacto con su lengua.

—Deberías admitir lo mucho que te pongo y dejarte de rodeos.

—No me pones. Ni siquiera un poco —farfulló ella con la boca llena.

—Mientes de pena. ¡Si no has dejado de mirarme el culo!

—Que te den.

Tyler se encogió de hombros y no se inmutó cuando Cassie le mostró el dedo corazón. Por dentro se estaba riendo a carcajadas. Meterse con ella, para ver cómo saltaba, era adictivo.

—Es inevitable. Lo harás. Admitirás que me deseas.

—¿Es una amenaza?

—No, encanto. Un hecho.

Cassie entornó los ojos.

—En otra vida.

—Soy paciente.

5

Cassie se tragó el último trozo de tarta, convencida de que iba a explotar. Pero sería una muerte dulce tras tantos días comiendo como un pajarito. Chupó la cuchara hasta borrar el último rastro de chocolate y después se relamió sin ninguna vergüenza. De hecho, habría lamido el plato si Tyler no hubiera estado observándola desde el otro lado de la mesa sin apenas parpadear.

Su mirada insistente y su silencio empezaban a ponerla de los nervios. Él no había dicho ni una sola palabra, salvo para pedir el postre, y ella tampoco había hecho ningún esfuerzo por entablar conversación porque su prioridad inmediata había sido la de engullir.

Dejó la cuchara en el plato con un suspiro. Miró a su alrededor y sus ojos acabaron posándose en los de Tyler, semiescondidos tras la taza de café que bebía a pequeños sorbos. Incapaz de sostenerle la mirada por más tiempo, bajó la vista sintiendo que su atención le quemaba la piel.

—¿Qué hora es? —preguntó, más para acabar con la incomodidad que sentía que por curiosidad.

Tyler dejó la taza sobre la mesa y sacó el teléfono móvil de su bolsillo. Le echó un vistazo.

—Tarde. Deberíamos irnos —dijo mientras se ponía de pie. Sacó dinero de su cartera y lo puso sobre la mesa, cerca de la mano de Cassie—. ¿Te importa pedir la cuenta y pagar? Tengo que ir al baño.

Ella asintió con una leve sonrisa.

Tyler se encaminó con aire despreocupado hacia el pasillo donde se encontraban los aseos. En cuanto cerró la puerta, soltó un gruñido de frustración y se frotó los brazos para aflojar la tensión que sentía por todo el cuerpo. Acababa de pasar el peor rato de toda su vida. Ver a Cassie comiéndose ese trozo de pastel había sido una tortura. Cada sonido de placer que había salido de su garganta lo había golpeado directamente en el pecho, robándole el aire de los pulmones. Era condenadamente sexy.

Necesitaba que aquel viaje terminara de una maldita vez o cierta parte de él acabaría explotando. Se pasó una mano por el pelo y se miró en el espejo. Una hora, una hora más y estaría en casa a salvo de sus propios instintos.

Localizó a Cassie en la barra, hablando con la pelirroja mientras esta le daba el cambio, y decidió esperarla en la calle. Un soplo de aire cálido le calentó las mejillas, frías por el aire acondicionado del interior. Contempló el cielo plagado de estrellas y trató de ignorar el deseo de darle una calada a un cigarrillo.

Dejar de fumar estaba siendo un suplicio, pero le había prometido a Derek que iba a intentarlo. Su hermano pequeño podía ser un incordio cuando se lo proponía, y se había tomado muy en serio su misión «Salvemos a Tyler de un cáncer de pulmón». Puto crío. El enano había estado a punto de convertirse en un delincuente que coqueteaba demasiado con el alcohol y otras sustancias. Por suerte, Caleb y él habían logrado enderezarlo justo a tiempo, y ahora era una especie de maldita conciencia tocapelotas. Sonrió para sí mismo y el pecho se le llenó de orgullo. Pero cuánto quería al tocapelotas.

Se mordió el carrillo e hizo crujir sus nudillos. Odiaba esa sensación de ansiedad. Por el rabillo del ojo vio una expendedora. Con suerte tendría chicles o algún caramelo que le ayudara a combatir el mono.

Apoyó la mano en el cristal y le echó un vistazo al contenido mientras jugueteaba con una moneda entre sus dedos.

Cassie cruzó la puerta del restaurante y buscó a Tyler. Lo encontró frente a una máquina expendedora a la que parecía que quería asesinar por cómo pulsaba los botones.

—Ya he pagado la cuenta. Podemos irnos.

Él alzó la mano.

—Un segundo.

Viendo que seguía allí parado, acabó acercándose para ver qué lo tenía tan entretenido.

—¿Qué haces?

Tyler inclinó la cabeza y la contempló. Estaba para comérsela con su melena rubia enmarcándole la cara, su nariz perfecta y esos labios sugerentes y carnosos fruncidos con una mueca picajosa. Con las manos en las caderas, llamando la atención sobre sus curvas. Es que lo provocaba cuando adoptaba esa actitud prepotente; y las ganas de fastidiarla se convirtieron en una necesidad.

—Estoy pensando —respondió como si nada—. Vamos a pasar otra hora en la camioneta, solos, y...

—¿Y?

—Durante la cena, tu forma de mirarme... No sé...

—¿Mi... qué?

—Pues eso. Intento decidirme entre un espray antivioladores o unos condones. Y lo segundo no es que me entusiasme, la verdad, pero haría el sacrificio para ayudarte con esa frustración sexual que desprendes. Soy un buen tío, no puedo evitarlo.

Cassie lo fulminó con la mirada y una rabia densa se extendió por sus miembros. Su comentario no había tenido ninguna gracia, y no es que no estuviera acostumbrada a que se comportara como un gilipollas, pero esta vez había sentido sus palabras como un insulto.

—¡Oh, qué considerado! Te sugeriría los condones, pero no veo los mini para pollas microscópicas —replicó con cinismo. Se dio la vuelta y echó a andar hacia la carretera.

—¿Adónde vas?

—A buscar un taxi. No querría obligarte a usar ese espray. Ya sabes, por mi frustración sexual.

Sus palabras y el tono dolido de su voz le tocaron la fibra sensible a Tyler. Quizá se había pasado al provocarla de ese modo. A veces ni él mismo distinguía sus propios límites.

—Cassie, espera. Joder, no iba en serio. Te estaba tomando el pelo y lo sabes. —Ella no parecía dispuesta a detenerse, al contrario, aceleró el paso—. Lo siento —gritó a pleno pulmón.

Como si un cable hubiera tirado de ella, Cassie se detuvo y se giró para enfrentarlo.

—¿Acabas de decir que lo sientes?

—Sí, alto y claro. Lo siento, me he pasado.

Ella hizo una mueca y se cruzó de brazos. Entornó los ojos con desconfianza.

—Tú nunca te disculpas.

—Pues ahora sí. Antes era un capullo.

—Sigues siendo un capullo.

—Es verdad, lo sigo siendo. Y uno de la liga profesional. —Sacudió la cabeza, cada vez más serio y nervioso—. Te prometo que no tendré ningún pensamiento ni diré nada sexual que tenga que ver contigo. A menos que tú quieras. —Eso último se le escapó sin darse cuenta.

Cassie mantuvo la mirada fija en él un segundo. A continuación meneó la cabeza y se dirigió a la carretera.

—No quería decir eso —se disculpó él de inmediato y salió tras ella—. Pero es que esto es… ¡es una mierda!

Ella se giró en redondo.

—¿Esto? ¿A qué te refieres? —le soltó.

Sintió una especie de *déjà vu*. Ya habían vivido una escena muy similar. Otro lugar, otro momento, diferentes palabras, pero las mismas emociones: ese quiero y no quiero que la había vuelto loca.

—A esto. —Tyler la señaló con la mano y luego a sí mismo—. A ti y a mí. Es como una enfermedad mortal con una única cura, pero sabes que no puedes tomarla porque el remedio es igual de letal. No importa qué hagas. Si dejas que la enfermedad siga su curso, te mueres. Si te tomas la medicina, también mueres.

Cassie dejó escapar un suspiro entrecortado y empezó a morderse el labio.

—No sé qué quieres decir.

—Joder, Cassie, claro que lo sabes. Estás en esto conmigo. Esta… esta jodida tensión entre nosotros… es demasiado. ¡Una putada! Y no creo que pueda pasar otra hora contigo en esa camioneta. No sin volverme loco. Y no intentes fingir que para ti es indiferente; no estoy ciego y he visto cómo me has estado mirando todo este tiempo.

—¿Yo? Yo no te he…

—¿De verdad vas a mentirme a la cara? Tengo ganas de estar contigo desde que entré en tu habitación esta tarde. Ni se te ocurra negar que no sientes lo mismo.

Cassie se quedó helada y dio la impresión de que había dejado de respirar.

—¿Y qué sugieres? —preguntó con un miedo atroz a la respuesta.

De nada servía ya disimular. La atracción que una vez hubo entre ellos había renacido como un fénix entre llamas y ahora estaban a punto de quemarse.

—¿Tú qué crees? —preguntó a su vez Tyler. Dio un tímido paso hacia ella.

El instinto de Cassie empezó a gritarle que echara a correr. Si la tocaba, estaba perdida.

—No es una buena idea.

—Lo sé.

—No nos soportamos y… me sacas de quicio.

—¡No más que tú a mí!

Ella se estremeció con un ataque de indignación.

—¿Lo ves? Eres imposible.

—¿Que yo soy imposible? Dios, ¿tú te has oído? —le soltó Tyler, exasperado.

Cassie alzó la vista al cielo y suspiró.

—Vale, pero esto solo demuestra que somos absolutamente incompatibles en todo.

—En todo no, por eso estamos teniendo esta conversación —replicó él con sarcasmo, incapaz de bajar la voz.

—¿A hablarnos a gritos, tú lo llamas conversación? —chilló Cassie a punto de explotar.

Tyler inspiró hondo y dio una vuelta sobre sí mismo con las manos en las caderas, tratando de calmarse. Se revolvió el pelo y, con decisión, se acercó a ella. Le agarró la cara y clavó sus ojos en los suyos.

—Nos estamos desviando del tema principal. Tú me deseas y yo te deseo, ¿qué coño hacemos?

A Cassie se le pasaron por la cabeza unas deliciosas imágenes de Tyler apretándola contra una pared. No, *empotrándola* contra una pared. Su boca sobre la de ella y sus manos perdiéndose bajo su ropa. Sintió su aliento dulce y cálido sobre la cara, y el pánico se fue apoderando de ella. Era cierto, lo deseaba. Ese sentimiento nunca había desaparecido, solo había permanecido aletargado, y ahora había despertado sin pedirle permiso.

Pero le daba miedo lo que podría sentir si volvían a estar juntos, no estaba preparada para arriesgar su corazón. Quizá para él solo fuese atracción física, pero para ella podía convertirse en algo más. Como ocurrió con Eric, y entonces acabó destrozada. Seguía sin estar lista. No era lo suficientemente fuerte como para recomponerse si se le iba de las manos. ¿Acaso no se había dado cuenta de que fue por todo eso por lo que se largó sin más?

—Tú y yo juntos somos un desastre —susurró ella, incapaz de apartar la vista de su boca. Le ardía toda la piel.

Tyler deslizó las manos por sus brazos y las posó con delicadeza en sus caderas. La acercó más a su cuerpo. Sus pechos le rozaron el torso y un escalofrío le recorrió la espina dorsal. Maldita sea, la deseaba. Tanto que lo estaba matando.

—No vamos a casarnos. Ni siquiera tenemos que ser amigos si no quieres. Solo vamos a resolver esto. —Inspiró nervioso—. Venga, Cass, acabemos con este suplicio.

Cassie negó con la cabeza porque se resistía a dejarse llevar sin más. Pero dejó que Tyler le rodeara la cintura con los brazos y no opuso resistencia cuando el espacio entre ellos desapareció. Apoyó las manos en su firme y cálido pecho, y notó lo rápido que le latía el corazón. La apretó contra él con cierta desesperación y el estómago le dio un vuelco al notarlo duro contra la parte baja de su vientre. Comprobar que seguía teniendo ese efecto en él revolucionó sus propias hormonas hasta el punto de ebullición.

—Eso mismo dijimos la otra vez y luego no pudimos parar. Nos liábamos y discutíamos, nos liábamos y discutíamos… Estuvimos así tres meses.

Tyler sonrió contra su mejilla y deslizó los labios por su piel buscando su boca, al tiempo que sus manos se colaban bajo su camiseta y le rozaba los hoyuelos que tenía en la parte baja de la espalda. Recordaba perfectamente dónde se encontraban.

—Lo sé, fue una puta locura. Pero también fueron tres meses increíbles.

Cassie cerró los ojos, convertida en un amasijo de hormonas descontroladas. Él rozó con la lengua la unión de sus labios y su sangre se encendió. Tembló cuando Tyler bajó la cabeza y respiró contra su cuello. Su cuerpo lo deseaba, pero su mente continuaba resistiéndose. Entonces, él le dio un besito en el pulso que le latía bajo la oreja y su mente cedió. Estaba segura de que más tarde se arrepentiría, pero ya no podía dar marcha atrás.

Inspiró hondo.

—Solo esta noche.

Tyler se tensó y contuvo el aliento, sintiendo en todo el cuerpo el peso de esas tres palabras.

—De acuerdo —aceptó sin vacilar.

Cassie ladeó la cabeza, buscando su aliento. Sus labios, dulces y suaves, presionaron contra los de él, cálidos y firmes. Sabía a café, y ella a chocolate, la combinación perfecta. Ambos inspiraron con fuerza, respirándose.

—Y no volveremos a mencionarlo.

—Jamás.

—Y tampoco se repetirá.

Tyler se quedó muy quieto y la miró a los ojos.

—Si eso es lo que quieres.

Ella asintió, tirando de su camisa para que se inclinara, y volvió a besarlo. Le clavó los dedos en los brazos, pensando que su voz grave y seductora debería estar prohibida. Porque mira dónde había acabado por su culpa.

—¿Esto es un sí? —preguntó Tyler. Ella le agarró la cabeza con fuerza para que continuara besándola. «Joder, que sea un sí», pensó.

Le devolvió el beso con ganas y, de repente, aquello se convirtió en una locura de manos y brazos que se movían desesperados. Respiraciones que se aceleraban. Gemidos y resuellos. Susurros que ninguno lograba entender.

Las luces de unos faros los iluminaron y Tyler se obligó a detenerse. Abrazó a Cassie contra su pecho y miró a su alrededor. Mierda, se había olvidado de que estaban en un aparcamiento a la vista de todo el mundo. Sus ojos volaron hasta el otro lado de la carretera y una idea cruzó por su mente.

—Ven —dijo mientras la cogía de la mano y la arrastraba con él.

—¿Adónde?

—Aún no lo sé.

Sin soltar la mano de Cassie, cruzó la carretera y se dirigió al motel. Pasó frente a la puerta de recepción y vio a un hombre de avanzada edad que parecía dormitar en una silla tras el mostrador. Avanzó, rodeando el edificio, y se dirigió a la esquina más alejada. Se fijó en los coches aparcados frente a las habitaciones y después en las ventanas que estaban iluminadas y en las que no. Se detuvo delante de una de las puertas y sacó una tarjeta de su cartera. Escudriñó los alrededores y se centró en lo que iba a hacer.

Cassie lo miró sin dar crédito, comprendiendo por fin qué pretendía.

—¿Vas a colarte ahí? —inquirió con los ojos muy abiertos.

—Chsss… no alces la voz —susurró él mientras giraba el pomo a la vez que deslizaba la tarjeta entre la puerta y el marco, a la altura de la cerradura.

—¡Tyler, esto es un allanamiento! ¡Es un delito!

Él la miró por encima del hombro y sonrió como un zorro.

—Solo si te pillan.

La puerta cedió con un ligero crujido. Sin darle tiempo a protestar, agarró a Cassie por el brazo y la empujó dentro de la habitación. La pegó a la pared, entre la puerta y la ventana, y cerró con el pie. A continuación corrió el pestillo y colocó la cadenilla de seguridad con la que contaba.

Una tenue luz azulada, que procedía del exterior, alumbraba el suelo. Se podía percibir el contorno de una cama en medio del cuarto y una cómoda en un lado, junto a lo que parecía el baño. Cassie alzó la vista y se encontró con los ojos de Tyler clavados en ella. El lado derecho de su cara estaba iluminado, el izquierdo oculto en las sombras, y el efecto era tan aterrador como sugerente.

—¿Haces esto a menudo? ¿Forzar puertas e invadir espacios privados?

Él se encogió de hombros con un gesto adorable y apoyó los antebrazos a ambos lados de su cabeza. Se pasó la lengua por los labios y sonrió. A Cassie se le retorcieron las entrañas con todo su ser pidiendo a gritos que él la tocara. Madre mía, estar en aquel cuarto en el que no deberían estar, en una oscuridad opresiva y con el único sonido de sus respiraciones era de lo más excitante.

—Llevaba unos cuantos años sin hacerlo, pero está claro que no he perdido mi toque —dijo él mientras presionaba su cuerpo contra el de ella.

—¡Estás loco!

La sonrisa de Tyler se ensanchó, traviesa y maliciosa. Alzó las cejas y se mordió el labio inferior.

—¿Y ahora te das cuenta?

Cassie se lo quedó mirando. Temblaba bajo el roce de sus piernas sobre las de ella. Alzó una mano y la pasó por su pelo corto y despeinado. Con la otra le acarició la boca, que se abrió dejando escapar el aliento. Recorrió con el dedo índice su labio superior y después le acarició el inferior con el pulgar. Lentamente, él atrapó las puntas de sus dedos entre los labios y le rozó las yemas con la lengua. Fue un gesto increíblemente erótico y su corazón comenzó a latir con furia.

—Tú me vuelves loco —susurró él con voz ronca y seductora.

Deslizó los dedos por la cinturilla de su falda e introdujo uno rozándole la piel. Se apretujó contra su cuerpo. La besó en la mandíbula y pasó la lengua sobre ella hasta alcanzar su oreja. Le mordisqueó el lóbulo, pasando los dedos en sentido ascendente por debajo de su camiseta. Le acarició la curva del pecho y suspiró de manera entrecortada.

Cassie lanzó un vistazo a la puerta. El temor a que los descubrieran le puso el vello de punta.

Tyler colocó un dedo bajo su barbilla y le giró el rostro para que lo mirara.

—Si nos pillan, diré que te he secuestrado —susurró, y presionó con suavidad sus labios contra los de ella—. Y que tú te resististe en todo momento. —Los lamió y mordisqueó, y ella emitió un sonido atormentado—. Les diré que tuve que obligarte a entrar y que...

Cassie lo calló con un beso y suspiró en su boca, mientras pegaba sus caderas a las de él y deslizaba las manos por su cuello. Jadeó y se arqueó contra su cuerpo como si no pudiera acercarse lo suficiente. Él la apretó contra la pared, devorando su boca, consumiéndose con cada roce de su lengua.

Apartó la cabeza para mirarla y sus ojos lo desarmaron. Era una preciosidad. Ella se puso de puntillas y atrapó su labio inferior con los dientes. Cualquier pensamiento racional lo abandonó por completo.

—¡Hostia puta, Cass!

La besó, gruñendo en su boca. Sus manos y sus brazos estaban en todas partes. La despojó de la camiseta, después de la falda, y su propia camisa fue lo siguiente. Su mirada desenfrenada la recorrió de arriba abajo. Llevaba un minúsculo conjunto blanco de braga y sujetador, bonito e inocente. Sus pechos rebosaban por encima de las copas y, sin necesidad de verlo, sabía que allí su piel estaría sonrojada. La levantó en el aire y la clavó a la pared, presionando su cuerpo contra el de ella. Cassie le rodeó la cintura con las piernas y gimió, balanceando las caderas con un movimiento delicioso. A ese paso, aquello iba a durar muy poco.

—Admítelo —jadeó Tyler junto a su oído.

—¿Qué? —preguntó ella, inclinando la cabeza para permitirle un mejor acceso a su cuello.

—Ya sabes qué. —Se detuvo con un trémulo suspiro y le dio un mordisquito en el hombro—. Quiero oír cómo lo dices.

Cassie lo apartó un poco para poder verle la cara. Él estaba sonriendo de oreja a oreja y sus ojos traviesos le sostuvieron la mirada. Deslizó la mano por su cuello y el pecho hasta su ombligo, dejando un rastro de calor a su paso.

—Dilo, Cassie —insistió, y su mano bajó entre sus cuerpos. Un dedo juguetón se coló bajo la ropa arrancándole un jadeo.

—¡Eres un cerdo y un…!

Tyler le cerró la boca con un beso hambriento. Después se inclinó y repitió el gesto encima del suave tejido del sujetador. Cassie arqueó la espalda al sentir el tirón que le dio con los dientes.

«Oh, Dios, voy a matarlo».

—Dilo o paro. —Exhaló con fuerza y un sonido ahogado escapó de su garganta. La desafió con sus ojos verdes—. Dímelo.

Cassie le cogió la cara con ambas manos y lo fulminó con la mirada. A esas alturas, lo único que le importaba era la necesidad de deshacer ese nudo que se había apretado en su vientre.

—Tyler, retiro lo que te dije antes. Hacerlo contigo fue increíble…

—Increíble y soy el mejor polvo de toda tu vida.

—Eres el mejor polvo de toda mi vida.

Él entornó los ojos y ladeó la cabeza, satisfecho de sí mismo.

—Y te pongo a cien.

—Sí, me pones mucho y, si existieran unas olimpiadas, tú serías el oro en todas las categorías. Eres el Michael Jordan, el Joe DiMaggio, el Jerry Rice del sexo. —Se inclinó y le mordió el labio inferior.

Él soltó un taco y le clavó los dedos en el trasero.

—Y me deseas.

—Te deseo, pero solo porque estás bueno. No te hagas ilusiones con algo más profundo. —Le rozó los labios con su boca—. Y esta pienso cobrármela con intereses. Te lo juro.

El cuerpo de Tyler se sacudió con una suave risa, tan sensual que Cassie se olvidó de que un segundo antes quería estrangularlo. Se aferró a su cuello mientras él se movía con ella por la habitación. La subió a la cómoda y encajó sus caderas entre sus muslos. Con habilidad soltó el cierre del sujetador y se lo quitó, deslizándolo por sus brazos, ansioso por ver lo que había debajo. Joder, era tan hermosa como recordaba, suave y cálida.

Cassie gimoteó al sentir sus manos sobre ella. Dios, sabía que había sido una mala idea. Sabía que sentiría esto. Todo su ser se contrajo y se tensó. Sus caderas volvieron a entrechocar, presionando la una contra la otra. A tientas buscó el borde de sus pantalones. Dio con el cinturón y lo soltó con brusquedad. Después le bajó la cremallera. Se había acabado el tiempo para los preliminares.

Tyler captó la indirecta y echó mano a su cartera en el bolsillo trasero.

¡Mierda!

—No me jodas —gimió.

—¿Qué?

—No tengo condones.

Cassie se quedó inmóvil.

—¿No tienes condones? —preguntó sin voz.

—No. No pensaba que… ¿Tú tienes?

—No, yo… No me imaginaba que…

—¡Qué putada! —gruñó él con rabia.

La miró y casi le da algo. Menuda visión. Desnuda, con su largo cabello cubriéndole el pecho y las piernas abiertas sobre la cómoda. Sus ojos eran incapaces de fijarse en una sola cosa. Toda ella era increíble y condenadamente sexy. El deseo de perderse en su interior lo volvió loco.

Cassie se pasó las manos por el pelo. Aún le rodeaba las caderas con los muslos y notaba su calor en su mismísimo centro. Sentirlo era una necesidad. A esas alturas casi era una cuestión de vida o muerte, después de meses de abstinencia total. La peor estupidez posible se le pasó por la cabeza y la soltó sin pensar:

—¿Tú... tú te cuidas?

—¿Qué? —preguntó Tyler.

—¿Tú lo has hecho alguna vez sin protección?

—¡No! Jamás lo he hecho sin nada. Estoy limpio, nunca me la jugaría así —susurró, tratando de respirar despacio para bajar el calentón. La miró y algo en sus ojos lo desconcertó—. Un momento, ¿estás insinuando lo que yo creo?

—¡Dios, no lo sé! Yo tampoco lo he hecho nunca sin protección. Pero tomo anticonceptivos para regular mis ciclos y... y llevo muchos meses sin hacerlo con nadie.

—¿Cuántos? —preguntó Tyler con cautela y una enfermiza curiosidad. De repente, imaginarla haciendo algo parecido con otro tío le provocó una reacción que no esperaba. Una mezcla de celos e instinto asesino que no sabía nada bien.

—Siete, ocho meses. ¡No sé, puede que más! —Lo apartó con una mano en el pecho y se bajó de la cómoda—. Madre mía, no puedo creer que lo haya considerado.

Se alejó de él y se apoyó en la cama porque sus piernas se negaban a sostenerla. Era una descerebrada sin remedio.

—Los dos estamos limpios —dijo Tyler—. Y estás tomando la píldora.

Ella lo miró por encima del hombro. Era como una aparición, con su cuerpo perfecto vestido tan solo con unos tejanos que le sentaban de miedo. Y continuaba excitado, sobre ese detalle no había ninguna duda posible porque no llevaba ropa interior que pudiera confundirla. Todo él hacía que le fallaran los pulmones y que se le disparara el pulso. Gimió porque estaba loca de remate. Tomó aire y se dio la vuelta hacia él.

—Hagámoslo.

—¿Estás segura?

—¿Y tú?

Tyler se pasó una mano por la cara e intentó comportarse como un tío maduro y responsable, pero no lograba pensar con nada que no estuviera por debajo de su cintura.

—Solo si tú lo estás.

Se miraron fijamente durante una eternidad y... Dos trenes chocando de frente. Solo así podría describirse lo que pasó a continuación.

Cayeron en la cama, enredados, y se besaron con apremio. Unos besos eróticos y persistentes que les abrasaban los labios. Cassie estrechó el cuerpo de Tyler entre sus brazos. Sus músculos eran durísimos y su piel suave. Se apartó para mirarla y ella le devolvió la mirada, respirando tan rápido que se sentía débil. Sollozó, desbordada e impaciente mientras él le separaba las piernas, tomándose su tiempo para grabar cada segundo en sus retinas. Emitió un gemido, casi un grito, cuando entró en ella con un único movimiento, lento y suave.

Tyler sepultó la cabeza en su cuello y se detuvo para recuperar el aliento. Increíble no definía, ni de lejos, la perfecta comunión que sus cuerpos experimentaron sin nada que los separara; e iba a hacer que durara.

Después ya tendría tiempo de arrepentirse, porque lo haría, estaba seguro.

6

*L*a luz del amanecer se coló a través de las ventanas. Tyler se quedó mirando un tenue rayo de sol que cruzaba de lado a lado su habitación. Partículas de polvo flotaban en él, pequeñas motas doradas. Podría quedarse allí todo el día, mirando ese haz. Quizá, si se concentraba lo suficiente, podría lograr no pensar en nada, dejar la mente en blanco y fingir que era la persona que aparentaba ser. Pero no lo era y nada de lo que hiciera cambiaría lo más mínimo lo que ocurrió. Lo que él provocó.

Se presionó los ojos con las palmas de las manos y se los frotó con aspereza. Una mezcla de cólera, decisión, fracaso y un asomo de impotencia recorrió su cuerpo. Estaba acostumbrado a sentir todas esas emociones, pero, conforme pasaban los años, estas se hacían más insoportables. Y aun así se regodeaba en aquel momento, lo vivía, lo recordaba y lo removía porque ese era su castigo. No tenía esperanza, no se la merecía, y de algún modo eso era lo que había sentido al ver de nuevo a Cassie: esperanza.

Joder, ya estaba pensando de nuevo en ella. No había hecho otra cosa en las últimas cuatro horas, desde que la había dejado en casa, después de haber pasado la mejor noche de su vida. Si cerraba los ojos, aún podía oler su perfume, sentir el tacto de su piel, la suavidad de su pelo… Y su preciosa cara sonriendo satisfecha gracias a él. ¡Dios, se había sentido tan bien en ese momento, dándole todo lo que ella le había exigido!

Esa chica tenía algo, algún tipo de influencia sobre él que lograba abstraerlo de sus propios pensamientos y que hacía que se comportara como un tío normal. Las horas que había pasado con ella habían sido como un bálsamo. Durante ese tiempo había dejado de sentirse como un cascarón vacío, sin alma. Y por todo ello se arrepentía de lo que había pasado.

Se frotó el tatuaje que tenía en el pecho. Se lo hizo el último aniversario, como una especie de siniestro recordatorio. Las alas simbolizaban al ángel que él había destrozado y las palabras predecían su futuro. Sin alma. Sin alma no hay posibilidad de futuro, de esperanza, de deseos. Jamás estaría con nadie, jamás formaría una familia propia, jamás tendría nada de lo que le arrebató a ella. No se lo merecía.

Se conformaría con lo que ya tenía, sus amigos, su familia…, y ni siquiera esa parte estaba completa. Vivía con una ausencia que no lograba llenar con nada.

Se levantó con rabia de la cama, cruzó la habitación y bajó la escalera. Encendió la cafetera y cogió el bote donde guardaba el café. Gruñó cuando descubrió que estaba vacío y lo lanzó al fregadero. Necesitaba ir de compras, al menos para conseguir lo más básico: café, cerveza, refrescos y patatas fritas, y también esos cereales de azúcar que le gustaban a Derek.

Se duchó y buscó ropa limpia que ponerse. Dos minutos después, estaba subido en su camioneta. El motor cobró vida y se alejó de la playa. Sorteó el tráfico, adelantando a los coches que se dirigían al centro, y enseguida se encontró callejeando por un barrio que conocía como su propia mano.

Aparcó tras el Shelby gris y salió del vehículo, desperezándose como un gato malhumorado. La puerta de la casa estaba abierta, por lo que entró sin llamar. El olor a café llegó a su nariz desde la cocina y encontró a Caleb preparando tortitas en calzoncillos, con el cachorro de labrador que había traído desde Vancouver durmiendo junto a sus pies. Su amigo giró la cabeza y le sonrió al verlo.

—¡Buenos días, capullo, llegas a tiempo! ¿Quieres desayunar?

—¿A qué crees que he venido, a verte el culo? —replicó mientras se servía una taza de café.

Se echó a reír cuando Caleb le lanzó el salero. Lo atrapó al vuelo y le enseñó el dedo corazón, devolviéndole el gesto. Apoyó la cadera en la encimera con un gesto despreocupado, luego dio un sorbo a la taza.

—¿Qué vas a hacer hoy? —se interesó Caleb.

—Tengo que ir a un sitio. Hay un tipo en Conway, tiene un Camaro del 69 guardado en un garaje y, por lo que sé, conserva hasta la última pieza original. Quiero echarle un vistazo.

Caleb se dio la vuelta y se lo quedó mirando con los ojos como platos.

—¡No jodas! ¿Un SS?

Tyler sonrió y se sentó a la mesa. Su sonrisa se ensanchó, alzando las cejas con un gesto elocuente.

—Rojo.

Caleb soltó una risotada. Se acercó a la mesa para dejar una fuente repleta de tortitas. Después colocó unos platos, cubiertos y rellenó las tazas con más café.

—Te estás quedando conmigo.

—No bromeo con estas cosas —dijo Tyler muy serio. Se sirvió un par de tortitas y las cubrió con sirope. Se llevó un buen trozo a la boca—. No sé cuánto pide, ni siquiera si está interesado en venderlo. Pero es una oportunidad. Ya sabes el tiempo que llevo detrás de ese coche.

Caleb lo imitó, engullendo el desayuno como si llevara días sin comer.

—Lo sé, sueñas con ese coche desde que éramos unos críos. ¿Cuánto tienes?

—Cuatro de los grandes. Si pide más, estoy jodido. Podría conseguir otros dos mil, pero son los que guardo para imprevistos.

Caleb lo miró a los ojos y dejó de masticar.

—Podría prestarte algo. Unos tres mil, más o menos.

Tyler sacudió la cabeza.

—No quiero tu dinero.

—¿Por qué no? —inquirió Caleb.

Tyler puso los ojos en blanco, como si la respuesta fuese tan obvia que casi se sentía insultado por tener que contestar.

—Ya sabes por qué.

Caleb frunció el ceño, confuso, y a continuación esbozó una sonrisa. Por supuesto que lo sabía. Los coches eran como las mujeres. Cuando encontrabas a la mujer de tu vida, solo tú podías seducirla, enamorarla, comprarle regalos y poseerla. Ningún otro tío podía hacer ninguna de esas cosas sin meterse en terreno prohibido.

Caleb aún recordaba cómo se había sentido cuando vio por primera vez su Mustang, un trozo de chatarra oxidado al que solo él podía ver sus posibilidades; había trabajado en ese coche sin descanso, invirtiendo cada dólar ganado en las piezas que necesitaba. El día que por fin lo terminó, se sintió como el orgulloso padre que ve a su hijo por primera vez. Ahora apenas podía pensar en el amasijo de hierros al que había acabado reducido, después de que Brian Tucker lo lanzara por un precipicio con él dentro.

—¿Quieres que te acompañe a verlo?

Tyler asintió con la boca llena.

—Necesito una opinión objetiva. Y alguien que me ayude a convencer a ese tío si se pone duro.

—¿Quién se va a poner duro? —preguntó Savannah al entrar en la cocina.

La cara de Caleb se iluminó de inmediato y sonrió mientras se la comía con los ojos.

—Ty ha encontrado un Camaro Súper Sport. Vamos a ir a verlo. ¿Quieres desayunar?

Ella le devolvió la sonrisa y negó con la cabeza. Se acercó a Tyler.

—¡Eh, ya era hora de que te dejaras caer por aquí! —Él se puso de pie, al tiempo que se limpiaba con una servilleta, y la abrazó con ternura—. Me alegro de verte, Ty.

—Hola, preciosa. Yo también me alegro de verte.

—Gracias por ir a buscar a Cassie.

—Por ti, lo que sea —dijo con sinceridad. Y no pudo evitar una emoción extraña al oír su nombre. Cassie, Cassie… Un trozo de tortita le golpeó la oreja.

—Deja de abrazar a mi mujer —gruñó Caleb, con un destello divertido en los ojos.

Savannah lo fulminó con la mirada.

—¡Serás cavernícola! Aún no soy tu mujer —le espetó, escondiendo sin mucho éxito una sonrisa. Soltó a Tyler y le dio una palmadita cariñosa en el pecho.

Caleb apuró el café de su taza y se puso de pie. Le guiñó un ojo a su chica y la enlazó por la cintura.

—Solo es un tecnicismo fácil de resolver. Las Vegas, tú y yo… —Le dio un besito en la nariz—. ¿Te apuntas?

Savannah entornó los ojos, paciente, y le acarició las mejillas con ambas manos.

—No —respondió como si nada. Después sonrió de oreja a oreja—. Necesito el coche.

—¿Qué coche?

—Tu coche.

—¿Qué le pasa al tuyo? —preguntó él, receloso.

—No sé... —Savannah se encogió de hombros con indiferencia—. Que está en mi casa, sin batería ni gasolina, porque a ti aún no te ha dado la gana de ponerlo a punto —replicó con sarcasmo.

Caleb se sonrojó un poco. Sus dedos se curvaron en torno a su cintura.

—Te prometo que lo haré en cuanto vuelva.

—Lo necesito ahora —insistió Savannah, dedicándole una sonrisa amorosa, y le echó los brazos al cuello.

Caleb abrió la boca para replicar, vaciló, y volvió a cerrarla con el ceño fruncido.

—Vale —cedió. Sus ojos oscuros se suavizaron al mirarla. No podía evitarlo, ella era su debilidad—. Pero cuida de él. Y no pises el freno a fondo. Y ten cuidado con el cambio de marchas. Y no...

Savannah se puso de puntillas y le plantó un beso en los labios.

—Te prometo que lo cuidaré tan bien como tú.

—Nadie lo cuida tan bien como yo —refunfuñó él mientras iba a buscar las llaves.

—¡No puedo creer que te vaya a dejar el Shelby! —exclamó Tyler sorprendido.

Savannah lo miró y vio que estaba reprimiendo una sonrisa.

—Ni yo —susurró, intentando no reírse.

—Por cierto, ¿qué demonios te has hecho en el pelo?

Savannah se había cortado su larga melena rubia por los hombros y unas mechas oscuras destacaban tras las orejas. Ella entornó los ojos y le dedicó una mirada asesina.

—¿No te gusta?

Tyler se echó a reír. La expresión de su cara no tenía precio.

—Me encanta. Tú me encantas. —Era verdad, estaba preciosa—. ¿Por qué no dejas a ese capullo y te quedas conmigo?

—Te estoy oyendo —gritó su amigo por el pasillo.

Caleb regresó a la cocina, esta vez vestido, y acompañó a Savie hasta el coche. Poco después volvía a entrar. Tyler continuaba en la cocina bebiendo su segunda taza de café y se lo quedó mirando mientras se sentaba a su lado. Sacudió la cabeza con una sonrisa incrédula.

—¿Qué? —saltó Caleb al tiempo que le tiraba una servilleta a la cara.

—¡Eres un calzonazos! —exclamó Tyler muerto de risa—. Le has dejado tu Shelby a Savannah. ¡A Savannah! La tía que creía que un cigüeñal era un nido de pájaros.

—¡Eh, un poco más de respeto, estás hablando de mi novia! Además, voy a casarme con ella, lo mío es suyo.

Se quedaron mirándose. De repente, Caleb suspiró, desinflándose como un globo, y todos sus intentos por disimular su preocupación fracasaron completamente. Se inclinó hacia delante con las manos en la cara.

—Ty, se lo he dejado. He dejado que se lleve mi coche y ni siquiera sé cómo ha pasado.

Las carcajadas de Tyler aumentaron de volumen.

—Lo sé, he oído perfectamente cómo arrastraba las marchas. —Se puso en pie y empezó a recoger la mesa—. Podrías haberle dicho que no.

Caleb también se levantó. Con los hombros hundidos, llevó los platos sucios al fregadero.

—Como si fuera tan fácil. A veces creo que me han abducido para implantarme un chip en la cabeza que me impide decirle «no».

—Lo que yo decía, eres un calzonazos.

—Y tú, idiota.

Tyler se encogió de hombros.

—En serio, me das pena. Por eso yo paso de relaciones.

—¿Y quién te va a aguantar a ti, pringado? —se burló Caleb. Tyler le dio un empujón y él se lo devolvió. Levantó las cejas de golpe—. ¿Eso es lo que parece? —Le tiró del cuello de la camiseta y dejó a la vista una marca roja en su hombro—. ¿Quién te ha hecho eso?

—Nadie —respondió Tyler evasivo mientras volvía a taparse.

Caleb frunció el ceño. Iba a dejarlo estar cuando, de repente, ató cabos.

—No jodas. ¡Te pedí que fueras a buscarla, no que te la tiraras!

—Yo no me tiré a nadie.

—Vamos, Tyler, ella no. ¡Ella no!

Tyler puso los ojos en blanco al verle gimotear como un crío.

—¿Y por qué no? Ni que fuera la primera vez. Sabes que nos estuvimos viendo durante tres meses.

—Porque ahora es diferente. Es la mejor amiga de mi novia. Lo que le hagas a Cassie, se lo haces a Savannah, ¿entiendes?

Una sonrisita socarrona curvó los labios de Tyler.

Caleb le dio una colleja.

—Borra esa imagen de tu mente. —Le lanzó una mirada suplicante—. Te lo pido como un favor personal. Tú mismo lo has dicho, no quieres relaciones y puedes pasar el rato con cualquier otra chica. Deja a Cassie tranquila. Porque si acabas teniendo problemas con ella, yo los tendré con Savannah.

Tyler le sostuvo la mirada y vio que se lo estaba pidiendo en serio, muy en serio. Sabía que Caleb tenía razón. Él mismo había llegado a esa conclusión la tarde anterior, mientras fue capaz de pensar con la cabeza y no con la entrepierna. Soltó el aire y asintió.

—De acuerdo. Tampoco se iba a repetir —dijo con indiferencia.

Caleb alzó las cejas, curioso.

—¿Pasó algo?

—No.

—¿Acaso no estuvo bien? ¿No diste la talla? —preguntó con un tonito socarrón.

Tyler esbozó una sonrisa divertida y le guiñó un ojo.

—Yo siempre doy la talla. Soy el Michael Jordan, el Joe DiMaggio, el Jerry Rice del sexo —apuntó, usando las mismas palabras que Cassie la noche anterior. Sonrió para sí mismo al recordarla—. Solo fue un polvo por los viejos tiempos.

—¿Estás seguro de eso?

—Ninguno de los dos está interesado en que vuelva a ocurrir.

Caleb lo miró con cautela y cierta preocupación.

—Nunca te ha interesado que vuelva a ocurrir con nadie desde que Jen...

Tyler clavó sus ojos en él, duros y atormentados.

—No la nombres —masculló.

Caleb negó con la cabeza, alzando las manos con un gesto de paz.

—Lo siento, no pretendía remover el tema.

—Vamos a ver ese coche.

*C*assie había olvidado correr las cortinas y el implacable sol penetró en la habitación, despertándola después de haber dormido apenas cinco horas. Gruñendo, se dio la vuelta y se cubrió la cabeza con la almohada antes de recordar lo que había sucedido en ese motel la noche anterior. Una intensa aprensión despertó en su pecho.

Tiró la almohada al suelo y se quedó mirando la pared, con la certeza de que ya no conseguiría dormirse de nuevo. Dios, se había enrollado con Tyler. ¡Como si no tuviera suficientes quebraderos de cabeza!

Al otro lado de la ventana, oyó el ruido de un motor. El vehículo se detuvo en la entrada y segundos después sonó el timbre de la puerta. Decidida a ignorarlo, cerró los ojos y se tapó la cara con el brazo. Volvieron a llamar.

—¡Hola! Cass, ¿estás en casa?

—Savie —susurró con una sonrisa radiante en la cara.

Se levantó de la cama como un rayo, salió de la habitación y cruzó el pasillo en dirección a la escalera. De reojo vio la puerta del dormitorio de su madre abierta, y la cama tal y como la había encontrado al llegar. No había vuelto a casa. Se lanzó escaleras abajo, cruzó el vestíbulo y abrió la puerta principal de un tirón.

Se quedaron mirándose durante un largo segundo.

Savannah la recorrió de arriba abajo con la mirada. Torció el gesto.

—¿Te das cuenta de que has abierto la puerta en bragas y que podría ser el cartero?

Cassie se encogió de hombros y su sonrisa se hizo más amplia. De repente, ambas lanzaron un grito y se fundieron en un abrazo.

—¡Dios mío! —exclamó Savannah—. ¡Cuánto te he echado de menos!

—Yo también. Yo también —gimoteó Cassie, apretujándola entre sus brazos con fuerza—. ¡Madre mía! ¿Qué es eso que huele tan bien?

Savannah agitó ante su nariz la bolsa de papel que llevaba en la mano.

—Bollos de limón de Delicakes. Recién hechos.

Cassie sacudió las manos como si acabara de hacerse la manicura y quisiera secar sus uñas.

—¿Te he dicho ya cuánto te quiero? Ven, prepararé café.

Juntas entraron en la cocina.

—Por cierto, ¿qué demonios te has hecho en el pelo?

Savannah puso los ojos en blanco con un gesto de fastidio. Se acomodó en uno de los taburetes frente a la barra.

—No hace ni media hora que Tyler me ha preguntado lo mismo y con la misma cara que tú tienes ahora. ¿Qué pasa? ¿Tan mal me queda?

Sacó un bollo de la bolsa y le dio un mordisquito.

Cassie notó un revoloteo en el estómago al oír el nombre de Tyler. Se giró hacia Savannah y le tiró de una mecha oscura.

—¡No, te queda genial! Me encanta. Te da personalidad. Pareces una chica dura.

—Soy una chica dura —dijo Savannah, entornando los ojos con un gesto travieso.

Cassie se echó a reír. La cafetera emitió un pitido, cogió la jarra de cristal y sirvió café en un par de tazas. Se sentó frente a su amiga, al otro lado de la barra. Sus ojos se vieron atraídos por el anillo que llevaba en la mano izquierda. Un sencillo modelo de oro blanco con un discreto diamante engarzado.

—¡Savie, es precioso!

—Sí, ¿verdad? —Extendió la mano y lo contempló emocionada.

—¿Cómo fue? —preguntó Cassie con los ojos muy abiertos—. Es que no consigo imaginarme a Caleb haciendo una propuesta como esa.

A Savannah se le escapó una risita.

—Aunque no lo parezca, Caleb es un hombre muy romántico. Fue el día de San Valentín. Encontré sobre la cama un vestido precioso y una nota con la dirección de un parque. Cuando llegué allí, me esperaba con unas flores en una mano y un cachorrito adorable en la otra. Sabes que siempre he querido tener un perro. Esa bolita de pelo vino hacia mí con un enorme lazo en el cuello del que colgaba una cajita. Cuando la abrí, casi me caigo de culo.

—¡Oh, Dios mío! —gimió Cassie.

—¡Eso mismo dije yo! —chilló Savannah—. Bien… Caleb puso una rodilla en el suelo, me miró a los ojos y me dijo: «Sav, te quiero con toda mi alma y te necesito como jamás he necesitado a nadie. Sé que soy un desastre y que no es fácil manejarme, pero también sé que nunca podré dejarte marchar. Tú me mantienes cuerdo y haces que todo tenga sentido. Tú haces que mi vida merezca la pena. Por eso necesito que te cases conmigo».

Cassie la miraba sin parpadear, con un trozo de bollo colgando de sus dedos.

—«Necesito que te cases conmigo» —repitió en un susurro—. No te lo pidió, te lo imploró. ¡Qué bonito! Acabas de despertar a la romántica que vive en mí.

Savannah soltó una carcajada.

—¿Tú, romántica?

—¡Eh, que tengo mi corazoncito! Aunque no lo parezca. —Puso su mano sobre la de Savannah y la acarició con ternura—. Se te ve feliz, señora Marcus.

Savannah se ruborizó al escuchar su futuro apellido.

—Es que soy feliz, más que feliz. Caleb es tan increíble, tan… —Se encogió de hombros como si no encontrara palabras para describirlo—. Lo quiero mucho.

Un atisbo de nostalgia flotó sobre sus cabezas. Todo parecía igual entre ellas, como si el tiempo no hubiera pasado. Pero no lo era. Ambas sabían que todos aquellos planes con los que habían soñado habían quedado reducidos a eso, a meros sueños. Sus vidas no solo habían tomado caminos distintos, también direcciones opuestas.

Savannah miró a su alrededor y frunció el ceño.

—¿No está tu madre?

Cassie terminó de masticar otro bollo, después lo tragó con la ayuda de un sorbo de café. Se encogió con un gesto de indiferencia.

—No. No había nadie cuando llegué.

—¿Sabía que venías?

—Claro que lo sabía —rió con amargura—. Pero ya ves. Seguro que tenía algo más importante que hacer. Algún cuadro que vender, algún artista al que visitar, algún nuevo ligue… —Se puso de pie y se acercó a la encimera para coger el servilletero—. Da igual, tampoco es que me importe mucho.

Savannah se arrepintió de inmediato de haber sacado el tema. Por mucho que su amiga tratara de aparentar que no era así, ella sabía lo mucho que le dolía el poco interés que despertaba en sus padres.

Cassie se dio cuenta y le quitó importancia con una leve sonrisa. Estaba acostumbrada a que su madre apenas pasara tiempo en casa. Había sido así los últimos trece años, desde que se divorció.

Cuando su padre las abandonó por una estudiante de Derecho mucho más joven, su posición económica sufrió un duro revés. Pasaron de una situación acomodada a tener que contar hasta el último centavo de la mísera pensión de manutención que les pasaba. El círculo social en el que se movían les dio la espalda y, de un día para otro, sus vidas cambiaron por completo. Facturas, colegio privado, seguro médico... Tenían demasiados gastos que afrontar y ninguna ayuda, y a su madre no le quedó más remedio que trabajar para poder salir a flote y no perder la casa.

Su licenciatura en Bellas Artes le permitió encontrar un trabajo en una galería privada y poco a poco todos los problemas se resolvieron. Su madre ganaba lo suficiente para que pudieran vivir sin agobios. No podían permitirse lujos, pero Cassie nunca había necesitado muchas cosas; y pertenecer a una clase social que la despreciaba por el tamaño de su cuenta corriente no era una de sus preocupaciones.

Sin embargo, Cassie sí habría necesitado algo: una familia que se preocupara por ella. Su padre siempre la había ignorado y su madre pasaba casi todo el tiempo en la galería o viajando para conseguir nuevas obras. Nunca había tenido a nadie que le pusiera límites, que se preocupara por sus notas, por las compañías que frecuentaba, por los chicos con los que salía... Lo más parecido a una familia de verdad que había tenido habían sido los Halbrook. Savannah y sus padres habían asumido ese papel.

—¿Qué tal por Lexington? —se interesó Savannah.

—Bastante bien, la verdad. Allí el tiempo pasa rápido, siempre estoy ocupada y me gusta sentirme así. Me encantan las clases y el próximo curso podré hacer algunas prácticas. Incluso cabe la posibilidad de que participe en un intercambio de estudiantes y que pueda ir a Europa.

—¡Vaya, eso es genial, Cass!

—Sí. Es lo que siempre he querido: un trabajo interesante, tener mi propia vida, viajar... Ser yo misma.

—Siempre has sido tú misma —replicó Savannah. Entornó los ojos y su sonrisa se volvió taimada—. ¿No vas a contarme qué tal te fue ayer? Tyler parecía de una pieza esta mañana. —Alzó las cejas y suspiró—. Cuando Caleb me contó que lo había enviado a buscarte...

—¿Es que esperabas que lo persiguiera con un cuchillo como en *La matanza de Texas*?

Savannah se encogió de hombros.

—Tanto como eso, no. Pero es que sois alérgicos el uno al otro.

Cassie la miró boquiabierta.

—¡Venga ya! No tengo nada en contra de Tyler. Sigue siendo un capullo obstinado y arrogante, con un ego estratosférico y un don para decir una gilipollez tras otra, pero no tengo motivos para estar en guerra con él. Nos vimos durante un tiempo, ¿recuerdas?

—También recuerdo que os odiabais como dos dementes.

—Solo a veces, otras lo pasábamos bien; y después se terminó. No hubo dramas ni malos rollos porque entre nosotros nunca ha habido nada serio. Solo fue sexo.

Tomó su taza de café con ambas manos para que no se notara que habían comenzado a temblarle. Imágenes de la noche anterior pasaron por su cabeza con una nitidez perfecta: manos, músculos, piel, sudor..., placer. Tragó saliva y se acomodó en el taburete. ¡Ay, había caído como una idiota sin ningún autocontrol!

—Lo sé. Y también sé que saliste huyendo porque él empezaba a importarte —repuso Savannah con cautela.

—Puede... Pero todo eso es agua pasada. Ya hace mucho tiempo y aquello que sentía ya no lo siento. Tyler no significa nada para mí en este momento —lo dijo tan convencida que ella misma estuvo a punto de creer que era verdad. Pero no lo era. Notaba algo extraño por dentro, una sensación desconcertante. Y no podía sacárselo de la cabeza.

—Entonces, ¿ayer todo fue bien?

—Sí, te lo prometo. —Le dio un golpecito en la mano con complicidad—. Nos comportamos como dos viejos conocidos. Charlamos de todo un poco y hasta me invitó a cenar. Después me trajo a casa, me ayudó a descargar y nos despedimos. —La atravesó con la mirada al ver que su amiga continuaba desconfiando—. ¿Por qué… por qué te preocupa tanto?

—Tú eres mi mejor amiga y Tyler es como un hermano para Caleb. Para nosotros es importante que os llevéis bien. Ahora todos formamos parte de la misma familia. Y las familias se reúnen, pasan tiempo juntas y comparten momentos importantes…

—Y si Tyler y yo nos llevamos mal, Caleb y tú estaréis en una posición difícil.

—Sí —admitió Savannah avergonzada—. He acabado cogiéndole mucho cariño a ese idiota y a ti te adoro. El que vosotros dos…

—Cielo… —la interrumpió Cassie—. No hay un nosotros dos. Tyler no significa nada para mí y tampoco lo detesto. Así que no te preocupes.

—¿Eso quiere decir que cabe la posibilidad de que llames a Lincoln Hayes uno de estos días? Necesitas una pareja para mi fiesta y me preguntó por ti…

—¡Genial, el interés no es mutuo! Y no necesito pareja para tu fiesta.

—Bueno, pero sí que necesitas a alguien que te ablande ese corazón de hielo —bromeó.

—Mi corazón está perfectamente, gracias. No voy a llamar a Lincoln ni a ningún otro; no estoy interesada en ese tipo de relaciones. Sigo sin estar…

—Lista para pasar página. —Savannah terminó la frase por ella—. Cassie, ¿cuánto hace ya? ¿Dos años y medio, tres? Eric se fue. Se fue sin pedirte que lo esperaras.

—Lo sé.

—¿Entonces?

—Los sentimientos no son algo que se puedan poner y quitar como unos pendientes, ¿entiendes?

—¿Qué te hizo ese chico para que no seas capaz de olvidarlo?

Cassie bajó la mirada y contuvo la respiración. En realidad, Eric no había hecho nada salvo ser él mismo, pero ella nunca había conocido a nadie como él: guapo, divertido, leal y sincero. Eric poseía un magnetismo especial y ella no había podido resistirse a él.

—Eric se convirtió en lo más real que he tenido en mi vida. Nadie me ha querido tanto como él. Me salvó, me protegió de mí misma. No dejó que lo echara todo a perder. Eric me hizo ver quién soy —respondió con vehemencia.

—También te dijo que continuaras con tu vida —apuntó Savannah con un suspiro.

—Sí, pero no cayó en la cuenta de que mi vida era él.

7

*C*assie pasó toda la mañana deshaciendo las maletas e instalándose en su antigua habitación. Apenas había dormido, pero se sentía como si le hubieran inyectado adrenalina en el sistema nervioso.

Se dio una ducha y se vistió con un pantalón corto y una sencilla camiseta. Luego se recogió el pelo en una coleta alta y usó un clip para los mechones más cortos que le enmarcaban la cara. Observó su reflejo en el espejo. Estaba demasiado pálida y también delgada. Se giró con un suspiro, buscando el vestido que colgaba de la puerta, mientras pensaba en Tyler y en la posibilidad de que su madre pudiera ayudarla con él. Ahora no le parecía tan buena idea, no después de la conversación que había mantenido con Savannah.

Algo irritada por todo lo ocurrido en las últimas horas, pensó que lo mejor sería olvidarlas a toda costa. Borrarlas como si no hubieran pasado. Volvió a mirarse en el espejo y deslizó las manos por su estómago para alisar un par de arrugas de la camiseta. El recuerdo de otras manos acariciando su cuerpo acudió a su mente. Y de repente solo podía pensar en él sobre ella. Los labios le hormigueaban, sus músculos se pusieron en tensión y un nudo de presión la estremeció. Cerró los ojos sin aliento.

¡Maldito Tyler!

—¿Mamá? —gritó desde la escalera—. Mamá, ¿estás en casa? —Durante un par de segundos esperó una respuesta que no llegó—. Sí, cariño, estoy en la cocina preparando tu plato favorito. No imaginas las ganas que tenía de que volvieras a casa. ¡Te he echado tanto de menos! —añadió con tono mordaz, imitando a su madre.

Entró en la cocina y buscó algo que comer. Le echó un vistazo a la nevera y solo encontró una botella de vino blanco y un poco de zumo. En los armarios tampoco había nada que se pudiera cocinar o que no estuviera caducado. Gruñó de pura frustración y abandonó la casa tras coger su bolso.

Se encaminó a la galería donde trabajaba su madre, en el barrio más exclusivo de Port Pleasant. Hacía calor y la temperatura no dejaba de subir. Caminó a toda prisa durante veinte minutos, sintiendo cómo el sudor le corría por la espalda. Cruzó la calle y alcanzó la puerta de la galería justo cuando Mónica estaba colocando el cartel de cerrado.

—¡Cassie!

—Hola, Mónica. ¿Está mi madre?

—Sí, se encuentra dentro. En su despacho.

—Gracias. Por cierto, me alegro de verte.

—Yo también me alegro de verte.

Cassie recorrió las distintas salas hasta el despacho de su madre. La puerta estaba abierta y pudo verla sentada sobre su mesa, acompañada de un hombre que debía de estar contando el chiste del año porque ella no dejaba de reír como una chiquilla histérica.

—Mamá.

Su madre miró hacia la puerta y los ojos se le abrieron llenos de sorpresa.

—¡Cassie! ¿Qué haces aquí? No te esperaba hasta la próxima semana —exclamó mientras la abrazaba.

—Llegué anoche, pero tú no estabas.

—Bueno, sí, verás… —Miró al hombre que estaba con ella y se sonrojó—. Te presento a Bruce Todd, uno de los mejores escultores del momento. Estuvimos reunidos hasta muy tarde preparando su exposición. Ha elegido nuestra galería para la venta de sus obras.

Cassie le dedicó una sonrisa forzada y aceptó la mano que el hombre le ofrecía. De cerca parecía mucho más joven.

—Un placer.

—El placer es mío. Tu madre habla maravillas de ti.

—Estoy segura de ello —replicó Cassie sin mucho entusiasmo—. ¿Y esa reunión ha durado hasta ahora? Vaya, debéis de estar agotados.

Su madre se atusó el pelo y esbozó su perfecta sonrisa, que hacía juego con las perlas que lucía en el cuello. Fingió que no había oído ese último comentario, aunque el rubor de sus mejillas delató que la había incomodado.

—¿Por qué no me dijiste que habías adelantado tu regreso? Habría preparado algo especial para tu vuelta.

—Te lo dije, varias veces. Incluso le envié un email a Mónica para que te lo recordara.

Los ojos de su madre volaron hasta su secretaria, que acababa de aparecer en la puerta. La chica asintió con las mejillas sonrojadas.

—Te dejé la nota sobre tu mesa, Dana.

—Vaya, últimamente no tengo cabeza para nada —se rió su madre con tono de disculpa.

—¿Solo últimamente? —rezongó Cassie por lo bajo.

—Será mejor que os deje a solas —comentó Bruce con un ligero carraspeo. Sonrió con aire condescendiente—. Dana, te espero en el restaurante.

—Muy bien, querido. No tardaré.

En cuanto se quedaron a solas, Cassie se dejó caer en la silla que había frente al escritorio de su madre.

—¿Sales con él? —preguntó sin ninguna sutileza.

—¡No! —exclamó ella, como si fuese la mayor locura que había oído nunca. Dudó un momento e inspiró—. Solo hemos cenado un par de veces y… La verdad es que no sé muy bien si estamos en algo o no. Aunque no es de mí de quien debemos hablar. Cuéntame, ¿qué tal todo?

—Bien.

—¿Solo bien? ¿No tienes nada más que decir?

—No.

Su madre suspiró y se sentó de nuevo sobre la mesa, frente a ella.

—Cassie, ¿estás enfadada conmigo? Porque ya sabes que siempre estoy muy ocupada. Trabajo todo el tiempo para que podamos vivir como lo hacemos y a veces olvido las cosas que…

—¿No son importantes, como yo? —refunfuñó en tono mordaz.

—No, lo que realmente importa, como tú. Siento no haber estado en casa anoche y siento mucho haberme confundido con la fecha de tu regreso. —Se inclinó hacia delante y le colocó un mechón de pelo tras la oreja—. Prometo compensarte, de verdad. ¿Qué te parece si esta noche hago lasaña para cenar?

Cassie bajó la mirada y se concentró en un pellejito que tenía en el pulgar.

—No hay comida en casa. Un ratón se moriría de hambre en esa cocina.

Su madre cruzó una pierna sobre la otra y se esforzó por no perder la paciencia. Cassie siempre había sido un poco difícil.

—Hace tiempo que no visito el supermercado. Cocinar solo para mí no es muy divertido. Esa casa resulta muy silenciosa desde que tú no estás y prefiero comer cualquier cosa aquí.

Cassie alzó los ojos y se encontró con los de ella. Un brillo de tristeza los iluminaba. Se sintió un poco culpable, lo que hizo que suavizara su actitud. Desde que se había ido a la Universidad, su madre se había quedado sola en esa casa tan grande. Y aunque no solía pasar mucho tiempo en ella cuando Cassie vivía allí, podía entender esa sensación de soledad. Así se había sentido ella durante muchos años, completamente sola.

—No pretendía ser borde contigo, mamá.

—Lo sé, cariño.

—Si quieres puedo ir y hacer la compra.

—Eso estaría muy bien, la verdad. Por cierto, antes de que se me olvide. Tu padre me llamó esta mañana hecho una fiera. Me ha contado algo sobre un cargo de doscientos dólares en la tarjeta que te dio para imprevistos. ¿De qué cargo habla?

—Nada, una tontería. Me compré un vestido para la fiesta de compromiso de Savannah.

—¡Por Dios, Cassandra, ya sabes cómo es tu padre!

—¡Se lo devolveré, ¿de acuerdo?! Aunque eso podría considerarse un imprevisto, ¿no crees?

Su madre sacudió la cabeza, exasperada y enfadada.

—Sabes perfectamente que no. Tu padre y yo tenemos un acuerdo sobre tu manutención. Y esa tarjeta para imprevistos solo la puedes usar para cosas relacionadas con la Universidad. Va a descontarme los doscientos dólares del cheque de este mes si no ve el recibo que justifique ese gasto. ¿Por qué no me pediste el dinero a mí?

—Pensé que no podrías permitírtelo.

—Las cosas van mucho mejor en la galería y, si no, habría hecho un esfuerzo. —Suspiró con una sensación de derrota—. No pasa nada, yo se lo devolveré. Cuando hables con él, discúlpate y ya está. Así se calmará.

Cassie dio un respingo.

—No pienso hablar con él.

—Quiere que vayas a verlo y no aceptará un no.

—¿A Fayetteville? Ni de coña —replicó, y movió la mano como si estuviera espantando a un bicho.

—Ya no vive en Fayetteville. Hace tres meses que regresó a Port Pleasant con Leisa y tus hermanos.

Cassie se quedó con la boca abierta. Se levantó de golpe de la silla y taladró a su madre con una mirada furibunda.

—Lo que me faltaba, tener que ver su cara cada vez que salga a la calle. Esto es una mierda, mamá. ¿Por qué coño ha vuelto?

—No hables de ese modo, Cassie. No es apropiado.

—Apropiado o no, por mí puede irse al infierno. ¡Que le den a él y a su jodida familia! —gritó mientras salía del despacho y se encaminaba a la salida.

—¿Adónde vas?

—A hacer la compra.

—Necesitarás mi coche —le hizo notar su madre.

Cassie se detuvo y volvió arrastrando los pies de un modo muy infantil.

—No pienso ir a verlo, mamá —masculló mientras extendía la mano—. Por mí puede esperar sentado.

Su madre la miró fijamente y le entregó las llaves.

—¿Qué pasó entre vosotros para que lo odies tanto?

Cassie le sostuvo la mirada.

—Nunca le he importado. Si pudiera borrarme de su vida, lo haría sin dudar. Para él solo soy una molestia. La última en una lista de prioridades muy larga. Justo por debajo de su puñetero felpudo. —Hizo una pausa e inspiró hondo—. También necesito dinero.

Su madre sacó una tarjeta de su cartera y se la entregó sin apartar la vista de su cara.

—Han abierto un nuevo Walmart en la calle Danby.

—Vale —respondió mientras daba media vuelta.

*C*assie estacionó el Ford Mondeo de su madre en el aparcamiento del nuevo supermercado. Miró el edificio a través del parabrisas y silbó por lo bajo. Era enorme. Cogió un carrito y se precipitó dentro como alma que lleva el diablo.

Esquivó a una mujer mayor que discutía con el que parecía su marido sobre si los Doritos eran una comida saludable o no, y se dirigió a la zona de parafarmacia. Echó pasta de dientes y crema hidratante, maquinillas y espuma de afeitar para chica. No soportaba depilarse con cera porque siempre se le irritaba la piel y le salían un montón de molestos granitos.

Tras aprovisionarse de cosméticos para todo el verano, se dedicó a recorrer la tienda para averiguar dónde se encontraba cada cosa. Al cabo de veinte minutos, había llenado el carro con un montón de cosas apetitosas, incluidos varios paquetes de cereales Froot Loops.

Se encaminó a la sección de alimentos frescos. Al doblar una esquina, su mirada se vio atraída irremediablemente por un cuerpo que le resultó familiar. Se detuvo e inclinó la espalda hacia atrás para tener mayor visibilidad. Sus ojos se abrieron como platos y perdió el equilibrio durante una décima de segundo.

Tragó saliva y se asomó de nuevo. Tyler se hallaba en el centro del pasillo, donde estaba el café. Vestía una camiseta gris que se le ajustaba al torso, unos tejanos negros y unas botas de cuero que completaban una imagen que quitaba el hipo.

Por el amor de Dios, ese chico había hecho algún tipo de pacto con el diablo. «Es el diablo», dijo una voz en su cabeza.

Justo en ese momento, y como si pudiera sentir que lo estaban observando, Tyler alzó la cabeza. Ella se apresuró a esconderse tras una torre de cajas de detergente en oferta. Se llevó la mano al pecho, con el corazón a mil por hora. Empezaba a cabrearla esa reacción biológica que experimentaba su cuerpo cada vez que lo veía. Y no era solo por el hecho de que fuese guapo, una mezcla perfecta entre un chico mono y un tipo duro. Era algo más que sentirse atraída por un cuerpo increíble.

Decidida a ignorarlo, continuó con su compra; pero, sin apenas darse cuenta, acabó frente al mismo pasillo, esta vez en el otro extremo. Él seguía allí y hablaba con alguien por teléfono. Lo vio sonreír y se le aflojaron todas las articulaciones.

Ese chico la volvía loca en todos los sentidos. Quizá por ello estaba pensando en acercarse y saludarlo. Aunque no tenía mucho sentido, cuando la noche anterior habían llegado al acuerdo de que cada uno iría por su lado, como si nada hubiera ocurrido, como si nunca se hubieran visto.

Y la idea había sido solo suya.

Pero ¿y si era él quien se acercaba a ella? Sintió un revoloteo, el mismo que sentía siempre que iba a hacer una tontería a sabiendas de que no debía. ¿A quién pretendía engañar? Se moría por volver a sentir sus ojos sobre la piel. Sacó el teléfono móvil del bolso. Tomó aire y simuló que miraba sus mensajes mientras empujaba el carrito de forma distraída. Se sentía como una adolescente patética intentando llamar la atención del guaperas de la clase; aunque, bien visto, estaba haciendo justo eso.

Por el rabillo del ojo vio que él miraba en su dirección. Se detuvo un segundo, fingiendo que estaba absorta en la pantalla, y continuó caminando mientras empezaba a contar. Uno, dos, tres, cuatro… Diez, once… ¡Mierda! No la había seguido y estaba segura de que la había visto. Una de dos, o pasaba de ella o era la primera vez que le hacía caso en algo.

—Hola, encanto.

Cassie se quedó sin aire al sentir su aliento en el cuello. Una sonrisa, que disimuló rápidamente, apareció en sus labios. Se dio la vuelta y allí estaban esos bonitos ojos verdes, clavados en sus piernas desnudas. Subieron sin prisa por el resto de su cuerpo y se detuvieron en su escote. Tyler se mordió el labio inferior y alzó las cejas como si aprobara lo que estaba viendo.

—Hola, Tyler. ¡Vaya, qué coincidencia! —respondió Cassie—. Por cierto, mi cara está un poco más arriba.

Tyler posó sus ojos en los de ella y su sonrisa se hizo más amplia. Le encantaban sus réplicas de listilla y la boca por la que salían. Una boca preciosa. La contempló sin ningún disimulo, aún dudando de si había hecho bien al seguirla cuando se había prometido a sí mismo que iba a evitarla. Con toda seguridad había sido un error, pero nunca había destacado por tomar buenas decisiones y menos por cumplir promesas.

—¿Sabes? Hace un momento estaba pensando en ti.

—¿Ah, sí? —se interesó Cassie, notando un cosquilleo en el estómago.

—Ajá. Me preguntaba si aún estarías interesada en que mi madre le echara un vistazo a tu vestido.

—¿Por qué no iba a estarlo?

—Me hiciste prometer que no me acercaría a ti a solas y que jamás mencionaría nada que tuviera que ver con lo que pasó ayer. Jamás. Jamás. Jamás. —Sus ojos resplandecían traviesos y la diversión teñía su voz—. Lo de tu vestido forma parte del acuerdo.

Cassie ladeó la cabeza con un gesto adorable.

—Pero es evidente que no vas a cumplir lo que me prometiste, ¿verdad? Estás aquí, hablando conmigo. Podrías haber seguido tu camino y fingir que no me habías visto.

—Podría. Aún puedo —dijo Tyler como si nada. Se puso serio y una sombra cruzó su rostro—. ¿Quieres que me vaya?

Cassie se obligó a pensar. ¿Quería que se fuera? Por supuesto que quería, Tyler era peligroso para ella; y al mismo tiempo deseaba que se quedara. Cómo no hacerlo cuando se le secaba la boca solo con mirarlo. Quería y no quería. Y eso era totalmente contradictorio.

—No. No quiero que te vayas —contestó al fin—. Y te estaría eternamente agradecida si hablaras con tu madre de mi vestido.

La sonrisa regresó a la cara de Tyler, pícara y maliciosa. La conversación que había mantenido con Caleb resonó en su cabeza, pero en ese instante iba a necesitar un maldito milagro para mantener las distancias.

—¿Cómo de agradecida?

—No tan agradecida como estás imaginando.

—Lástima. Pero si te lo piensas mejor…

Ella se echó a reír y a él le encantó ese sonido.

—Vale, ¿cómo lo hacemos? —preguntó Tyler.

Los ojos de Cassie se abrieron como platos.

—¿Cómo hacemos qué?

—Mi madre, tu vestido… ¿En qué has pensado?

—En nada —respondió Cassie con la cara roja como un tomate. Pestañeó varias veces para borrar de su mente la imagen de Tyler empotrándola contra las cajas de cereales.

—Oh, sí que pensabas en algo. A ver si me aclaro. No podemos hablar de lo que pasó anoche, ni tampoco repetirlo, pero ¿sí podemos pensar en ello?

A Cassie se le puso la piel de gallina y se estremeció.

—No, tampoco podemos pensar en ello. —Negó con la cabeza de forma vehemente—. No, para nada.

—Tarde —susurró él, inclinándose sobre su oído. Le rozó la piel con los labios—. Ya lo estoy pensando. De hecho, no creo que pueda olvidarlo nunca. Fue una puta pasada, Cass. ¡Fue la hostia!

Cassie levantó la vista y se topó con su mirada, y la sensación fue alucinante. La necesidad que emanaba de él le aflojó las rodillas. Y allí estaba de nuevo esa tensión que tiraba de ellos, alcanzando niveles alarmantes.

—No te pongas tan dramático —dijo al tiempo que lo empujaba con un dedo en el pecho, recuperando entre ellos la distancia que él se empeñaba en acortar paso a paso.

—Dramático no es la palabra adecuada. Puede que cachondo, muy cachondo sea más apropiado. —Se encogió de hombros y apuntó con un gesto a sus caderas—. La culpa la tienen tus pantalones, si es que a ese trozo de tela se le puede llamar así.

Cassie miró hacia abajo y estudió sus *shorts*. No tenían nada de especial. Aunque algo le decía que a él unos pantalones de franela le habrían dado las mismas ideas.

—La culpa es de tu mente pervertida.

—Te gusta mi mente pervertida y todas las cosas malas que se le ocurren. Acabo de pensar un par, ¿quieres oírlas? —Esbozó una sonrisa arrogante. Le rodeó la cintura con el brazo y tiró de ella. Un ligero movimiento y sus cuerpos se alinearon, presionando uno contra otro.

Cassie tragó saliva, con la respiración subiendo y bajando en oleadas. Una sonrisilla afloró en sus labios, no pudo evitarlo. Si continuaba mirándola con ese aire juguetón, acabaría gritando «sí quiero» como la chica a la que acaban de plantarle un pedrusco en el dedo.

—No quiero oírlas.

—Tienes razón, mejor te las enseño.

—Tampoco quiero que me las enseñes —replicó ella entre risas.

—¿Estás segura? No pareces muy convencida.

El modo en que Tyler bajaba la voz estaba haciendo que a Cassie le diera vueltas la cabeza. Se inclinó sobre ella, acariciándole los labios con su aliento. La mano con la que le ceñía la cintura la apretó con más fuerza y los dedos de la otra ascendieron por su brazo hasta el hombro, con tanta suavidad que apenas los notó. Se obligó a mirarlo a los ojos y se percató de lo peligrosamente cerca que estaba su boca de la suya.

—Ty, me lo prometiste. Una sola vez y como si no hubiera pasado.

—Tenía los dedos cruzados. Así que no cuenta.

—Eso es una tontería.

—Tanto como esperar que yo cumpla esa promesa. No después de anoche.

—Lo de anoche no fue para… —Se le atascaron las palabras cuando Tyler presionó con sus labios el pulso que le latía en el cuello.

—Eres una mentirosa y te va a crecer la nariz —susurró contra su piel.

Habían comenzado a mecerse, como si estuvieran bailando muy despacio. Cada movimiento creaba un delicioso roce entre sus cuerpos. Cassie sentía la aspereza de los vaqueros de Tyler sobre la piel desnuda de sus piernas y ese simple contacto le estaba robando el aire. ¡Estaba pasando de nuevo! Iba a caer, iba a caer.

—Tú sí que eres un mentiroso.

—Sí, pero a mí me crece otra cosa.

La aplastó contra los estantes y sobre sus cabezas varios botes de café se sacudieron con un equilibrio precario. La miró a los ojos y vio en ellos que había notado la evidente y enorme atracción que ocultaban sus pantalones por ella. Sonrió como un demonio y se mordió el labio.

Alguien carraspeó tras ellos. Giraron la cabeza y se encontraron con la mirada iracunda de una dependienta.

—Seguro que encontráis un sitio más apropiado donde hacer… eso. Y sin niños delante.

Tyler alzó la vista por encima de la dependienta y vio dos niños, que no contaban con más de seis años, mirándolos con los ojos como platos y una expresión a medio camino entre el asco y la curiosidad. Sonrió. A esa edad él consideraba a las niñas unas piojosas que gritaban por todo. Con el tiempo eso cambió y se convirtieron en un dolor de cabeza y también de pelotas, como ahora.

Cassie lo empujó con suavidad deshaciéndose de sus brazos y apretó los labios para no echarse a reír. Cogió su carro, evitando la mirada de la dependienta.

—Llámame cuando hables con tu madre —dijo mientras se encaminaba a una de las cajas.

—¿Cómo, con señales de humo? No tengo tu número, listilla.

Ella se detuvo y dio media vuelta.

—Recuerdo que te lo di hace tiempo.

—Es posible que lo borrara accidentalmente.

—¿Accidentalmente?

—Sí. —Hubo una pausa—. Puede que cuando te largaste. Ya no lo necesitaba.

Cassie bajó la mirada. ¿Su tono de voz había dejado traslucir cierto malestar o era imaginación suya?

—Ya. Dame tu teléfono.

Él sonrió sin más y se lo entregó, disfrutando de cada segundo. Cassie tecleó su número y lo añadió a su agenda de contactos. Después se lo devolvió y se alejó de allí a toda prisa. Llegó a la caja, tratando de reprimir la carcajada que luchaba por salir de su cuerpo. La adrenalina corría por sus venas. Cerró los ojos un momento y se concentró en dejar la compra en la cinta. Mientras la cajera iba pasando sus cosas, su teléfono móvil vibró dentro del bolso. Lo sacó y le echó un vistazo. Era un mensaje de Tyler.

Tyler:
Verdad o prenda.

Cassie recordó la primera vez que lo vio. Dos años antes, en una playa no muy lejos de allí, mientras ella jugaba a ese estúpido juego con sus amigos. Sonrió. Él aún se acordaba.

Cassie:
Verdad.

Tyler:
Si no hubiera aparecido esa *cortarrollos*, ¿me habrías dejado besarte?

Cassie:
¿Ibas a besarme?

Tyler:
Ja. Ja. Contesta y no te rías.

«¿Cómo sabe que me estoy riendo?», pensó. Miró a su alrededor y lo encontró en otra caja, sonriendo como un zorro. Él señaló su móvil para que respondiera.

Cassie:
No. Ni de coña.

Tyler:
Mentirosa.

Cassie:
Capullo.

Tyler:
Acabas de romperme el corazón.

Cassie alzó la cabeza y lo miró. Él frunció los labios, compungido.

Cassie:
Ah, pero ¿tú tienes corazón?

Tyler:
¿Te sorprende?

Cassie:
Tú no eres capaz de sorprenderme.

Se quedó mirando el teléfono, esperando su respuesta. Nada. Levantó la vista y lo vio concentrado, deslizando rápidamente el dedo por la pantalla. Sus miradas se encontraron y él le guiñó un ojo. Inmediatamente le entró un mensaje. Lo abrió y casi se cae de culo al verse en una fotografía. La imagen estaba enfocada en sus piernas y en la falda que se le había subido por las caderas, apenas cubriendo su ropa interior. Tyler debía de haberla tomado la tarde anterior en su camioneta, cuando ella se había quedado dormida. De repente se preguntó qué más habría hecho y el estómago le dio un vuelco.

Levantó la cabeza y lo fulminó con la mirada. Él se echó a reír. Le entraron ganas de atizarlo, pero no podía porque era incapaz de enfadarse con él por aquello. Dios, ese chico no estaba bien de la cabeza. Y le encantaba no saber qué podía esperar de él. Otro mensaje.

Tyler:
Creo que voy a ponerla en mi dormitorio. En la pared, frente a la cama. Pura inspiración.

Cassie parpadeó. Un ruido ahogado se le escapó de la garganta, seguido de una fuerte risotada. ¡Qué canalla!

—¿Estás bien? —le preguntó la cajera mirándola con recelo.

Cassie le dedicó una sonrisa y asintió.

—Sí, estoy bien. Gracias.

—Vale, pues son noventa y cinco con cincuenta.

Cassie le entregó la tarjeta y buscó a Tyler con la mirada. Ya no estaba allí y casi se sintió decepcionada.

Empujando el carrito, se encaminó al coche con un molesto zumbido en el interior de su cabeza. El subidón de adrenalina se estaba convirtiendo en un descenso en picado de arrepentimiento. No había hecho lo que había prometido que haría: mantener alejado a Tyler.

Algo tan sencillo se había convertido en una misión imposible en cuanto lo tuvo delante. Un solo vistazo a sus ojos y todos sus esfuerzos quedaron reducidos a un sordo eco que se había negado a escuchar. Él le gustaba demasiado y por mucho que intentara hacerse la tonta, sabía que Tyler se moría por meterse de nuevo en sus bragas. Así que era algo mutuo. Deseo, que no esperanza. El deseo podía manejarse y saciarse. La esperanza te rompía el corazón.

8

*H*abían pasado cinco días desde que Tyler se había encontrado con Cassie en ese supermercado. Cinco días en los que no había dejado de pensar en ella. Esa chica le hacía perder el norte. Y si le quedaba alguna duda a ese respecto, esta se había disipado después de intentar enrollarse con ella entre las cajas de cereales y los botes de café.

Aún le costaba entender cómo habían pasado de un simple «hola» a casi fundirse el uno con el otro. Ella no se había resistido en absoluto. Sus palabras decían una cosa y su cuerpo otra. Y puesto a elegir, se había quedado con la opinión del segundo.

Sonrió al recordar la cara que había puesto cuando le envió la fotografía. Su mirada de asombro y la risa incontenible que había brotado de su cuerpo. En ese instante se le había pasado por la cabeza que podía hacerlo, que podía tener algo especial con Cassie. Pero al llegar a la camioneta, la realidad se impuso de nuevo. Entre ellos no podía haber nada porque él jamás podría darle nada. Por ese motivo no la había llamado, ni tampoco le había dicho a su madre nada sobre el vestido. Mejor no volver a verla y evitar la tentación. Porque con Cassie era imposible no pensar en una vez más. Solo una vez más.

¡Joder, todo sería más sencillo si los últimos días no hubieran existido!

—¿Te ha llamado el tío del Camaro? —preguntó Caleb.

Tyler abandonó sus pensamientos. Dijo que no con la cabeza y tiró con fuerza de la cadena de la que pendía un motor. Gruñó por el esfuerzo y volvió a tirar. Izó el motor otro poco, hasta que quedó fuera de la GMC. Caleb y Jace se apresuraron a cogerlo.

—¡Joder, cómo pesa! —exclamó Jace.

—Eres una nenaza —se burló Caleb. Miró a Tyler mientras los brazos le temblaban por el esfuerzo—. ¿Dónde lo quieres?

—Dejadlo sobre ese soporte. Tengo que desmontarlo entero —respondió.

—Deberías llamar tú —sugirió Matt. Estaba recostado contra una pared, lanzando patatas Lay al aire y atrapándolas con la boca—. Al tío del Camaro —aclaró al ver la mirada inquisitiva que le lanzó Tyler.

—No voy a llamarlo. Si lo hago se dará cuenta de que estoy desesperado por quedarme con el puto coche y entonces subirá el precio. —Inspiró hondo y se limpió el sudor que le empapaba la frente. Y añadió para sí mismo—: Llamará. Tiene que llamar.

—¿Y si no lo hace? —insistió Matt.

—Lo hará, joder.

—Pero...

—Sin peros, ese coche va a ser mío y punto.

—Debiste subir un poco más el precio —comentó Caleb y se rascó la coronilla—. El coche lo vale. Yo creo que se sintió insultado por lo que le ofreciste.

—¿Cuánto le ofreció? —se interesó Jace.

—Cuatro quinientos —respondió Caleb con tono de resignación.

Tyler puso los ojos en blanco y se acercó a la GMC para bajar el capó.

Jace hizo un ruido raro con la garganta.

—¿Le ofreciste esa mierda? —le soltó a Tyler con los ojos muy abiertos—. Tío, ya puedes olvidarte del coche.

—*Sip*, ya puedes olvidarte —repitió Matt, mientras se metía en la boca un puñado de patatas.

—Y tú qué sabrás —le soltó Tyler a Matt, girándose hacia él, y le lanzó el trapo con el que se estaba limpiando las manos—. No tienes ni idea de coches, por eso conduces esa mierda de Cadillac. Y come con la boca cerrada, joder.

—Eh, no te cabrees conmigo porque la hayas jodido con ese tío.

—¡Que yo no la he jodido con nadie! —gritó Tyler a punto de liarse a puñetazos con alguien.

—Pues yo no estaría tan seguro de eso —masculló Jace. Miró a Tyler con los ojos entornados y suspiró—. ¿Solo cuatro de los grandes? ¿De verdad?

—Yo se lo dije, tíos. Se lo dije —intervino Caleb, al que le estaba costando un gran esfuerzo no sonreír.

Tyler se los quedó mirando y empezó a reírse con ganas. Esos idiotas se lo pasaban en grande tomándole el pelo.

—Sois unos ca-bro-nes —les espetó al tiempo que le lanzaba una lata de refresco vacía a Matt—. Disfrutáis poniéndome de los nervios con esto. Que os den a los tres.

Matt frunció el ceño y le devolvió la lata como si fuera un proyectil, pero Tyler se agachó y le dio de lleno a Caleb. Este, lejos de dejarlo correr, tiró la suya y salpicó a Jace, que se puso de pie mientras soltaba una retahíla de palabrotas y se sacudía los pantalones.

—Serás capullo. Me has puesto perdido.

—«Me has puesto perdido» —se burló Caleb. Le acertó otra lata—. Joder.

De repente el taller se convirtió en un ring de lucha libre. Entre gritos y risas, los chicos acabaron por los suelos, tratando de placarse los unos a los otros.

Drew, el padre de Tyler, salió de la oficina con un montón de papeles bajo el brazo. Se los quedó mirando, sacudió la cabeza con un gesto de exasperación y se dirigió a la puerta.

—Cerrad cuando hayáis acabado. Yo me voy a comer. Tyler, no olvides ir a ver a tu madre. Cree que te estás muriendo de hambre desde que vives solo.

Tyler le dio un codazo en el estómago a Matt y se lo quitó de encima.

—Vale, papá, dile que iré esta noche.

—¿A comer? ¿Qué hora es? —preguntó Caleb mientras le echaba un vistazo al reloj de la pared—. Mierda. Tengo que irme. He quedado con Savannah en Foodie's.

—Tíos, yo también me largo, he de recoger a Sally en el trabajo —dijo Jace, corriendo hacia la puerta.

—Eh, acércame a casa de Kim —le pidió Matt.

Tyler sacudió la cabeza.

—¿Os dais cuenta de que salís corriendo cada vez que os silban? Dios, dais pena.

—Búscate una novia, Ty —le gritó Jace desde el coche.

—Ya tengo bastante con la tuya, idiota. —Se quedó mirando a Caleb—. ¿Has dicho Foodie's? ¿Desde cuándo vas a tú esa pijada de sitio?

Caleb se encogió de hombros con disgusto y recogió del suelo las llaves que se le habían caído.

—Desde que mi novia ha quedado allí con su mejor amiga y un gilipollas llamado Lincoln. A Sav se le ha metido en la cabeza que si Cassie sale con ese tipo, va a superar no sé qué trauma con no sé qué otro tío.

De golpe, Tyler se puso tenso. Algo extraño reptó por su estómago.

—¿Qué otro tío?

—No sé. Uno con el que estuvo saliendo hace bastante tiempo. No me dio muchas explicaciones y yo no se las pedí. —Resopló y empezó a sacudirse la camiseta—. Me parece una gilipollez que quiera hacer esto, pero así es Savannah, cuando algo se le mete en esa cabeza... Dios, como ese tal Lincoln sea rarito, me suicidaré con el cuchillo del pescado. Si averiguo cuál de todos es.

Tyler sonrió, pura fachada, porque por dentro había empezado a hervirle la sangre. Imaginarla con otro hombre puso en marcha una parte de su cerebro que nunca antes se había activado. ¿Celos? Ni de coña, eso no iba con él. Aun así escupió las palabras como si le supieran a vinagre:

—Pues deberías decirle a tu novia que no está bien meterse en la vida de los demás. No creo que Cassie necesite que le organicen citas, ni que la empujen a los brazos de ningún tío. Esa mierda de un clavo saca otro clavo no es cierta.

Caleb entornó los ojos y se lo quedó mirando tan fijamente que a Tyler se le erizó el vello de la nuca pese al calor que hacía.

—Cualquiera diría que te importa que Cassie vaya a tener una cita.

—No me importa.

—Tú te la tiraste hace unos días. Quizá te moleste que otro... —comentó Caleb, interesado en su reacción.

—Yo no me la tiré, fue cosa de los dos, ¿sabes? No es que ella se quedara quieta esperando a verlas venir —replicó Tyler. Inspiró hondo y trató de relajarse—. Mira, me da igual lo que Cassie haga y con quién lo haga. No tenemos nada de nada. Es historia.

Caleb asintió y se frotó la nuca, pensando.

—Vale. Tú sabrás. Si lo tienes claro, a mí me vale. Lo que no quiero son movidas.

—¿Qué movidas, Caleb? —preguntó Tyler con la paciencia agotada.

—¡No lo sé! Solo sé que Cassie es muy importante para Savannah y que, me guste o no, tengo que preocuparme por ella. Si ese tío acaba saliendo con Cassie y se pasa de la raya, me encantará partirle la cara. Pero si eres tú el que se pasa, ¿qué se supone que deberé hacer, Ty? Eres mi mejor amigo, ella es mi novia...

Tyler le sostuvo la mirada mientras su pecho subía y bajaba con fuerza. Vale, finalmente Caleb había puesto las cartas sobre la mesa, estaba siendo sincero y aquella conversación iba muy en serio. Podría seguir dándole excusas y fingiendo que todo le daba igual. Podría decirle que jamás lo pondría en esa situación, pero le estaría mintiendo e insultando su amistad. Así que se limitó a guardar silencio.

Caleb añadió:

—Cambias de una tía a otra sin más. Nunca te involucras y los dos sabemos por qué. Y lo respeto, incluso lo entiendo porque sé de qué va, pero Cassie no puede ser otro rollo más si existe el riesgo de que puedas hacerle daño. No sé qué tienes en la cabeza y tampoco sé qué hay exactamente entre ella y tú. Pero estás raro de cojones y me la juego a que es porque entre vosotros dos pasa algo. Así que, si no vas a ser capaz de manejarlo, déjalo estar.

Tyler asintió sin atreverse a mirarlo. Sus palabras eran como sal en una herida.

Caleb se acercó a él y le puso la mano en la nuca. Después lo abrazó sin ningún pudor.

—Te quiero, tío.

*C*uando Tyler llegó a casa de sus padres, ya empezaba a anochecer. Paró el motor de la camioneta y permaneció sentado en el interior, sintiendo que la poca energía que le quedaba lo abandonaba. Tenía la espalda rígida y le dolía el cuello, y por dentro se sentía aún peor. Llevaba toda la tarde dándole vueltas a lo que Caleb le había dicho y su amigo le importaba tanto como para tomarse muy en serio cada palabra.

No quería hacer nada que pudiera perjudicarlo. Lo suyo con Savannah era real, tenía futuro y ambos se merecían disfrutar de lo que estaban construyendo juntos. Sin interferencias, sin malos rollos. Lo único que tenía que hacer era dejarlo estar con Cassie. Quitársela de la cabeza, borrar los últimos días y seguir como si nada.

Se bajó de la camioneta y se quedó mirando la calle. El cielo parecía un manto de mil colores y la suave brisa, que soplaba desde el océano, era agradable y fresca sobre la piel.

—¡Pero mira quién nos regala su presencia! Y yo que pensaba que te habías muerto y que por eso no venías a casa.

Tyler se dio la vuelta y se encontró con Derek en el porche, rascándose el pecho desnudo.

—¡Hola, caraculo! Por si se te ha olvidado, ahora tengo mi propia casa.

Derek le levantó el dedo corazón y le dio un leve empujón cuando llegó a su lado.

—Yo seré un caraculo, pero sigo siendo el más guapo de los dos.

Tyler sonrió. Su hermano pequeño acababa de cumplir diecisiete años, pero ya era casi tan alto como él. Tenía los ojos del mismo color verde que los suyos, heredados de su madre, y el pelo oscuro y espeso que lucía su padre. Aunque lo que más llamaba la atención de él era su cuerpo. Las horas que pasaba en el gimnasio estaban dando resultados y parecía cualquier cosa menos inofensivo. Una oleada de orgullo lo recorrió por dentro. Adoraba a su hermano con locura.

El chico se dio la vuelta para entrar en casa. Tyler se percató de que en el costado llevaba algo que días antes no estaba allí. Lo detuvo agarrándolo por el brazo y lo obligó a levantarlo.

—¿Qué demonios es eso? —preguntó con los ojos clavados en los trazos de tinta que marcaban su piel. Parecían símbolos orientales. Una especie de caligrafía.

—Un tatuaje.

—Eso ya lo veo. Sabes que eso es permanente, ¿no? ¿Por qué te lo has hecho? ¿Papá y mamá lo saben?

Derek lo miró molesto.

—Sí, lo saben. Y tú no eres quién para hablarme de ese modo cuando tienes el cuerpo lleno de ellos.

—No te estoy echando la bronca. Es que no quiero que marques tu piel solo para llamar la atención. No va de eso. Y no quiero que te arrepientas con el tiempo.

Derek resopló, dando un paso hacia él.

—Ni siquiera sabes qué significa. No lo llevo para llamar la atención y ligar con tías. Lo llevo porque representa algo, como los tuyos. —Se señaló el costado y apretó los dientes un segundo—. Mamá, papá, tú... y Jackson. Son vuestros nombres en tibetano, imbécil. Nunca me arrepentiré de llevar a mi familia bajo la piel. Puede que consiga esa beca y entonces tendré que irme, y yo os... —Apartó la vista, un poco agobiado por una estúpida emoción que le subía por la garganta—. Tú ya me entiendes.

Tyler se lo quedó mirando. Tragó saliva y sonrió.

—Pues me gusta, te queda bien —dijo tras un instante—. También has incluido a Jackson.

Derek se miró el tatuaje y se encogió de hombros.

—Le guste o no, forma parte de nosotros. Es un Kizer. ¡Que se joda! ¿Qué va a hacer, arrancarme la piel?

Tyler se echó a reír. Aunque su risa no pudo disimular la amargura que sentía al hablar de ese tema.

—Para eso tendría que acercarse y dudo mucho de que viva en este mismo estado —le hizo notar. Tomó aire y se quitó la camiseta. Después señaló un tatuaje que tenía entre la segunda y cuarta costilla del lado izquierdo—. Yo también llevo algo parecido. Solo que a mí me va más lo *japo*. —Unos símbolos japoneses cruzaban su costado de lado a lado—. ¿Ves? Estos son papá y mamá, tú y este de aquí es él.

Un pesado silencio se instaló entre ellos.

—¿Crees que algún día...? —empezó a decir Derek.

Tyler sacudió la cabeza y a continuación volvió a ponerse la camiseta.

—No lo sé. Quiero creer que sí. Ojalá que sí porque nosotros también somos su familia. Él es un Kizer y ya sabes cuál es nuestro lema.

A Derek se le escapó una risita.

—«La familia se apoya. La familia se cuida. La familia es lo único que perdura. Aunque lo acabes jodiendo todo» —recitó con voz grave.

—Tú lo has dicho, caraculo —bromeó Tyler mientras le rodeaba el cuello con el antebrazo y lo empujaba dentro de la casa.

En la cocina, su madre estaba de pie frente a los fogones removiendo con una espátula el contenido de una cazuela. Llevaba unas mallas ajustadas y una camiseta sin mangas, con el pelo rubio recogido en un moño alto. Menuda y delgada, de espaldas parecía una quinceañera. Una muñeca. Pero era un error dejarse engañar por su aspecto frágil; ella solita se bastaba para meter en cintura a los tres hombres de la casa. A cual más grande, bruto y testarudo.

Tyler se acercó a ella por detrás, sin hacer ruido. Le rodeó la cintura con los brazos y rugió junto a su oído. Su madre pegó un respingo y soltó un grito.

—¡Cielo santo, Tyler! ¡Me has dado un susto de muerte! —Se echó a reír y lo abrazó. Después, sin avisar, le dio una colleja en la nuca y con la espátula en el trasero.

—¡Mamá!

—Eso es por olvidarte de tu madre. Llevas una semana sin aparecer por aquí.

—No ha pasado tanto tiempo —replicó él con una mueca de fastidio. Ella alzó una ceja, cuestionándolo—. Vale, puede que sí. Pero vivo a solo tres kilómetros. Puedes ir a verme cuando quieras.

—¿Para encontrarme con alguna chica medio desnuda en tu salón? No, gracias.

—Mamá, no hay chicas medio desnudas en mi salón. Es un requisito que dejen toda la ropa en la puerta antes de entrar —dijo él con su cara más inocente.

Derek se echó a reír y la leche que estaba bebiendo directamente de un brik se le escurrió por la barbilla. Su madre le dedicó una mirada reprobatoria y él se apresuró a coger un vaso del armario.

—Drew, ¿no vas a decirle nada? —le dijo ella a su marido, que acababa de entrar en la cocina.

El padre de Tyler sacó una cerveza de la nevera y miró a su mujer con curiosidad.

—¿Sobre qué?

Ella resopló y puso los ojos en blanco.

—No sé ni para qué me molesto. Si tú eras peor que él a su edad.

—Blair, con su edad tú eras la única mujer desnuda que se paseaba por mi salón —ronroneó Drew, plantándole una mano en el trasero y un beso en los labios.

—¡Por Dios, papá! Ahora no podré quitarme esa imagen de la cabeza —gruñó Tyler.

—Ni yo —protestó Derek con los dedos en la boca, como si tuviera arcadas.

Ella se echó a reír y se dio la vuelta para apagar los fogones.

—Deberían pagarme por aguantaros. Vamos, sentaos a la mesa, la cena ya está lista.

Después de cenar, Drew y Derek se instalaron en el salón para ver un partido de fútbol. Tyler se quedó en la cocina ayudando a su madre a recoger la mesa.

Mientras limpiaba los platos, su conciencia y una obsesión incontrolable batallaban en su interior. Porque en eso se había convertido Cassie, en una obsesión. La noche anterior había conocido a una chica en un local de comida rápida al que solía ir a menudo. Una cosa llevó a la otra y acabó desnuda en su sofá. Y Tyler pasó todo el tiempo pensando que aquellos ojos no eran como los de ella, ni tampoco el olor de su piel, ni el sabor de su boca. Había sido un desastre y, para colmo, se había sentido culpable. ¡Culpable! ¡Él!

—¿Te encuentras bien? —le preguntó su madre.

—Sí, estoy bien. Un poco cansado.

Ella se acercó y le acarició la cara.

—Pareces distraído. ¿Seguro que no te preocupa nada?

—Mamá, de verdad, estoy bien —le dijo con una sonrisa.

Se apoyó en la encimera y se pasó las manos por la cara, nervioso. Llevaba días intentando desesperadamente no pensar en ella, pero sacarse a Cassie de la cabeza se estaba convirtiendo en un esfuerzo continuo que lo estaba agotando.

Estaba jodido y la culpa era solo suya por haber roto una de sus reglas: no acercarse a una chica que le gustara de verdad. Y Cassie le encantaba.

Inspiró hondo, tomando una decisión de la que sabía que se arrepentiría.

—Mamá, tengo que pedirte algo.

9

*D*espués de tanto tiempo fuera de Port Pleasant, Cassie se sentía extraña estando de nuevo en casa. Tenía la sensación de no pertenecer allí, pero tampoco sentía que perteneciera a algún otro sitio. Nunca había tenido ninguna conexión emocional con aquel lugar, aunque era el único al que podía llamar hogar con cierta propiedad.

Tumbada en su cama, trató de no pensar en todas esas cosas en las que solía pensar cuando estaba sola porque acababa dándole demasiadas vueltas a la cabeza. Dejarse arrastrar por los pensamientos negativos era muy fácil. Regodearse en la desconfianza que le inspiraban los demás lo era aún más.

Siempre perdía a todo el mundo, ¿para qué confiar entonces en nadie?.

Su padre nunca la había querido. Sabía que su madre la quería, pero nunca disponía de tiempo para demostrárselo. Tenía dos hermanos a los que casi no conocía. Y Eric… Eric lo había sido todo para ella. Con él había conocido el significado del amor, de la pasión; y fue mágico, increíble e impresionante. Y también lo había perdido.

Todo el mundo se acababa alejando de ella. Todos menos Savie, o eso esperaba, porque una vocecita en su cabeza no paraba de susurrarle que eso estaba a punto de cambiar. Ahora tenía a Caleb.

Todos se iban antes o después. Cerrar su corazón era lo más sensato. La única forma de protegerse de una nueva pérdida. De otra decepción.

Cuanto más intentaba entender el mundo, más distinta se sentía, más diferente se veía del resto. Quizá era extraterrestre y sus auténticos padres habían tenido que abandonarla en este mundo para salvarla de un planeta a punto de desaparecer. Seguro que a los veintiuno sus asombrosos poderes se desarrollarían y podría aniquilarlos a todos. Sonrió para sí misma. ¡Estaba como una cabra! Y no era la única. Cogió su móvil de la mesita y releyó el mensaje.

Tyler:

He hablado con mi madre. No sabe si podrá ayudarte hasta que vea el vestido.

Y a ti con él, claro. ¿Paso a buscarte sobre las siete?

Aún no le había respondido y dudaba de si debía hacerlo. Su cabeza y su corazón estaban en total contradicción consigo misma. Tyler la volvía completamente loca, tanto que la asustaba. Y al mismo tiempo lograba calmarla de un modo que nadie más podía.

Una sonrisa estúpida se dibujó en su cara. Notaba el corazón acelerado y una anticipación que le estaba complicando la tarea de respirar.

Se puso de pie, con el cuerpo ansioso porque notaba que por primera vez en mucho tiempo estaba abandonando su zona de seguridad. Odiaba que Tyler tuviera el poder de hacerla sentir así. La mortificaba no poder sacarlo de su cabeza. Gruñó de impotencia y se volvió a desplomar sobre la cama. ¿A quién quería engañar? Estaba colada por él e iba a tener que asumirlo.

Inspiró hondo y contestó el mensaje.

Cassie:

De acuerdo. A las siete. Gracias por hacer esto por mí.

Segundos después.

Tyler:

De nada. Ya me lo agradecerás.

Cassie:

Pensaba que esto lo hacías de forma desinteresada.

Tyler:

Y lo hago. Pero no pierdo la esperanza de que después decidas que merezco un premio.

Cassie:

Algo me dice que ese premio que tienes en la cabeza no podré conseguirlo en una tienda.

Tyler:
O sí, si es algo sexy y tú lo llevas puesto.

A Cassie se le escapó la risa. El chico no se andaba con rodeos. Pensó en su mirada ardiente y maliciosa sobre ella y en lo excitante que era provocarla. Suspiró. Guardar las distancias con él era una tortura y estaba cansada de hacerlo. Quizá pudiera conseguirlo, pasarlo bien durante otro verano y que no fuese trascendente.

Cassie:
Ya te gustaría.

Tyler:
Mentiría si dijera que no. Me encantaría. Y quitártelo, mucho más.

Se quedó mirando el mensaje, con la temerosa sensación de estar jugando con fuego. Con él siempre era así. Como hacer malabares con antorchas a la espera del siguiente accidente. ¿De verdad quería volver a quemarse? Debía de ser masoca porque eso era justo lo que quería. Solo debía dejar su corazón al margen de todo aquel juego.

Cassie:
¿Nunca te rindes?

Sonó el timbre de la puerta. Pensó en fingir que no había nadie en casa, pero cambió de opinión al imaginar quién sería. Bajó a la entrada, giró la llave y abrió la puerta.
—Hola —dijo Savannah.
Cassie miró por encima de ella y puso cara de sorpresa.
—¿Vienes sola?
—¿A quién esperabas que trajera?
—No sé, quizá lleves a Lincoln en uno de tus bolsillos —replicó Cassie con sarcasmo.
Se hizo a un lado y la dejó entrar. Se dirigió al salón con Savannah pisándole los talones.
—Sigues enfadada por lo de ayer.

Cassie se dejó caer en el sofá y frunció los labios con un mohín.

—No sé si enfadada es la palabra correcta. Molesta, sí. Traicionada, también.

—Lo siento. Sé que fue una encerrona y que no estuvo bien. Pero de verdad creía que hacía algo bueno.

—¿Desde cuándo es algo bueno organizarme una cita a ciegas con Lincoln?

—Es que no entendía tu negativa. No sé, pensé que al menos deberías darte la oportunidad de verlo y ver si conectabais.

—¿Por qué?

—Porque es como decir que algo no te gusta sin haberlo probado. ¿Cómo sabes que no te gusta? Si lo pruebas, puede que acabes descubriendo algo rico.

Cassie miró al techo esperando que la diosa de la paciencia la iluminara.

—No, me refiero a por qué necesitas que salga con él. No has parado de hablarme de ese tío desde que llegué. Que si Lincoln esto, que si Lincoln lo otro... ¡Parece que te lo estás tomando como algo personal!

—¿Eso parece?

—Eso es lo que parece, sí.

Savannah se hundió en el sofá.

—Me siento culpable —confesó con un suspiro—. Y ahora mismo una zorra y una mala amiga.

Cassie se echó a reír por esa última frase. Sacudió la cabeza y se recostó contra los cojines con las rodillas dobladas y una mano reposando sobre el estómago, donde aún sostenía el teléfono móvil. Solo se oía el tictac de un reloj y un perro ladrando en la calle.

—Me siento culpable por el tiempo que paso con Caleb y no contigo. Porque apenas nos hemos visto estos días y, antes de que nos demos cuenta, yo estaré de regreso en Vancouver y este tiempo no habrá sido suficiente —continuó Savannah. Suspiró—. Sé que es una estupidez, pero así es como me siento, como si te estuviera fallando o abandonando.

—Menuda tontería —murmuró Cassie. Y la que ahora se sentía como una zorra era ella. Había estado pensando lo mismo solo unos minutos antes.

—Pero siempre hemos sido tú y yo. Incluso cuando salía con algún chico tú eras la primera de mi lista. Y ahora...

—Ahora tienes un novio que está como un queso y serías idiota si prefirieras estar conmigo a estar con él.

—¡No digas eso! Eres mi mejor amiga y te necesitaré siempre.

—Cariño, lo sé. Pero no pasa nada porque ahora las cosas sean diferentes. ¡Estoy bien! Caleb forma parte de tu vida y yo soy feliz por ti. —La empujó en el muslo con el pie desnudo. Savannah sonrió—. Así que deja de buscarme un novio para dejar de sentirte culpable, ¿de acuerdo?

—Vale. —Miró a Cassie de reojo—. Así que nada de Lincoln.

—No.

—¿Tan mal estuvo la comida?

Cassie sacó la lengua con una mueca de asco.

—Fue horrible. No sé quién me dio más pena, si Lincoln al darse cuenta de mi decepción al encontrarlo allí o Caleb y su duelo de miradas con el metre. ¿Cómo se te ocurrió llevarlo allí?

Savannah soltó una carcajada al recordar la cara que había puesto Caleb cuando el metre le pidió que se cambiara de ropa para cumplir con la etiqueta del restaurante. Si las miradas matasen, el hombre habría acabado desangrándose en el suelo. Ese tipo no tenía ni idea de a quién se estaba enfrentando y no le quedó más remedio que cerrar la boca y ver cómo Caleb se pavoneaba entre las mesas, con sus viejos vaqueros y una camiseta descolorida.

—Ni siquiera lo pensé. Pero ya lo viste. Está tan contento de conocerse a sí mismo que no creo que exista un solo lugar en el mundo en el que se sienta incómodo. Le importa una puta mierda lo que los demás piensen de él y eso hace que lo quiera mucho más si cabe.

—¿Tú diciendo «puta mierda»? —exclamó Cassie.

—Te sorprendería todo lo que he aprendido últimamente.

—¿Ah, sí?

—Sí.

—¿Eso quiere decir que ya eres capaz de soltarle guarradas a tu hombre sin morirte de vergüenza?

Savannah se puso colorada.

—Eso es algo que queda entre Caleb y yo.

A Cassie se le escapó un grito y se enderezó de golpe. Agarró un cojín y atizó a Savannah.

—¡Dios, sí que se las dices! ¡Serás pervertida!

—¡¿Tú me llamas a mí pervertida?! —exclamó, devolviéndole el golpe.

A Cassie se le escurrió el teléfono de entre los dedos y al golpear el suelo la pantalla se iluminó con un nuevo mensaje. Se apresuró a cogerlo, pero Savannah fue más rápida.

—¿Por qué Tyler te envía mensajes? —preguntó con suspicacia.

Cassie le quitó el teléfono de la mano y leyó el texto.

Tyler:
¿De verdad crees que soy de los que se rinden?
Ay, rubita, esto va a ser muy divertido. A las siete.

Frunció los labios con disgusto. La desesperaba que respondiera a una pregunta con otra pregunta y esa maldita seguridad en sí mismo. Y aun así le encantaba ese cosquilleo que se extendía por su cuerpo cuando se ponía arrogante. Intentó no sonreír al mirar a Savannah.

—No es nada de lo que estás pensando.

—Pienso muchas cosas. ¿De cuál hablamos?

—Me va a llevar a conocer a su madre.

La expresión de Savannah cambió de golpe y abrió mucho los ojos.

—¿Vas a conocer a su madre? ¿Por qué?

—Ella es costurera y puede ayudarme con el vestido que quiero ponerme para tu fiesta. El tema salió mientras volvíamos de Lexington. Él fue quien lo sugirió.

Savannah parecía desconcertada. Se puso muy seria y la miró con ojos de sospecha.

—¿Qué? —gruñó Cassie.

—Te has vuelto a colar por Tyler, pero esta vez me preocupa de verdad.

—No.

—Sí.

—¡Dios, pero mira que eres cabezota! No estoy colada por nadie. Deja de preocuparte, no haré nada que pueda ocasionarte problemas con tu chico, ¿de acuerdo? Respira.

Savannah agitó la mano, quitándole importancia.

—Olvida lo que dije el otro día, fue una estupidez por mi parte. No tengo ningún derecho a decirte con quién puedes o no salir. Pero ten cuidado con Tyler, por favor. Ten mucho cuidado.

Cassie se puso tensa.

—¿A qué viene esa advertencia?

Savannah se tomó un momento y pensó el mejor modo de explicar sus sensaciones.

—Dentro de Tyler hay algo que no está bien, créeme. Puedo verlo en su actitud, en las cosas que a veces dice y en cómo las dice. Me recuerda mucho a Caleb al principio de conocerlo, solo que Tyler aún parece más... ¿dañado? Una vez me dijo que todos tenemos nuestros demonios, pero creo que hablaba solo de los suyos. —Se inclinó hacia delante y apoyó los codos en las piernas, mientras entrelazaba las manos bajo su barbilla. Ladeó la cabeza y miró a Cassie—. Es muy difícil salvar a un chico como Tyler si está roto. Y mientras lo intentas, él entrará dentro de ti y te destrozará mucho antes de que tú siquiera consigas rozar su superficie. Y esto te lo digo por propia experiencia.

Cassie bajó la mirada y meditó sus palabras.

—¿De verdad crees que no está bien?

—Tyler tiene una señal de peligro sobre la cabeza del tamaño de un planeta. ¿Vas a decirme que tú no lo has notado? Tienes un sexto sentido para detectarlos. Siempre lo has tenido.

Cassie sonrió sin gracia. Por supuesto que lo había sentido, pero había cerrado los ojos a esa advertencia. Porque involucrarse a un nivel emocional con él nunca había entrado en sus planes. Conocerlo nunca había formado parte de sus intereses; solo pasarlo bien durante un tiempo. Y sí, era cierto, tenía un sexto sentido para detectar hombres complicados. Eric era la prueba de ello.

—Es cierto. Y aun así te animé a enrollarte con Caleb.

—Pero tenías razón. Lo necesitaba para pasar el mejor verano de toda mi vida y hacer locuras. Y aunque me advertiste de que no lo hiciera, me enamoré y lo hice de un chico completamente roto que no dejaba de hacerse daño a sí mismo y a los demás. No era su intención, pero lo hacía.

—Savie, veo lo que pretendes. Pero yo no quiero tener una relación con Tyler. Me gusta mucho y consigue que pierda la cabeza, pero no tiene nada que ver con el corazón. ¿Entiendes?

Savannah sonrió.

—¿En serio? Caleb y yo establecimos un acuerdo: solo sexo, divertirnos... y al acabar el verano cada uno seguiría su camino sin mirar atrás. ¿Lo cumplimos? ¡Vamos a casarnos! —Sacudió la cabeza—. No importa cuántos planes hagas, no se puede controlar lo incontrolable. Voy a darte el mismo consejo que tú me diste: No dejes que Tyler te rompa el corazón si él no está dispuesto a sacrificar el suyo.

Cassie suspiró.

—Ya tengo el corazón roto. Eric se encargó de ello. No queda nada que Tyler pueda romper.

Cassie utilizaba a Eric como un escudo para protegerse de cualquier sentimiento, creía estar a salvo bajo él, pero Savannah no estaba tan segura de eso.

Los tíos como Tyler nunca se quedaban en un simple plano físico. Se te metían bajo la piel y llegaban hasta el fondo, de donde era imposible desterrarlos. Te volvían loca, en todos los sentidos, y acababas necesitándolos para respirar.

10

*E*l timbre de la puerta sonó y Cassie notó que su corazón se precipitaba en caída libre. Sentía sus latidos en todas las zonas de su cuerpo con pulso: las sienes, el cuello, las muñecas... Sus emociones subían y bajaban como en una montaña rusa.

Se llevó la mano al pecho y resopló. Odiaba sentirse así, ansiosa y aterrada por un anhelo que le costaba comprender. No estaba acostumbrada a perder el control de sí misma con tanta facilidad.

Antes de abrir, le echó un vistazo a su aspecto en el espejo del vestíbulo. Se había puesto un vestido de color crema que ahora le parecía excesivamente corto. Le quedaba bien, pero la ligereza de la tela insinuaba las formas de su cuerpo de un modo excesivo. No quería que Tyler pensara que se había vestido así para llamar su atención. Aunque, quizá sí que lo había elegido con ese propósito.

¡Dios, se estaba volviendo loca y parecía imbécil!

Cogió del perchero la bolsa que contenía el vestido que necesitaba arreglar.

El timbre volvió a sonar.

Inspiró hondo. Ya no tenía tiempo para cambiarse.

Abrió la puerta y allí estaba él, tecleando distraído en su teléfono móvil. Con su cuerpo apenas cubierto por unas bermudas empapadas y unas zapatillas igual de mojadas. Tenía el pelo revuelto y la piel enrojecida, en la que se apreciaban restos de arena y sal.

Tyler alzó el rostro y se encontró con que Cassie lo estaba observando desde el umbral. Iba a decirle hola cuando se fijó en cómo iba vestida. Se quedó boquiabierto porque parecía un jodido ángel. Un ángel que incitaba a tener pensamientos por los que las puertas del infierno se le abrirían de par en par con un pase vip. Curvó los labios con una expresión maliciosa. Su cuerpo al trasluz le estaba dando una perspectiva alucinante.

—¡Estás muy guapa!

Cassie también lo miró de arriba abajo. Su sonrisa espontánea y despreocupada era increíble y tan sincera que se sintió abrumada sabiendo que ella era la causante.

—Gracias —acertó a decir—. Tú estás... mojado.

Tyler se encogió de hombros y se pasó las dos manos por el pelo, haciendo que se le pusiera de punta.

—Estoy hecho un asco —repuso como si se disculpara.

—¿De dónde vienes así? —quiso saber Cassie.

—De la playa, estaba haciendo surf. Se me ha hecho un poco tarde y quería ser puntual. Así que he venido directamente. —Se puso serio y la miró de reojo—. Espero que no te importe.

Cassie dijo que no con la cabeza. ¿Importarle? Si estaba deseando que se diera la vuelta para tener una visión completa de su cuerpo. ¿Y había dicho que estaba haciendo surf? Se lo imaginó sobre una tabla y deseó con todas sus fuerzas que ese chico odiara los gatitos para que dejara de gustarle cada vez más.

—¡Entonces, vámonos! —exclamó Tyler, y dando media vuelta se encaminó a la calle.

Al llegar a la camioneta, abrió la puerta y la sostuvo para ella. Esperó a que estuviera dentro y cerró con suavidad. Lo observó a través del parabrisas, mientras rodeaba el vehículo, de pronto sumido en sus pensamientos. Pero al subir a la camioneta recuperó su sonrisa y le guiñó un ojo.

Cassie le devolvió la sonrisa, que poco a poco se fue haciendo más amplia.

—¿Qué? —preguntó él, picado por la curiosidad.

Puso el motor en marcha y enfiló la calle en dirección a las afueras, al barrio.

—Me has abierto la puerta —le hizo notar Cassie con una risita.

Tyler dejó de mirarla para cambiar de carril y girar a la izquierda en un cruce. Giró la cabeza y la contempló de nuevo. Se distrajo un segundo bajo la intensidad de sus ojos azules. Era cierto, lo había hecho y no adrede.

—Es que logras sacar lo peor de mí —contestó él con un suspiro.

Cassie echó la cabeza hacia atrás y soltó una risotada.

Tyler frunció la boca, reflexivo.

—No me gusta nada lo que siento cuando te tengo cerca, me confundes. Te abro las puertas, te hago cumplidos, te doy la mitad de mi cena, me arriesgo a ir a la cárcel por echar un polvo contigo y ahora te llevo a conocer a mi madre. ¿Te das cuenta de lo que me estás haciendo? Tengo una reputación que mantener.

Cassie le sostuvo la mirada y no se dejó impresionar por lo perturbadores que eran sus ojos entornados y su actitud incitante. Coqueteaba con ella descaradamente, algo que se estaba convirtiendo en una costumbre entre ellos.

—Sí, menuda reputación tienes.

—¿Y eso qué significa?

—Que tus flirteos no funcionan conmigo porque sé cómo eres en realidad, Casanova.

—Lo que tú digas, listilla. Pero todo hombre tiene derecho a cambiar y… ¡Mírame! Solo llevas por aquí una semana y soy un tío nuevo. Tú haces que quiera portarme bien.

—No hace ni dos minutos que has dicho que saco lo peor de ti.

—Es que ser bueno es mi lado malo.

—Eso no tiene sentido. ¿Desde cuándo ser un capullo es el lado bueno de alguien?

Tyler se detuvo bajo un semáforo en rojo. Se acomodó en el asiento y se pasó la mano por la mandíbula.

—Sí que lo tiene. Porque para mí ser bueno es un defecto: mi parte mala. Aquí mismo tienes la prueba: estoy siendo amable, educado, te doy conversación e incluso te estoy haciendo un favor desinteresado. Mi lado bueno, el que es malo, te estaría guiando sutil y encantadoramente hasta meterte en mi cama sin que apenas te dieras cuenta.

Cassie alzó las cejas.

—No sé si te has fijado, pero eso es justo lo que estás intentando conseguir desde que me he sentado aquí.

Tyler se quedó pensando un momento. De repente, se enderezó en el asiento y se inclinó salvando la distancia que los separaba. Sus ojos brillaron divertidos y el corazón le latió con fuerza al tenerla tan cerca. Le miró los labios, bonitos y perfectos.

—Joder, es verdad. Mis dos lados se han puesto de acuerdo y lo has conseguido tú solita. ¿Te das cuenta? Me inspiras.

—De lo único que me doy cuenta es de que eres bipolar y que estás mal de la cabeza.

—Porque tú me vuelves loco —susurró él a pocos centímetros de su rostro. Y con un dedo le apartó el pelo del hombro, dejando a la vista su bonito cuello.

El semáforo cambió a verde y Tyler aceleró, dirigiéndose al puente que separaba esa parte de la ciudad del barrio.

Cassie intentó por todos los medios no sonreír. Le costaba mantener la seriedad. No podía. Se derretía por dentro cuando Tyler se comportaba de ese modo tan adorable y travieso. Además, le resultaba difícil pensar con claridad si lo tenía delante medio desnudo. Llevaba las bermudas tan bajas que la uve de su vientre se veía perfectamente. Los dibujos de sus brazos y el torso la distraían, aunque no tanto como su rostro.

—¿Sabes? Casi que prefiero que seas un cabrón desagradable.

—¿Por qué?

—Porque así no corro el riesgo de que me gustes demasiado.

Tyler la miró de reojo y las comisuras de sus labios se elevaron.

—Demasiado, ¿eh? Eso quiero decir que te gusto.

—No quiere decir eso.

—Sí, me deseas. No demasiado, pero sí lo suficiente. A mí me vale como comienzo. —Cassie sacudió la cabeza con una sonrisa preciosa y sexy que hizo que quisiera besarla—. Dame tiempo y verás. Te voy a gustar tanto que tus fantasías conmigo van a ser…

Cassie alargó el brazo y le tapó la boca con la mano.

—Por el amor de Dios, déjalo ya —le advirtió, aunque el tono de su voz no resultó convincente.

Fue a apartar la mano, pero él la sujetó por la muñeca y la mantuvo sobre su boca. Los labios del chico presionaron en su palma, dos veces, con una lentitud perturbadora; luego la soltó, dejándola sin aire que respirar. Se sostuvieron la mirada unos segundos, y esa palpable tensión que había entre ellos vibró con una sacudida. A continuación apartaron la vista y se quedaron en silencio mientras la camioneta se adentraba en el barrio donde él había pasado toda su vida.

Tyler pisó el freno y aminoró la velocidad cuando giró para entrar en una calle residencial. Todas las casas eran similares, con pequeños jardines y aceras estrechas. Detuvo su camioneta frente a una de las casas, en la que ondeaba una bandera de los Estados Unidos junto a otra de los Panthers de Carolina.

«¡Vamos, Panthers!», dijo Cassie para sí misma.

Le gustaba el fútbol y le gustaban los Panthers. Aunque ella era más de los Patriots; y no porque estos tuvieran a Tom Brady, el *quarterback* más guapo del mundo. Poseían a Bill Belichick, el mejor entrenador de la liga.

El culpable de su interés por el fútbol había sido su abuelo, que siempre había querido tener un hijo varón. La naturaleza no tuvo a bien concedérselo y le dio una única hija, más interesada en los concursos de belleza que en los deportes, por lo que el pobre hombre puso todas sus aspiraciones en sus futuros nietos. Tampoco vino ningún chico, solo Cassie, una niñita con aspecto de ángel, pero que prefería jugar con una pelota a tocar una muñeca con un palo, y en ella vio cumplidos todos sus sueños.

Tyler bajó de la camioneta y Cassie lo imitó.

—¿Esa es tu casa? —preguntó ella con la vista puesta en las banderas sacudidas por la brisa.

Él la miró por encima del hombro. Su expresión cambió.

—Sí. ¿Qué pasa, demasiado humilde para ti? No te preocupes, está limpia. Las ratas solo las sacamos entre semana —replicó con desdén.

Cassie tardó un segundo en encajar su comentario. Indignada, rodeó la camioneta y se acercó a él.

—¿Por qué siempre que te hago una pregunta respondes a la defensiva y me atacas?

—Yo no hago eso.

—Sí que lo haces. Y me ofende —le espetó a la cara—. No te lo preguntaba porque tu casa me parezca mejor o peor, lo hacía por la jodida bandera de los Panthers. Era el equipo favorito de mi abuelo y también el mío. Por un momento me ha parecido guay pensar que tenemos cosas en común, pero ese momento te lo has cargado, idiota.

Los ojos de Tyler se abrieron como platos.

—¿Te gusta el fútbol? ¿Y los Panthers?

—¿Estás sordo? —Cassie alzó la vista al cielo y sacudió la cabeza con un suspiro—. ¿Sabes qué? Me largo. Esto no ha sido buena idea.

Dio media vuelta y enfiló la acera por el camino de regreso. Él se quedó mirándola, intentando averiguar qué acababa de pasar y por qué había reaccionado como un idiota.

—Espera, Cassie. Joder, espera —insistió Tyler, dándole alcance—. Lamento haber sido un gilipollas.

—No me gusta que me traten así.

—Lo sé y lo siento —se disculpó. La cogió de la mano y la instó a detenerse—. No sé qué me ha pasado. Por un momento se me ha ido la olla. Tú… Tú representas todo lo que odio de este pueblo: la superficialidad, la soberbia y el desprecio de una clase que se cree mejor que los demás. Pero tú no eres nada de eso. Por favor, perdóname. Te juro que no volverá a pasar.

Cassie suspiró y lo miró a los ojos. Parecía de verdad arrepentido.

—No me conoces y estás haciendo lo que no quieres que yo haga contigo: me juzgas por lo que aparento. Me entran ganas de no volver a hablarte.

—Sería justo, aunque espero que no lo hagas. No hablarme, quiero decir.

—No tienes idea de quién soy, ni de cómo es mi vida. Puede que viva en una casa grande, pero no soy como toda esa gente de la que hablas. En ningún sentido.

—Vale, me ha quedado muy clarito. ¿Me perdonas? Porque lamento muchísimo haber sido un capullo contigo.

Cassie sonrió y se le encogió el pecho al verle las mejillas cubiertas por un ligero rubor. Para él no era fácil admitir que se había equivocado.

—No me acostumbro a que te disculpes.

Él sonrió y frunció el ceño al mismo tiempo. En su rostro se pintó el alivio al darse cuenta de que Cassie había cedido y que no pensaba marcharse. Se dijo a sí mismo que tenía que dejar de cagarla con ella.

—¿Quieres entrar y conocer a mi madre?

Tras un segundo de duda, ella dijo que sí y lo siguió hasta la casa. Tyler le sostuvo la puerta al entrar y se inclinó con una reverencia, lo que le arrancó una suave risa. La volvía loca con sus cambios de humor; pasaba de estar enfadado a encantador en cuestión de segundos, pero nunca se quedaba en un punto intermedio y constante.

—¡Mamá!

Cassie se quedó parada en medio del salón, mientras Tyler continuaba llamando a su madre a gritos.

—Estoy aquí, deja de castigarme los tímpanos.

Cassie se encontró de frente con una mujer rubia y menuda, con los mismos ojos verdes que Tyler y una sonrisa idéntica. Su gesto era amable y Cassie le devolvió la sonrisa sin darse cuenta.

—Hola, tú debes de ser Cassie. Yo soy Blair, la madre de Tyler. Encantada de conocerte.

—Gracias. Yo también me alegro de conocerla, señora Kizer.

—Oh, tutéame, por favor. No soy tan mayor. —Hizo una pausa e inspiró—. Por lo que Tyler me ha contado, necesitas ayuda con un vestido.

—Sí, este —dijo al tiempo que lo sacaba de la bolsa—. Quiero ponérmelo para la fiesta de compromiso de mi mejor amiga, pero me está un poco pequeño.

—Cassie es la mejor amiga de Savannah, la chica de Caleb. Se me pasó decírtelo —indicó Tyler.

Blair asintió y tomó el vestido entre sus manos

—Así que tú eres esa Cassie. Savannah no dejaba de hablar de ti el día que Caleb la trajo para que Drew y yo la conociéramos. Es una chica encantadora.

—Somos como hermanas.

—Sí, eso mismo dijo ella —comentó Blair con una tierna sonrisa—. ¿Sabes? Eso te convierte en alguien casi de la familia.

Cassie sonrió, agradecida por el comentario. Blair contempló el vestido y alzó las cejas.

—Vaya, es precioso. —Examinó a Cassie de arriba abajo—. Bueno, ven conmigo y veamos cómo te queda.

—Mamá, mientras estáis con eso, yo voy a darme una ducha —dijo Tyler con una mano en la nuca. La piel empezaba a picarle por la sal del mar.

Blair se dio la vuelta para encararlo.

—¿Tú no tienes una casa para eso? —le preguntó con un tonito irónico. Miró a Cassie—. Se supone que ahora tiene su casa, pero yo no dejo de cocinar, lavar y limpiar por su culpa.

Tyler dio un respingo. Frunció el ceño con las manos en las caderas.

—¡Eso no es cierto! Si no paras de quejarte porque no vengo nunca.

—Así que lo admites, que tienes abandonada a tu propia madre. Veintitrés años cuidando de ti y así me lo agradeces.

—¿En qué quedamos, te tengo abandonada o no puedes deshacerte de mí? —inquirió Tyler—. ¿Sabes qué? No quiero saberlo. Voy a ducharme.

—Pues limpia el baño después.

—¡Vale! —gritó Tyler desde el pasillo.

—Te quiero.

—Yo también. Pero me sigues sacando de quicio.

Cassie intentó no echarse a reír, pero le estaba costando la vida no hacerlo. Era divertido ver a Tyler y a su madre enzarzados. Se notaba que estaban unidos y que compartían una complicidad especial. Sintió un poco de envidia. Ella nunca había tenido nada parecido con sus padres.

—Es tan gruñón como yo y por eso me exaspera. Su padre y Derek son más tranquilos, pasan de todo, y eso también me desespera. —Blair suspiró mientras abría la puerta de su dormitorio—. Pero adoro a mis chicos.

*T*yler limpió con la mano el vaho del espejo y se miró en él. En la playa se había dado un golpe contra la tabla y en la mejilla le estaba saliendo un leve moratón. Lo tocó con cuidado, con las yemas de los dedos arrugadas por todo el tiempo que había pasado bajo el agua caliente. ¡Dolía!

Envolvió sus caderas con una toalla y salió del baño hacia su antigua habitación. Aún guardaba allí algo de ropa.

Un golpecito le hizo mirar atrás y encontró a Derek en el pasillo, espiando la habitación de sus padres. Se acercó sin hacer ruido y siguió la mirada de su hermano para ver qué lo tenía tan entretenido. Se quedó sin respiración y una sensación de calor le recorrió el cuerpo húmedo. Cassie estaba medio desnuda en el cuarto, mientras su madre iba uniendo con alfileres las dos partes de lo que antes era un vestido completo. Joder, de cintura para arriba solo vestía un sujetador rosa pálido que realzaba sus pechos, haciendo que sobresalieran por encima de las copas; de cintura para abajo, la tela gris caía en pliegues por sus caderas. Parecía una de esas esculturas griegas, hermosas y perfectas hasta en el último detalle.

Apretó los dientes y clavó los ojos en la nuca de su hermano. Sin avisar, lo agarró de una oreja y tiró de él hacia la sala.

—Ay, ay… Pero ¿qué coño haces? —se quejó Derek.

—No. ¿Qué coño haces tú acechando en esa puerta como un mirón pervertido? —le soltó a escasos centímetros de la cara.

—¿Acaso no has visto a esa tía? Está buena que te cagas. Es como una perita pidiendo que alguien se la coma.

Tyler cerró los ojos un segundo, como si no estuviera seguro de haber escuchado bien. Fulminó a su hermano con la mirada y le dio un empujón en el pecho.

—¿Perita? Un hombre no se refiere a una mujer como perita, ni chochito, ni ninguna gilipollez del estilo. Respeto, Derek. A las mujeres se las respeta, ¿está claro? —inquirió a la vez que remarcaba cada palabra con un golpe de su dedo en el pecho de su hermano—. Y tampoco se las espía cuando no llevan ropa. No está bien.

—No es para tanto —se excusó Derek, rojo como un tomate.

Tyler agarró a su hermano por la nuca y lo obligó a mirarlo.

—Sí es para tanto, capullo. ¿Y si un tío hablara así de mamá?

La expresión de Derek cambió y pasó de avergonzada a asesina.

—Le arrancaría la lengua y se la metería por el culo —murmuró.

—Exacto. Los hombres de esta casa respetan a las mujeres. Cada vez que estés con una chica, piensa en mamá y en lo que no te gustaría que le hicieran.

Derek se encogió de hombros, sintiéndose culpable. Tyler tenía razón, pero su ego se había visto zarandeado y no pudo evitar replicarle:

—Ya. Vale. Pues aplícate el cuento.

Se dejó caer en el sofá y cogió el mando a distancia de la tele.

—¿Qué quieres decir? —preguntó Tyler con las manos en las caderas.

—Lo que se dice por ahí. Que te follas a todas las tías que se te ponen a tiro y que luego pasas de ellas como de la mierda. Nunca las llamas y después finges que ni siquiera las conoces.

Tyler sintió sus palabras como un insulto. La sangre empezó a hervirle en la cabeza. Puto crío, no tenía idea de nada.

—Esa es otra cosa muy distinta —gruñó sin alzar la voz. Echó una mirada fugaz por encima de su hombro y se aseguró de que seguían solos—. Me las tiro porque ellas me dejan y si no las llamo es porque en ningún momento les he dicho que lo haría. Antes de bajarse las bragas saben lo que hay, nadie engaña a nadie. Pero jamás he insultado u ofendido a ninguna de ellas, ni he hecho nada que pudiera humillarlas. Jamás, ¿está claro? ¿Está claro? —repitió más alto.

Derek apartó los ojos de la tele y miró a su hermano. Soltó el aliento con fuerza.

—Lo está. Ni peritas, ni chochitos, ni gilipolleces. Pero cualquiera diría que es a tu novia a la que acabo de verle las tetas. —De repente, su mente se iluminó con un pensamiento inesperado. Sus ojos brillaron mientras se enderezaba en el sofá—. ¿Es eso? ¿Te ha jodido tanto porque es tu novia?

—No es mi novia —dijo entre dientes.

—Pero la has traído tú, ¿verdad? Entonces te gusta.

Tyler puso los ojos en blanco y le enseñó el dedo corazón.

—Que te den —le gritó mientras se dirigía a su cuarto.

—¡Vaya, vaya, esto sí que es una sorpresa!

La risa de Derek llegó hasta él incluso después de haber cerrado la puerta de su habitación.

Minutos más tarde, Tyler se sentó en el porche. Contempló la calle y a la gente que paseaba por ella. En la casa de enfrente, Clare, su vecina, alzó una mano y lo saludó mientras se dirigía hasta un coche que la esperaba con el motor en marcha. Él le devolvió el saludo y se fijó en el chico que conducía. Nunca lo había visto por allí. Se inclinó hacia delante y alzó la barbilla con un gesto, dejándole claro que se había quedado con su cara de niño bonito.

—Tyler, deja de espantar a todos los chicos con los que salgo. Por tu culpa, mi gato es la relación más larga que he tenido —le gritó Clare desde el otro lado de la calle y a continuación le enseñó un dedo.

Tyler se echó a reír y se encogió de hombros.

—Si se portan bien, no tienen de qué preocuparse —replicó.

—Quizá yo no quiera que se porten bien. ¿Sabes que ya tengo dieciséis años?

Tyler resopló. Cuando le hablaba de ese modo, le entraban ganas de encerrarla y tirar la llave al mar, donde ningún idiota pudiera poner sus manos sobre ella.

—Ya no soy una niña —añadió indignada.

—No me lo recuerdes —dijo Tyler para sí mismo.

La conocía desde que solo era un bebé y siempre se había tomado como algo personal protegerla. Clare era hija única, de madre soltera, y prácticamente se había criado con Derek y con él.

No apartó la vista del coche hasta que desapareció calle abajo. Después repitió la matrícula en su cabeza para recordarla. Podía parecer un controlador compulsivo, pero solo se preocupaba.

Inspiró hondo y se frotó las manos. ¡Dios, qué ganas tenía de fumar! Dentro oyó la risa de su madre e inmediatamente se le unió la de Cassie. Era un sonido agradable. Sin darse cuenta, él también empezó a sonreír.

Derek tenía razón, Cassie le gustaba y le gustaba mucho. La deseaba con una necesidad que ni él mismo lograba entender. Además era divertida y sus ocurrencias le encantaban; también era capaz de sacarlo de sus casillas sin tener que esforzarse y hasta eso empezaba a parecerle atractivo.

No había ningún otro sentimiento peligroso, de eso estaba seguro. Mientras solo se tratase de esa atracción física, podría manejarlo, y tarde o temprano se le pasaría el calentón. El sexo no dejaba de ser sexo y, sin otro tipo de emociones, acabaría perdiendo el interés.

Notó un golpecito en el hombro derecho. Ladeó la cabeza en esa dirección, pero no vio nada. Sintió un cálido aliento en la oreja izquierda.

—Buuh.

Cassie se dejó caer a su lado. Dobló las rodillas y se colocó de modo que no se le viera nada debajo de esa túnica que llevaba. A Tyler le hizo gracia que actuara con ese pudor. La observó mientras ella se recogía el pelo tras las orejas con sus largos y delicados dedos. Con esa luz estaba guapísima.

—¿Qué tal? —preguntó él.

—Bien. Tu madre es estupenda. Me gusta.

Y no lo decía por quedar bien y ser educada. Lo creía de verdad. Blair le había causado una buena impresión.

—¿Va a poder ayudarte?

Cassie asintió y una preciosa sonrisa asomó a sus labios.

—¡Sí! En apenas unos minutos lo ha descosido por completo, me lo ha probado y ha tomado las medidas correctas. Me ha dicho que lo tendrá acabado muy pronto.

—Eso es genial.

—Sí, lo es. Así que quiero agradecértelo.

Tyler levantó los ojos de sus botas y la miró con interés, sonriendo con picardía, esperando. Cassie tardó un segundo en darse cuenta de lo que estaba pensando.

—¡Pero no de ese modo! —exclamó, empujándolo con el hombro.

—¡Qué pena! —suspiró, risueño—. ¿Y cómo quieres agradecérmelo?

—Estaba pensando en invitarte a tomar una cerveza. Podríamos ir al Shooter. Me gustaba ese sitio y la última vez que estuve allí fue contigo. ¿Aún sigue en pie ese garito?

Tyler dijo que sí con la cabeza. Ese garito seguía en pie y él era un habitual entre su clientela. Cualquier día pondrían su foto en la pared. Pensó en la invitación, consciente de que Cassie lo observaba esperando una respuesta. No quería que pensara que su vacilación se debía a que no quería salir con ella.

Era algo más complicado.

The Shooter era el lugar de reunión de sus amigos. Jace, Sally, Matt, Kim…, incluso Spencer, que había vuelto a Port Pleasant y había comenzando a trabajar de nuevo allí. Y eso sin contar a Caleb, el auténtico problema. Su amigo no le había pedido abiertamente que pasara de Cassie, pero le había dejado bastante clara su postura. «No me jodas con Savannah».

Tenía dos opciones: o la rechazaba con una excusa y la llevaba de vuelta a su casa, o buscaba una alternativa. Definitivamente la segunda. Pero ¿cuál?

Su teléfono móvil sonó en su bolsillo. Se estiró en los escalones y lo sacó. El número que parpadeaba en la pantalla le aceleró el corazón.

—Diga —contestó.

—He tomado una decisión.

—¿Y? —preguntó casi sin voz.

—El Camaro es tuyo.

Tyler cerró los ojos con fuerza. «¡Sí!».

—¿Cuándo puedo ir a buscarlo?

—¿Qué tal esta noche? Antes de que me arrepienta. Podemos vernos a medio camino, en Shallotte, por ejemplo.

—Salgo para allá ahora mismo.

Se puso en pie de un salto, al tiempo que cogía a Cassie de los brazos y tiraba de ella para que lo siguiera. Estaba tan contento que ni siquiera pensó en lo que hacía. La tomó por la nuca con una mano y pegó sus labios a los de ella.

—No a la cerveza. No a el Shooter. Esta noche tengo algo importante que hacer y tú vienes conmigo.

11

*T*ras pasar por el taller y coger el dinero que guardaba en la caja fuerte, Tyler pisó el acelerador y entró en el acceso de la 17 en dirección suroeste. Shallotte se encontraba a unos cuarenta minutos de Port Pleasant en esa misma dirección.

Estaba nervioso y aún sentía el corazón latiéndole en la garganta. No podía creer que por fin fuese a tener el coche. Ese Camaro costaba el doble y, aunque nunca había perdido la esperanza, sabía que iba a necesitar un milagro para conseguirlo por la calderilla que él había ofrecido. El dueño no era ningún idiota, sabía lo que guardaba en ese garaje, y empezaba a preguntarse qué le habría hecho decidirse a regalarle el coche. Porque eso era justo lo que estaba haciendo.

Cassie, sentada a su lado en la camioneta, lo miraba de reojo de vez en cuando. Tenía algo fascinante verlo conducir sumido en sus pensamientos. La forma en que zigzagueaba entre los otros coches con una sola mano controlando el volante era tan solo un acto reflejo, nada que indicara que intentaba presumir. Pero bien podría hacerlo.

—Así que vamos hasta Shallotte a por un coche que quieres comprar —comentó Cassie.

—No lo quiero comprar. Necesito comprarlo. Llevo toda mi vida soñando con ese coche.

—Parece un momento importante.

—Lo es.

—¿Y vas a compartirlo conmigo? —preguntó Cassie con una sonrisa.

—Bueno, necesito a alguien que traiga la camioneta de vuelta. Tú estabas a mano —respondió él como si nada. Reprimió una sonrisa y la miró.

Cassie también lo estaba mirando, picajosa. La risa surgió como un borbotón de su garganta.

—Estás muy mona cuando te enfadas.

—No estoy enfadada —apuntó ella.

—Lo que tú digas. Pero no lo decía de verdad, quiero que vengas. En serio —confesó en voz baja. Y era sincero. Podría haberla llevado a casa y después haber llamado a Caleb para que lo acompañara. Pero ni siquiera había pensado en esa alternativa.

Cassie sonrió y alzó la cabeza para contemplar el paisaje. Continuaron en silencio el resto del trayecto y no tardaron mucho en tomar la salida. Finalmente llegaron a Shallotte cuando los últimos rayos de sol se difuminaban en el horizonte.

Tyler se detuvo en el aparcamiento de un Chilis. Se bajó de la camioneta y le echó un vistazo a la hora.

—Aún tenemos unos veinte minutos. ¿Comemos algo?

Cassie dijo que sí con la cabeza, encantada con la idea. Estaba muerta de hambre.

El restaurante se encontraba casi lleno a esas horas. Tyler y ella se acomodaron en un reservado cerca de la cocina y empezaron a hojear el menú. Una camarera se acercó a ellos con una sonrisa, la punta del boli sobre la libreta. Se le notaba que tenía bastante prisa.

—¿Qué os pongo de beber?

—Un té helado, por favor —contestó Cassie.

La camarera lo anotó y miró a Tyler.

—Yo una cerveza sin.

La chica asintió y fue a por las bebidas.

—¿Qué te apetece? —se interesó Tyler.

Cassie volvió a mirar la carta y se pasó un dedo por los labios, de lado a lado, como si los acariciara. Tyler la observó embobado. Le sonrió cuando alzó la vista y él la imitó.

—¿Un Triple Dipper para compartir? —sugirió. Él aceptó con un movimiento de su cabeza. Cassie volvió a pasear la vista por el plástico—. Y un clásico Turquía con el pan muy tostado.

—¿Nada más?

—No, con eso tengo más que suficiente.

La camarera regresó con las bebidas.

—¿Sabéis ya lo que vais a tomar?

—Sí —respondió Tyler—. Un Triple Dipper, un clásico Turquía con el pan muy tostado y burritos. Los Smothered Prime Rib.

—De acuerdo. Estará listo enseguida —dijo la camarera, y arrancó la hoja.

En cuanto se hubo marchado. Tyler se inclinó hacia delante en la mesa y clavó los ojos en los labios de Cassie en torno a la pajita del té helado.

—No te has atrevido a pedir cerveza —susurró con complicidad—. No creo que esa tía te hubiera pedido el carné.

Cassie negó y tragó para poder contestar.

—Es que no me apetecía. —Guiñó ambos ojos con una mueca y sonrió—. Y no habría pasado nada si me lo hubiera pedido.

Tyler alzó una ceja.

—Si no me fallan las cuentas, aún no tienes los veintiuno.

Cassie inspiró hondo y una expresión traviesa iluminó su cara. Abrió el bolsito que llevaba colgado y alcanzó su cartera. Sacó el carné falso y lo deslizó por la mesa con un dedo. Tyler lo tomó, echándole un vistazo. Hizo un esfuerzo penoso para no reírse, y acabó soltando una carcajada.

—Es la peor falsificación que he visto en mi vida. ¡Joder! ¿Quién coño te ha hecho esta chapuza? Los he visto malos, pero este…

Cassie puso los ojos en blanco y volvió a guardarlo. Se quedó completamente inmóvil en el asiento y la mirada fija en él. En todos los años que lo tenía, solo dos personas se habían dado cuenta de que su carné era falso: una había sido Eric, el día que lo conoció y puso su vida patas arriba para siempre, y la otra la tenía sentada justo enfrente.

Empezó a preguntarse si era su mente la que se empeñaba en ver similitudes entre ellos o si de verdad las había. Porque, de ser así, parecía una broma de mal gusto. ¿Acaso no podía sentirse atraída por otro tipo de chico? La cara de Eric apareció como un fantasma ante sus ojos. Pensar en él le dolía.

La brillante mirada de Tyler seguía posada en Cassie. Se inclinó sobre la mesa y la luz hizo un juego de sombras en su cara. De pronto se había puesto seria y parecía distante.

—¿He dicho algo malo? —preguntó con cautela.

Cassie abrió la boca para contestar. Después la cerró. La comida llegó en ese instante.

—No has dicho nada malo —dijo en cuanto volvieron a quedarse solos. Sonrió para que viera que decía la verdad y buscó algo de lo que hablar—. Así que en tu casa sois fans de los Panthers.

Tyler agarró sus cubiertos y empezó a cortar los burritos por la mitad.

—Podría decirse que sí, pero sin perder la cabeza. Vemos los partidos importantes, vamos al estadio cuando juegan en casa, y los *playoffs* y la noche de la Super Bowl son sagrados. Los chicos vienen a casa, acampamos en el salón… ¡Noche de tíos! —exclamó. Le guiñó un ojo y añadió—: Derek, mi hermano, entró el año pasado en el equipo del instituto y un par de universidades importantes se han fijado en él. ¡El capullo es muy bueno! Quién lo iba a decir.

—¡Eso es fantástico! ¿Y en qué posición juega?

—Es el *quarterback*.

—La estrella del equipo, ¿eh?

Tyler sonrió orgulloso y se metió medio burrito en la boca. Continuaron conversando. Cassie le habló de su abuelo, de su pasión por los Panthers y de lo unida que había estado a él. Sus miradas se encontraban de vez en cuando y por momentos se olvidaron de lo que estaban haciendo o de lo que estaban hablando. Lo disimulaban, pero ambos sabían que algo fluía entre ellos en ambas direcciones.

En el mismo instante que les trajeron la cuenta, una furgoneta se detuvo en el aparcamiento con un remolque. Los ojos de Tyler volaron hasta la ventana y se envaró como si una descarga eléctrica le hubiera recorrido el cuerpo.

—Ya está aquí —anunció con un subidón de adrenalina.

Sacó dinero de su cartera y lo dejó sobre la mesa. Después cogió a Cassie de la mano, algo que empezaba a convertirse en una costumbre, y salió afuera. El corazón le aporreaba el pecho cuando se detuvo al lado del remolque; sobre él se adivinaba la silueta de un coche bajo una lona.

Cassie lo miró de reojo y se percató de lo nervioso que estaba. Para él aquello era importante. No lograba entenderlo, pero quién era ella para juzgar a nadie. A Tyler le ponían los coches. A otros una tele de plasma gigantesca. A ella los vestidos de otras temporadas en los que no podía meter el culo.

Un tipo bajó de la furgoneta y fue al encuentro de Tyler para estrecharle la mano.

—Aquí lo tienes —anunció.

Dio un tirón a la lona, que dejó a la vista la potente máquina.

Cassie contempló el coche con los ojos muy abiertos. Era rojo brillante y tenía dos líneas negras pintadas en el capó y en la parte de atrás. No entendía mucho de marcas y modelos, pero sabía que aquel debía de ser un coche especial. La cara de veneración que había puesto Tyler le dibujó una sonrisa y sintió una ternura especial por él.

—¡Vaya! —exclamó ella.

Tyler la miró y una sonrisa de oreja a oreja le iluminó los ojos. El hombre se acercó al remolque, accionó una palanca y el remolque basculó, alzando la parte delantera hasta que la trasera rozó el asfalto. Después se subió al coche y lo hizo descender. A continuación se bajó y le entregó a Tyler las llaves y unos papeles. Este sacó un fajo de billetes del bolsillo delantero de sus vaqueros y se lo puso en la mano.

—¿Puedo hacerle una pregunta? —inquirió Tyler. El hombre asintió y unas arrugas aparecieron en sus ojos cuando sonrió—. Los dos sabemos que este coche cuesta más del doble. ¿Por qué me lo vende?

El hombre se quedó mirando el Camaro, pensando. Suspiró y pasó una mano por la carrocería como si estuviera acariciando algo muy frágil.

—Era de mi hijo. Adoraba este coche. —Hizo una pausa y tragó saliva—. Murió en Irak hace tres años, en una misión humanitaria. Conservarlo es doloroso para mí, pero tampoco puedo dárselo a cualquiera. Tú me recuerdas a él. Ese brillo salvaje en los ojos, la admiración al contemplar esta preciosidad. Para ti no es un capricho, quieres este coche con todo tu corazón. Sé que contigo estará bien y que le harás todas las millas que mi hijo no le podrá hacer. No puede quedarse en un garaje para siempre.

Tyler asintió una sola vez, con solemnidad. No había esperado semejante confesión, y un estúpido nudo en la garganta lo estaba ahogando.

—Gracias —fue lo único que dijo, pero su rostro mostraba todo lo que sentía: emoción, gratitud y la promesa de cuidar de ese coche tan bien como lo habría hecho su hijo.

Tras despedirse del hombre, se quedaron solos en el aparcamiento.

Tyler rodeó el coche muy despacio, fijándose en cada detalle a conciencia. Lo tocó y acarició durante un rato, inclinándose de vez en cuando para estudiar las llantas y los bajos, mientras Cassie lo observaba con paciencia.

—Es precioso —susurró al tiempo que abría la puerta por primera vez.

Se acomodó en el asiento. Puso las manos en el volante y cerró los ojos para sentirlo. Era una maravilla. Lo puso en marcha y el motor vibró. Después pisó el acelerador y el coche subió de revoluciones. El sonido, ronco y profundo, era música.

—¡Qué puto orgasmo! —rugió por encima del ruido.

A Cassie se le escapó una risotada. Tyler tenía una boquita que haría que su madre sufriera una embolia. Y aun así había algo sexy en su lengua sucia. «Salvaje», eso había dicho el hombre. Estaba en lo cierto, Tyler no solo tenía un brillo salvaje en los ojos, todo él lo era. Era un chico malo, un rebelde, un tipo arrogante con actitud de «todo me importa una mierda».

Mientras conducía la camioneta tras él por la carretera, no podía dejar de pensar en su sonrisa de listillo rebosante de seguridad. Cada comentario mordaz, cada mirada, cada roce, su pose de mujeriego… Todo le afectaba.

Mantener las distancias debería ser un imperativo para ella porque Tyler era de los chicos que primero te rompían el corazón y después te abandonaban. Esa convicción debería ayudarla a mantener a raya el deseo que sentía por él. Sí. Pero no lo hacía. Si lo hiciera no habría sugerido que tomaran esa cerveza. Y sin darse cuenta se encontró abandonando la carretera por la salida a Port Pleasant.

Tyler condujo el Camaro por la desierta carretera que transcurría paralela a la costa. Miraba continuamente por el retrovisor para asegurarse de que la camioneta continuaba tras él. Un par de desvíos más adelante, tomó un camino de gravilla y se detuvo entre dos casas.

Cassie aparcó a su lado. Se quitó el cinturón y miró a su alrededor por el parabrisas. La oscuridad era absoluta, salvo por un par de farolas de luz amarillenta que iluminaban el camino a cada lado de las casas. Se bajó de la camioneta, aliviada de poder estirar las piernas. Tyler fue a su encuentro.

—¿Todo bien? —se interesó él.

—Sí. Es mucho más fácil conducir tu camioneta que mi Toyota.

—Sí, lo que dicen es cierto, cuanto más grande mejor —bromeó con un guiño pícaro.

Ella sonrió y la vista de Tyler recayó en sus labios. Tenía que dejar de mirarlos, porque cada vez que lo hacía le entraban ganas de volver a probarlos. Obligó a su cuerpo a mantener una distancia segura, que mantuviera a raya la tortura que suponía el aroma de su piel suave. ¿Vainilla? No tenía ni idea, nunca se le habían dado bien esas cosas, solo sabía que olía puñeteramente bien. Se pasó una mano por el pelo, indeciso. Se suponía que ahora debía acompañarla a casa. Pero aún no quería separarse de ella.

Cassie trató de adivinar dónde estaban. El sonido de las olas rompiendo en la arena y el olor a salitre le indicaron que se encontraban muy cerca de la playa. Inspiró hondo y se dio la vuelta. Tyler volvía a contemplar su nuevo coche. No parpadeaba, como si al hacerlo temiera que pudiera desaparecer. Se colocó a su lado y contempló su reflejo en la ventanilla. Él se movió, de modo que su imagen apareció tras ella.

—Es una pasada.

—Sí que lo es —dijo Cassie. Lo miró por encima del hombro—. Lo que ha dicho ese hombre sobre su hijo… Me ha impresionado mucho.

—Sí, a mí también —susurró Tyler. Suspiró y se frotó la cara con la mano.

—Pero tiene razón en todo lo que ha dicho. Nadie lo va a cuidar como tú. —En su rostro se pintó una sonrisa—. Nunca había visto a nadie mirar un coche como tú miras a este.

Tyler le devolvió la sonrisa a través del reflejo.

—Siempre me han gustado los coches. Desde muy pequeño he pasado más tiempo en el taller que en ninguna otra parte. Cuando los otros niños jugaban en la calle, yo prefería el olor de la gasolina y ver a mi padre desmontando un motor. Un día, creo que tenía ocho o nueve años, apareció un tipo con un coche idéntico a este. Fue la primera vez que mi viejo me puso una herramienta en la mano y me dejó ayudarlo. Cuando me pidió que lo arrancara y que pisara el acelerador… Lo que sentí en ese momento… ¡Dios! Supe que mi vida no estaría completa hasta que este coche fuese mío.

Cassie se dio la vuelta y clavó sus ojos en los de él. Una expresión a medio camino entre la diversión y la ternura iluminó su cara.

—¿Qué? —preguntó Tyler un poco incómodo bajo su examen.

—Nada. Es que cuando hablas así no pareces tan…

—¿Tan?

—Es que para ser tan capullo eres un poco filósofo, y muy profundo —respondió, esbozando una enorme sonrisa.

Tyler se echó a reír con ganas. Movió la cabeza de un lado a otro y embutió las manos en los bolsillos de sus pantalones.

—No soy tan idiota como crees. Y por si aún no te has dado cuenta… —Se pasó la lengua por los labios y apartó la mirada—. He compartido uno de los momentos más importantes de mi vida contigo. Con-ti-go. No lo olvides cuando te entren ganas de darme una patada.

Cassie tragó saliva y entornó los ojos con aire juguetón. Se estaba derritiendo bajo esa expresión juvenil que dibujaba hoyuelos junto a su boca.

—No creo que seas idiota. Y me alegro de que me hayas llevado contigo, de verdad. Lo he pasado bien y… Lo cierto es que contigo siempre lo paso bien.

Tyler frunció el ceño y la miró preocupado.

—¿Estás enferma? —preguntó, tocándole la frente con el dorso de la mano—. Joder, quizá debería llevarte al hospital.

Cassie lo apartó de un manotazo.

—Ibas bien, muy bien. Casi me habías convencido. Pero el lobito ha acabado asomando la patita —replicó, dándole un golpecito con el dedo en el hombro, donde lucía un tatuaje con ese animal.

Una risita ronca brotó del pecho de Tyler. Clavó la mirada en la boca de Cassie y se puso serio. Aquella boca tenía algo que tiraba de él.

—Si vuelves a decir esa palabra tendré que besarte. Cuando dices lobito, tus labios… Me los comería. Te comería enterita.

La miró de arriba abajo y muy despacio acortó la distancia que los separaba. Sonrió cuando ella chocó contra el coche, intentando alejarse de él. ¡Qué bien combinaba con el Camaro! Parecía un jodido poster. Inspiró hondo, con cada célula de su cuerpo consciente de ella. Disfrutaba provocándola, era adictivo, y sus réplicas de listilla, más su gesto testarudo, lo volvían loco e irracional. Apoyó las manos en la carrocería, a ambos lados de su cuerpo.

—¿Quieres que te bese?

—No.

—Te he preguntado primero, podría no haberlo hecho.

—Y yo podría darte un rodillazo en las pelotas. O borrarte esa sonrisa de un bofetón. Pero igual te gusta, así que...

—Eres todo dulzura.

—Lo sé, y como no quiero que te empaches, mejor me voy marchando.

Él negó con la cabeza y le guiñó un ojo, pícaro. La cogió de la mano y la obligó a seguirlo.

—¿No quieres ver mi casa primero?

—¿Vives aquí? —preguntó ella a su vez con curiosidad, alzando la vista hacia la construcción de madera que había a su derecha.

—Sí.

Cassie se fijó en la casa, un bloque cuadrado que se alzaba sobre unos postes de gran tamaño, que la mantenían a salvo de las olas cuando la marea subía demasiado. Accedieron a ella por unas escaleras empinadas que terminaban en una terraza con vistas al mar.

Tyler se detuvo en mitad de la escalera y se giró entornando los ojos.

—¿Adónde pensabas que te había traído?

—A algún sitio apartado donde intentar meterme mano.

Una sonrisa maliciosa curvó los labios del chico. Bajó un peldaño y acercó su cara a la de ella.

—¿Y aun así has venido? Interesante. Quizá merezca la pena que me des una bofetada.

—¿Qué?

—Eres demasiado orgullosa y entiendo que necesites hacerte la dura para no parecer ansiosa. Así que juguemos. Voy a robarte un beso, tú me atizas cabreada y después pasamos a lo bueno. ¿Qué dices?

—¿Que estás enfermo? —le espetó exasperada—. Y sí, quiero ver tu casa; pero porque necesito hacer *pis*.

Lo apartó con una mano y continuó subiendo. La casa era de madera gris, con la puerta y las ventanas blancas, al igual que la escalera. Solo tenía una planta y una pequeña buhardilla en el lado derecho del tejado. Era una casa sencilla y bonita.

Al llegar arriba la vista le robó el poco aire que le quedaba en los pulmones. Se acercó a la baranda y contempló el océano. Una vasta superficie de agua negra en la que se reflejaban las estrellas, decenas de puntos titilantes que se mecían con el vaivén de las olas. Con la luz del día aquel lugar debía de ser impresionante.

Tyler se detuvo a su lado e inspiró el aire húmedo de la noche.

—¿Puedo hacerte una pregunta sin que te pongas a la defensiva? —lo tanteó Cassie. Él la miró de reojo y se encogió de hombros—. ¿Cómo puedes permitirte este sitio?

—Un favor. En el taller tenemos un cliente que trabaja en el sector inmobiliario. Suele estar al tanto de las expropiaciones y las subastas de los bancos. Me dio el soplo, hice una oferta y la conseguí.

—Yo mataría por tener un sitio así y que solo fuese mío —susurró Cassie, apretando con fuerza la baranda entre sus manos—. Es preciosa.

Tyler se giró y apoyó la cadera contra la madera. La miró como si fuese el postre más apetitoso del mundo. Dulce, exquisito y pecaminoso.

—Tú sí que eres preciosa —le susurró al oído.

Cassie se estremeció y cerró los ojos un instante, notando cómo los dedos de él se deslizaban por su brazo y después le rozaban la cintura. Cuando los abrió, su mirada quedó conectada a la de él, oscura y peligrosa. Aguantar su contacto era masoquismo en estado puro. La reticencia entre ellos se palpaba. Él quería dar el paso y ella que lo diera, pero ninguno de los dos cruzaba la línea. Quizá porque ambos sabían que no era inteligente ir más allá, pero…

Tyler se inclinó y le rozó los labios con los suyos. No llegó a ser un beso, solo una caricia de su aliento. Nadie se apartó. Cassie retiró la mano de la baranda y lo asió por la camiseta, estrujándola en su puño.

—No sigas.

—¿Por qué? —inquirió él sin moverse ni un milímetro.

—Porque eres un buen tío y no vas a continuar con esto.

—¿Qué te ha hecho pensar que soy un buen tío?

Cassie sonrió y todo su cuerpo se estremeció, y no por la brisa que soplaba desde el océano. Tenía el corazón en la garganta y no había forma de bajarlo a su sitio. Él le rozó la comisura de los labios con la nariz. No, desde luego que no era un buen tío.

—Estás jugando sucio —susurró ella.

—Nunca juego siguiendo las reglas.

—Pues las reglas están para algo.

—Sí, para romperlas —dijo él con voz ronca—. Y a mí se me da bastante bien romperlas.

Una vocecita le pidió que se detuviera, que fuera inteligente, pero en lo que a Cassie concernía, era inútil todo pensamiento lógico. La besó en la mejilla y sus dedos descendieron hasta la piel que asomaba bajo su vestido. Le rozó el muslo, trazando círculos lentos y suaves.

—Para —dijo ella, aunque no sonó muy convencida.

—¿Por qué no quieres ser mi amiga, Cass?

Cassie se quedó sin respiración. Por Dios, ¿cómo podía sonar así su voz? Dio un paso atrás, luchando contra el impulso de abalanzarse sobre su boca. Lo miró a los ojos y comenzó a derretirse. Se quedó embelesada, atrapada en el brillo que los iluminaba. Sus mecanismos de defensa intentaron hacerse con el control, tratando de no rendirse.

—Yo no he dicho que no quiera ser tu amiga. Lo que no quiero es complicarme la vida acostándome contigo.

—No tendría por qué complicarse si establecemos unos términos.

—¿Solo enrollarnos?

Tyler asintió y posó la mirada sobre sus labios, su intensidad la obligó a separarlos para aspirar una bocanada de aire. Esos ojos siempre ganaban, contra ellos no tenía nada que hacer.

—¿Y si el sexo se convierte en otra cosa? —susurró Cassie.

Tyler puso cara de póquer. Una parte de él se agitó alerta.

—¿Estás hablando de sentimientos?

—Sí.

Él dio un paso atrás, confuso, y un ruidito ahogado escapó de su garganta.

—¿Crees que puedo encoñarme? ¿Encoñarme contigo?

Ella se puso rígida. La forma en la que había dicho esas palabras la ofendió.

—Vete a la mierda, Tyler —le espetó mientras lo dejaba allí plantado.

Él se dio cuenta de inmediato de su falta de delicadeza.

—Cassie, espera. Joder, espera un momento —le pidió mientras la sujetaba por la cintura y aplastaba su espalda contra su pecho—. No pretendía que sonara así. Déjame terminar, ¿vale?

Cerró los ojos y la apretó más fuerte. No había hecho otra cosa que arrepentirse por cada intento de volver a meterse otra vez entre sus piernas. Pero allí estaba, tratando de seducir de nuevo a la única debilidad que había tenido en los últimos años. Y la verdad era que se moría de ganas.

—Entiendo qué querías decir, no soy gilipollas —susurró contra su pelo—. Mira, no creo que por acostarnos acabemos involucrados emocionalmente.

—¿Cómo estás tan seguro?

—No lo estoy. Pero tengo la sensación de que a nosotros no nos ocurrirá porque somos iguales, Cassie. Tú no quieres abrirte a nadie y mucho menos a mí. Yo tampoco —dijo en voz baja, y se sorprendió a sí mismo de su sinceridad.

Cassie se dio la vuelta entre sus brazos.

—¿Por qué? —preguntó, intrigada.

—Porque no puedo. Esa parte de mí no funciona. Se rompió hace mucho tiempo.

Ella no esperaba esa respuesta y se le notó en la cara. Clavó los ojos en su pecho, sintiéndose demasiado expuesta.

—La mía tampoco funciona. También está rota.

Tyler inspiró hondo y extendió la mano por su espalda, estrechándola de modo que la encajó un poco más en su cuerpo. Notó algo amargo en la boca del estómago al pensar en ella sufriendo por otro chico.

—Lo que sentimos es otra cosa, Cass. Nos deseamos. Nos gusta estar juntos, somos adultos y sabemos lo que queremos. No creo que le hagamos daño a nadie si disfrutamos de ello.

—Pero existe el riesgo, Tyler.

—Existe, pero es muy pequeño. Tú jamás te enamorarías de mí. Eres demasiado lista para eso y sabes de sobra que no te convengo.

Cassie sacudió la cabeza, nunca dejaría que eso pasara.

—Ni tú te enamorarías de mí. No soy tu tipo y no me soportas —susurró ella.

Tyler sonrió en su cuello y hundió el rostro entre su pelo. Sintió su cuerpo tembloroso y la ciñó con deseo y ternura.

—No eres mi tipo. Hay momentos que te estrangularía. Y aun así me pones un montón.

Cassie sonrió contra su pecho. Inspiró su olor y sus dedos se crisparon en torno a su cintura, tan tensa que podía notar los músculos de su estómago bajo la camiseta.

Ninguno dijo nada durante un largo instante.

—Debería mantenerme alejado de ti —gimió él, como si algo le doliera mucho.

—Ya, pues no se te está dando muy bien —replicó Cassie.

Tyler le tomó el rostro entre las manos y clavó sus ojos en los de ella.

—¿Vas a rechazarme si te beso? Porque voy a besarte sí o sí y…

Ella negó con la cabeza mientras su cuerpo se tensaba de una forma deliciosa. Se puso de puntillas y pegó sus labios a los de él. Y cada una de las razones por las que no debería estar allí se desvanecieron al tiempo que el fuego que yacía bajo su piel explotaba sobrecargando sus sentidos.

Tyler enterró la mano en su pelo y notó el pulso de su cuello latiendo bajo las yemas de los dedos. Con la otra mano la ciñó por la cintura, inmovilizándola contra sus caderas. Deslizó la lengua entre sus labios y ella le mordió el labio inferior antes de abrir la boca para él. Se tragó su gemido y la besó con ardor, estrechándola contra su cuerpo de tal forma que podía sentir el calor de su piel a través de la ropa.

Una maravillosa calidez le recorrió el pecho, descendió por su vientre y más abajo. Nunca dejaba de sorprenderle que, por mucho que ya conociera esos labios y ese cuerpo que tenía entre los brazos, pudiera sentir esa asombrosa anticipación. Solo ella conseguía que se sintiera así, que la lujuria se concentrara en la boca de su estómago y que desde allí estallara alcanzando todos y cada uno de los rincones de su ser.

Cassie se estaba quedando sin aire, y aun así era incapaz de despegarse de aquellos labios que se la bebían a grandes tragos. Gimió, devolviéndole los besos con el mismo apetito, acariciando su lengua. A Tyler se le escapó un rugido y su sangre burbujeó como lava ardiente. Se pegó a él con un estremecimiento mientras colaba las manos bajo su camiseta y le acariciaba la espalda. El calor que sentía por todo el cuerpo se hizo más intenso y el deseo arrasó con cualquier pensamiento.

Ni siquiera se dio cuenta de que se encontraban dentro de la casa hasta que oyó cerrarse la puerta con un golpe. Todo estaba a oscuras, pero Tyler se movió con ella sin vacilar. Sus manos la tocaban, la estrechaban, la acariciaban con suavidad, paseando por sus curvas, peleando contra la necesidad de arrancarle la ropa allí mismo.

Él bajó las manos por su trasero, le acarició los muslos y la alzó del suelo. Cassie le rodeó las caderas con las piernas y enredó las manos en su pelo. Lo agarró con fuerza, cuando su lengua se encontró con la suya. De la garganta de Tyler surgió un gruñido sensual que la hizo temblar por dentro. Lo necesitaba. Ya.

Tyler subió la escalera que conducía a su dormitorio con ella en brazos. Empujó la puerta con el hombro y se precipitó dentro.

—Dios, cómo te necesito —le susurró al oído mientras la dejaba en el suelo.

Sus labios se fundieron con los de ella, saboreándose, buscándose. Con la respiración errática, se retiró un poco y le quitó el vestido. Ella lo imitó. Coló sus pequeñas manos bajo la camiseta y tiró de ella hasta sacársela por la cabeza con su ayuda. Se estremeció cuando sus delicados dedos volvieron a bajar por su torso y recorrieron los músculos de su estómago, resbalando hasta encontrar el botón de los vaqueros. Lo desabrocharon con destreza. Después tiró de los pantalones hacia abajo, ansiosa y desatada.

Tyler no podía apartar los ojos de su cara. En su pecho estalló un anhelo, profundo y creciente. Ella tembló al ver su mirada bajar lentamente por su cuerpo y sonrió. El efecto de esa sonrisa le llegó muy adentro. La cogió en brazos y la llevó hasta la cama. La tumbó de espaldas, con cuidado, y la contempló desde arriba. Allí también encajaba a la perfección.

Descendió sobre ella con las manos en el colchón a ambos lados de su cabeza. Cassie enredó las manos en su pelo, le encantaba que lo hiciera, y buscó sus labios. La besó con suavidad, con su lengua rozando apenas la de ella, jugando. Quería ir despacio, pero Cassie se lo estaba poniendo muy difícil con sus ruiditos desesperados y sus contoneos.

—Joder —gimió al sentir sus piernas rodeándole la cintura.

Ella se retorció debajo y arqueó la espalda buscando su contacto. La poca ropa que aún llevaban puesta empezó a ser muy incómoda. Prácticamente se la arrancaron, entre jadeos y movimientos frenéticos. Alargó la mano, abrió la mesita y sacó un condón.

Cassie tembló mientras Tyler volvía a colocarse entre sus piernas y capturaba sus labios con un beso profundo. Entró en su cuerpo muy despacio. Su boca ahogó un gemido de placer y sus caderas se movieron al ritmo que le imponían las de él. Lento, posesivo y calculado para hacerla escalar paso a paso hasta la cima. Se sintió arder. Sus caderas volvieron a empujar y su beso se volvió más intenso.

Cuando sus labios alcanzaron su pecho y sus manos le rodearon los muslos, presionando contra ella, hundiéndose más en ella, Tyler gimió muy fuerte.

Cassie entrelazó sus dedos con los de él por encima de su cabeza. Arqueó el cuello en la almohada y jadeó. Las piernas le temblaban apretadas contra su cuerpo y lo miró a los ojos. Su rostro, perlado por el sudor, era lo más hermoso y erótico que había visto nunca. La tensión creció en su interior, sintiéndolo tan dentro de ella que lo único que pudo hacer fue cerrar los ojos y dejarse mecer por sus acometidas, cada vez más rápidas y erráticas, hasta que una explosión de intenso placer la estremeció por dentro.

Se dejaron llevar.

Ninguno de los dos estaba pensando en lo que hacía, en lo que podía pasar después y en cómo se iban a sentir.

Ninguna de las veces en las que sus cuerpos se buscaron a lo largo de la noche, pensaron en nada que no fuera lo que ocurría en la burbuja que habían creado.

Y al amanecer, se quedaron dormidos abrazados.

12

*T*yler abrió los ojos mientras inspiraba hondo y se desperezaba sobre la cama. Giró la cabeza en la almohada y se encontró con el rostro de Cassie a solo unos centímetros del suyo. Las pestañas le rozaban las mejillas, sonrosadas sin necesidad de maquillaje. Su respiración era pausada y su cuerpo desnudo descansaba relajado boca abajo, ofreciéndole unas vistas alucinantes.

Se puso de costado, admirándola fascinado. La sensación de tenerla a su lado de ese modo era sorprendentemente agradable. Nunca había dejado que ninguna chica se quedara a dormir, siempre las llevaba a casa en cuanto acababan lo que habían ido a hacer allí. Pero esa noche había roto otra de sus reglas.

Pese al miedo que le dio esa revelación, fue incapaz de apartarse. Paseó la vista por su cuerpo y se quedó embobado mirándole la cara. Cassie era preciosa y, aunque ella creía lo contrario, sí que era su tipo. Porque no era el físico lo que más le llamaba la atención de una chica —aunque eso influía, por qué no admitirlo—; era lo que no se podía ver lo que despertaba su interés.

Cassie tenía carácter y no se dejaba amedrentar con facilidad. Sabía lo que quería y cómo lo quería, y no tenía miedo a pedirlo. Le encantaba oírla decir tacos, refunfuñar y beberse una cerveza sin apenas respirar. Sus ocurrencias eran divertidas y podía ser bastante bruta si se lo proponía. No tenía miedo a hacer locuras, ni le importaba lo que los demás pudieran pensar de ella. Su aspecto de ángel no reflejaba lo que había bajo la superficie, ni de coña, y le encantaba su mal genio.

Deslizó las yemas de los dedos por su brazo y después por su mano, que reposaba cerca de su boca. Le rozó el labio inferior con el pulgar, sintiéndose en paz.

Echó la cabeza hacia atrás y cerró los ojos. Se preguntó si de verdad podía hacer aquello, estar con Cassie sin poner en juego sus sentimientos, sin que acabara importándole. Porque si existía la más mínima posibilidad de que eso ocurriera, la apartaría de su vida sin dudar.

Un lío de verano, solo se trataba de eso.

Haciendo acopio de toda su fuerza de voluntad, se levantó de la cama. La idea de despertarla y repetir lo que había ocurrido durante la noche lo estaba torturando, pero Cassie dormía tan profundamente que sintió remordimientos por la simple idea de pensarlo.

Se puso unos pantalones cortos. Después salió de la habitación sin hacer ruido y se dirigió a la cocina. Mientras el café se hacía, salió a la terraza y bajó hasta la calle para echarle un vistazo al Camaro.

¡Dios, aún no podía creer que por fin fuese suyo!

Era domingo, había conseguido el coche de sus sueños y tenía una chica alucinante durmiendo en su cama, con la que había tenido el mejor sexo de su vida. Si en la playa había olas para surfear, empezaría a creer de nuevo en Santa Claus y en el hada de los dientes.

Volvió arriba con una enorme sonrisa en la cara. En la nevera encontró unos huevos y queso rallado, también un poco de pavo cocido. No era gran cosa, pero podría improvisar un desayuno decente. Guardó un plato para Cassie y se comió el resto con gran apetito. Después, con su segunda taza de café en la mano, se tumbó en el sofá y mató el tiempo leyendo un rato.

En el dormitorio, Cassie se despertó oliendo a café. Abrió los ojos y se desperezó, sorprendida de lo grande que era aquella cama. Claro que, teniendo en cuenta el tamaño de Tyler, esas medidas eran más una cuestión de necesidad que un capricho.

«Tyler».

Sonrió como una idiota al pensar en él y en todo lo que habían hecho dentro de aquella habitación. Un segundo más tarde, le entraron ganas de ponerse a llorar. Había caído de nuevo en sus brazos. Y solo era culpa suya. Podría haberse resistido un poquito más, pero había sido débil y se había dejado arrastrar por su labia y su mirada de perdonavidas.

Resopló y se cubrió los ojos con el brazo. Dios mío, era una cabeza hueca. No quería ni pensar en ello. Aunque, si lo pensaba, si era sincera consigo misma, no es que lo lamentara mucho. Sabía que había sido un error, pero... ¿Y si podía hacerlo?, pasar otro verano con él y dejarlo antes de salir herida. No existía ninguna posibilidad de que Tyler pudiera sentir por ella algo más que atracción y deseo.

Al igual que ella, estaba roto y sin posibilidad de arreglo.

Quizá, algún día, con la persona adecuada, podría tener un futuro, hijos y un amor de verdad, profundo e intenso como el que había sentido por Eric. Pero ese día aún no había llegado y esa persona no era Tyler.

Se preguntó qué hora sería. Por la luz que entraba a través de la ventana, cerca de mediodía. Se levantó en busca de su ropa. Encontró el vestido en el suelo y se lo puso mientras le echaba un vistazo a la habitación. Todo estaba limpio y ordenado, y los muebles eran los justos: un armario, una cómoda y un par de estanterías con libros y DVD. Revisó los títulos con una sonrisa en los labios, y con algunos no pudo evitar sorprenderse. Así que era cierto, leía algo más que revistas. Las paredes blancas estaban desnudas, salvo por un poster de la película *Pacific Rim* y otro de la serie *Hijos de la anarquía*. Venga ya, ¿es que también le gustaban?

«Que odie los cachorritos, por favor, que odie los cachorritos», suplicó en silencio.

Cuando bajó, lo primero que vio fue a Tyler tumbado en el sofá, con un brazo bajo la cabeza y el otro reposando sobre su pecho desnudo, sosteniendo un libro. Sus ojos se deslizaban por la página con avidez y su gesto de concentración le hacía fruncir el ceño de un modo adorable. Cassie se detuvo en el último peldaño y se quedó contemplándolo. Estaba sexy a rabiar.

—¿Qué estás leyendo?

Tyler apartó el libro y la miró. Una sonrisa se pintó en su cara al tiempo que se sentaba derecho.

—*El hombre que fue jueves*, de G. K. Chesterton.

Dejó el libro sobre la mesa de centro y se pasó la mano por el pelo.

—¿Qué tal está? —se interesó ella.

—Bien. Es algo peculiar. —Se puso de pie y fue a su encuentro—. Aún intento descubrir si es una novela de misterio, filosófica, religiosa o una sátira pensada para que te comas la cabeza.

Cassie sonrió y se mordió el labio con un gesto coqueto.

—¿Te gustan los cachorritos?

Tyler frunció el ceño y puso cara de póquer.

—¿Te refieres a los gatos, perros y demás bichos? —Cassie asintió con vehemencia y sus ojos azules se abrieron esperando que contestara—. ¿Y a quién no le gustan? Los cachorritos molan a todo el mundo. ¿Por qué lo preguntas?

—¡Por nada!

—Vale —convino él, un poco confuso. La cogió de la mano y su sonrisa regresó mientras la atraía hacia su cuerpo y la besaba en la frente—. ¿Tienes hambre?

—Huummm, sí. Estoy hambrienta y mataría por un café —confesó, apoyándose contra su pecho desnudo. Tenía la piel caliente y suave, y olía de maravilla.

A él se le escapó una sonrisilla y, sin avisar, la alzó del suelo y le mordisqueó el cuello mientras la llevaba hasta la cocina. La sentó en un taburete junto a la barra y le sirvió una taza de café. Después calentó los huevos con queso en el microondas y le puso el plato delante, junto con una servilleta y un tenedor.

—También tengo zumo, no es natural, pero está rico.

Cassie negó con la cabeza y se llevó a la boca el tenedor rebosante de huevos.

—¡Madre mía, están buenísimos! ¿También sabes cocinar? —preguntó con la boca llena.

—Solo lo intento.

Cassie sonrió y continuó devorando el desayuno. Tyler la observó durante todo ese tiempo. Le encantaba verla comer sin ningún complejo, sin remilgos ni excusas tontas sobre los kilos de más. De repente se dio cuenta de que no sabía casi nada sobre ella. La conocía desde hacía dos años y no tenía ni idea de cómo se apellidaba.

—¿Qué haces en la Universidad? —se interesó.

Cassie se tragó el último bocado y bebió un sorbo de café.

—¿Tú qué crees? No es como una película de *American Pie*, si te refieres a eso.

Tyler puso los ojos en blanco y se cruzó de brazos.

—No hace falta que te pongas respondona. Ya sé que las fiestas de pijamas sin pijamas solo son un mito. Quiero saber qué estás estudiando. Se supone que acabas de terminar tu segundo año. Estarás a punto de elegir una especialidad, ¿no?

Ella bajó la vista, un poco avergonzada por su salida de tono. Y se dio cuenta de que él no era el único que se ponía a la defensiva con las preguntas.

—Periodismo, quiero especializarme en periodismo de investigación —respondió.

Tyler se la quedó mirando sin poder disimular su sorpresa. Se acercó a ella y la hizo girar en el taburete mientras se sentaba a su lado, de modo que quedaron cara a cara.

—¿Sabes? Te pega. Sí, definitivamente eso te pega.

—¿Ah, sí?

—Sí, tú y tu naricita curiosa metidas siempre en todas partes. Y con esa mala hostia que tienes, no habrá quien te diga que no a nada. Lo vas a hacer muy bien.

Esta vez fue Cassie la que puso los ojos en blanco. Trató de levantarse, pero él la sujetó por las caderas y tiró de ella hasta sentarla entre sus piernas. La abrazó por la cintura y apoyó la barbilla en su hombro.

—Era un cumplido —le susurró al oído, y le dio un mordisquito en el lóbulo—. Periodismo de investigación... Suena sexy.

Cassie sonrió. Inclinó la cabeza y lo miró por encima del hombro mientras su cuerpo se relajaba sobre el de él.

—Pues si eso suena sexy, espera a oír «Ganadora de un Pulitzer».

Los labios de Tyler se curvaron hacia arriba, descubriendo sus hoyuelos. Ella añadió con un suspiro:

—Aunque ese Pulitzer depende de que mi padre siga pagando su parte de la Universidad, algo de lo que últimamente se queja bastante. Así que, puede que acabe sirviendo copas en cualquier bar de mala muerte y viviendo de las propinas que dejen los clientes gracias a mis tetas.

—¿Tu padre? —se interesó Tyler al percibir su tono amargo.

—Sí, mi padre. No sé de qué te sorprendes. Yo también tengo uno, como todo el mundo.

—Aún intento hacerme a la idea de que seas humana y que dentro de este cuerpecito haya algo parecido a un corazón.

Ella dio un respingo y le metió el codo en las costillas.

—Idiota.

—Creída.

—Capullo.

—¡Me encanta cómo avanza esta relación! —Le dio una palmada en el trasero y la empujó para que se levantara—. ¿Qué te pasa con tu padre? —preguntó mientras ponía los platos sucios en el fregadero.

Cassie lo miró de soslayo achinando los ojos. Se paseó por la cocina y desde allí echó un vistazo al salón. Le gustaba aquella casa. No era muy grande, pero el espacio era luminoso y abierto.

—La pregunta sería qué no me pasa con él —dijo finalmente con un suspiro. Se encogió de hombros—. Apenas tenemos contacto; solo me llama o me escribe para echarme la bronca por cualquier cosa.

—¿No vive contigo? —Él le lanzó una mirada inquisitiva.

Cassie negó con la cabeza.

—Mis padres se divorciaron cuando yo tenía siete años. Él se lió con una mujer mucho más joven, mi madre los sorprendió y él se largó. Dijo que era algo que quería haber hecho desde el principio, pero que mi madre y yo le dábamos lástima. ¡Lástima! —exclamó con una punzada de angustia—. ¿Te imaginas a tu padre diciendo algo así de ti? ¿Que los siete años que pasó contigo lo hizo por lástima? No solo nos abandonó; nos dio la espalda y nos trató como a mendigas. —Suspiró con la respiración entrecortada—. Poco después se casó con esa mujer y tuvo dos hijos, y por fin logró su familia feliz.

Tyler la miraba desde el otro extremo de la cocina, apoyado contra uno de los armarios.

—¿Y qué tal te llevas con tus hermanos?

—Apenas los conozco. Hace tres años que no los veo. Y ellos tampoco han hecho mucho por ponerse en contacto conmigo. Supongo que también pensarán que soy una mentirosa compulsiva, con ínfulas de putilla y ganas de llamar la atención, como cree mi padre.

Tyler se acercó a ella y le acarició los hombros. Después la atrajo hacia su pecho y la abrazó, preguntándose qué clase de hombre era su padre para haberla hecho sentir de ese modo. ¡Seguro que un capullo! Ella se relajó entre sus brazos y apoyó la mejilla en su pecho tatuado. Le gustó tenerla así. Era agradable sentirla contra su piel.

—Ni siquiera sé por qué te estoy contando todo esto. Ni te va ni te viene —dijo Cassie.

—No digas eso. Sí que me importa —susurró Tyler con una voz suave que reflejaba verdadera inquietud porque, ¡mierda!, le importaba de verdad. Le tomó el rostro entre las manos y la miró a los ojos—. Créeme cuando te digo que sé lo que se siente cuando alguien que debería quererte no lo hace y finge vivir como si no existieras. Te entiendo más de lo que imaginas.

—¿Quién es esa persona?

—Ya no importa —replicó él sin intención de darle más explicaciones. Ese tema era demasiado personal—. Lo que intento decirte con esto es que la familia no son solo aquellos con los que compartes el ADN. Familia son las personas que quieres. Son las personas por las que lo darías todo. Personas que siempre están ahí por muchas veces que la cagues. Seguro que tú tienes a alguien así.

Cassie sonrió y asintió con los labios fruncidos con un mohín.

—Savie.

—Tiene que haber alguien más.

Ella negó con la cabeza y se puso tensa. Se apartó de él y se pasó las manos por el pelo, apartándolo de su cara.

—Ya no —dijo sin más.

De repente, alguien aporreó la puerta.

—Tyler, capullo, abre la puta puerta —gritó Caleb desde la terraza—. ¿Por qué no me has llamado para decirme que tienes el Camaro?

El timbre resonó por toda la casa, seguido de más golpes.

Tyler se llevó un dedo a los labios y le pidió a Cassie que guardara silencio. Ella abrió los ojos como platos y después los entornó. ¿Acaso la estaba escondiendo como si fuese un rollo del que avergonzarse?

—Déjalo, no está en casa —dijo la voz de Savannah.

Cassie dio un respingo y se pegó a la pared como si intentara mimetizarse con ella. Tyler le lanzó una mirada inquisitiva. Ella le suplicó que no abriera con las palmas de sus manos unidas.

—Seguro que está durmiendo. ¡Tyler! —vociferó Caleb.

—Es imposible que esté durmiendo con los gritos que estás dando. Puedes volver más tarde. Venga, vámonos.

—Tiene que estar en casa. La camioneta sigue ahí. Y yo quiero probar ese coche. ¡Joder, no puedo creer que lo haya conseguido! ¡Tyler, abre de una vez!

Volvió a aporrear la puerta.

—Es posible que haya bajado a la playa. O que esté con alguna chica —replicó Savannah haciendo acopio de paciencia.

—¿Y?

—¿Cómo que «y»?

—Los dos sabemos que esas nunca se quedan a desayunar. Seguro que le hacemos un favor espantándola…

—Pero mira que eres bruto. Puede que algún día sea tu hija a la que echan a la mañana siguiente.

—Por encima de mi cadáver. Para eso tendría que salir con algún gilipollas y yo me encargaré personalmente de que eso no ocurra jamás. ¡Ty!

Tyler cerró los ojos con fuerza, abochornado, y se pasó la mano por la barba con un gesto cansado. Miró a Cassie, que con la mano en la boca trataba de contener la risa. Aquella situación era tan surrealista que él también empezó a reír por lo bajo.

—Por Dios, Caleb. Ya podrás ver el maldito coche luego. Vámonos —le exigió Savannah.

Durante unos largos minutos, ninguno de los dos se movió de la cocina, esperando que el terreno volviera a ser seguro. A lo largo de ese tiempo, se sostuvieron la mirada sin apenas parpadear. Ambos sabían que tendrían que hablar de lo que acababa de pasar. Cassie sonrió débilmente y se relajó contra la pared.

—¿Cómo vas a explicarle lo del coche?

—No hay nada que explicar, le diré la verdad y punto —contestó. Inspiró con fuerza—. Tengo que sentarme —anunció mientras se dirigía al salón y se dejaba caer en el sofá.

Cassie lo siguió y se sentó a su lado, con las piernas dobladas bajo su cuerpo.

—Y si vas a decirle la verdad a Caleb, ¿por qué no has querido abrir la puerta?

—¿Por qué me has suplicado que no lo hiciera cuando has oído a Savannah con él?

Ella ladeó la cabeza y se encogió de hombros.

—Savie tiene miedo de que tú y yo iniciemos algún tipo de relación personal. Le preocupa que su mejor amiga y el mejor amigo de su novio se involucren demasiado en algo que puede acabar mal. —Se sonrojó y apartó la vista.

Tyler subió los pies a la mesa y se recostó en el asiento con los brazos cruzados sobre el pecho.

—Caleb me ha dado una charla muy parecida. Por eso no he abierto; no quiero que sepa que me he acostado contigo. Lo del coche puedo explicarlo sin parecer un cabrón; esto no.

Cassie alargó la mano y le rozó la nuca con los dedos; después los hundió en su pelo, masajeándole la piel. Él cerró los ojos y suspiró.

—¿Qué te dijo? —quiso saber ella.

—Sabe que nos liamos la noche que fui a buscarte a la universidad. —Cassie alzó las cejas, sorprendida, y se puso colorada. Tyler añadió rápidamente, justificándose—: No le conté nada, pero me vio unas marcas en el cuello y lo dedujo él solito. Caleb me conoce, sabe cómo soy, y que no tengo intención de mantener una relación con nadie. No una relación normal, de pareja y eso. Ya sabes.

—Porque esa parte de ti no funciona —parafraseó Cassie, recordando sus palabras de la noche anterior.

Tyler dijo que sí con la cabeza.

—No soy ningún santo, pero tampoco un capullo. Nunca prometo nada y siempre dejo muy clarito que lo único que puedo ofrecer es pasarlo bien durante un rato. No quiero complicaciones, no quiero compromisos, y jamás les digo que las llamaré. Pero, aun así, alguna chica se hace ilusiones y… todo se complica. A veces demasiado. Caleb… él…

—Caleb teme que nos enrollemos y que yo me haga ilusiones que tú no puedes cumplir.

Tyler la miró a los ojos y en ellos brilló un atisbo de vulnerabilidad. Asintió.

—Pues ya puede dormir tranquilo. Yo tampoco quiero complicaciones ni compromisos… —dijo Cassie—. No quiero mantener una relación con nadie. Me asusta. Y ni siquiera creo que pueda. Yo tampoco funciono en ese sentido, Ty.

Él bajó las piernas de la mesa, se inclinó hacia delante y escondió el rostro entre sus manos. Resopló y giró la cabeza para mirarla.

—¿Quién te echó a perder para los demás, Cassie?

—¿Y a ti?

—Nadie. Lo hice yo solito.

Se quedaron de nuevo en silencio. Demasiadas preguntas no formuladas flotaban en el aire, pero ninguno quería hacerlas o tener que contestarlas. Y pese a las evasivas, no había nada incómodo en aquel momento. Era como si hubieran llegado al acuerdo tácito de no hurgar en la vida del otro y respetar que había unos límites.

Se miraron, se miraron de verdad, y se estableció una nueva conexión entre ellos, la de saber que eran dos personas que arrastraban un gran peso, que se sentían rotos y que hacían todo lo posible para protegerse y no volver a quebrarse.

Tyler le sonrió y se dio cuenta de que eran perfectos el uno para el otro, y también el desastre en el que podían acabar si se equivocaban solo un poco. Pero seguir adelante era inevitable, ya que se sentía incapaz de renunciar a más noches como la pasada.

En unas semanas ella regresaría a la Universidad y se acabaría sin más. Todo quedaría atrás. Mientras tanto iba a dar rienda suelta a esa atracción que sentía por ella.

—Así que ninguna de las chicas que traes a casa se queda a desayunar... —dijo Cassie.

La sonrisa de Tyler se ensanchó. Con un movimiento inesperado, la cogió por la cintura y la sentó en su regazo, de modo que sus piernas quedaron a horcajadas en sus muslos.

—No, ni siquiera duermen aquí.

—Pero a mí sí me has dejado quedarme. Incluso me has preparado el desayuno.

—Es verdad. Pero tú no eres una de esas chicas que traigo a casa. Tú eres mi amiga —comentó él, con el brazo rodeándole la cintura y la mano reposando en su trasero.

—¿Somos amigos?

—*Sip*. Y me encantaría que con derecho a roce.

—¿Eso es una proposición?

—Y una muy seria y sincera —replicó Tyler con tono travieso.

Miró a su alrededor, como si buscara algo. Estiró el brazo y cogió la miniatura de un coche que tenía sobre la mesita. Le quitó una rueda, desmontó la llanta y sacó el neumático de plástico. Miró a Cassie a los ojos y se puso muy serio mientras le sostenía la mano derecha. Ella apretó los labios para no echarse a reír, adivinando qué se proponía.

—Cassie… —empezó él. Frunció el ceño.

—Michaelson —lo ayudó ella. Se le escapó un hipido.

—Cassie Michaelson, ¿quieres ser mi amiga con derecho a meterme mano? Podrás tocarme, besarme y poseerme siempre que quieras. Y cuantas veces quieras. Y yo a ti, claro.

Muy despacio, deslizó el neumático en su dedo anular. Cassie se quedó mirando el aro y después a él. Se llevó una mano a la boca y empezó a reír a carcajadas. Tyler se contagió de su risa. Le encantaba verla reír de ese modo tan desinhibido.

—Sí quiero —logró decir Cassie, reprimiendo a duras penas la risa.

Por supuesto que quería. Ya había dado el paso, el daño estaba hecho, y se había convencido a sí misma de que podía salir airosa de aquella prueba. Podía tener un rollo de verano con él, disfrutar del mejor sexo imaginable y después continuar con su vida sin ningún tipo de lastre.

Tyler le secó con los pulgares las lágrimas que resbalaban por sus mejillas pecosas y, sonriendo como lo haría un zorro que acaba de acorralar a su presa, la abrazó contra su pecho mientras deslizaba la fuerte mano por su muslo. Ella se ruborizó, cosa que odiaba con todas sus fuerzas. Pero la habilidad de Tyler para hacer que se sonrojara era ridícula.

—Yo también quiero —dijo él.

Volvió a mirarla a los ojos, grandes y azules, y en su rostro se dibujó una sonrisa burlona. Paseó la mirada por su cuerpo al tiempo que colaba las manos bajo su vestido acariciándole las caderas.

—Pero tendrá que ser un secreto —señaló Cassie.

—Será nuestro secreto.

En algún lugar del salón, el teléfono móvil de Cassie emitió un zumbido. Con la mirada localizó su bolso tirado en el suelo, junto a la puerta. Llevaba más de doce horas sin dar señales de vida y se le pasó por la cabeza que su madre podría estar preocupada.

—¿Me llevas a casa?

Él frunció el ceño.

—¿Quieres irte?

Cassie sonrió ante su tono acusador y desilusionado. Era tan mono que le entraron ganas de comerse a besos su boca enfurruñada. Pero no era una buena idea, después no podría parar y no era el mejor momento.

—Debo irme. Necesito una ducha y lavarme los dientes, ropa limpia...

—Puedes hacer todo eso aquí. Venga, es domingo. Podemos salir y hacer algo.

—¿Hacer algo? ¿Como qué?

—Puedo enseñarte a hacer surf. Sé que a las chicas como tú no os gusta mucho, pero es divertido cuando dejas de caerte y tragar agua. Y después... después improvisaremos.

Cassie intentó reprimir una risotada y se limitó a asentir. ¿Pretendía enseñarle a hacer surf? ¿Y qué quería decir con «chicas como tú»? ¡Qué sabelotodo era a veces! Pues un día de estos iba a llevarse una buena sorpresa. ¡Oh, sí!

—¿Y qué pasa con Caleb? Volverá para ver tu nuevo coche. —Él sacó la lengua con una mueca, quitándole importancia—. Me encantaría, Ty, pero tengo que volver a casa —repuso divertida mientras intentaba soltarse de su abrazo.

Se levantó del sofá y fue en busca de su bolso. Sacó el teléfono y le echó un vistazo. Tenía llamadas de su madre, de Savie, de una compañera de facultad y... de su padre. Ignoró el vuelco que le dio el estómago.

—¿Por qué tienes que volver? ¿Acaso te han organizado otra cita a ciegas con algún imbécil? —bromeó él.

Cassie alzó la mirada y se encontró con la de él.

—¿Cómo sabes tú eso?

—Si quieres mantener tus secretos a salvo de mí, intenta que Caleb tampoco los conozca.

—Lo tendré en cuenta a partir de ahora. —Se rió bajito y se pasó las manos por las mejillas—. El chico de la cita se llama Lincoln y no me interesa lo más mínimo. Además, Savie solo quería emparejarme con alguien para dejar de sentirse culpable. Cree que me está dejando de lado.

Tyler se echó a reír con ganas y se puso de pie.

—Las tías estáis locas, en serio. Os coméis la cabeza por todo. La vida es mucho más fácil —dijo mientras cogía una camiseta que colgaba de una silla y se la ponía.

Cassie lo observó mientras él iba de un lado para otro, sacando unas zapatillas de debajo de un sillón, cogiendo la cartera y las llaves de un cuenco sobre un mueble en la entrada. Después se pasó las manos por el pelo y eso fue todo lo que hizo por su aspecto. Ella pensó que podría estar horas viendo cómo ese cuerpo se movía, giraba y se flexionaba. El chico era una tentación imposible de ignorar.

—¿Seguro que no quieres quedarte? —insistió él una vez más.

Cassie sacudió la cabeza y se dirigió a la puerta. Iba a agarrar el pomo cuando un brazo en su cintura la obligó a darse la vuelta. Los labios de Tyler se estrellaron sobre los suyos y una de sus manos se enredó en su melena. La aplastó contra la puerta con todo su cuerpo en tensión, duro como una piedra. Su lengua se abrió paso dentro de su boca y la saboreó como no lo había hecho antes, con fuertes acometidas que apenas le dejaban espacio para respirar.

El efecto que provocó en su cuerpo ese beso fue inmediato. Una oleada de calor líquido la recorrió por dentro y le hizo temblar las piernas. Gimió, suspiró y volvió a gemir, perdiéndose por completo en las sensaciones. Su sabor, su olor, sentirle… no era consciente de otra cosa. Le rodeó el cuello con los brazos y se apretujó contra él.

De repente, Tyler se apartó. La miró a los ojos y una leve sonrisa, cargada de deseo, transformó su cara. El corazón le latía contra el pecho de un modo casi doloroso. Se estremeció y abrió la boca para tomar más aire.

Cassie se lo quedó mirando aturdida. Notaba el cuerpo sudoroso y febril. Tyler apoyó la frente sobre la de ella y respiró contra sus labios. El momento pareció alargarse una eternidad. La miró a los ojos y un brillo pícaro los iluminó.

—Solo quiero asegurarme de que, si te vas, luego querrás volver.

13

Jueves. Noche de partido. Y todo el mundo estaba concentrado frente a la televisión en casa de los Kizer. Drew se hallaba sentado en su sillón favorito, con Caleb a su lado en una silla. Derek y Jace se encontraban tirados en el suelo con sendas gorras puestas del revés. Y Matt y Tyler ocupaban el sofá, rodeados de palomitas y botes de refrescos.

El tercer cuarto estaba llegando a su final y la tensión se palpaba en el ambiente. Los Cavaliers se enfrentaban a los Warriors. Tyler le dio un trago a su bebida y le echó un vistazo a su teléfono. Ninguna llamada. Ningún mensaje. Pero tampoco esperaba que hubiera alguno, no de Cassie.

Después de pasar las últimas noches juntos, esa misma mañana habían acordado darse un respiro. Los amigos de Tyler empezaban a sospechar que llevara toda la semana evitando quedar con ellos y algo parecido ocurría con Savannah, que había planeado un día solo para chicas con Cassie. Y era una mierda porque lo único que le apetecía era volver a pasar otra noche con ella, los dos solos, desnudos en su cama. Nunca había sido adicto a nada, pero empezaba a pensar que eso estaba cambiando.

Se estaba volviendo adicto a Cassie y a la forma en que sus cuerpos encajaban.

Pero ese era el problema.

No debía permitir que su relación con ella trascendiera más allá del plano físico. Y que no pudiera quitársela de la cabeza no era buena señal.

Dejó escapar el aire de sus pulmones y trató de concentrarse en el televisor.

Matt le tiró una palomita para llamar su atención.

—¿Estás bien?

Tyler lo miró de reojo y se encogió de hombros.

—¿Y por qué no iba a estarlo?

—No sé, estás raro.

—Quizá sea porque vamos perdiendo y he apostado cincuenta pavos con mi viejo.

Desde el otro extremo de la sala, su padre soltó una risita y le lanzó una mirada maliciosa.

—Nunca apuestes contra tu viejo. Sabe más el zorro por viejo que por zorro —se rió Drew.

—Lo que tú digas, pero el partido aún no ha acabado —le soltó con una mueca de burla. Con la que solo logró que su padre riera con más ganas.

Tyler también se echó a reír e inspiró hondo con el corazón en un puño. Dios, cómo quería a ese hombre. Miró a Derek y se le encogió el estómago. De los tres era el que más se parecía a Jackson. Apretó los dientes, cabreado, porque ese capullo también debería estar allí, con ellos. Aquella era su jodida familia.

Apartó esa idea y cualquier otra de la cabeza, y se centró en pasarlo bien. Era jueves por la noche, estaba con sus amigos y pensaba pillar un buen pedo.

Dos horas más tarde, Tyler y los chicos se encontraban en la otra punta de la ciudad, a las afueras, tomando el desvío que conducía al Shooter.

El sitio estaba a reventar. La música sonaba por los altavoces, mezclándose con las voces y los pedidos a gritos de las camareras en la barra. Desde la puerta contemplaron el local, buscando un sitio donde acomodarse.

De repente, una melena rubia llamó la atención de Caleb. Una sonrisa enorme le iluminó la cara y se lanzó a abrirse paso entre la gente.

Tyler lo siguió.

—¡Hola! —gritó Savannah en cuanto se plantaron a su lado, colgándose del cuello de su novio.

—¿Qué haces aquí? —preguntó Caleb, rodeándole la cintura con los brazos.

—¡Cambio de planes! —canturreó ella—. Kim y Sally me llamaron y decidimos venir con ellas. Esto es más divertido que ver otra vez *Mujercitas* y comer helado.

Caleb le plantó un beso en la boca mientras la levantaba del suelo con un solo brazo y avanzaba con ella hacia el fondo del local.

Tyler notó un golpecito en la espalda y se giró. Spencer le sonreía desde el otro lado de la barra, ofreciéndole una cerveza bien fría. Le guiñó un ojo y se dirigió a la mesa de billar donde se habían reunido sus amigos.

Lo primero que vio fueron sus piernas. Unas piernas increíbles que subían hasta unos *shorts* muy cortos. Estaba apoyada contra una columna, colocándose con pequeños tirones una liviana blusa de tirantes.

Cassie alzó la mirada de su blusa y lo vio. Tyler. Sus ojos verdes estaban clavados en ella, mientras daba un largo trago a una cerveza. Un escalofrío le recorrió el cuerpo y contuvo el aliento. Una parte de ella había esperado que apareciera por allí y así había sido.

Lo miró de arriba abajo con disimulo. Vestía un tejano gris oscuro y una sudadera negra abierta sobre el pecho, dejando entrever una camiseta blanca debajo de ella. Para comérselo. Él la observaba con los ojos entornados y en su rostro se dibujó poco a poco una sonrisa de lo más adorable.

Pero no pasaron de ahí, de las miradas, las conversaciones silenciosas y de algún roce accidental.

Matt sugirió que jugaran al billar por parejas y Tyler vio su oportunidad. La excusa perfecta para tenerla a su lado durante un rato.

Caleb puso otro billete de diez sobre la mesa y Tyler lo imitó bajo la atenta mirada de Cassie y Savannah. Llevaban cerca de una hora jugando y Matt y Kim, Jace y Sally habían sido eliminados hacía rato. Solo quedaban ellos cuatro.

—La pareja que gane se lleva el bote —anunció Caleb. Le guiñó un ojo a Savie—. Abres tú, nena. Apunta bien —le dijo mientras colocaba las bolas en el triángulo.

Savannah le lanzó un beso y untó de tiza el taco. Se inclinó sobre la mesa y pasó el taco entre sus dedos arqueados en el fieltro verde. Lo deslizó de adelante atrás un par de veces y golpeó con fuerza la bola blanca. El resto de bolas se dispersaron por la mesa y dos rayadas y una lisa entraron en las troneras.

—¡Sí! Nos quedamos las rayadas.

Dos tiros después, Savannah falló. Le tocó el turno a Cassie, que rodeó la mesa buscando el disparo perfecto. Se inclinó para calcular la trayectoria de una bola y notó la mirada insistente y curiosa de Tyler sobre cuerpo. Se concentró en la bola número 2 y calculó el disparo. Lo miró y alzó una ceja inquisitiva. Tyler sonrió y asintió con la cabeza.

Cassie golpeó la bola blanca, que le dio a la bola 2 y entró en la tronera izquierda. Su sonrisa se ensanchó y volvió a moverse alrededor de la mesa. La número 7 estaba bien colocada y la metió sin problema. Después fue a por la 5. Se agachó para que sus ojos estuvieran a la altura de la mesa y comprobó si se encontraba bien alineada. Volvió a incorporarse y dio un paso atrás.

—No sabes cómo me pone verte jugar —le susurró él con disimulo, pegado a su espalda.

Cassie notó que el corazón se le salía por la boca. No sabía qué tenía su voz cuando la bajaba hasta ese tono, pero para ella era de lo más excitante. Tragó saliva y golpeó la bola blanca. Erró el tiro.

Ahora era el turno de Caleb.

—Ha sido culpa tuya —masculló Cassie, parándose al lado de Tyler.

Él soltó una risita y la miró de soslayo.

—¿Culpa mía? —la cuestionó.

—No puedes decirme esas cosas en público.

—Con esos pantalones es pedirme demasiado. Solo puedo pensar en quitártelos y ver qué llevas debajo —susurró, mirando al suelo para que solo ella pudiera oírle.

—Creo que te llevarías una decepción. No llevo nada —replicó con un tonito malicioso.

Tyler giró la cabeza de golpe y la miró sin pestañear. Un gruñido vibró en su pecho y sus pupilas dilatadas descendieron por su cuerpo.

—Eres perversa.

Cassie apretó los labios para reprimir una carcajada. Savannah les dedicó una mirada curiosa, que acabó sobre Cassie con un gesto inquisitivo. Ella se encogió de hombros y sonrió inocentemente.

Caleb falló su tiro y fue el turno de Tyler. Este se acercó a la mesa y estudió las bolas, concentrado.

—¿Listo para perder? Porque voy a machacarte —le dijo a Caleb con un guiño.

Y así fue. Tyler se puso manos a la obra y una a una las bolas lisas fueron entrando en las troneras hasta que solo quedó la bola blanca y la número 8.

—Tronera derecha —anunció al tiempo que miraba a Caleb con una sonrisita socarrona.

Se inclinó y deslizó el taco una sola vez, golpeando con él la bola blanca, que dio de lleno a la negra empujándola limpiamente en la tronera derecha. El grupo de gente que se había reunido a su alrededor soltó una ovación y empezó a gritar y a silbar. Tyler alzó los brazos por encima de la cabeza y aulló un par de veces.

—¡Sí! ¡Soy el puto amo! —gritó a pleno pulmón. Buscó a Caleb con la mirada y extendió la mano ante sus narices—. Quiero mi pasta.

Caleb maldijo un par de veces. Sacó el dinero de su bolsillo y se lo entregó. Tyler iba a guardárselo cuando Cassie se le plantó delante con los brazos en jarras.

—Perdona, pero la mitad de ese dinero es mío.

Él se la quedó mirando y alzó los billetes por encima de su cabeza.

—Cógelos —la retó.

—No lo dices en serio.

—Date prisa o me los guardaré en otro sitio —repuso, desafiándola. Se inclinó sobre ella y añadió en voz baja—: ¿Crees que eres la única que puede provocar?

—Dale una patada en la entrepierna —sugirió Sally.

—Buena idea —masculló Cassie.

Tyler ignoró todos los comentarios que empezaron a surgir a su alrededor y sostuvo la mirada de Cassie sin inmutarse. Una sonrisa indolente se dibujó en su boca. Era divertido picarla y ver cómo se ofuscaba. Sabía que acabaría pagando por el rato que le estaba haciendo pasar, pero eso también podía ser divertido.

—Tyler, no seas idiota —se quejó Savannah.

—Venga, Tyler, no le toques las narices —dijo Caleb.

—Pero si no estoy haciendo nada.

Cassie le aguantó la mirada. Ninguno de los dos quería apartar la vista.

—Dame mi dinero —gruñó ella.

—Cógelo.

—¿Crees que no puedo?

—No veo que lo cojas.

De repente, Cassie saltó sobre él, pillándolo desprevenido. Sus piernas le envolvieron la cintura al tiempo que se elevaba hacia arriba y le quitaba los billetes de entre los dedos.

Tyler ni siquiera había tenido tiempo de ver cómo ocurría. Un segundo antes la tenía parada frente a él y ahora se encontraba encaramada a su cuerpo como un koala. Cassie le dedicó una sonrisa gamberra, con las mejillas tan encendidas que parecían señales luminosas. Luchó contra el impulso de rodearla con sus brazos y besarla, y se rió entre dientes. ¡Cómo le gustaba esa chica!

Cassie se deslizó por su cuerpo hasta el suelo y dio un par de pasos hacia atrás, poniendo entre ellos una distancia segura. Con actitud resuelta contó el dinero y se guardó la mitad en el bolsillo trasero de sus pantalones. El resto se lo estampó a Tyler en el pecho. Y sin mediar palabra, se dirigió a la barra a por algo de beber.

—Revancha —oyó que decía Caleb.

Se abrió paso entre la gente y logró llegar hasta Spencer.

—¿Otro refresco? —le preguntó la chica

Cassie negó con la cabeza y se recogió el pelo tras las orejas.

—Necesito algo más fuerte.

Spencer alcanzó una botella de tequila y puso dos vasos sobre la barra. Después cortó unas rodajas de limón y se hizo con un salero de la cocina. Sirvió un par de chupitos. Uno para Cassie y otro para ella.

—¿Qué os pasa a Tyler y a ti?

Cassie lamió la sal que había puesto en su mano. A continuación se bebió de un trago el tequila y sin respirar mordió el limón. Notó que el sabor del alcohol explotaba dentro de su boca y cómo bajaba ardiendo por su garganta. Se le saltaron las lágrimas y comenzó a toser.

—Dios. Está fuerte —se quejó. Cuando logró recuperar el habla, miró a Spencer y se encogió de hombros—. Creo que me tiene manía.

Spencer se echó a reír y sacudió la cabeza como si no creyera ni una palabra. Rellenó los vasos.

—Sí, yo también creo «que te tiene manía» —repuso con sarcasmo. Miró hacia la mesa de billar y lo cazó observando a Cassie—. Ten cuidado con él.

Cassie alzó las cejas, sorprendida. Esa era la segunda mujer que le decía lo mismo.

—¿Por qué dices eso?

—Adoro a Tyler, pero es un tío muy complicado. No es fácil ser su amiga.

—Tú lo eres desde siempre, ¿no? ¿Dónde está el truco?

—Nunca me he acostado con él. En su vida hay dos clases de chicas: con las que se acuesta y con las que no. Solo puedes ser su amiga si perteneces a la segunda. Nunca deja que las otras se queden demasiado.

Cassie mantuvo los ojos fijos en su vaso. Sí, eso era algo que ya había imaginado. Sintió un estremecimiento en la boca del estómago que no supo muy bien cómo identificar. Se tomó un segundo chupito y se relajó en la barra. Las palabras de Spencer seguían dando vueltas en su cabeza y empezó a preguntarse hasta qué punto ella sería o no una excepción a esa regla. Amiga con derecho a roce. ¿Sería eso posible? ¿Mantener una amistad que perdurara en el tiempo con alguien con quien te estabas acostando? Probablemente serían unas expectativas difíciles de alcanzar.

Notó que alguien se había acomodado a su lado, inclinándose sobre la barra. Giró la cabeza y se encontró con un tipo al que ya había visto antes. Landon. Así se había presentado cuando se acercó a hablar con ella nada más llegar.

—¿Puedo invitarte a otro?

Cassie le dedicó una sonrisa amable y negó con un gesto.

—No, gracias. Ya he superado mi límite por esta noche.

Landon le sostuvo la mirada. Cassie se removió incómoda porque sus ojos parecían buscar algo en ella.

—Entonces, ¿estás o no estás con Kizer?

—¿Perdona?

—Os he visto juntos en el billar.

—¿Lo conoces?

—Nos conocemos —dijo el chico sin más.

Cassie aguantó su mirada penetrante y después miró por encima de su hombro. Tyler estaba de espaldas a ella y reía con una camarera que les había llevado bebidas. No sabía si lo hacía a propósito o no, pero salvo por ese par de frases subidas de tono que habían intercambiado durante la partida y la escenita de los billetes, no le había hecho ningún caso en toda la noche.

—No estoy con Tyler —contestó.

Sonriendo, los ojos de Landon brillaron con ardor al bajar la mirada por su cuerpo.

—Bien. Porque quiero saberlo todo de ti.

Cassie sonrió. Landon era un ligón, pero un ligón simpático y ella sabía muy bien cómo manejarlos. Además, prefería pasar un rato hablando con él, que sola en esa barra.

—¿Y qué quieres saber? —preguntó con una sonrisa, poniendo especial cuidado en no darle ningún aliciente que le hiciera creer que entre ellos iba a haber algo más que una conversación.

*T*yler pensó que jamás le había costado tanto guardar un secreto. Ese secreto prohibido que Cassie y él compartían. Y se preguntó hasta qué punto era necesario mentir y esconderse. La respuesta la obtuvo cuando pilló a Caleb alternando su mirada preocupada entre ellos dos, porque probablemente se había dado cuenta de las miradas asesinas con las que estaba taladrando al capullo que hablaba con Cassie desde hacía un buen rato. Landon Hart.

Tyler lo conocía porque habían sido compañeros de clase durante el instituto. Landon era un cretino que presumía de ser modelo para algunas agencias muy conocidas, aunque para él no era más que un idiota con ganas de llamar la atención. Y esa noche parecía que había puesto su mira en Cassie.

Los minutos pasaban como horas y Tyler sintió que su ánimo empeoraba. Estaba cabreado, eso era lo único de lo que estaba seguro. Lo sentía en la forma que le latían las sienes y en la tensión de su mandíbula, rechinando los dientes. Cada músculo de su cuerpo rígido y dolorido, los dedos crispados… y ese tictac dentro de su pecho, como una cuenta atrás anunciando el desastre. Era una bomba.

Se apoyó en el taco y estudió la jugada de Matt. Si tiraba desde allí, fallaría. Falló. Caleb soltó una risita de suficiencia y se acercó a la mesa. Tyler puso los ojos en blanco cuando su amigo comenzó a pavonearse de un lado a otro por una carambola fruto de la casualidad más absurda. Dios, aquella partida estaba durando una eternidad.

Sin ser consciente de ello, sus ojos volaron de nuevo hasta donde Cassie se encontraba. Seguía con Landon y se preguntó de qué demonios hablaban durante tanto tiempo.

Genial, ahora se le habían acercado otros dos buitres, amigos del idiota. Y ella devolviéndoles la sonrisa con esa pose que parecía suplicar que la admiraran.

Ese pensamiento hizo que su irritación aumentara. Cassie no estaba haciendo nada de eso. No había nada en su actitud que indicara que estaba coqueteando, que buscaba algo con aquellos tipos. Ella no tenía la culpa de ser tan puñeteramente guapa. Además de lista, divertida y un imán para gañanes. No había que mirar mucho para darse cuenta de que era un diamante entre un montón de imitaciones.

Trató de ignorar lo que pasaba a pocos metros de él. Había demasiadas cosas que bullían en su interior a punto de explotar y no entendía ninguna. Todas eran nuevas y no sabía qué hacer con ellas. Pero al cabo de unos segundos se encontró mirando de nuevo en su dirección.

Landon se inclinó sobre ella y le habló al oído, y Cassie negó con la cabeza. El chico le dijo algo más a la vez que hacía un puchero y ponía ojitos tristes. Cassie empezó a reír con ganas y aceptó lo que fuera que él le había propuesto.

Tyler se tensó como un cable de acero mientras veía cómo la cogía de la mano, la enlazaba por la cintura con un brazo y tiraba de ella hacia la gente que bailaba entre las mesas. Los observó con los ojos como platos. ¿Iban a bailar? No, visto lo visto, el tipo iba a sobarla todo lo que pudiera. Maldito asqueroso. De repente, lo vio todo rojo. Le entraron ganas de ir hasta ellos, coger a ese capullo por el cuello y estrellar su perfecta jeta contra la pared. Quizá debería hacerlo y darse el gusto.

—¿Te encuentras bien? —le preguntó Caleb—. Tío, parece que vas a vomitar. Estás verde.

Tyler negó con un gesto y apoyó el taco contra la pared. Se le estaba yendo la cabeza y lo mejor que podía hacer era marcharse a casa antes de hacer una tontería.

—No es nada. Voy a irme. Despídeme de los demás.

Se abrió paso entre la gente antes de que Caleb pudiera decir nada más. Al pasar junto a la barra, alzó la mano para despedirse de Spencer. Ella le devolvió el gesto con expresión seria.

Se dirigió a la salida y no miró ni una sola vez a donde Cassie se encontraba. A fin de cuentas, lo que ella hiciera no era asunto suyo. Entonces, ¿por qué sentía ese maldito desasosiego por dentro al pensar que la dejaba allí?

El aire de la noche lo reconfortó. Se detuvo un segundo para inspirar hondo y deshacerse del malestar. Necesitaba que el latido de su cabeza desapareciera. Nada tenía sentido: su cabreo, la sensación de traición, que estuviera a punto de largarse en lugar de pasarlo bien con sus amigos. Sí, todo muy maduro.

—¿Tyler?

La voz de Cassie lo atravesó como un rayo. No podía hablar con ella ahora. Se encaminó a su coche.

—Tyler, espera. ¡¿Quieres parar un momento?!

Él se dio la vuelta y clavó sus ojos en ella. Su expresión airada la dejó muda.

—¿Qué te pasa? ¿Por qué te vas?

—Por nada. Estoy cansado.

—Pues yo diría que estás enfadado.

Tyler esbozó una sonrisa sarcástica.

—¿Y por qué iba a estarlo?

—Eso es lo que espero que me digas.

—No me pasa nada, Cassie. Simplemente, ese no es mi rollo esta noche —replicó él, señalando con la cabeza el edificio.

Cassie lo miró confundida y comenzó a enfadarse.

—¿Y no es tu rollo porque he venido yo? ¿Es eso, te molesta que haya venido y te haya fastidiado la noche con tus amigos? Porque apenas te has acercado a mí. Y no es por nada, pero no creo que nadie descubra lo nuestro solo porque te dignes a dirigirme la palabra sin esconderte.

A Tyler se le crispó la mandíbula.

—Después de verte bailando con el capullo de Landon, dudo que alguien piense que entre tú y yo hay algo.

—No habría bailado con él si tú me hubieras hecho un poco de caso, es lo normal entre dos amigos, ¿sabes?

—No hemos venido juntos, Cassie. No era mi obligación entretenerte, ni hacerte compañía.

Cassie dio un paso atrás, alejándose de él. Un brillo airado iluminó sus ojos.

—Por eso estaba con él, porque no era cosa tuya. Y no hacía nada malo, solo bailaba. Pero tú lo pintas como si me lo hubiera estado tirando sobre la barra.

—Bueno, seguro que a él le habría encantado que lo hicieras.

—¡Pero no lo he hecho! Ese tío no me interesa, Tyler. Te juro que no me interesa lo más mínimo.

Tyler se pasó la mano por el pelo con un gesto de exasperación.

—Sé que no te interesa —masculló con sinceridad. Si de algo estaba seguro era de eso. Ninguna tía en su sano juicio se interesaría en Landon y Cassie era demasiado lista.

—Entonces, ¿qué demonios te pasa? ¿Por qué te vas sin despedirte? ¿Y por qué estamos aquí gritándonos?

Él levantó la vista al cielo.

—No lo sé, joder. No lo sé. Me ha puesto enfermo ver cómo ese idiota te tocaba y babeaba sobre ti. Y no quiero volver a verlo, ¿está claro?

Cassie frunció el ceño y sus labios se abrieron por la sorpresa.

—Eso suena a advertencia. ¿Estás insinuando que no puede tocarme ningún chico o solo Landon?

—Por Dios, no. No soy ningún gilipollas controlador. Puedes hacer lo que te dé la gana y con quién te dé la gana, ¿vale? —Se le estaba agotando la poca paciencia que le quedaba—. Tú y yo no estamos juntos.

—Entonces, ¿a qué viene esto?

—¡No lo sé! Joder, deja de presionarme —le soltó. Dio media vuelta y se dirigió a su coche.

Cassie salió tras él.

—No quiero presionarte, es que no entiendo por qué estás tan cabreado. No entiendo nada de nada.

En realidad sí que lo estaba presionando, aunque no tenía muy claro por qué. Quería una respuesta, sin saber muy bien cuál estaba buscando y cuál podría encajar; o si de verdad quería esa respuesta.

—No hay nada que entender —masculló Tyler mientras tiraba de la manija y abría la puerta del coche.

—Pues para no haber nada te comportas como si... Como si tú... Como si estuvieras celoso —dijo finalmente.

Tyler cerró la puerta con un golpe y volvió sobre sus pasos. Acercó su cara a la de ella y la miró como diciendo «pero, ¿tú de qué vas?».

—No alucines, Cassie. Solo me ha jodido ver cómo ese capullo te metía mano porque sé la clase de tío que es. Esto no son celos ni nada que se le parezca. No he visto ninguna luz que me haya abierto los ojos y me haya hecho darme cuenta de que eres la mujer de mi vida. Porque si eso es lo que esperas, lo que quieres que admita, puedes esperar sentada. Ya sabes lo que puedo darte. Lo dejamos muy claro. Tú y yo follamos, y eso es lo único que hacemos.

Cassie apenas podía respirar. Ni siquiera podía describir lo que estaba sintiendo.

—Hacíamos.

Tyler vio el punto final entre ellos implícito en esa única palabra.

—Vale... Pues ha sido un placer, nena.

—Eres un cerdo.

—¡Supéralo!

14

*P*or más vueltas que le daba, no lograba entender qué demonios había pasado la noche del jueves entre Tyler y ella. Habían discutido, se habían gritado y una puñalada directa al corazón terminó con todo.

Sabía que Tyler no era un chico fácil. Siempre estaba a la defensiva y se comportaba como si el mundo entero girara en su contra. Probablemente tendría motivos que le hacían ser así, pero nada justificaba el modo en que la había tratado. Había sido mezquino a propósito.

Sacudió la cabeza y apretó el paso en la acera rumbo a la tintorería.

Y pensar que había llegado a creer que podía sentir algo especial por él. Que corría el riesgo de enamorarse si continuaba viéndolo. Desde luego, con semejante imbécil, su corazón era lo último que debía preocuparle.

Y sobre continuar viéndolo. Eso se había acabado. Fin. Terminado. Extinto.

«Que te den, Tyler», pensó mientras lo asesinaba en su mente.

Y pese a todo, lo había sentido, brotando de él: celos. Durante un instante estuvo segura de que Tyler se había puesto celoso al verla con Landon. El chico que aseguraba estar roto. El tío que no podía involucrarse emocionalmente porque no era capaz de sentir había tenido un ataque de celos y ni él mismo lo sabía.

Pero ¿cómo se las arreglaba siempre para acabar con el tipo equivocado? Quizá tenía una maldición.

Sus ojos volaron hasta el otro lado de la calle, donde habían abierto una oficina de reclutamiento de la Armada. Notó cómo le hervía la sangre. Maldita puede que no, pero gafada, seguro.

«Que te den, Eric. Ojalá te peguen un tiro en el trasero allí donde estés», gruñó, pensando en el otro idiota.

Y de inmediato se sintió fatal por haber pensado ese disparate. El problema real no era Tyler, ni Eric. Lo era ella: su cabeza, su corazón, sus miedos y sus anhelos.

«Todo el mundo acaba marchándose. Siempre me hacen daño», ese era su mantra.

Su teléfono empezó a sonar. Le echó un vistazo y su cuerpo tembló sin control a ver el número de su padre. Lo apagó y volvió a guardarlo en su bolso con el corazón palpitando como loco. No quería hablar con él. No necesitaba oír su tono de desprecio, ni sus quejas, ni sus reproches.

Además, ya sabía que se trataría de dinero, siempre se trataba de dinero. Porque si el coche se rompía, era su dinero el que lo arreglaba; porque si sus notas no eran perfectas, era su asqueroso dinero el que estaba tirando por el desagüe... Y Dios la librara de ponerse enferma y que tuviera que usar su maldito seguro médico.

Suspiró. Empezaba a ponerse en el papel de víctima y eso nunca acababa bien. Necesitaba distraerse, olvidarse de todo durante un rato. Volvió a encender el teléfono y llamó a Savannah.

—Tengo uno de esos días en los que necesito romper cosas —dijo en cuanto su amiga descolgó.

—¿Te vale con que nos atiborremos a tarta y una manicura? ¿Zapatos nuevos?

Cassie consideró el plan.

—Podría servir.

—Dime dónde estás. Voy a buscarte.

*E*ra un imbécil. Un imbécil integral. El más grande que se pudiera llegar a ser. Y no solo en ese país, que era la hostia de grande y con millones de personas. En todo el mundo. ¡Qué coño, no había nadie tan gilipollas como él en ninguna parte del puñetero universo! ¡Era un pedazo de imbécil!

Y al imbécil le dolía la espalda tras tres horas sentado en el interior de su coche, aparcado a pocos metros de la casa de Cassie. El reloj dio la medianoche y Tyler se quedó mirando cómo los dígitos parpadeaban. Se acomodó en el asiento y suspiró, armándose de paciencia, porque no pensaba moverse de allí hasta que lograra verla.

Debía disculparse con ella y decirle que se estaba volviendo literalmente loco de arrepentimiento. Que en las últimas cuarenta y ocho horas no había dejado de sentirse como una rata. Solo podía pensar en todo lo que había pasado, en todo lo que había dicho y hecho, y maldecirse por ello.

Lo sentía, lo sentía de verdad. Corría el riesgo de que ella no lo creyera y que lo echara con viento fresco de allí, pero lo tendría bien merecido.

Aún no lograba entender qué le había ocurrido para llevar la situación al extremo que la había llevado y cuanto más pensaba en ello, más confundido se sentía.

El primer error que cometió fue haberla ignorado del modo que lo hizo. El segundo, el mosqueo que había pillado cuando la vio con Landon. En ningún momento habían hablado de exclusividad alguna, por lo que no era asunto suyo a quién más veía y lo que hacía. El tercer error, echárselo en cara y tratarla como basura. Había herido sus sentimientos a propósito al decirle todas aquellas cosas y después había rebajado su amistad a algo sucio. «Tú y yo follamos, y es lo único que hacemos».

¡Qué animal había sido!

Por el espejo retrovisor vio un coche acercándose. El destello de los faros lo deslumbró cuando pasó por su lado, pero pudo reconocer el Chrysler de Savannah. Se detuvo unos metros más adelante y durante unos minutos no hubo ningún movimiento. Entonces, la puerta del copiloto se abrió y Cassie descendió del coche. Tras un breve intercambio de palabras, ella se encaminó a la casa mientras Savannah desaparecía calle abajo.

Tyler se bajó del coche y con las manos en los bolsillos se dirigió a la casa.

Oyó un par de maldiciones y el tintineo de unas llaves al chocar contra el suelo. Encontró a Cassie arrodillada sobre las baldosas recogiendo el contenido de su bolso. Y al verla se olvidó de todo el discurso que había preparado, de su disculpa, y soltó la pregunta que lo había estado mortificando.

—¿Te fuiste con él?

Cassie se llevó un susto de muerte y las llaves se le escurrieron otra vez de las manos. Giró la cabeza y se encontró con Tyler, de pie tras ella, con el rostro medio oculto entre las sombras. Se quedó sin palabras un par de segundos, con el corazón en la garganta, pero la rabia que aún sentía lo devolvió a su sitio con un trago amargo.

—¿Perdona?

—¿Te fuiste con él? —repitió Tyler, y esta vez no sonó tan acusador.

—¿Has venido hasta aquí para preguntarme eso?

Tyler negó con la cabeza y se agachó a su lado, abatido. Recogió unas cuantas monedas y un lápiz de ojos, y los metió en su bolso bajo su dura mirada.

—Lo siento mucho, Cassie. Siento el modo en que te traté la otra noche. Estuvo mal que te hablara de ese modo. No tenía ningún derecho y... tampoco motivos para comportarme como lo hice.

—¿Como un gilipollas? —inquirió ella poniéndose de pie. A todas luces dolida.

Tyler también se puso de pie y la miró a los ojos.

—Gilipollas se queda un poco corto, ¿no crees? —repuso, bastante tenso—. Exploté y aún no sé por qué. Se me fue la olla y lo pagué contigo.

—Le pusiste palabras a lo que pensabas, nada más.

—Pero sonó horrible cuando no lo es.

—Dijiste lo que dijiste y dudo que se pueda interpretar de un modo diferente. Y tampoco creo que se pueda suavizar —replicó dolida.

—Dije lo que dije, no lo voy a negar. Es cierto, tú no eres la mujer de mi vida, pero sí eres mi amiga. No estoy enamorado de ti, pero me importas. Y sí, solo nos lo montamos, aunque no se trata únicamente de eso y lo sabes.

Cassie lo miró fijamente y el dolor de sus ojos hizo que a él lo aplastara la culpa.

—Lo siento, Cass. No quiero que esto se vaya a la mierda. Tú y yo. Mira, no sé qué me pasó, pero no volveré a comportarme así contigo. Confía en mí. Por favor.

Ella frunció el ceño y el recelo brilló en sus ojos.

—¿Todo esto es para seguir acostándote conmigo? Porque eso se acabó.

Tyler sacudió la cabeza y soltó una maldición, frustrado.

—¡No! No estoy aquí por eso. He metido la pata hasta el fondo y lo sé. Lo mínimo que puedo hacer es disculparme y prometerte que no volverá a pasar. No te merecías que te tratara de ese modo. Tú me gustas, Cassie. Y quiero que seamos amigos.

Cassie le sostuvo la mirada durante una eternidad. Pese a lo enfadada que estaba con él, ella también quería lo mismo, pero esa vocecita en su cabeza, que siempre acababa teniendo razón, le susurraba que Tyler Kizer no podía ser su amigo. Había demostrado que podía hacerle daño aunque esa no fuese su intención. Se fijó en su cara, en su barba incipiente y en la tristeza auténtica que había en sus bonitos ojos.

—¿Crees que podrás perdonarme? —susurró él.

Cassie pensó que era una tonta sin remedio, cuando asintió muy despacio.

Tyler sonrió de oreja a oreja y la sensación de alivio fue inmediata. Sus ojos escrutaron la cara de Cassie y se detuvieron en sus labios. Le entraron unas ganas locas de besarla, pero no estaba allí por eso e iba a respetar su decisión.

Se había acabado.

Pero tenía la necesidad de tocarla, aunque fuese de un modo inocente.

—¿Y crees que podría darte un abrazo sin que me dieras una patada en las pelotas?

Cassie movió la cabeza con intención de negarse, pero lo que hizo fue decirle sí de nuevo. Necesitaba ese abrazo y el corazón empezó a latirle más rápido. Definitivamente estaba loca y la culpa era del capullo que tenía delante, que sin duda poseía alguna especie de superpoder al que ella no lograba resistirse.

Tyler la envolvió con sus brazos y le dio un beso muy dulce en la frente. Cassie notó que en su pecho estallaba un anhelo profundo y creciente que trató de reprimir como pudo. Contuvo la respiración y notó la de él, rápida y superficial, como si le costara llenar los pulmones de aire y jadeara. Entonces Tyler se apartó y fue como si se llevara con él todo el calor de su cuerpo.

Él sonrió y ella le devolvió la sonrisa.

—Gracias —susurró Tyler.

—De nada.

—Es tarde. Voy a irme y a dejarte dormir.

—Vale.

Tyler dio un paso atrás y después otro, alejándose de vuelta a la calle. Se le estaba haciendo muy difícil marcharse. Una idea le pasó por la cabeza.

—Ahora que volvemos a ser amigos… —empezó a decir con cautela—. ¿Te apetece que hagamos algo mañana? Es domingo y tengo el día libre.

Ella entornó los ojos con desconfianza.

—No hay truco, Cass —continuó él con tono suave—. Solo estaba pensando que mañana será un día estupendo para hacer surf. He visto la previsión del oleaje y soplará viento de tierra. Son unas condiciones cojonudas para pillar olas. Te dije que te enseñaría, ¿recuerdas?

Cassie sabía que no era prudente volver a salir con él. Tyler era un buen chico, pero no era bueno para ella. Aun así, le apetecía mucho ese plan. Y se dijo a sí misma que podía hacerlo una vez más. Pero solo una.

—¿Surf?

Tyler asintió.

—Sí, solo surf. Tú y yo, un par de tablas y un montón de olas. Te prometo que vas a divertirte.

No quería parecer ansioso, pero lo estaba. Como ella dudara un poco más, acabaría estallándole la vena que le latía en el cuello.

Cassie se mordió el labio, indecisa, y finalmente suspiró con lo que parecía una risita mal disimulada.

—De acuerdo. Enséñame a hacer surf.

—¿De verdad?

—Sí. ¿A qué hora quedamos?

—Pasaré a buscarte sobre las cinco —dijo él entusiasmado.

—¿No es un poco tarde?

Tyler se echó a reír.

—Las cinco de la mañana.

Los ojos de Cassie se abrieron como platos.

—¡Pero si solo faltan poco más de cuatro horas!

—Entonces, será mejor que corras a acostarte —respondió él mientras seguía caminando de espaldas.

—¿Por qué tan temprano? Si ni siquiera habrá amanecido.

—Porque tenemos que ir hasta Rodhante o puede que a Cabo Hatteras. Allí es donde estarán las olas —explicó él como si nada y se dio la vuelta al llegar a la acera.

Cassie continuaba mirándolo boquiabierta.

—¡Pero eso está a casi cinco horas de aquí!

—Sí, así que prepara una mochila con ropa y todo lo que puedas necesitar. Y no olvides la crema solar. Estás muy pálida y allí el sol pega fuerte.

Cassie se quedó clavada al suelo, incapaz de moverse. No sabía exactamente por qué, pero tenía la sensación de haber caído en algún tipo de trampa. Ella esperaba pasar unas pocas horas con él, a cinco minutos de casa. Pero aquello era mucho más grave. ¡Iban a pasar todo el día juntos, a muchos kilómetros de allí, y los dos solos!

Era demasiado, no podía ir con él. Y aun así su cuerpo, que siempre iba por libre, se moría de ganas. Oyó un silbido que la sacó de sus pensamientos erráticos.

—¿Cassie?

Ella alzó la mirada y encontró a Tyler, aún en la acera, mirándola.

—¡A dormir! ¿O necesitas ayuda para meterte en la cama? —dijo con picardía.

Cassie puso los ojos en blanco con un gesto aburrido, pero dentro de ella su corazón se había precipitado en caída libre y sin paracaídas. Cuando acabara estrellándose, y lo haría, iba a dolerle.

—No, gracias. Puedo yo solita —replicó. Le sacó la lengua, medio bizca, y le dio la espalda mientras abría la puerta y entraba sin despedirse.

Tyler se quedó mirando la puerta, con una sonrisa de oreja a oreja grabada en la cara. Embutió las manos en los bolsillos y le dio una patadita a una piedra. Echó a andar con la seguridad de que no iba a pegar ojo, intentando averiguar qué coño estaba haciendo y a qué estaba jugando con ella.

15

—¡*B*uenos días! —saludó Tyler, apoyado en su camioneta.

Cassie gruñó algo por lo bajo, que no sonó muy bien. Él soltó una risita y fue a su encuentro. Le quitó la mochila de la mano y se la colgó del hombro. Después se adelantó para abrirle la puerta con un gesto galante. Cassie subió a la camioneta sin mencionar el detalle y se hundió en el asiento, enfurruñada y con ojeras.

Tyler intentó por todos los medios no sonreír porque tenía la sensación de que eso iba a cabrearla. Guardó la mochila en el asiento trasero y cogió la bolsa de papel que había dejado allí minutos antes. Subió a la camioneta y le entregó la bolsa. Ella la miró suspicaz y después a él.

—¿Qué es esto?

—Ábrelo, es para ti —dijo él.

Cassie quitó el precinto de plástico y el aroma a café inundó el interior del vehículo. Gimió sin darse cuenta. Dentro de la bolsa había dos vasos enormes con tapa, repletos de café, y unas magdalenas con arándanos. Volvió a gemir y una sonrisa enorme le iluminó la cara.

—Con leche y sin azúcar para ti. Doble con azúcar para mí —dijo Tyler mientras ponía la camioneta en marcha.

Cassie clavó sus ojos en él y sintió un millón de mariposas en el estómago. ¡Sabía cómo le gustaba el café! Era una tontería, pero notó un estúpido nudo en la garganta.

—¿Sabes? Podría darte un beso por esto.

Tyler esbozó esa sonrisa que le hacía parecer un zorro. La miró de reojo.

—Contaba con ganarme uno.

Ella también sonrió y sin pensarlo demasiado se acercó a él con intención de darle un besito en la mejilla. Justo cuando estaba a punto de rozarle la piel con los labios, él giró la cabeza y sus bocas chocaron. Cassie tardó un segundo en reaccionar, tiempo que él aprovechó para rozarla con la punta de su lengua. Soltó un grito y le dio un puñetazo en el hombro.

—¡Eres un crío! —exclamó.

Y en su voz no había nada que indicara que se había enfadado, al contrario. Se pasó la lengua por el labio inferior y captó el sabor de su boca impregnado en la suya. Un hormigueo le recorrió el cuerpo, alterando partes de ella que no deberían reaccionar de ese modo. Pero con él siempre lo hacían. Se estremecían, se agitaban y se calentaban hasta hervir.

—Entre tú y yo esto ya no está bien —añadió, dando a su voz un tinte de enojo.

Tyler le dedicó una fugaz mirada y asintió. Esbozó una lenta sonrisa, seductora.

—Vale. No volveré a hacerlo —aceptó de buen grado—. Aunque va a ser difícil no picarte. Te pones muy guapa cuando te enfadas.

Cassie se lo quedó mirando mientras ponía el intermitente y tomaba la 17 en dirección a la 64. Reprimió la sonrisa que se empeñaba en asomar a sus labios.

—Lo digo en serio, Ty.

Él suspiró divertido y volvió a posar sus ojos en ella con su cara más inocente.

—Yo también, Cass. Tan en serio como tú. Ahora pásame mi café.

Tyler cogió el café que ella le tendió con el brazo estirado, manteniendo las distancias, y a punto estuvo de atragantarse con la risa que trataba de contener. Estaba preciosa cuando fruncía el ceño de ese modo e intentó pensar solo en eso. Porque, conforme se alejaban de Port Pleasant, tenía la sensación de estar metiéndose en un buen lío. Que cada milla que dejaba atrás era un espacio de tiempo que no podría volver a recuperar. Iba directo a alguna parte sin retorno.

Las horas pasaron casi sin darse cuenta y a las diez y media llegaron a Cabo Hatteras. Tyler atravesó las dunas y llevó la camioneta a pocos metros de la playa. Se quedó mirando el mar a través del parabrisas. El viento soplaba y las olas rompían contra la orilla bajo un cielo azul y despejado, repleto de gaviotas que desafiaban las fuertes rachas. Sonrió de oreja a oreja y saltó de la camioneta.

Cassie lo siguió. Inspiró hondo, llenando sus pulmones de aire fresco y salado. Se maravilló con las vistas y notó la anticipación en la boca del estómago. Hacía tiempo que no se subía a una tabla, pero era como montar en bici, ¿no? Pilló a Tyler observándola y el corazón se le subió a la garganta. Iba a disfrutar ese día, y por muchos motivos que no estaba dispuesta a admitir.

—¿Lista? —preguntó él mientras se quitaba la camiseta.

Cassie recorrió su torso con los ojos. Piel suave recubriendo unos músculos de infarto, decorada con unos tatuajes muy bonitos y sexys… ¡Madre mía, era un saquito de hormonas derritiéndose por otro de testosterona!

—Sí —respondió, y apartó la vista antes de que él se diera cuenta de que había empezado a babear.

Comenzó a desvestirse. Dejó la camiseta dentro de su mochila y después se bajó los pantalones cortos de algodón, que había elegido por simple comodidad para las cinco horas de viaje.

—Bonito biquini —susurró Tyler tras ella.

Había intentado por todos los medios no mirarle el culo, pero sus ojos se habían quedado pegados a esa parte de su cuerpo. Levantó la vista y contempló el resto, apenas cubierto por un biquini deportivo de color azul. Como no lograra que cierta parte de su cuerpo se relajara, iba a ser un día muy largo, lleno de sufrimiento y momentos incómodos. De pronto, tenía unas ganas locas de meterse en el agua.

—¿Cuál va a ser mi tabla? —se interesó Cassie mientras alzaba los brazos por encima de la cabeza, recogiéndose el pelo en una coleta.

Tyler señaló la más pequeña de las dos tablas que llevaba en un soporte en la parte trasera, una Malibú de color blanco con rayas verdes.

—Esta será la tuya. Es un poco más ligera y manejable. ¿Has hecho esto alguna vez?

Cassie se encogió de hombros y abrió mucho los ojos con un gesto inocente.

—Un par de veces. No se me da muy bien —comentó.

—No me tenías a mí —dijo él, guiñándole un ojo—. Ya verás, no es tan difícil como parece.

Tyler sacó la tabla más pequeña y se la pasó a Cassie; después cogió su Shortboard blanca y negra, y se dirigieron a la orilla. Durante un buen rato, él le explicó los pasos más básicos y cada concepto y su significado. Cassie escuchaba atentamente, con cara de «no tengo ni idea de lo que me estás hablando». Después pasaron a la primera lección práctica: remar las olas. Entraron en el agua hasta que les llegó por la cintura, se inclinaron sobre la tabla y comenzaron a bracear hacia el interior buscando un buen lugar.

De repente, el flujo de la corriente empezó a ser más rápido.

—¿Lista para ponerte de pie? —gritó Tyler. Cassie puso cara de susto y él se echó a reír—. Vas a sentir el empujón de la ola por detrás. Sujeta los lados con fuerza, da un pequeño salto y coloca las piernas como te he enseñado. Luego enderézate. Asegúrate de mantener el peso centrado, pero un poco inclinado hacia delante.

Cassie asintió vehemente y puso cara de concentración, como si tratara de no olvidar nada al tiempo que se moría de miedo. Agarró los lados y se impulsó hacia arriba, sus pies aterrizaron en la tabla y se irguió encontrando rápidamente su centro de gravedad.

Cayó un par de veces y a la tercera se mantuvo firme sobre la tabla. Sonrió cuando escuchó a Tyler alentándola. Casi le estaba dando pena destrozarle ese momento, pero él se lo había buscado.

«Podría enseñarte a hacer surf. Sé que a las chicas como tú no os gusta».

Tyler, a horcajadas sobre su tabla, no apartaba los ojos de Cassie, atento por si debía acudir en su ayuda. No era un deporte sencillo, se tardaba en aprender y a unos les costaba más que a otros. Contempló las olas, con el corazón a mil y unas ganas locas de remontarlas.

—Dobla un poco las rodillas o te caerás —gritó a Cassie—. Tienes que girar para evitar la parte de la ola que va rompiendo. No a ese lado, al otro lado. Busca la inercia de la corriente, Cass.

Remó con los brazos y, un poco preocupado, se enderezó en la tabla cuando ella comenzó a alejarse. ¡Un momento!, aquel giro de 180° para hacer un *reentry* fue perfecto. Sacudió la cabeza y entornó los ojos. Ella volvió a hacerlo.

¡Venga ya, no podía ser!

Lo era.

Aquello no había sido la suerte del novato, sino técnica. Le había estado tomando el pelo desde el primer momento. Se echó a reír con ganas, encantado, y sintió una especie de orgullo cuando se dio cuenta de que no era el único que estaba pendiente de ella. Unos tíos la observaban desde la orilla, tan entusiasmados como él.

Se la quedó mirando embelesado, tratando de descubrir qué tenía de especial para que no fuese capaz de pasar un solo día sin verla. De golpe tuvo la sensación de que no había escapatoria posible y apartó esa idea para no comerse la cabeza.

—Me has mentido —dijo Tyler.

Ambos estaban sentados a horcajadas en las tablas, mirando hacia el mar, esperando la siguiente tanda de olas.

—Te lo merecías por lo que dijiste, sabelotodo.

Él soltó una carcajada.

—Tienes razón, listilla.

La miró de reojo con una sonrisa y pensó que ojalá la hubiera conocido antes, cuando estaba completo.

*H*oras después, salieron del agua con los ojos rojos y el cuerpo destrozado.

Tyler se dejó caer en la arena con un gruñido.

—Dios, estoy roto.

—Y yo muerta de hambre —gimoteó Cassie.

Durante unos minutos, ninguno de los dos dijo nada. Contemplaron el cielo en silencio, distraídos con las formas que adoptaban las nubes arrastradas por el viento. Cassie levantó los brazos y los echó hacia atrás, dejando que la brisa le acariciara el cuerpo demasiado caliente por el sol y el esfuerzo. Pese a estar destrozada y dolorida, se sentía bien.

Tyler giró la cabeza y la miró. Ella tenía una gran sonrisa en la cara, los ojos cerrados y una expresión de felicidad absoluta. Algunos mechones de su pelo suelto se sacudían por el viento y le azotaban la cara, colándose entre sus labios entreabiertos. Contempló el resto de su cuerpo, esbelto y femenino. El ejercicio había tensado sus músculos, visibles bajo la piel dorada por el sol. Su estómago plano se hundía ligeramente a la altura del ombligo, y tuvo el deseo irrefrenable de besarla en ese lugar.

—Me estás mirando —susurró Cassie.

—¿Y?

—Me pone nerviosa que me mires así.

—¿Cómo?

—Ya sabes cómo.

Cassie abrió los ojos y giró la cabeza, de modo que sus miradas se encontraron. Tyler esbozó una sonrisa traviesa y clavó de nuevo la vista en el cielo.

—Es que estás ahí, medio desnuda, y no puedo evitar pensar en ti... y en mí... Mi cara entre tus piernas.

La mano de Cassie salió disparada y le atizó en el pecho.

—¡Eres asqueroso!

Él se echó a reír con ganas y atrapó su mano cuando Cassie intentó darle otro cachete. Se puso de lado entrelazando sus dedos con los de ella y la miró escudriñando su rostro.

—Déjame darte un beso.

—No.

—¿Por qué no?

—Porque no es buena idea.

—Te da miedo.

—No me da miedo. Ningún miedo.

—Pues bésame.

—¡No voy a besarte! Así que deja de suplicar. No te pega —dijo Cassie con los ojos sobre sus labios, tan cerca que su resolución empezaba a tambalearse por las ganas de acercarse y mordisqueárselos como un ratoncito. Pero no iba a hacerlo. De ningún modo.

Tyler se dio por vencido y volvió a tumbarse de espaldas.

—¿Dónde aprendiste a hacer surf? —se interesó él.

—A los doce años, en un campamento de verano al que mi padre me envió. Era la única actividad que me gustaba de aquel sitio. Aprendí lo básico y después seguí por mi cuenta —bajó un poco la voz—. Más tarde conocí a un chico al que se le daba bastante bien y me ayudó a perfeccionar la técnica.

—¿Y ese chico era algo así como un novio? —Tyler tiró el anzuelo.

—Algo así.

Los ojos de él volvieron a su cara y la escrutaron.

—Eso ha sonado mal. ¿Qué pasó? ¿No salió bien o es que pasó de ti?

Cassie se encogió de hombros, sin estar muy segura de si quería contestar a eso. Hablar de Eric era algo que evitaba a toda costa, también los recuerdos que la asaltaban cuando lo hacía.

—Un día decidió que debía marcharse y lo hizo. Él siguió su camino y yo el mío —contestó al fin.

Ladeó la cabeza y miró a Tyler, intentando suavizar la expresión y su tono de voz. Sonrió como si el tema no le afectara, ignorando el cuchillo que sentía perforándole el pecho. Pero Tyler captó el dolor en la tensión de su cuerpo y en el brillo que iluminaba sus ojos. Cassie sonrió dulcemente, buscando devolverle el desenfado a la conversación.

—Lo estoy pasando muy bien, Ty. Gracias por un día estupendo.

Las mejillas de Tyler enrojecieron. Se pasó las manos por la cara e inspiró hondo hasta llenar sus pulmones de aire. De repente, dejó escapar un gruñido, ronco y profundo.

—¡Dios, no puedes decirme algo así y esperar que sea bueno contigo!

Se giró hacia ella, la agarró por la cintura y tiró de su cuerpo hasta colocarla a horcajadas sobre sus caderas. Cassie gritó y trató de resistirse. Aprovechándose de que era más fuerte, él la retuvo por las muñecas contra su pecho. Notó las palmas de sus manos frías sobre la piel y se estremeció. Se miraron a los ojos.

—Dame un beso —susurró Tyler.

—No.

—Solo uno.

—Ni de coña.

—Uno sin lengua —insistió él con voz sugerente.

Cassie apretó los labios para no reír. Abrió los dedos sobre su pecho y notó el latido de su corazón, fuerte y acompasado. Su propio corazón también se aceleró al darse cuenta de que él se estaba excitando bajo ella. El rubor le calentó la piel y la adrenalina corrió por sus venas.

No había antídoto en el mundo que pudiera salvarla del veneno que Tyler era para ella. Para lo que le hacía a su cuerpo. Él le soltó las muñecas y apoyó las manos en sus caderas, con un gesto posesivo que ella ya empezaba a echar de menos.

«Solo uno», pensó Cassie.

Se inclinó sobre él muy despacio, fascinada por el color de sus ojos. Sus pupilas se dilataron al tiempo que contenía el aliento y su mirada se hizo más profunda. Apoyó sus labios en los de él y presionó con dulzura. Los tenía un poco ásperos por el sol y el agua salada, y aun así eran suaves bajo los suyos. El estómago le dio un vuelco al notar su mano grande ascendiendo por el costado.

Trató de apartarse, pero Tyler se lo impidió metiendo los dedos entre su larga melena para asirle la nuca.

—Ni se te ocurra —dijo él.

La boca de Tyler se apoderó de la de ella sin darle tiempo a decir una palabra, deslizando la lengua entre sus labios reacios. Su lengua se movió contra la de él despacio, saboreándolo, sintiendo la humedad tibia de su sabor. Incapaz de resistirse por más tiempo, respiró hondo en su boca y le cogió la cara con las manos, profundizando el beso que era incapaz de negarle. Se tragó el gemido que él emitió. Y sus labios se movieron con ferocidad, fundiéndose.

Tyler era incapaz de permanecer quieto. Giró y la arrastró con él hasta colocarla bajo su cuerpo con las caderas encajadas entre la calidez de sus piernas. Acarició esas piernas desde las rodillas a la cintura, pensando que olía puñeteramente bien. Tenerla así era genial y se juró que no volvería a cagarla si lograba recuperar lo que habían tenido. Se apretó contra ella, sintiéndola en todas partes, del mismo modo que ella podía sentirlo a él. Balanceos rítmicos, besos torturadores y…

A lo lejos se oían voces, gritos y risas. El sonido del mar se hizo más nítido y los graznidos de las gaviotas más estridentes. Tyler se quedó inmóvil sobre ella, intentando respirar. Por un instante se habían olvidado de dónde se encontraban. Suspiró contra su mejilla, notando los brazos de Cassie alrededor de su cuello. La sensación era brutal. Alzó la cabeza y la miró. Su corazón se saltó un latido al verle la cara, toda ruborizada, con los labios hinchados y los ojos entornados.

—Jodidamente preciosa.

Ella sonrió y cerró los ojos. Tyler se dejó caer a su lado de espaldas y contempló el cielo. Parecía una locura, pero por un momento se había sentido entero y no le pareció algo malo.

—¿Cómo vamos a parar esto? —preguntó Cassie de repente.

—¿Quieres pararlo?

—No lo sé. Cuando no estamos juntos pienso que sí, que es lo mejor y que esto no me hace ningún bien, pero en cuanto estoy contigo…

—Es como una puta adicción.

—Sí.

—Me gusta ser adicto a ti. —Tyler hizo una pausa y colocó un brazo bajo su cabeza—. Sé que he metido la pata hasta el fondo. Pero si aún quieres seguir con esto, te prometo que dejaré de ser tan capullo. Puedo hacerlo mejor, Cass.

Cassie sonrió y se inclinó para observarlo. Se entretuvo admirando su perfil, la curva de su nariz y la forma de sus labios, perfectos para besar.

—¿Quieres que volvamos a ser amigos con derecho a roce?

—Sí, y con exclusividad —dijo Tyler con determinación. Giró el rostro y sus miradas conectaron hasta tocar rincones a los que no habían llegado nunca. Y añadió—: Si seguimos con esto, quiero que estés solo conmigo. Y yo no tocaré a ninguna otra tía. Hasta que uno de los dos decida que quiere terminar.

—¿Y por qué ahora?

—Me he dado cuenta de que no me va ese rollo de las relaciones abiertas.

Cassie se apartó el pelo de la cara y suspiró un poco incómoda.

—No sé, pero tengo la sensación de que eso debería haberlo dicho yo. Parece más propio de una chica exigir exclusividad.

—Ya, pero tú no eres una chica.

El rostro de Cassie se transformó con un gesto hosco.

—¿Perdona?

—Quiero decir que… Cassie, tú no eres la típica chica y eso es lo que me gusta de ti. Te importa una mierda lo que los demás piensen sobre ti. Eres como eres y no finges ser otra cosa solo para encajar. Además, creo en todo eso de la igualdad. Te lo juro. Una chica debería ser libre de hacer con su vida y con su cuerpo lo que le dé la gana, sin que eso la convierta en una zorra… —Nervioso, por el rumbo de la conversación, se incorporó hasta quedar sentado y hundió los dedos en la arena. Continuó—: Eso no quita que me entren ganas de partirle la puta cara al próximo tío que se te acerque y puede que a los que hayan estado antes contigo. Pero porque no puedo evitar ser un poco posesivo; aunque ese es mi problema y el de nadie más. ¿Entiendes?

Cassie notó que se derretía por dentro. Jamás habría esperado algo así de un hombre como él. Y estaba siendo sincero. Se notaba en su gesto de concentración y en esa forma tan mona de arrugar el ceño que tenía cuando soltaba lo que se le pasaba por la cabeza sin pensar.

—Entonces, ¿me estás pidiendo exclusividad hasta que vuelva a la Universidad si esta relación no se acaba antes?

—Sí —respondió él, contemplando el océano.

—Vale.

Cassie también se sentó y apoyó la cabeza en su hombro.

Tyler la miró de reojo. Había aceptado volver con él y sentía un alivio tan grande que su cuerpo apenas podía contenerlo. Sí, definitivamente era adicto a ella.

—Gracias —susurró Cassie.

—¿Por qué?

—Por todo lo que has dicho. Porque no crees que una chica sea una zorra por estar con… chicos. No es lo habitual. Todos esperan que seas virgen y si no, dejan de mirarte del mismo modo.

—Bueno, pues yo no —susurró contra su pelo.

—Ty.

—¿Qué?

—No voy por ahí acostándome con todos los hombres que me parecen atractivos. Puede que no lo creas, pero no ha habido tantos. Muchos menos de los que imaginas. Para contarlos solo necesitaría una mano, incluido tú.

Tyler se echó a reír, suave y bajito, y entrelazó sus dedos con los de ella.

—Puede que no te lo creas, pero yo tampoco he estado con tantas chicas como imaginas. Aunque puede que yo necesite las dos manos para contarlas.

Ella le dio un golpecito en el hombro y después un beso en el mismo lugar. Se quedaron en silencio durante unos segundos. Pero en la mente de Cassie aún había algo que necesitaba decir.

—No me fui con él, con Landon. Quiero que lo sepas.

Tyler asintió sin apenas moverse. Cassie levantó la cara, sus labios tan cerca de los de él como para besarlos. Los acarició con los dedos y sonrió.

—Y ahora que ha quedado todo claro. Me muero de hambre. ¿Podríamos ir a comer algo? ¡Por *favoooooor*! —suplicó, poniendo morritos.

Él se la quedó mirando.

—¿Tú no te habías puesto a dieta? —la cuestionó.

Cassie se miró el escote con ojos inocentes.

—¿Y estropear estas dos preciosidades?

Tyler rompió a reír a carcajadas. Se levantó de la arena llevando a Cassie consigo y enlazándola por las caderas se la echó al hombro. Le dio una palmada en el trasero y después un mordisquito que le arrancó un grito y una risa histérica.

—Que le den a la dieta. Vamos a ponernos morados de marisco.

16

*T*yler le había prometido que podía hacerlo mucho mejor y era cierto. Desde el domingo que habían pasado en la playa, las cosas entre ellos habían mejorado mucho, tanto que Cassie había vuelto a dormir en su cama cada noche.

Por primera vez, ella creía de verdad que podría hacerlo. Estar con él sin estar con él. Aceptar todo lo que pudiera darle y disfrutarlo sin pensar en nada hasta que regresara a la Universidad.

Tyler no era lo que parecía a simple vista. Tras ese carácter frío y enfadado que mostraba tan a menudo se escondía un chico encantador. Cassie deducía que en su vida debían haber ocurrido cosas malas que habían ido moldeándolo hasta hacerle perder las ilusiones, y que eran esas mismas cosas las que lo habían obligado a renunciar a tener una relación normal con una chica.

En cierto modo, podía entenderlo. No exponerse a los sentimientos y a sus consecuencias era, en ocasiones, el único modo de poder seguir adelante. Ella también se sentía un poco así.

Sumida en esos pensamientos entró en Theodore's, un discreto restaurante en el que servían las mejores ensaladas de todo Port Pleasant. Pensaba comprar algo para llevar y comerlo en casa, tirada en el sofá frente a la tele. Tampoco tenía ningún plan más interesante.

Se puso a la cola de clientes que abarrotaban el local y sacó el móvil para entretenerse mientras esperaba.

—¡Dios, se te da de pena este juego! —Un brazo tatuado asomó por encima de su hombro y un dedo se deslizó por la pantalla de su teléfono—. Ahí no puedes colocar esos girasoles, se los comerán los zombis. Mira, si pones aquí una de esas plantas carnívoras y aquí esa otra que dispara guisantes, creas una barrera defensiva impenetrable.

En la cara de Cassie se dibujó una sonrisa y su corazón comenzó a latir muy deprisa. ¿Qué hacía él allí?

—Puede que yo esté del lado de los zombis y que quiera que se coman las malditas plantas —replicó con suficiencia.

La risa de Tyler le agitó el pelo muy cerca de su oreja.

—Sí, seguro que es eso. Admítelo, Cass, eres un poco manta con los juegos.

—¿Y eso lo dice el que no es capaz de ganar una sola mano sin hacer trampas?

—¿Qué has dicho?

Ella se dio la vuelta y se encontró con su mirada divertida. Apenas podía contener la sonrisa que se empeñaba en asomar a su cara.

—Que haces trampas. Si no, ¿por qué ganas siempre?

Tyler bajó la voz hasta convertirla en un susurro.

—Jugamos al strip póquer, listilla. Si crees que verte desnuda no me motiva…

Cassie se percató de que varios clientes observaban a Tyler con recelo. Se pegó a él de un modo protector y alzó la barbilla para mirarlo de nuevo. Él la contempló, con ese gesto de cabroncete que lograba derretir hielo en el Ártico.

—¿Qué haces aquí? —se interesó Cassie.

—Te he visto entrar.

—¿Me estás siguiendo?

—Es posible. ¿Por qué, te importa?

—¿Que me estés siguiendo? ¡No! Solo es lo que haría un psicópata o un asesino en serie…

—Me pone más el secuestro —susurró Tyler con voz sugerente—. Atarte a la cama, desnuda… —A Cassie se le escapó la risa y él añadió—: Iba hacia tu casa cuando te he visto entrar. Mi madre ha terminado tu vestido, puedes pasar a buscarlo cuando quieras.

—Eso podrías habérmelo dicho por teléfono.

—Lo sé —replicó él mientras le guiñaba un ojo. Alzó las cejas y se pasó los dedos por la barba incipiente—. Tengo hambre. ¿Qué está bueno en este sitio?

Cassie fingió que meditaba su respuesta.

—Sin lugar a dudas, el filete de mamut. A los tíos como tú les encanta.

Gruñó por lo bajo, imitando a un cavernícola con voz de pito.

Tyler sonrió y se le formó un profundo hoyuelo en la mejilla derecha.

—Genial. Invítame a uno. —Con una mano cogió a Cassie por la nuca y la sacó de la cola—. Vamos a pillar una mesa.

—Pensaba llevarme algo a casa —comenzó a protestar ella.

Pero Tyler no le hizo caso y con su cuerpo pegado a su espalda la condujo hacia la puerta. La abrió para que ella pudiera pasar y le guiñó un ojo seductor. Después se dirigió a una mesa libre en la terraza y se dejó caer en la silla.

Cassie tomó asiento a su lado, sin dejar de mirarlo.

Tyler le sostuvo la mirada y una de las comisuras de su boca se elevó.

—¿Qué?

—¿De verdad quieres comer aquí? —preguntó Cassie—. No sé si te has dado cuenta, pero estamos al aire libre y alguien podría verte conmigo. ¿Seguro que no quieres pasar dentro?

La sonrisa de Tyler se acentuó. Cruzó los brazos delante del pecho y sus bíceps aumentaron de tamaño dos tallas.

—Tú sigue provocándome y verás lo poco que me importa que me vean contigo —replicó, retándola con la mirada. Desvió la vista hacia un punto en la calle—. He aparcado el Camaro ahí enfrente y desde aquí puedo verlo. No me fio de este barrio.

Cassie parpadeó como si hubiera visto un cerdo volando sobre su cabeza.

—¿No te fías de este barrio y del tuyo sí? —lo cuestionó.

Tyler se inclinó sobre la mesa al tiempo que metía un brazo bajo esta y agarraba la silla de Cassie. Le dio un tirón y la acercó a él. Ella soltó un grito, que disimuló rápidamente, y contuvo una sonrisa que le costó lo suyo.

—En mi barrio la gente sabe con quién se la está jugando. Nadie con instinto de supervivencia se acercaría a ese coche.

—Ya, pues creo que en este tampoco —dijo Cassie como si nada, consciente de las miradas que Tyler atraía.

Puso mala cara al ver a una señora levantarse de la mesa contigua y abandonarla con aire de superioridad. ¿En serio? Odiaba a aquella gente, odiaba sus prejuicios y se odiaba a sí misma por no levantarse y gruñirle en plena cara que era una esnob engreída.

Se inclinó sobre Tyler y una sonrisa boba se dibujó en su cara mientras ponía una mano en su muslo. Iba a besarlo delante de toda aquella gente. Primero, porque se moría por hacerlo. Le apetecía desde que lo había visto aparecer. Y segundo, por pura rebeldía, porque muchas de aquellas personas la conocían y quería demostrarles que no era como ellos.

Tyler alzó una ceja y bajó el mentón, sonriendo.

—¿Qué? —saltó, intrigado por cómo lo miraba.

—Nada —susurró coqueta, y se aproximó un poco más—. Nada de nada.

Le deslizó una mano por la nuca y posó sus labios sobre los suyos. Lo hizo con dulzura y él le respondió del mismo modo, dejando que su boca se detuviera en la de ella un instante.

Tyler sonrió con afecto y la miró a los ojos mientras el corazón le latía con fuerza. Pensó que nunca le habían dado un beso como ese, con esa suavidad y esa devoción. Notó una pequeña grieta en su interior, que debería preocuparle, pero en ese momento no era capaz de concentrarse en nada que no fueran aquellos ojos azules enredados en los suyos.

—¿Y eso?

—Porque me alegro de verte.

Una camarera les tomó nota y poco después se encontraron disfrutando de su almuerzo.

—Esta mañana se me olvidó comentarte algo —dijo él después de limpiarse la boca con la servilleta. La dejó sobre su muslo y miró a Cassie—. Hoy es el cumpleaños de Matt y va a celebrarlo en su casa esta noche. No irá mucha gente, pero suficiente para una buena fiesta.

Cassie asintió con la cabeza y bajó la vista a su plato.

—No tienes que pedirme permiso para ir a esa fiesta, Ty. No estamos saliendo.

—No te estoy pidiendo permiso. Quiero que vengas.

Ella clavó sus ojos en él, confundida.

—¿A la fiesta de Matt?

—Sí.

—¡No!

—¿Por qué?

—No conozco a nadie. Sería la chica que se queda en el rincón sujetando un vaso. Odio a las chicas que se quedan en el rincón con un vaso.

A Tyler se le escapó una risa corta y la miró divertido.

—No vas a ser esa chica. Conoces a Matt, a Kim…, Caleb y Savannah. A mí…

Cassie jugueteó con su tenedor.

—No creo que sea buena idea. Allí no pinto nada. Además, si aparecemos juntos, todo el mundo hará preguntas.

Tyler apartó el plato y apoyó los brazos en la mesa. Torció el gesto.

—¿Y qué?

Ella desvió la mirada, nerviosa.

—¿Cómo que y qué? Acordamos que esto iba a ser nuestro secreto.

—¡Acabamos de besarnos delante de toda esta gente! —exclamó Tyler.

Cassie se encogió de hombros con indiferencia.

—Eso ha sido un desliz.

—Ya, lo que tú digas —replicó Tyler. Y sin intención de dejarlo correr, añadió—: Me apetece salir, tomar algo y pasarlo bien con mi amiga. Porque eso es lo que somos, ¿no? ¿Vas a dejarme tirado?

Cassie se sentía dividida. Le apetecía ir a esa fiesta, pero lo que pasó entre ellos unos días atrás en el Shooter aún le hacía sentirse incómoda. No quería volver a pasar por algo así y sentirse desplazada.

—No te dejo tirado. Podemos hacer eso cualquier otra noche, fuera de Port Pleasant.

—Quiero que vengas al cumpleaños —insistió él, lejos de darse por vencido.

—Y me parece adorable, de verdad, pero no voy a ir.

—No tenemos por qué llegar juntos, si es lo que te incomoda.

—Tyler, no es eso… ¿Por qué te importa tanto?

El móvil de Cassie sonó dentro de su bolso. Lo sacó y le echó un vistazo. Abrió mucho los ojos, desconcertada.

—¿Pasa algo? —se preocupó Tyler.

—Un mensaje de Matt invitándome a su cumpleaños. ¿Cómo demonios ha conseguido mi número?

Tyler alzó los brazos con un gesto de paz.

—Te juro que no tengo nada que ver. —Sonrió, travieso—. Vaya, acabas de quedarte sin excusas.

Cassie resopló con el teléfono entre las manos.

—Sigo sin querer ir. Lo siento, pero voy a decirle que paso.

Antes de que sus dedos tocaran el teclado, una mano enorme le quitó el móvil.

—¿Qué haces? —inquirió Cassie.

—Voy a contestar.

—¡Tyler! —chilló como una niña.

Trató de quitarle el móvil, pero no encontraba el modo de alcanzar sus manos. Entonces las coló bajo su camiseta para hacerle cosquillas, pero eso tampoco funcionó. Y mientras tanto, él seguía tecleando.

—Ge-nial, cuen-ta con-mi-go… A-llí nos ve-re-mos. Gra-cias.

—No tienes derecho a hacer eso —jadeó sofocada, intentando agarrar sus brazos—. Y no pongas emoticonos, los odio.

—Y… enviado —anunció Tyler entre risas.

Mortificada, Cassie soltó un gruñido y le lanzó su servilleta a la cara.

—Eres un capullo inmaduro.

—Y tú muy poco razonable.

Al oír eso, los ojos de Cassie volvieron a su rostro y resopló, disgustada.

—Me lías para ir a una fiesta a la que no quiero asistir, ¿y yo no soy razonable?

Tyler sonrió y le acarició el brazo. Ella lo apartó de un manotazo. Se mordió el labio inferior para no reír a carcajadas e inspiró por la nariz.

—Vale, me he pasado. Pero es que quiero que vengas a la fiesta.

—¿Por qué?

Él pareció sopesarlo y respondió con tranquilidad.

—Porque me gusta que estés cerca. No sé, eres de esas personas con las que estoy a gusto sin más. —Alargó la mano y la deslizó por su cuello, acariciando con el pulgar la piel sensible bajo su oreja—. Esa fiesta puede ser un coñazo o no, depende de la compañía. Y los dos estamos un poco chiflados.

Cassie se estaba derritiendo bajo sus caricias. Cerró los ojos.

—No estoy chiflada —murmuró, consciente de que eran el centro de atención de todas las miradas de esa terraza, pero le daba igual.

—Sí que lo estás. Chiflada, loca, como una puta cabra. Estás para que te encierren.

En la cara de Cassie estalló una sonrisa preciosa y descarada.

—Sabes cómo conquistar a una chica.

Tyler movió la mano de su cuello a su cara, acunándola. Se acercó y rozó sus labios con un suave beso.

—¿Y eso? —se sorprendió Cassie.

—Un desliz.

17

—¿*O*tra cerveza?

Tyler asintió y con una leve sonrisa aceptó la botella que la chica le ofrecía. No recordaba su nombre, solo que era amiga de Kim. Llevaba un rato revoloteando a su alrededor, tratando de llamar su atención, pero él no tenía muchas ganas de ser sociable.

—Es una fiesta estupenda —dijo ella.

Tyler la miró de soslayo. Tenía unos ojos rasgados muy bonitos, larga melena oscura y unos labios sensuales. Vestido rojo ajustado, curvas generosas y un escote de vértigo que apenas podía contener el sujetador negro que se vislumbraba. Cumplía todos los requisitos para ser el tipo de rollo que él solía buscar. Otra noche cualquiera ya habría desplegado su encanto para seducirla. Pero esa noche solo le interesaba una chica en particular.

Caleb apareció en el patio.

Se saludaron con la mano y su amigo se aproximó. Se sentó a su lado, cogió una cerveza de la nevera que había en el suelo y le quitó el tapón.

—Has venido.

Tyler lo miró de reojo y frunció el ceño.

—¿Y por qué no iba a venir?

—Últimamente no te veo mucho.

—Pásate de vez en cuando por el taller. Estoy allí de ocho de la mañana a siete de la tarde —dijo Tyler con gesto serio—. Cuando acabo solo tengo ganas de ir a casa.

Caleb se sintió mal. Le echaba en cara el poco tiempo que pasaban juntos, pero él tampoco hacía demasiado para que eso cambiara. Entre su madre, Savie y las clases que estaba dando en el gimnasio para ayudar a Kim, apenas tenía tiempo libre.

—¿Mucho trabajo? —se interesó.

—Más que nunca. A este paso vamos a tener que contratar a alguien más. Alguien que entienda de clásicos, que sepa restaurarlos. Es de donde sacamos más pasta. —Miró a su amigo de reojo y se encogió de hombros—. ¿Te interesa?

Caleb inclinó la cabeza y le sostuvo la mirada con la boca abierta.

—¿Va en serio o estás de coña?

—¿Crees que estoy de coña? Habla con Jace o Matt. Llevamos un tiempo estudiándolo. Le estamos dando vueltas a la idea de asociarnos.

Caleb se enderezó en la hamaca con las piernas abiertas, una a cada lado.

—Joder, no me habías dicho nada de esto.

—Tío, tú estás en Vancouver. Te vemos dos veces al año. Hasta ahora, ni siquiera se me había pasado por la cabeza que volver fuese una opción para ti.

Caleb arrugó los labios y clavó la vista en el suelo.

—Y no lo era. Vancouver era mi mejor opción y me gusta. Pero las cosas están cambiando, Ty. Este pueblo ha cambiado y yo también. Puede que no lo creas, pero… durante estos días me he dado cuenta de que echo de menos el barrio.

Tyler sonrió y le lanzó la etiqueta de su botella, convertida en una bolita.

—Piénsatelo unos días y hablamos.

Caleb asintió con un gesto de concentración. La conversación había tocado una parte muy importante dentro de él. La idea de volver a Port Pleasant, cerca de su familia, de sus amigos, con un trabajo y perspectivas de futuro era una posibilidad que no había contemplado. No de verdad. Y ahora… Savie y él iban a tener que hablar sobre esa posibilidad.

—¿Savannah no ha venido? —preguntó Tyler.

Caleb alzó la cabeza y recorrió el patio con los ojos, que de pronto parecía haberse llenado de gente que bebía y hacía mucho ruido.

—Sí, se ha quedado dentro, hablando con las chicas.

Tyler se moría de ganas de preguntarle si Cassie había venido con ellos, pero se mordió la lengua y bebió para tener la boca ocupada.

Matt y Jace aparecieron con un montón de comida y se sentaron con ellos. La música sonaba muy alta y en cuestión de minutos la fiesta se animó.

De repente, Tyler sintió que su corazón se disparaba. Inspiró hondo, decidido a mantener el control, aunque no tenía ni puta idea de cómo hacerlo. ¿Qué demonios se había puesto? Cassie caminaba hacia ellos con un precioso vestido rojo, nada que ver con el trozo de licra que lucía la morena sentada a su lado. El de Cassie no tenía tirantes, tampoco un escote que mostrara su canalillo. Apenas se ajustaba a su pecho con un corte palabra de honor, y la falda se abría vaporosa desde las costillas hasta la mitad de su muslo. Pero la tela era tan fina que se intuía cada línea de su esbelto cuerpo.

Se la quedó mirando, con la botella pegada a los labios y los ojos como platos.

—Hola —saludó Cassie, y sus ojos volaron hasta la chica sentada junto a Tyler. La miró de arriba abajo y la chica hizo lo mismo con ella.

Una sonrisa se extendió por la cara de él, que no había perdido detalle del pequeño duelo. Miró a Cassie, preguntándose cómo demonios iba a controlarse para no tocarla en toda la maldita noche, cuando ya se moría por sentarla a horcajadas sobre sus caderas y acariciar las dos trenzas que colgaban a ambos lados de su pecho.

Sus miradas se encontraron y el hilo que los unía se tensó con una sacudida. Había cierto morbo en la situación, en el secreto que compartían y que nadie más conocía. Apartaron la vista al mismo tiempo.

Una hora después, la fiesta estaba en pleno auge. La gente bebía, reía y hablaba sin parar. Pero Tyler era incapaz de concentrarse más de cinco minutos en cualquier conversación. Todos sus sentidos estaban puestos en Cassie. En su risa, en su voz, en cada uno de sus gestos. No lograba apartar la vista de ella, volviéndose loco por las ganas que tenía de acercarse y acariciarla.

La vio entrar en la casa y con disimulo la siguió. La encontró en la cocina, lavándose las manos. Se la quedó mirando desde la puerta y la ansiedad que había estado sintiendo desapareció. Cassie era como una especie de burbuja en la que todo desaparecía y aquella era una sensación completamente inesperada.

La contempló y un cosquilleo le recorrió el estómago. Cuanto más la miraba más le atraía. Le gustaba su pequeña nariz, sus labios rosados y el tono de su piel dorada por el sol. Ella ladeó la cabeza y su preciosa boca se curvó con una sonrisa al descubrirlo.

—Hola —susurró Cassie con un guiño coqueto.

Tyler se acercó y se detuvo a su lado, con la cadera apoyada en la encimera.

—¿Lo pasas bien? —preguntó.

Cassie asintió mientras se secaba las manos con un trozo de papel absorbente.

—¿Y tú?

—Ahora sí —dijo muy bajito mientras deslizaba la mirada por su cuerpo—. Me gusta mucho tu vestido.

Ella adoptó su misma postura y su sonrisa se ensanchó.

—¿Ah, sí?

—Sí —replicó Tyler poniendo mucho énfasis en esa única palabra.

Se acercaron un poco más, hasta que sus manos se rozaron y sus dedos se entrelazaron, muy conscientes de la escasa distancia que los separaba. Era arriesgado y a la vez excitante.

—Ty, pueden vernos.

—No hay nadie. Todos están fuera.

Cassie contuvo el aliento, las caricias de sus dedos empezaban a quemarle la piel. No podía apartar la vista de sus ojos, que se habían oscurecido hasta alcanzar un matiz intenso.

—¿Y si nos largamos? —sugirió él.

—No puedo largarme sin más. He venido con Savannah, tendría que decirle algo.

Tyler se inclinó hasta casi rozarle la cara con su mejilla. Se moría por rodearla con sus brazos, por sentirla pegada a su pecho.

—Dile que no te sientes bien, que tienes que irte.

—Entonces querrá acompañarme a casa y no pienso hacerle eso. Se está divirtiendo —susurró ella, clavando su mirada encendida en la de él.

Otro paso y sus cuerpos presionaron el uno contra el otro. Tyler exhaló por la nariz, liberando en parte la tensión que se acumulaba dentro de él. La puerta se abrió y ambos se retiraron con disimulo. Pero Tyler no pudo contenerse y le acarició el trasero con un gesto cargado de intenciones y promesas cuando ella se deslizó por su lado para abandonar la cocina.

Se giró hacia la ventana y observó cómo cruzaba el patio en busca de Savannah. Apoyó las manos en la encimera, mientras su respiración iba y venía en oleadas. Esa chica iba a acabar con él. De repente, un brazo le rodeó el pecho y otro la cintura, y se vio arrastrado hasta el pasillo que unía la cocina con el resto de habitaciones. Un empujón y su espalda rebotó contra la pared. Las caras de Matt y Jace aparecieron en su campo de visión.

—¿Qué coño ha sido eso? —preguntó Matt—. Te hemos visto tocarle el culo a Cassie. ¿Te la estás tirando?

—Eso no es asunto vuestro —gruñó Tyler. Se los quitó de encima con un empujón—. Dios, parecéis tías cotilleando.

—¿Estás saliendo con ella? —intervino Jace.

Tyler se recostó contra la pared y negó con la cabeza.

—No salgo con ella.

—Entonces, ¿deja que le toques el culo y no sales con ella? ¿Qué sois, una especie de *follamigos*?

—¿Quiénes son *follamigos*? —preguntó Caleb, que acababa de aparecer en el pasillo.

Antes de que Tyler pudiera responder, Jace contestó con tono travieso.

—Cassie y Tyler. Los hemos pillado enrollándose en la cocina.

—No nos estábamos enrollando.

Caleb clavó sus ojos en Tyler y frunció el ceño. Abrió la boca para decir algo, pero pareció pensarlo mejor. Su expresión volvió a cambiar y la comprensión iluminó sus ojos.

—¡Serás cabrón! Por eso no te vemos el pelo. —Apretó los dientes y lo fulminó con la mirada al tiempo que lo apuntaba con un dedo—. Fuera. Ya.

Caleb abandonó la casa con Tyler pisándole los talones. Al llegar al jardín no se detuvo, y continuó hasta alcanzar la acera. Se paró junto a su coche aparcado y se apoyó en el capó con los brazos cruzados sobre el pecho. Tyler se acomodó a su lado, con las manos embutidas en los bolsillos y la mirada clavada en el suelo.

—¿Desde cuándo? —gruñó Caleb.

—Casi dos semanas.

—¡¿Dos semanas?! Si tú no duras dos días con la misma tía.

—Esto es diferente. No se trata solo de sexo, nos hemos hecho amigos.

La expresión de asombro que lucía Caleb era bastante cómica.

—¿Vais en serio?

—Ya sabes que no.

Caleb asintió y sacudió la cabeza mientras intentaba aclararse.

—Pensaba que, después de lo que habíamos hablado, tenías claro que lo tuyo con Cassie no era una buena idea.

Tyler inspiró hondo y giró el cuello para mirar a su amigo.

—Me dijiste que si no podía manejarlo, lo dejara estar. Y puedo manejarlo, Caleb. Te lo juro. No voy a meter la pata. Ella y yo lo hemos hablado. No espera nada de mí. En unas semanas regresará a la Universidad y se habrá acabado. Solo estamos pasando el rato.

Caleb lo miró de reojo, respirando con fuerza por la nariz.

—Eso mismo dije yo hace un par de años y mírame.

—No es el mismo caso.

—No, desde luego que no. Pero podría acabar siéndolo. Cassie podría enamorarse de ti y tú de ella, y los dos acabaréis jodidos porque tú te niegas a pasar página y te empeñas en cumplir una absurda promesa que te hiciste a ti mismo —masculló con la mandíbula tensa. Alzó las cejas—. ¿Le has hablado de Jen? ¿Sabe lo jodido que estás?

—No. No es asunto suyo.

—De momento.

—¡No es asunto suyo, ni ahora ni nunca! —replicó Tyler entre dientes.

—Pues deberías decírselo para que sepa de qué va esta historia en realidad.

Tyler se apartó de Caleb, mirándolo con rabia y controlando a duras penas el deseo de darle un puñetazo.

—No necesita saber nada. Pero ¿qué coño te pasa? Se te va la puta olla con este tema. Entre Cassie y yo no hay nada serio ni lo habrá nunca. Me gusta, yo le gusto y nos enrollamos. Salimos por ahí y lo pasamos bien. Ninguno de los dos está buscando una relación.

—¿Y por qué os escondéis?

Tyler alzó los brazos al cielo, exasperado, cansado de gilipolleces.

—¿Que por qué? Por toda esta mierda. Tú, Savannah… y esa paranoia que os ha entrado. Como si tu futuro con ella o el de nuestra amistad dependiera de dónde meto la polla. ¡No es asunto tuyo a quién me tiro! —Se pasó las manos por el pelo como si quisiera arrancárselo a puñados—. ¡Joder, necesito un cigarrillo!

Caleb se enderezó, contemplándolo. Respiró hondo y exhaló despacio, recuperando poco a poco la calma que había perdido.

—Tienes razón, se me ha ido la cabeza con esta historia. Estoy demasiado tenso por la fiesta de compromiso. —Sacudió la cabeza—. Tu vida es tuya y yo no tengo ningún derecho a decirte cómo vivirla. Pero eres mi amigo, tío, y te quiero. No puedo evitar preocuparme.

—Lo sé y no quiero que dejes de preocuparte.

Caleb se sentó en el bordillo y dejó que sus brazos descansaran sobre las rodillas.

—Solo quiero que estés bien.

—Lo estoy —dijo Tyler, mirándolo desde arriba.

Caleb alzó el mentón y sonrió.

—Capullo mentiroso.

Tyler se sentó a su lado y ambos se quedaron mirando a un gato que rebuscaba en unos cubos de basura.

—Tienes que intentarlo, Ty —dijo Caleb al cabo de unos segundos—. Tienes que pasar página. Supera toda esa mierda y deja de culparte. Quedarte solo para siempre no va a cambiar nada. —Le dio un leve codazo para que lo mirara—. ¿Sabes? En el fondo deseo que eso que tienes con Cassie se convierta en algo más. Ojalá se te meta bajo la piel como llevo yo a Savannah. Porque entonces no habrá muerto ni vivo que te separe de ella y todo lo demás te dará igual.

El cuerpo de Tyler se puso rígido. ¿Con qué derecho le hablaba de ese modo? Caleb creía conocer la historia, lo que él sentía y por qué hacía lo que hacía, pero su amigo solo veía la punta del iceberg. Bajo la superficie había mucho más hielo.

La voz de Savannah sonó a sus espaldas.

—¿Qué hacéis aquí?

Ambos miraron por encima de hombro. Cassie y Savannah los observaban con curiosidad.

—Estos dos están liados —soltó Caleb de golpe.

Tyler se quedó de piedra un segundo e inmediatamente su puño salió disparado hacia el hombro de su amigo. Y tuvo suerte de que solo le golpeara el hombro porque la idea original era la de estamparle el puño en la cara.

—Lo sabía —repuso Savannah.

Tres pares de ojos se clavaron en ella. Caleb se puso de pie y acortó la distancia que los separaba. Frunció el ceño.

—¿Lo sabías?

Savannah se encogió de hombros.

—¡No! Pero tenía la sospecha.

—¿Y no dices nada?

—¿Qué quieres que diga?

—No sé. Algo. Lo que sea. Porque la que se puso de los nervios cuando supo que había enviado a este imbécil a Lexington a buscarla, fuiste tú. Me volviste loco e hiciste que me comiera la cabeza con todo ese rollo sobre tu mejor amiga y mi mejor amigo, y lo mal que podía salir todo.

—¿Yo? Fuiste tú el que empezó a flipar cuando le viste el chupetón a Don Semental.

—De eso nada, nena.

—¡¿Le contaste eso?! —estalló Tyler.

—Puede que lo mencionara de pasada.

Savannah resopló.

—Caleb, si me hubieras prestado solo un poquito de atención, sabrías que lo que me preocupa es que otro idiota, que se las da de chico malo, le rompa el corazón a mi mejor amiga. Y en ese sentido, Tyler es una apuesta segura. ¡No te enfades, Ty!

—Tranquila —exclamó Tyler con tono mordaz.

Savannah continuó:

—Te lo expliqué cuando le organicé la cita con Lincoln.

Caleb soltó un gruñido. Con las manos en las caderas dio un paso hacia ella.

—Pues si te hubieras explicado mejor, yo no me habría vuelto medio majareta amenazando a este capullo para que no se acerque a la psicópata de tu amiga. —Miró a Cassie con una disculpa escrita en la cara—. No te ofendas, nena.

—Sin problema. Me llaman así todos los días.

Savannah lanzó un grito de frustración al aire y miró a su amiga.

—¿De verdad estáis juntos y no me lo has dicho?

—¡No estamos juntos, Savie!

—Solo somos amigos —intervino Tyler a punto de perder la paciencia. Aquella situación era surrealista.

—Son *follamigos* —dijo Matt como si nada, escondiendo una risita.

Tyler alzó la cabeza y se percató de que ya no se encontraban solo ellos. Matt, Kim, Jace y Sally se habían convertido en público de aquel circo.

«¡Genial, ya estamos todos», pensó.

—Tienes suerte de que sea tu cumpleaños, porque si no te partiría esa jeta —le espetó Tyler.

Cassie estaba a punto de consumirse en su propia irritación y vergüenza.

—Esto es humillante —dijo enfadada y, dándoles la espalda, se alejó calle abajo.

—Cass, ¿adónde vas? —inquirió Savannah.

—Necesito aire. Y que alguien me mate —farfulló para sí misma.

18

—*P*ero ¿qué demonios os pasa? —explotó Tyler—. Estáis mal de la cabeza, todos. Una cosa es ser amigos y la otra que metáis las narices en asuntos que ni os van ni os vienen. —No dejaba de moverse de un lado a otro. En ese momento su sangre era lava—. Sois... sois... ¡Qué os den! ¡A todos!

Subió a su coche, aparcado al otro lado de la calle, y se puso en marcha. No tardó en alcanzar a Cassie, que caminaba con paso rápido con su teléfono en la mano. Se sentía mal por haberla presionado para que acudiera a la fiesta esa noche, pero tampoco imaginaba que su extraña relación acabaría convertida en una especie de *reality show*.

—Cassie, sube al coche —dijo cuando se detuvo a su lado.

Ella negó con la cabeza y continuó andando.

—Quiero estar sola. No tengo ganas de ver a nadie ni de hablar con nadie.

—Yo no soy nadie. Y este barrio no es muy seguro si no sabes a dónde vas y no conoces a la gente. Sube, por favor.

Cassie se detuvo en medio de la acera y lo miró con mala cara.

Tyler suspiró y alzó la vista al techo del coche.

—Puedo obligarte a subir —dijo como si nada.

—Pero no lo harás.

—No. Porque soy un tipo estupendo. Y porque podrías zurrarme. Aunque eso me pone cachondo, así que no sé yo...

Cassie sonrió y el enfado que sentía empezó a remitir un poco. Se lo quedó mirando y él le sostuvo la mirada todo ese tiempo.

—Estoy cabreada, Ty. Eso de antes ha sido muy humillante.

—¡Qué me vas a contar!

—¿Tus amigos siempre son así?

—Como un grano en el culo. Pero en su favor tengo que decir que no lo hacen con mala intención. Puede que no te lo creas, pero eso de antes era preocupación por nosotros. Y no te olvides de que Savannah también estaba ahí.

—¿Y ahora qué? —preguntó Cassie.

—¿Y estamos hablando de…?

—De ti, de mí y de este secreto que ya no lo es.

La sonrisa se borró de la cara de Tyler y apoyó la cabeza en el asiento con gesto cansado.

—¿Qué pasa, que lo que te ponía era que nadie lo supiera? Si quieres terminar, me parece bien. No te voy a presionar para que continúes viéndote conmigo.

—Para tu información, no lo decía solo por mí, sino también por ti —replicó Cassie con un atisbo de exasperación.

Tyler la miró de reojo.

—¿Por mí? —rompió a reír—. Cass, tengo veintitrés años. A estas alturas me importa una mierda lo que piensen los demás. Vivo mi vida como me da la gana y no necesito el permiso de nadie. Secreto o no, pasar de ti es lo último que tengo en la cabeza. ¿Tú quieres dejarlo?

—Creo que no.

—¿Crees? Menudo entusiasmo.

Cassie inspiró hondo.

—No quiero dejarlo, aún no —admitió con la boca pequeña.

Tyler suspiró mientras se la comía con los ojos y una sonrisa juguetona bailó en sus labios. Le resultaba difícil no quedarse embelesado con ella.

—Sube al coche, Cass. Vamos a dar una vuelta y a olvidarnos de lo que ha pasado.

Ella negó con la cabeza.

—Estoy tan enfadada que… —Hizo un mohín—. Solo quiero ir a casa. En serio, no estoy de humor para otra cosa.

Él pareció meditar su respuesta y aceptó con un gesto.

—Pues a casa. Sube.

Cassie rodeó el coche y subió. Sin decir una palabra se puso el cinturón y se acomodó en el asiento con la cabeza contra el cristal y las manos en el regazo. Tyler no hizo ningún intento por entablar conversación, cosa que le agradeció. Con él tenía la sensación de que siempre sabía cuándo necesitaba espacio, como si conociera sus límites y pudiera anticiparse a ellos.

Notó su mano grande y caliente deslizándose entre las suyas y dejó que entrelazara los dedos con los de ella. ¡Vaya, eso también lo había adivinado! La dejó allí mientras conducía, acariciando con el pulgar la palma de su mano, con el ronroneo del motor como único sonido.

Sumida en sus pensamientos, perdidos e inseguros, dejó de prestar atención a lo que ocurría fuera de su cabeza. Al cabo de unos minutos, Cassie se enderezó en el asiento y miró a su alrededor con el ceño fruncido al darse cuenta de dónde se encontraban.

—Te dije que quería ir a casa.

Tyler paró el coche y se giró hacia ella.

—Sí, pero no especificaste mucho más.

—Pero se sobrentiende que me refería a mi casa, no a la tuya.

Él se encogió de hombros y sonrió.

—La próxima vez sé un poco más concreta. Soy un tío, no leo entre líneas. Si me dices que te alcance la luna, te aseguro que no pensaré en algo romántico. Probablemente saldré corriendo a la NASA a robar una puta nave espacial.

Cassie se quedó sin palabras, con los ojos clavados en su cara. De golpe, se le escapó la risa. Una carcajada corta y estridente. A él se le dibujaron hoyuelos en las mejillas y alargó la mano para tirarle de una de las trenzas. Sí, era bastante capullo, arrogante y engreído, con mal genio. Pero también podía ser paciente, dulce y cariñoso.

Tyler no era lo que aparentaba. A pesar de lo duro que se empeñaba en parecer y de cómo se mostraba ante el resto del mundo, con ella estaba revelando una parte de sí mismo totalmente diferente. Poseía muchas facetas que estaban cambiando la percepción que Cassie tenía sobre él y, sin pretenderlo, el chico había empezado a arañar su superficie abriéndose paso a su corazón.

Lo contempló sin ningún reparo. Le gustaba cómo le quedaban esos pantalones cargo marrones y el modo en que la camiseta negra sin mangas se le ceñía al cuerpo, dejando a la vista sus brazos tatuados. El pelo le había crecido un poco y las puntas se le disparaban en todas direcciones. Si lo dejara crecer, probablemente se le rizaría.

Notó un cosquilleo de anticipación en el estómago, que se fue extendiendo por el resto de su cuerpo. Un golpe de calor le calentó las mejillas y le aceleró la respiración. La mirada de él se posó en sus labios y los entreabrió sin darse cuenta.

La atracción que sentía por Tyler no podía ser sana. Sus ojos traviesos sobre su cuerpo tenían el poder de licuarle las entrañas y convertir su cerebro en gelatina. Como en ese preciso instante.

Dejándose llevar por todas esas sensaciones, soltó el cinturón y se encaramó sobre él hasta sentarse a horcajadas en sus caderas. Tyler alzó una ceja, sorprendido, y sus ojos brillaron al contemplarla. Cassie le cogió el rostro entre las manos y le dio un beso. Y otro. Y después otro. Y otro más. Cada vez más intensos, más hambrientos. Le rozó los labios con la lengua y la de él salió a su encuentro, mientras sus grandes manos se deslizaban por sus muslos, abriéndose camino por debajo del vestido hasta sus nalgas.

—Me encanta este vestido —dijo Tyler pegado a su boca.

Como respuesta recibió una protesta ansiosa que le hizo sonreír. Le encantaba su seguridad, la naturalidad con la que reaccionaba, y se volvía loco de remate cuando era ella la que tomaba la iniciativa.

Acarició la curva de su trasero y siguió con las palmas de las manos la suavidad de la parte baja de su espalda hasta sus costados. Ella se contoneó, buscando una posición más cómoda, y sus caderas salieron a su encuentro con vida propia. Se estremeció cuando notó sus suaves manos colándose por debajo de la camiseta y sus dedos trazaron el contorno de su estómago hasta el botón de los pantalones. ¡Joder! Vale, aquello no era solo una vuelta por la primera base.

—Cassie, espera —jadeó, apretándola contra su pecho, de modo que sus manos quedaron aprisionadas entre ellos sin posibilidad de moverse—. Como mi vecino se asome a la ventana, va a flipar con el canal de porno en vivo.

Ella alzó la cabeza y lo miró. Una preciosa sonrisa se extendió por su cara.

—¿Tyler tímido? No te pega —murmuró mientras dejaba un reguero de besitos por su mandíbula. Sonrió y clavó sus ojos en los de él—. Creía que hacerlo en este coche sería algo así como una fantasía para ti.

Tyler se quedó sin aliento. Ella había dado en el clavo y su sistema nervioso reaccionó con una sacudida de excitación al darse cuenta de hasta qué punto sus cuerpos y sus mentes encajaban. Cassie se inclinó y le rozó los labios con los suyos de un modo suave, inocente y fugaz. Su cándida mirada se posó en él. ¿Por qué cojones tenía que ser tan sexy? Ella inspiró y sus pechos se aplastaron contra su camiseta, y en ese momento todos sus buenos pensamientos desaparecieron bajo una densa bruma de deseo.

Encendió el motor, metió la marcha atrás y aceleró, con el rabillo del ojo en el retrovisor izquierdo. El coche fue engullido por la oscuridad absoluta que proporcionaba la casa. Paró el motor y con una mano movió el asiento buscando más espacio. A Cassie se le escapó una risita y ese sonido logró que sus pulsaciones se triplicaran bombeando sangre en todas direcciones.

Alzó el mentón, rodeando su nuca con la mano, y la atrajo hasta que sus alientos de mezclaron con un beso firme e insistente. Deslizó la lengua por sus labios, los lamió y mordió, y después entró dentro de su boca. Esta vez dejó que sus dedos alcanzaran el botón de sus pantalones y elevó las caderas con ella encima para bajarlos con un par de tirones.

Cassie cerró los ojos con fuerza y se perdió en la avalancha de sensaciones que sacudió su cuerpo. Tyler trazó una espiral de besos húmedos desde su barbilla hasta su garganta. Subió las manos por sus brazos, acarició sus hombros y las deslizó por su pecho, arrastrando con ellas el vestido hasta su estómago. Gimió al ver que no llevaba sujetador. La acarició, despacio, pero el anhelo hormigueaba entre ellos ardiente y pesado, y sus movimientos se volvieron erráticos y febriles.

Ella pensaba que era imposible desearlo más, pero se equivocaba. Cada encuentro superaba al anterior.

Tyler buscó a tientas el condón que llevaba en el bolsillo. Lo rasgó con los dedos y ella lo ayudó a colocarlo. Hubo algo especial y muy íntimo en ese gesto compartido, que tocó un punto secreto dentro de su corazón. Nada que hubiera imaginado se parecía, ni remotamente, a la realidad que estaba viviendo dentro de aquel coche. La plenitud absoluta de sus cuerpos unidos le arrancó el aliento del pecho. Y tuvo una revelación. Ese cuerpo suave y tembloroso que descendía sobre él envolviéndolo con una lentitud agónica había sido creado para complementar el suyo.

Se miraron a los ojos, respirándose el uno al otro con las frentes unidas. Las manos de Cassie extendidas sobre el pecho de Tyler, con los dedos crispados por la tensión que se concentraba en sus músculos. Las de Tyler sosteniéndola por las caderas, guiando sus movimientos con un ritmo lento y picante, a juego con los sonidos que escapaban de su garganta. Tenían la piel húmeda por el sudor, mientras sus cuerpos se deslizaban, se rozaban, se fundían.

Las manos de Tyler marcaron un nuevo ritmo, más rápido, más intenso, más desesperado. Estaban cerca. Muy, muy cerca.

—Jodidamente perfecta. Así eres tú, jodidamente perfecta —susurró con la voz ronca, inundada de placer.

Cassie se arqueó contra él y su cuerpo se deshizo con una explosión. Su estremecimiento arrastró con ella a Tyler que comenzó a temblar en su interior. Sus ojos conectados todo el tiempo, sin perder el contacto en ningún momento.

Tyler abrazó a Cassie contra su pecho creyendo que se ahogaba. Notaba algo filtrándose en su interior y sintió miedo al descubrir que era ella colándose por cada una de sus grietas. Tenía el corazón roto pero no muerto y ahora latía como nunca lo había hecho. Enredó los dedos en su pelo y la besó en la frente.

La cosa se complicaba. Se suponía que no iba a complicarse, pero después de todo no era tan duro como creía, no respecto a Cassie. La deseaba como nunca había deseado a nadie, pero se repitió a sí mismo que no se enamoraría de ella. Él no se enamoraba ni lo haría jamás. No tenía nada que ofrecer.

«Acaba con esto. Ya», pensó.

Notó un besito en el cuello.

«Unos días más. Solo unos días más», dijo una voz en su cabeza.

*E*l viernes por la tarde, Caleb pasó por el taller para hablar con Tyler. Tras volver a disculparse por haber sido un capullo, le explicó que todo el grupo había quedado en el Shooter y quería asegurarse de que él también iría. Pero Tyler no estaba preparado ni de humor para enfrentarse a sus amigos, tras todo lo ocurrido durante el cumpleaños de Matt. Una broma más sobre *follamigos* y acabaría asesinando a alguien.

En cuanto Caleb se marchó, Tyler le envió un mensaje a Cassie contándole los planes de sus amigos, pero que él pasaba de la reunión. Esa misma noche, horas más tarde, ella apareció en su casa con una bolsa de comida china y un DVD.

Jamás lo admitiría, pero se había puesto de los nervios dando vueltas por la casa como un león enjaulado, mientras la imaginaba en ese antro bebiendo y riendo con algún otro tío. Así que, cuando el timbre sonó y la encontró en su puerta agitando la edición limitada de *Pacific Rim*, su primera reacción fue sentirse feliz. Puñeteramente feliz. Fue una sensación extraña para él. Aunque no tenía intención de analizarlo.

No le costó convencerla para que se quedara a dormir. Y despertar con ella apretujada contra su pecho fue otro momento que le hizo sentirse reconfortado y expuesto al mismo tiempo.

—¡*T*en cuidado con la oreja! —exclamó Tyler, dando un respingo.

—Ni siquiera me he acercado a tu oreja —replicó Cassie.

Con la punta de la lengua entre los labios, Cassie volvió a deslizar la maquinilla por la mandíbula de Tyler, dejando a su paso un surco entre la espuma de piel lisa y suave. Sentada sobre la encimera del lavabo, se movió hasta que la mitad de su trasero quedó suspendido en el aire. Inclinó la cabeza hacia un lado y contempló su trabajo.

Tyler se removió entre sus piernas y se miró en el espejo. Dios, no sabía qué locura lo había empujado a dejar que ella le afeitase la barba. Al principio, verla medio desnuda con un bote de espuma en la mano le había parecido sexy. Ahora temblaba bajo sus movimientos inexpertos e indecisos.

—No te muevas —susurró ella mientras bajaba la hoja por su cuello.

Tyler dio un saltito al sentir una punzada de dolor.

—¿Me has cortado?

—No te he cortado. Tenías un granito pequeñito, pequeñito, casi invisible.

—¿Tenía? —inquirió él con los ojos muy abiertos intentando ver su reflejo.

—Sí, ya no lo tienes —dijo Cassie con su mirada más inocente.

—¿Eso es sangre?

—¡No! Bueno, quizá un poquito. ¿Tienes una tirita?

Tyler la fulminó con la mirada e intentó quitarle la maquinilla, pero ella se estiró y retorció evitando que la cogiera.

—Venga, no seas gallina. Es divertido.

—Sí, divertido para el que tortura —farfulló él—. Recuérdame por qué te estoy dejando hacer esto.

—Porque arañas y me destrozas la piel cada vez que me besas. Y no voy a dejar que te me acerques hasta que todo eso desaparezca de tu cara.

—Pues yo podría decir lo mismo de tus piernas.

Cassie frunció el ceño y le dio un empujón.

—Eso no es verdad. Mis piernas están perfectas —repuso mientras levantaba una sobre la encimera y la inspeccionaba, deslizando los dedos desde el tobillo a la rodilla.

Tyler sonrió mientras la contemplaba desde todos los ángulos, gracias al espejo del baño. Estaba preciosa y muy sexy con una de sus camisetas. Le apartó un mechón húmedo de la cara y le rozó la nariz con la yema del dedo. Con la otra mano le acarició el muslo.

—Es broma. Tus piernas están perfectas.

La cogió por las rodillas y las llevó hasta sus caderas, después sus manos ascendieron por sus muslos y tiró de su cuerpo hasta encajar entre sus piernas. Ella entornó los ojos de forma coqueta, mientras se inclinaba hacia atrás pegándose a él. Tyler notó que se derretía y que su cuerpo volvía a despertar. Solo tenía que dejar caer la toalla que cubría sus caderas y… Dios, no hacía ni media hora que lo habían hecho en la ducha y ya estaba pensando en otro asalto.

Se inclinó hasta quedar a su altura y clavó sus ojos en los de ella.

—Venga, acaba con esto antes de que me arrepienta.

Cassie sonrió de oreja a oreja y deslizó la maquinilla por su cara hasta que eliminó todo el vello rubio que la cubría. Después le limpió los restos de espuma con una toalla y le acarició las mejillas con las manos.

—¡Como el culito de un bebé!

Tyler puso los ojos en blanco y, sin darle tiempo a reaccionar, la levantó de la encimera y cargó con ella hasta el dormitorio. La lanzó sobre la cama, literalmente, y saltó sobre su cuerpo mientras rebotaba y gritaba como loca.

—¡Pero mira que eres bruto!

—Acabas de decir que soy un caraculo. Te has ganado un par de azotes, nena —replicó al tiempo que le daba la vuelta y la ponía boca abajo.

Cassie intentó resistirse, pero él era mucho más fuerte y con una sola mano logró mantenerla inmóvil mientras levantaba la otra. Sus ojos se abrieron como platos.

—¿No serás capaz? —gritó entre risas nerviosas.

Un azote fue la respuesta. No le dolió, solo picaba un poco. No sabía si enfadarse o reír con ganas. No tuvo tiempo de decidir, ya que un mordisco en la nalga le arrancó otro grito. Lo miró por encima del hombro y él sonrió, perverso y seductor. Esa sonrisa casi la funde en la cama. Le encantaba el Tyler juguetón.

Horas más tarde, Cassie despertó con una incómoda sensación ascendiendo de manera perezosa por su estómago. Tenía hambre. Saltó de la cama vacía y bajó las escaleras en busca de Tyler. Como casi siempre, lo encontró leyendo en el sofá, vistiendo tan solo unos cómodos pantalones cortos. Tenía una lamparita encendida junto a la cabeza y la sala estaba en penumbra.

—¿Qué hora es?

Él levantó los ojos del libro y le echó un vistazo al reloj.

—Casi las nueve. Llevas toda la tarde durmiendo.

—Tengo hambre.

Tyler se enderezó en el sofá y se masajeó el puente de la nariz.

—¿Te apetece salir? Lo digo porque en la nevera no hay gran cosa.

Cassie se acercó y se recostó a su lado, echándole un vistazo descarado a su pecho desnudo y a las costillas tatuadas que exhibía. Deslizó los dedos por los símbolos orientales que ocupaban ese costado y acabó acurrucándose bajo su brazo.

—No tengo nada que ponerme, solo la ropa que llevaba ayer.

—Podemos pedir comida —sugirió él mientras le plantaba un beso en el pelo.

—¿Pizza?

—Lo que tú quieras.

—¿Te das cuenta de que no salimos de aquí? Parecemos dos ermitaños.

—¿Quieres ir a alguna otra parte?

—No, la verdad es que no. Me gusta estar aquí —confesó ella.

Tyler agarró el teléfono y pidió una pizza a un restaurante cercano. Veinte minutos después estaban sentados en el suelo, con la caja entre los dos, mientras veían un episodio de *Fast N' Loud*. Tyler le contó a Cassie que ese era su sueño, un taller dedicado exclusivamente a la restauración de motos y coches clásicos.

Le explicó que había un buen mercado para algo así y que con instinto y el dinero suficiente para una inversión inicial, podría conseguirlo en menos de dos años. Ya tenía la experiencia y los conocimientos, sin contar con el don natural con el que había nacido. Cuando dijo que lo que corría por sus venas era gasolina y no sangre, ella se echó a reír con ganas.

Cassie lo escuchaba embobada. Hablaba con tanta pasión que era imposible no hacerlo. No era habitual verlo tan entusiasmado, con ese brillo en los ojos y esa sonrisa que le hacía parecer un niño el día de Navidad. También le habló de la propuesta que le había hecho a Caleb y lo mucho que le apetecía que pudieran convertirse en socios.

—Espero que Caleb decida quedarse —dijo Tyler con un suspiro.

—Seguro que puedes convencerlo. Eres su mejor amigo y en Vancouver no hay nada que lo ate.

—Eso pienso.

Se miraron durante un segundo y se sonrieron con gesto somnoliento, saciados. Los ojos de Cassie volvieron a perderse en los tatuajes que decoraban su cuerpo. Cada vez se sentía más fascinada por ellos.

—¿Qué significan?

—¿Por qué das por hecho que significan algo?

—Porque empiezo a conocerte y no eres de los que dejan cosas al azar —respondió mientras apartaba la caja a un lado y se sentaba en su regazo con las rodillas a ambos lados de sus piernas.

Tyler le sostuvo la mirada. Lo intimidaba la facilidad con la que Cassie leía en él y, en cierto modo, le molestaba que pudiera profundizar de ese modo en su interior. Pero ella era avispada e inteligente y habían pasado muchos días juntos; que empezaran a conocerse el uno al otro solo era cuestión de tiempo.

Él también empezaba a conocerla.

Sintió un vuelco en el estómago. Llevaba años protegiéndose de cualquier apego a una chica, pero allí estaba, acercándose peligrosamente a una que podría ponerlo de rodillas si no se andaba con cuidado.

Inspiró hondo y se miró el torso.

—Los tatuajes son una forma de hablar —empezó a decir él—. Cuentan cosas. Hablan de personas, de sentimientos, de momentos importantes. Muestran al mundo aquello de lo que te sientes orgulloso. O hablan de lo que necesitamos decir y no podemos. A veces, encontrar las palabras para expresar ciertas cosas no es fácil, pero un tatuaje puede desnudar tu alma y mostrar lo que sientes mejor que cualquier declaración. ¿Entiendes lo que quiero decir?

—Sí. Tiene sentido.

—Si te fijas un poco, eres capaz de descubrir qué personas se tatúan para poder expresarse y cuáles son solo unos gilipollas.

Cassie se echó a reír y con un dedo rozó el lobo que él llevaba en su hombro.

—¿Qué dice este?

—Este habla de amistad, de lealtad, de confianza…

—¿Y estos? —inquirió, acariciando los símbolos orientales de su costado.

—Estos representan a mi familia: mi padre, mi madre, mi hermano…

Lo miró a los ojos.

—¿Quién es el cuarto símbolo?

Tyler apretó los dientes y un tic tensó su mandíbula. Pensar en Jackson siempre le dolía.

—Yo —mintió.

Cassie deslizó las yemas de sus dedos por su torso y ascendió hasta su cuello. Rozó las alas que tenía a ambos lados del esternón, muy despacio, y después las letras decorativas bajo ellas.

—«Sin alma» —leyó en voz baja. Lo miró a los ojos, tratando ver algo más que lo que estos transmitían—. ¿Y este?

—Una gilipollez.

—A mí no me parece una gilipollez. Quiero decir que… Uno debe sentirse muy mal para tatuarse algo así. ¿Qué te pasó?

Tyler apartó la vista, de pronto inaccesible. Movió la mandíbula, chirriando los dientes. Debería haber visto a dónde conducía esa conversación y haberla evitado. No podía hablar de ese tema, ni tampoco quería. Jamás se lo mencionaba a nadie y no dejaba que nadie se lo mencionara a él; el único con ese privilegio era Caleb, y hacía tiempo que había renunciado a hacerle ver las cosas de otro modo. El corazón se le endureció en el pecho.

—Esto fue la consecuencia de una borrachera, Cass. No le busques un significado, no lo tiene.

La soltó y se puso de pie en cuanto ella se bajó de su regazo.

Cassie, algo aturdida por la rapidez con la que había cambiado el ambiente entre ellos, guardó las distancias. Sonrió para parecer despreocupada, pero la tensión se notaba entre ellos. Algo había pasado y los estaba alejando por momentos.

Lo miró y vio en sus ojos conflicto e indecisión, entre otras muchas emociones. Tras ese tatuaje había una historia, de eso estaba segura, pero decidió no tocar el tema, no era asunto suyo. Tuvo que repetírselo varias veces y recordar que a Tyler solo la unía una relación física. Sí, puede que también fueran amigos, pero no de los que se cuentan sus confidencias y comparten sus secretos y problemas.

—Es tarde, creo que debería irme a casa.

Tyler se frotó la cara, inquieto. Sí, lo mejor sería dejar que se fuera y respirar un poco el uno lejos del otro. Aunque mirándola a los ojos, eso era lo último que quería.

—¿Irte? Aún es pronto, ni siquiera son las once. Vamos a dar una vuelta o un paseo.

—No sé. Estoy aquí desde anoche. Mi madre acabará preocupándose.

Tyler se acercó recuperando su sonrisa y le puso las manos en la cintura. La atrajo hacia sí, otra vez juguetón.

—Pues llámala. Dile que estás con un amigo y que volverás mañana por la noche.

—Como si eso fuese a tranquilizarla.

—Invéntate algo. —Señaló con la cabeza el ordenador portátil que tenía sobre la mesa—. Mañana habrá unas olas alucinantes al sur de

Charleston, en Folly Beach. Se me había ocurrido que podíamos ir. ¡Vamos, quédate!

Y ahí estaba de nuevo esa sonrisa traviesa que dibujaba hoyuelos en su cara. La puñetera sonrisa ante la que Cassie perdía toda su voluntad. Su gesto burlón acabó con el único resquicio de resistencia que le quedaba.

—Vale. Me quedo.

—Genial. Y ahora vamos a dar un paseo.

19

¿*P*odían dos amigos con derecho a roce dar un paseo por la playa, bajo la luz de la luna, cogidos de la mano? Cassie no sabía qué pensar al respecto. No había vivido ninguna otra experiencia con la que pudiera comparar. Solo había tenido una relación de verdad y, para ser sincera consigo misma, se parecía mucho a la que mantenía con Tyler. Apenas pequeños detalles marcaban las diferencias entre una y otra.

Por un momento sintió una punzada de pánico. ¿Y si se estaban engañando a sí mismos y entre ellos había mucho más que lo que pensaban admitir?

—Háblame de él —pidió Tyler de repente.

Cassie se tensó a su lado. Sabía perfectamente a quién se refería.

—¿Por qué?

—Desde la otra noche en casa de Matt, no puedo quitármelo de la cabeza. Savannah parecía muy preocupada por ti, y lo que dijo sobre mí… ¿Qué te hizo ese tío?

—No sé si quiero hablar de eso.

—¿Por qué no?

—Porque nunca hablo de él.

—Siempre hay una primera vez.

Cassie se detuvo y se soltó de su mano, intentando respirar. ¿Por qué demonios había sacado ese tema? No quería hablar de ello. No podía compartir algo así con Tyler. Le estaría abriendo la puerta a su interior y dejarlo entrar no podía ser bueno. Ya estaba lo bastante cerca de ella como para permitirle que acortara esa distancia de seguridad que había fijado.

Tyler le dirigió una cálida sonrisa.

—En algún momento tendrás que contármelo.

Cassie se pasó la lengua por los labios, nerviosa. Pasó un minuto que pareció infinito. Ninguno de los dos se movió. Lo miró a los ojos y por algún motivo sintió el deseo de contárselo. Quizá lo que necesitaba era hablar de él con otra persona, compartir cómo se sentía con alguien diferente. Quizá así empezara a dolerle un poco menos.

Suspiró y se acercó a la orilla. Se quedó mirando el vaivén de las olas durante unos segundos y acabó sentándose en la arena. Tyler se colocó a su lado, con las rodillas dobladas y los brazos descansando sobre ellas. Casi sin darse cuenta, comenzó a hablar sin preámbulos:

—Se llamaba Eric. Por aquel entonces yo acababa de cumplir los diecisiete y él tenía veintiuno. Lo conocí una noche en la que me metí en un buen lío, como casi siempre. —Sonrió para sí misma—. Faltaba un día para Navidad. Yo había ido hasta Fayetteville para pasar las vacaciones con mi padre. Tuve una fuerte discusión con él y me largué de su casa. En aquella época yo no era lo que se dice muy responsable; solucionaba mis problemas del modo equivocado, y acabé en un bar con mi carné falso. Eric trabajaba allí y me cazó enseguida. Se negó a servirme y yo lo mandé educadamente a que le dieran por detrás.

Tyler sonrió y la miró de reojo. Seguro que no había sido tan educada. Ella continuó:

—Busqué otro sitio y acabé en un antro frecuentado por militares de la base de Fort Bragg. Conocí a dos reclutas, eran divertidos y me invitaron a una copa, después a otra, y a otra… Pillé tal pedo que apenas podía andar cuando intenté marcharme de allí bien entrada la madrugada. —Su expresión cambió y empezó a retorcerse los dedos—. Un tipo me abordó a la salida. No tenía buenas intenciones y… Tuve suerte, Eric apareció de repente y me lo quitó de encima. No tenía por qué hacerlo, pero se ocupó de mí. Me llevó a su casa y me cuidó hasta que se me pasó la borrachera. Fue atento y respetuoso en todo momento. Fue muy bueno conmigo. A la mañana siguiente, cuando me recuperé, me llevó a casa de mi padre y nos despedimos sin más.

Su voz se apagó un poco. En sus ojos azules había tristeza mezclada con un aire ensimismado.

—Mi padre estaba furioso conmigo por haber desaparecido toda la noche. Volvimos a discutir y ambos perdimos los papeles. Sin pensar lo que hacía cogí mis cosas y me fui en ese mismo instante. No sé qué me llevó a acabar frente a la casa de Eric, ni de dónde saqué el valor para llamar a su puerta. No lo conocía de nada, pero tampoco conocía otro sitio al que ir y… era Navidad —susurró absorta. Tragó saliva e intentó contener la emoción que teñía sus palabras—. Me dejó quedarme con él. Y un día se convirtió en dos, después en tres, en una semana… No sé en qué momento ocurrió, pero me enamoré de él como jamás pensé que sería posible.

Tyler asintió, las cejas fruncidas con expresión reflexiva. Cassie continuó:

—Eric era distinto a cualquier otra persona que yo hubiera conocido. Él me vio desde el principio, y me refiero a verme de verdad. Yo no iba por buen camino. Estaba a un paso de echarlo todo a perder, mi vida, mi futuro…, pero él lo evitó. Me ayudó a descubrirme a mí misma, a no tener miedo por sentirme diferente de los demás. Me animó a salir de mi zona de seguridad y a vivir de verdad, como yo quería. —Inspiró hondo y soltó el aire muy despacio—. Dejó su trabajo en Fayetteville y consiguió otro muy cerca de aquí para estar conmigo. Durante casi un año todo fue perfecto, pero empecé a darme cuenta de que él no era feliz con su vida, con lo que hacía. Necesitaba cosas muy diferentes a las que podía encontrar aquí. Quería viajar, cruzar el país, desaparecer de todo esto… Hablamos de marcharnos juntos en cuanto yo acabara el instituto. Al principio creí que sería capaz de esperarme, pero Eric no aguantó tanto. Un día me dijo que no podía más, que se marchaba. Me quería, pero este pueblo lo asfixiaba.

Tyler la miró sin saber muy bien qué decir. Se sentía impulsado a continuar tanteándola, ansioso por saber más sobre ese tipo y la relación que habían mantenido. Jamás lo admitiría, pero notaba cierto sabor amargo en la boca del estómago. Si no eran celos, se le parecían bastante.

—¿No volviste a saber de él después de que se fuera?

Cassie negó con un gesto.

—No. Su despedida no fue un hasta pronto. Fue un adiós definitivo. No me pidió que lo esperara, pero sí que continuara con mi vida. El problema es que no he sido capaz de hacerlo. No consigo acercarme a ningún chico lo suficiente como para ver qué pasará. No quiero volver a sentir un amor así por nadie y tampoco creo que pueda. No te mentí, Tyler. En ese sentido no logro funcionar. Me siento rota.

—Él es el amigo que te enseñó a hacer surf y todas esas cosas, ¿verdad?

—Sí. En lugar de acompañarme a un bar a beber y a lamentarme de lo injusta que era la vida, me enseñó que podía desahogarme de otras formas. Pasábamos juntos casi todo el tiempo, veíamos la tele, hablábamos durante horas y salíamos a surfear. Paseábamos por la playa o conducíamos hasta cualquier parte solo para ver una puesta de sol. También podíamos estar días enteros en la cama sin hacer nada, salvo dormir y… Ya sabes.

Y acto seguido se dio cuenta de que todas esas cosas eran las mismas que hacía con Tyler. No supo cómo asimilarlo y lo dejó correr.

—Creo que tienes todo el derecho a sentirte así —dijo él.

—Es posible, pero no es bueno. No sé, dentro de unos meses cumpliré los veintiuno y me siento como si ya hubiera dado todo lo que tenía que dar —replicó frustrada. Apartó la vista de él porque esa parte no esperaba decirla en voz alta.

—Eso no es cierto, Cass. Tienes mucho que ofrecer y estás llena de cosas buenas. El problema es que te han hecho daño y te da miedo que te vuelvan a herir. Te enamoraste de ese tío y lo hiciste de verdad. Es posible que haya sido el amor de tu vida y que no consigas olvidarlo nunca.

—Sé que lo ha sido —susurró Cassie.

Tyler sacudió la cabeza y la miró.

—Pero no puedes quedarte sola por eso. No puedes encerrarte en una burbuja y mantener a todo el mundo alejado. En alguna parte, seguro que hay un tío que está deseando conocerte y se volverá loco por hacerte feliz. Es imposible no hacerlo. Y si no, es que está ciego.

Cassie giró la cabeza. Se encontró con los ojos de Tyler muy cerca de los suyos y la sinceridad que reflejaban fue como un golpe en el estómago. En su mente flotaba una pregunta demasiado evidente, pero en cierto modo conocía la respuesta. No, él no quería ser ese tío dispuesto a volverse loco por ella, y la posibilidad de constatar ese hecho le daba miedo. También la entristecía porque muy en el fondo, si tenía el valor de mirar tan adentro, una parte de ella deseaba que lo fuese.

¡Dios, no podía enamorarse de Tyler, no podía!

—Me parezco a él, ¿verdad? Te recuerdo a ese tío. ¿Por eso te acuestas conmigo? —soltó Tyler de repente.

Se le revolvió el estómago. Le jodía ser un puto sustituto y le jodía aún más enfadarse por ello cuando no quería ser nada más significativo que un polvo. Estaba hecho un lío.

—¿Qué? ¡No! —exclamó Cassie con el corazón en la garganta.

—¿No? —la cuestionó él.

Cassie clavó la vista en el océano y meditó su respuesta un momento.

—Sí, te pareces a él, pero no físicamente. Es tu forma de ser, tu carácter, lo que haces y cómo lo haces. No sé, en ese sentido os parecéis un poco. Puede que sea esa actitud de todo-me-importa-una-mierda. Pero no estoy contigo porque en ti intente verlo a él.

Se frotó las piernas desnudas con nerviosismo y se puso de pie. Mantener esa conversación no había sido buena idea y necesitaba zanjarla de inmediato.

—¿Y cuál es tu historia? ¿Quién es tu chica?

Tyler apartó la mirada de ella y sus pulsaciones aumentaron a un ritmo endemoniado. Se le cortó la respiración.

—¿Qué chica? —preguntó sin voz.

—La que te rompió.

—No hay ninguna chica.

—No soy idiota, Tyler. No buscas una relación. Eres incapaz de abrirte porque esa parte de ti no funciona. Está rota. Tú mismo lo dijiste.

—¿Y?

—Pues que alguien tuvo que romperla.

Tyler también se puso de pie. Se daba cuenta de la injusticia del momento, pero no podía. De verdad que no podía.

—No quiero hablar de eso, Cassie —se limitó a responder. Seguir negando lo evidente sería como insultarla a la cara y no se lo merecía. Era un cabrón, pero con ella se había prometido a sí mismo ser un poco mejor.

—Yo te he hablado de Eric. He confiado en ti —insistió Cassie.

—Lo sé, pero te juro que no puedo. Siento si esta conversación te ha parecido *quid pro quo* porque no lo es. Te he hecho una pregunta y tú has querido contestar. Ahora eres tú la que ha hecho una pregunta y yo no puedo responderte. Lo siento.

—No es justo.

—Lo sé. Pero no puedo contártelo.

—Pero ¿por qué no puedes?

—Porque no soy capaz de hablar sobre... eso. ¡No puedo!

La mirada de Tyler se volvió más intensa y sus ojos escrutaron el rostro de Cassie buscando su comprensión. No quería herirla. No se trataba de eso. Se acercó a ella y la agarró de los hombros. Quería abrazarla, pero no estaba seguro de si ella se lo permitiría.

—Dime que lo entiendes —la instó con un atisbo de desesperación.

Un miedo inexplicable se estaba apoderando de él. Si ella cortaba por lo sano esa misma noche, estaría en su derecho de hacerlo. Pero ojalá no lo hiciera.

—Lo entiendo —susurró Cassie. Sacudió la cabeza y se abrazó los codos—. Pero no es justo. Ahora me siento expuesta por haberte confiado algo tan personal. Tienes razón, no es *quid pro quo*, pero ser amigos implica confiar. Y yo ahora no confío en ti. —Se encogió de hombros, deshaciéndose de sus manos—. Tengo frío, quiero regresar.

Tyler se pasó los dedos por el pelo, frustrado. Mientras la veía alejarse, pensó que no debería importarle, pero le importaba. Cerró los ojos con fuerza y dio un paso al vacío. No podía hablarle de Jen porque confiarle algo así le resultaba imposible; pero podía ofrecerle algo que también era muy importante para él y que solo su familia sabía.

—Antes te mentí —alzó la voz para que lo oyera. Ella se detuvo y se giró—. El cuarto símbolo... No soy yo.

Cassie frunció el ceño, intrigada.

—Tengo un hermano.

Ella hizo una mueca de disgusto y resopló.

—Ya sé que tienes un hermano.

—No estoy hablando de Derek. Tengo un hermano mayor, se llama Jackson, pero esa es una de las pocas cosas que sé de él.

—¿Por qué?

—Porque me odia.

Cassie notó que el color abandonaba su rostro al escuchar esas tres palabras. Despacio, se acercó a él y lo miró a los ojos confundida.

—¿Por qué iba a odiarte? Es tu hermano.

—No estoy seguro, Cass. La única vez que pude preguntárselo me dio una paliza como única respuesta.

Cassie se llevó las manos a la boca, incapaz de cerrarla.

—Dios mío —susurró.

Tyler se encogió de hombros y esbozó una sonrisa muy triste.

—No fueron los golpes lo que me dolió.

—Ty, no tienes que contármelo si no quieres. Agradezco el gesto, de verdad —empezó a disculparse. Jamás habría imaginado que él guardara algo tan doloroso y no quería ser la culpable de que tuviera que revivirlo—. No es necesario.

Él negó con la cabeza y la cogió de la mano.

—Puedo y quiero contártelo, ¿vale? Necesito demostrarte que puedes confiar en mí. Hay cosas que no creo que pueda explicarte nunca, ni a ti ni a nadie, pero eso no significa que no confíe en ti como amiga.

—Vale —dijo Cassie muy bajito.

Tyler tragó saliva y se tomó un momento para ordenar sus pensamientos.

—Mis padres empezaron a salir cuando solo eran unos críos. Siempre se han querido, pero también han pasado por épocas difíciles. Cuando se graduaron, mi padre se quedó en Port Pleasant trabajando con mi abuelo en el taller y mi madre fue a Clemson con una beca. Estar separados esos tres años no fue fácil y rompieron un par de veces. Una de esas veces, mi padre conoció a una chica. Solo tuvieron un rollo de fin de semana y ella desapareció. Mi madre y él volvieron juntos y se prometieron. Meses después, esa chica apareció embarazada y le dijo a mi padre que el niño era suyo.

Cassie apenas parpadeaba.

—Tuvo que ser toda una sorpresa.

—Imagínatelo. Mis padres planeando su boda y esa mujer se presenta a punto de dar a luz un hijo de mi padre.

—¿Qué pasó? ¿Cómo se lo tomó tu madre?

—Mi padre asumió su responsabilidad y quiso hacerse cargo del bebé. Mi madre también aceptó la situación lo mejor que pudo. Después de todo, ellos no estaban juntos en el momento que mi padre conoció a esa mujer. Siguieron adelante con la boda y se comprometieron a ayudar a esa chica con el bebé. Al principio todo fue bien. Jackson nació y mi padre lo reconoció y le dio su apellido. Pero con el tiempo las cosas cambiaron.

—¿Qué ocurrió?

—Que esa mujer quería algo más que un padre para su hijo; también quería un marido. Así que empezó a chantajearlo con el niño, pero mi padre no cedió. Abandonar a mi madre no era una opción. Esa mujer cumplió sus amenazas y desapareció con él. Seis años después regresó. En cuanto mi padre averiguó que estaba de nuevo en Port Pleasant, hizo todo lo posible para ver a Jackson y que yo pudiera conocerlo. No hubo manera. No quería saber nada de nosotros. Le habían llenado la cabeza de ideas disparatadas y tenía miedo a mi padre. Con los años ese miedo se transformó en odio hacia todos nosotros, supongo que alimentado por su madre.

—Pero ¿no hubo forma de que pudierais contarle la verdad? —preguntó Cassie, consternada por la historia.

—Mi padre lo intentó, pero él lo culpaba de no quererlo y de haberse buscado otra familia. Y Jackson nos odiaba a mi hermano y a mí por ser esa familia por la que creía que lo había abandonado. Después, su madre y él volvieron a desaparecer.

—Es una locura —susurró Cassie.

Tyler sonrió sin que ese gesto llegara a sus ojos. Se encogió de hombros.

—¿Sabes lo que fue crecer sabiendo que tenía un hermano mayor que no quería conocerme? —Tomó aire y clavó la vista en el océano—. El día que cumplí cinco años, mi padre me llevó a una juguetería. Íbamos a comprar mi primer Hot Wheels para coleccionar. Cuando salíamos de la tienda vimos un niño al otro lado de la calle que nos miraba. Mi padre me dijo que ese niño era Jackson y que era mi hermano. Yo… levanté la mano y lo saludé. Él no se movió, se quedó allí parado mirándome fijamente y después se fue corriendo.

—Debió de ser un *shock* para ti.

Tyler no parpadeaba, como si se hubiera quedado atrapado en algún recuerdo.

—Nunca olvidaré la cara de mi padre. Jamás he visto a nadie sufrir de ese modo. Y fue mucho peor cuando tiempo después supo que se hacía llamar por el apellido de su madre para que nadie lo relacionara con nosotros. Para él ha sido un infierno no poder cuidar de su hijo, saber que lo desprecia. Y, en cierto modo, para Derek y para mí también: Jackson se convirtió en una obsesión. Aún lo es. —Miró a Cassie y esbozó una sonrisa amarga—. Íbamos por ahí preguntando a todo el mundo por él, pero en Port Pleasant nadie parecía conocerlo. Después supimos que su madre y él se marchaban largas temporadas fuera y que apenas se relacionaban con sus vecinos durante los meses que pasaban aquí.

»Yo tenía catorce años cuando volví a verlo. Iba andando por la calle y lo vi entrar en un centro comercial. Lo seguí. Quería hablar con él. Necesitaba decirle muchas cosas y pedirle explicaciones. Lo llamé, se dio la vuelta y me miró. Él sabía quién era yo, lo vi en sus ojos. Aun así me presenté y le pregunté que si podíamos ser amigos y hablar.

El gesto de Cassie cambió y arrugó el ceño, preocupada.

—¿Fue entonces cuando te pegó?

—Sí. Me dio una buena paliza. —Se pasó el dedo por la cicatriz que tenía en la mandíbula—. Me destrozó la cara y me machacó las costillas. No le conté nada a nadie, pero de algún modo mi padre lo adivinó. Aquel día me dijo que debía olvidarme de Jackson, que a esas alturas era imposible que pudiéramos recuperarlo. Me pidió que lo dejara en paz si lo veía de nuevo, porque no soportaba la idea de que sus hijos se pelearan. Solo lo he visto un par de veces después de ese día y, por más que lo he intentado, no he podido olvidarme de él. ¡Joder, es mi hermano mayor! ¡Puede que yo no le importe, pero él a mí sí! La familia no es algo que puedas apartar a un lado y fingir que no existe. Los Kizer no hacemos eso, cuidamos de los nuestros pase lo que pase. Y Jackson, lo quiera o no, es un Kizer.

Cassie notó que un nudo muy apretado le cerraba la garganta. La vehemencia con la que Tyler hablaba de su familia, lo que esos lazos significaban para él, no dejaban de sorprenderla y de apabullarla hasta sentirse un bicho raro. Ella nunca había sentido esas cosas por la suya. En realidad, nunca había sentido que tuviera una familia de verdad. Siempre había estado sola. Se las había arreglado sola.

—¿Dónde está Jackson ahora?

—No lo sé. Este último año he vuelto a ver a su madre por el pueblo y he sentido el impulso de acercarme y preguntarle por él. Pero sé que no me dará ni la hora.

—Lo siento mucho, Ty —dijo Cassie con sinceridad. Deslizó las manos por su cintura y lo abrazó.

Tyler la rodeó con sus brazos y la apretó contra su pecho. Le tomó el rostro con una mano y presionó su boca contra la de ella. Ese beso supuso un alivio para la ansiedad que se había apoderado de él. Volvió a besarla profundamente, sujetándola contra su cuerpo. Cuando trató de retirarse, ella se lo impidió agarrándolo por la camiseta y le rodeó el cuello con los brazos. Deslizó la lengua entre sus labios y sus dedos acariciaron y provocaron su piel bajo la blusa. La sintió arder en cada sitio que la tocaba y su propio cuerpo se excitó incapaz de resistirse a ella.

En su interior empezó a crecer una sensación de angustia. Algo no iba bien. Algo no estaba bien, pero no sabía qué. Lo que sí sabía, de lo que sí se daba cuenta, era que estaba permitiendo que Cassie se acercara demasiado. Que estaba rompiendo otra de sus reglas. Y que le iba a costar lo indecible dejarla marchar cuando llegara ese momento.

20

Cassie suspiró mientras el agua caliente resbalaba por su cuerpo y aliviaba la tirantez de su espalda. Pero no se llevó la tensión y la preocupación que sentía en el pecho.

Las confidencias del sábado por la noche habían creado un nuevo vínculo entre Tyler y ella. La pared de cristal que los separaba cada vez era más frágil y corría el riesgo de romperse. La asustaba lo que comenzaba a sentir por él, lo que jamás pensó que podría volver a sentir por nadie. Y se odió por ello, porque la idea de estar lejos de Tyler empezaba a inquietarla.

«Menuda mierda», pensó. Era lo último que le faltaba, volver a enamorarse de un chico con problemas.

Salió de la ducha rodeada de una nube de vapor. Se envolvió en una toalla y contempló su reflejo desdibujado en el espejo. Sintió náuseas al darse cuenta de que había comenzado a contar los días que faltaban para su regreso a Lexington, solo que esta vez no era porque ansiara volver.

El tiempo se le escurría entre los dedos. Parecía que solo hubieran pasado unas horas desde que estuvo en Folly Beach con él, pero habían transcurrido varios días; y ese fin de semana se celebraría la fiesta de compromiso de Caleb y Savannah. El sábado por la noche tendría lugar el gran acontecimiento.

«Tengo que ir a buscar el vestido», pensó mientras se desenredaba el pelo.

Su teléfono sonó en la habitación y, ciñendo la toalla a su pecho, fue a buscarlo. Se le aceleró el pulso al ver que se trataba de Tyler.

Abrió el mensaje y lo leyó.

Tyler:
Tengo algo de tiempo libre a mediodía, ¿comemos juntos?

Sus labios se curvaron con una sonrisa.

Cassie:

Sí, podemos comer juntos. ¿Te importa si es por esta zona?

Mi madre necesita que le eche una mano en la galería.

Hay un restaurante asiático en la esquina.

Tyler:

Vale, pero sin sushi. El pescado crudo es para los gatos.

Cassie se rió mientras miraba el teléfono con cara de idiota. Se plantó delante del armario, pensando qué ponerse. Al final se decidió por una falda ajustada y un top blanco que resaltaba el tono dorado de su piel. Se dejó el pelo suelto y se puso un poco de maquillaje.

Se dirigió a la galería sin perder más tiempo.

Encontró a su madre en la sala donde se iba a instalar la nueva exposición. Con el catálogo de las obras que se exhibirían abierto sobre una mesa, ayudaba a Mónica a medir el espacio para su distribución. Bruce también estaba allí y no parecía que tuviera intención de abandonar Port Pleasant en breve. Encontrarlo en casa empezaba a ser algo habitual y también un poco embarazoso, pero su madre parecía feliz con él y Cassie decidió que de momento no era asunto suyo.

—Hola, mamá.

—Hola, cielo. Gracias por venir.

Cassie miró a su alrededor.

—¿Qué tengo que hacer?

—Necesito que nos ayudes a colocar las esculturas. Parece que van a desintegrarse con el más ligero roce. ¿Te ves capaz?

—Sí. No te preocupes.

Se pusieron a trabajar y a la hora del almuerzo la sala lucía un aspecto completamente diferente.

—Son increíbles —dijo Cassie mientras contemplaba las figuras de metal y alambre—. Me recuerdan mucho a la obra de Robin Wright.

—Sí, las influencias son evidentes, también las reminiscencias a Hasan Novrozi.

—¿Y cuántos años dices que tiene el artista?

Su madre miró la biografía que aparecía en el catálogo.

—Veintiuno. Estudia en la Escuela de diseño de Rhode Island. Un amigo que trabaja en el centro me envió algunas fotografías de sus trabajos y vi su potencial. Creo que van a venderse muy bien —comentó risueña. Le echó un vistazo a su reloj de pulsera y suspiró—. La mañana ha pasado volando. Bruce y yo vamos a almorzar en el club, ¿te apetece venir con nosotros?

Cassie negó con un gesto.

—No, gracias. Ya he quedado para comer.

Su madre la estudió con interés.

—¿Cuándo vas a hablarme de él?

—¿De quién? —replicó Cassie a la defensiva.

—Del chico con el que estás saliendo.

—¿Y qué te hace pensar que estoy saliendo con alguien?

—Porque soy tu madre y te conozco, cielo. Nunca duermes en casa, hay un chico. ¿Por qué no lo invitas a venir al Club? Podríamos comer los cuatro juntos y…

—¡No, mamá! Olvídalo. Solo es un amigo, no voy a asustarlo invitándolo a comer con mi madre y mi futuro padrastro.

—¡¿Tu futuro qué?! —exclamó su madre ruborizándose hasta las orejas.

—Mamá, Bruce tiene un estante con sus cosas en tu baño. A mí me parece que vais muy en serio. —Le dio un beso en la mejilla—. De verdad, no me importa. Parece un buen tío. Aunque me pone nerviosa que tenga más cremas que yo.

Su madre rió por lo bajo y lanzó una fugaz mirada a Bruce.

—Es que tiene una piel muy sensible —susurró.

Cassie puso los ojos en blanco y se encaminó a la salida mientras se despedía con la mano.

—Nos vemos dentro de un rato.

Salió a la calle con un sol de justicia. Se detuvo un momento bajo la marquesina del edificio y comprobó sus mensajes.

—¡Vaya, qué sorpresa más agradable!

Cassie giró el cuello y se encontró con Lincoln caminando hacia ella. Trató de disimular su fastidio con una leve sonrisa. No le apetecía nada hablar con él en ese momento.

—Hola, Lincoln. ¿Qué tal?

—De maravilla. ¿Y tú?

—Bien, gracias —respondió mientras se apartaba de la cara un mechón de pelo que no dejaba de revolotear por la brisa.

Lincoln le echó un vistazo a la puerta de la galería y se fijó de nuevo en Cassie.

—¿Cómo está tu madre?

—Lleva unos días bastante ocupada organizando una nueva exposición. Ha encontrado a un escultor emergente con mucho talento. Mañana será la presentación.

—¡Eso es genial! Se lo diré a mis padres por si les apetece venir. El otro día me comentaban que estaban buscando algo original para decorar el nuevo solárium.

—Es posible que lo encuentre. Hay algunas piezas interesantes —respondió Cassie. Embutió las manos en los bolsillos de su falda, un poco incómoda por la conversación. Lincoln era un buen chico y le caía bien, pero no tenían mucho en común.

—No me has llamado —dijo él de repente, un poco más serio.

Cassie lo miró a los ojos y se sintió violenta bajo su escrutinio.

—Lincoln, yo…

*T*yler dobló la esquina y lo primero que vio fue a Cassie hablando con un tipo engominado que vestía ropa cara. Tenía ese aire de puto caballero andante, elegante y sofisticado, a juego con una sonrisa perfecta. Viendo su pinta, seguro que sus padres eran muy ricos, estudiaba Medicina y se dedicaba a salvar focas durante las vacaciones de verano y osos polares en Navidad.

Se detuvo junto al restaurante donde había quedado con Cassie, con la vista clavada en ellos. El tipo no dejaba de sonreír y buscaba el modo de acercarse a ella y tocarla. Aquello le hizo pasar del fastidio inicial al cabreo porque era imposible no ver lo bien que Cassie encajaba con ese tío.

Los sintió en el pecho sin previo aviso. Celos. Esta vez eran inconfundibles. Y le dolía como si alguien estuviera hundiendo la mano entre sus costillas para arrancarle los pulmones. Estaba celoso, pero no ciego y no era imbécil, y no había que ser muy listo para darse cuenta de que el chico estaba colado por Cassie. Tampoco para ver que a ella le convenía un hombre como él. Alguien como él podría hacerle olvidar a ese capullo que le había roto el corazón, en lugar de recordárselo, como era su caso.

Ni siquiera sabía qué hacía allí, comportándose como un novio resentido. Porque eso era lo que parecían, novios. Se cogían de la mano, salían a comer, se contaban sus secretos y hacían el amor.

Cerró los ojos con fuerza. Aquello era un error, un puto y jodido error. Dio media vuelta y se largó de allí; y en algún momento, mientras regresaba hasta el coche, creyó oír cómo pronunciaban su nombre.

Ya no tenía apetito, por lo que volvió al taller. Allí encontró a su padre y a Caleb, sentados en la parte trasera de una camioneta mientras conversaban y devoraban un par de sándwiches. Les sonrió, fingiendo que por dentro no se sentía de pena, y se unió a ellos. Abrió una cerveza y se la llevó a la boca.

Al cabo de unos minutos, afuera se oyó un fuerte frenazo y el golpe de una puerta al cerrarse. Le siguieron unos pasos y sus ojos se vieron atraídos por unas caderas alucinantes, enfundadas en una falda ajustada, que se movían con un ritmo endemoniado.

Cassie se detuvo frente a Tyler y se apartó el pelo de la cara con un gesto airado. Ni siquiera se molestó en saludar y clavó sus ojos en el idiota al que se moría por abofetear.

—¿Por qué? —le soltó a la cara con rabia. Sentía las mejillas arder y sabía que más tarde se arrepentiría de ese espectáculo, pero estaba harta y necesitaba sacarse de dentro todo lo que sentía—. ¿Por qué, Tyler? ¿Por qué siempre que estamos bien tú te empeñas en estropearlo? Cada vez que logramos entendernos, tú haces o dices algo para fastidiarlo todo. Yo me enfado, tú desapareces, pero luego vienes y me pides perdón. Y como soy tonta de remate, te perdono y vuelta a empezar. ¿Pues sabes qué? Que estoy cansada de esto y no pienso aguantar tus gilipolleces ni un minuto más.

Con las manos en las caderas, resopló y se tragó un par de insultos.

—Se acabó. Esto se termina aquí. Lo último que necesito es un capullo bipolar complicándome la vida.

Dio media vuelta y se alejó con la misma rabia con la que había aparecido.

Tyler se quedó sin palabras. Jamás en su vida había visto a una tía tan cabreada con él y lo primero que pensó fue que estaba guapísima cuando se volvía loca. Pero apartó esa idea de su cabeza y se centró en lo que acababa de ocurrir. Se había portado como un mierda y se sentía aún peor por ello.

—¡Que te den! —la oyó gritar, y después se escuchó un portazo y un motor en marcha.

Giró la cabeza y se topó con las miradas de Caleb y su padre. Caleb estaba haciendo un esfuerzo sobrehumano para no partirse de risa y su padre fruncía el ceño intentando adivinar qué se había perdido.

—¿Esa no es la amiga de…? —empezó a preguntar Drew.

Caleb asintió con una enorme sonrisa, que se hizo más ancha al ver la expresión mortificada de Tyler.

Drew sacudió la cabeza, preocupado.

—¿Qué demonios le has hecho?

Su hijo lo fulminó con la mirada.

—A ti no pienso contártelo.

—Entonces es que has metido la pata hasta el fondo, hijo. ¿Quieres un consejo? Sea lo que sea, pídele perdón y hazlo mientras te arrastras, así no podrá darte una patada en las pelotas cuando te acerques.

A Caleb se le escapó una carcajada ronca que resonó entre las paredes del taller. Empezó a reír con ganas, incapaz de parar mientras Tyler lo fulminaba con la mirada. Drew se rió bajito y después se dirigió a la oficina.

—Intentad no meteros en líos mientras descanso un rato.

Tyler resopló con la sensación de que nada tenía sentido.

—Estaba muy cabreada —le hizo notar Caleb.

Su amigo lo miró con los ojos entornados y le dedicó una sonrisita mordaz.

—Olvídalo. A ti tampoco voy a contártelo. No pienso darte más munición para que puedas joderme.

Caleb se encogió de hombros y le dio un mordisco a su sándwich. Masticó en silencio mientras en su cabeza iniciaba una cuenta atrás.

—La he cagado, ¿vale? —gruñó de golpe Tyler—. Eso es lo que ha pasado, que la he cagado a base de bien. Se suponía que iba a ser fácil, sencillo, que no se iba a complicar… Pero se ha complicado de la hostia.

—Dijiste que podías manejarlo.

—Y lo creía de verdad. Pero en algún momento de los últimos días todo se ha descontrolado.

—¿Cuánto se ha descontrolado?

—Joder, mucho. Me he enredado más de lo que esperaba, más de lo que debía. ¡Y es una mierda!

—Así que por fin te has dado cuenta de que te gusta.

—¡No! Esa loca me gusta desde que la vi por primera vez. Es una preciosidad.

—¿Entonces?

—Me he dado cuenta de que me importa. Pensé que la estaba controlando, pero en algún momento ella pasó a controlarme a mí. ¡Le conté lo de Jackson! Y si me hubiera presionado un poco más, puede que hasta le hubiera hablado de Jen. —Suspiró y se pasó la mano por el esternón como si le doliera el pecho—. Necesito un cigarrillo.

Se acercó a la taquilla donde guardaba sus cosas y rebuscó hasta dar con la cajetilla que escondía allí. Cogió un pitillo, se lo puso entre los labios y lo prendió. Aspiró una profunda bocanada hasta llenar sus pulmones de humo. Le supo a gloria y soltó el aire despacio, saboreándolo.

—¡Cómo lo echaba de menos! —gimió.

—Derek va a matarte.

—Que le den a ese canijo.

Caleb sacudió la cabeza y sonrió de medio lado.

—Nos hemos estado viendo a diario. —Tyler continuó, con la necesidad de sacarse de dentro todo aquello que lo carcomía—. Al principio solo por las noches, en mi casa, y solo nos lo montábamos, pero se quedaba a dormir. Ese fue mi primer error. Nunca dejo que se queden a dormir, Caleb. Es una de mis putas reglas —remarcó alterado.

Dio otra calada y añadió:

—Pero no es la única regla que he roto por su culpa, no. Han sido un montón. Una tras otra. Se ha quedado a desayunar, a comer y a cenar. Hemos pasado días enteros sin salir de casa. Pedimos comida, vemos pelis y hablamos durante horas. Y si eso ya es raro de la hostia en mí, también hemos estado saliendo por ahí. El domingo pasado hicimos surf en Folly Beach y el anterior en Cabo Hatteras. Y tendrías que ver cómo cabalga las olas, es una puta amazona.

—Te tiene impresionado.

—Se me ha metido en la cabeza y nada de lo que pienso tiene sentido.

Caleb asintió y se cruzó de brazos, bastante interesado en el rumbo que estaba tomando aquella conversación. En su cara apareció esa sonrisa de capullo que siempre ponía cuando se las daba de sabelotodo.

—Te has colado como un idiota por ella.

Tyler torció el gesto.

—Vete a la mierda.

Caleb trató de no reírse.

—¿Y por qué se ha cabreado hoy? —preguntó con un gesto burlón.

—Habíamos quedado para comer y, cuando he ido a buscarla, la he encontrado hablando con un tío. Se me han cruzado los cables y me he largado. Porque mi otra opción era acercarme a ese tío y destrozarle su perfecta sonrisa de un puñetazo.

Caleb alzó las cejas incrédulo.

—¡Te has puesto celoso! Tío, te ha dado fuerte.

—¡No me he puesto celoso!

—Lo que tú digas, pero eso ha sido un ataque de celos en toda regla.

Tyler rechinó los dientes y tiró el cigarrillo al suelo. Se había consumido entre sus dedos sin darse cuenta.

—Me he largado porque al verlos juntos me he dado cuenta de que era con ese tío con el que Cassie debía estar. Ese es el tipo de hombre que ella necesita, no yo. No soy bueno para ella, Caleb —confesó contrito—. Antes o después acabaré dándole la patada y tú lo sabes tan bien como yo.

—Pues no se la des. Sigue con ella. Inténtalo y descubre qué pasa.

Tyler le lanzó una mirada suspicaz.

—¿Qué?

—Mira, no hay que ser muy listo para darse cuenta de que Cassie te importa, pero es mucho más que eso. Solo tienes que admitirlo y vivir con ello.

—¿Admitir qué?

—Que te has enamorado de ella, capullo. Por eso te estás volviendo loco. Tú mismo lo has dicho: una a una has roto todas tus reglas, por ella.

—Eso no quiere decir nada —le espetó, alzando la voz sin apenas paciencia.

—Asúmelo, Ty. Tienes corazón y Cassie lo ha encontrado. Te importa, te preocupa y, lo creas o no, la quieres. —Reflexionó un segundo—. Y algo me dice que ella siente lo mismo por ti. Una chica no se cabrea tanto con un tío que no le importa.

Tyler contempló a Caleb como si fuese un bicho raro. Oírlo hablar de ese modo sobre sentimientos y chicas era extraño e incómodo. Aunque no por eso dejaba de tener razón.

¿De verdad se estaba enamorando de Cassie?

No lo sabía porque nunca se había enamorado de nadie; no estaba muy seguro de lo que se sentía. Cuando pensaba en Cassie, las ganas de estar cerca de ella se le hacían insoportables. Siempre estaba dentro de su cabeza, a todas horas. Se inquietaba si la veía preocupada y, en esos momentos, hacerla sonreír se convertía en algo vital. Sabía que haría cualquier cosa que ella le pidiera.

Se pasó la mano por el pelo, como si así pudiera desliar el amasijo de miedos, dudas y deseos en el que se había convertido su cerebro.

La necesitaba. No sabía por qué, pero la necesitaba. Y estaba empezando a asustarse.

—¿Y cómo salgo de esta?

Caleb enarcó una ceja.

—¿Se te ha frito el cerebro? ¿Por qué quieres salir? Cassie es estupenda. La quieres, te quiere, ¿dónde está el puto problema? —Frunció el ceño, leyéndole el pensamiento, y lo apuntó con el dedo a modo de advertencia—. Y no metas a Jen en esto.

Tyler apartó la mirada. Debía ser realista. Las esperanzas eran para otros.

—Tengo que hacerlo. Es por Jen por quien no puedo estar con nadie. Acabaré jodiéndolo todo otra vez.

—Pero ¿y si sale bien? ¿Y si resulta que Cassie es tu princesa?

—No merezco que salga bien, tío. Me equivoqué, fue culpa mía y no puedo vivir como si aquello no hubiera pasado. No es justo que yo tenga la vida que le quité.

—Joder, Tyler. Tú no le quitaste nada a nadie. Sí, pasó y fue una mierda. Pero no fue culpa tuya por mucho que te empeñes en ello. Jen es el pasado y Cassie el futuro. Por primera vez te has enamorado de alguien, ¿de verdad vas a ignorarlo?

Tyler notó que toda la sangre se le amontonaba en la cabeza. Necesitaba tiempo para procesar toda esa mierda.

Caleb se puso de pie y tiró los restos de su almuerzo al cubo de la basura. Se acercó a Tyler y buscó su mirada.

—Cuando me di cuenta de que me había enamorado de Savannah, desaparecí durante quince meses. Estuve a punto de perderla para siempre. Mientras me comía la cabeza y dudaba, e intentaba entender por qué alguien como yo la merecía, podría haber aparecido cualquier otro capullo y me la habría quitado. Ahora, cuando pienso en ello, aún me cago de miedo. No seas idiota, Ty. Has encontrado algo bueno, no te arriesgues a perderlo. —Hizo una pausa y le puso una mano en el hombro. Por fin, Tyler alzó la vista y lo miró a los ojos—. Es cierto, puede que no merezcas una oportunidad así, ¿y qué?

Tyler le sostuvo la mirada. Realmente Caleb creía lo que acababa de decirle e hizo que él quisiera creerlo también.

—Debo irme —dijo Caleb—. El sábado es la jodida fiesta y tengo que recoger un traje. Piensa en lo que hemos hablado, ¿vale?

Tyler se lo quedó mirando mientras se alejaba. En realidad no tenía mucho que pensar. Imaginar a Cassie con otro tío le provocaba instintos homicidas. Que pudiera estar enamorado de ella le hacía sentirse culpable y un completo miserable. Tomara la decisión que tomara, iba a sufrir. Esa era la cruda verdad de la historia. Jamás pensó que enamorarse de alguien podría destrozarlo.

De repente, salió tras Caleb.

—Eres un mierda —le gritó al tiempo que le enseñaba un dedo.

Caleb, con medio cuerpo dentro de su coche, le sonrió divertido.

—«Ojalá se te meta bajo la piel». Eso dijiste, ¿no? ¿Satisfecho?

Su amigo se limitó a reírse con ganas y a entrar en el coche. Tyler regresó adentro y se topó de frente con su padre, que lo miraba con una mezcla de cansancio y pesar.

—Nos has oído —murmuró Tyler.

—Cada palabra.

—Y seguro que tienes algo que decir.

Drew cruzó los brazos sobre el pecho y respiró hondo. Su enorme cuerpo se puso rígido y los músculos de sus brazos tensaron su camisa. Su mera presencia causaba un gran respeto, pero tras su aspecto de tipo duro se escondía un corazón del tamaño de todo el estado. Y con el corazón miraba a Tyler.

—Pensé que no llegaría el día que diría esto, pero... Caleb tiene razón. Si todo lo que ha dicho ese cabeza de chorlito es cierto, te estás comportando como un crío y no como un hombre...

Tyler frunció el ceño, enfadado, y pasó de largo por su lado hacia la oficina.

—Tyler. —La voz de Drew restalló como un látigo y su hijo se detuvo en seco—. No he terminado.

Tyler se giró y enfrentó su mirada, tan cálida y cariñosa que deseó volver a tener cinco años para correr hacia él y enterrarse en su pecho.

—Hijo, si esa chica te importa, ve por ella. No puedes pasarte la vida castigándote por algo que no fue culpa tuya.

—Tú no estuviste allí aquella noche. No sabes lo que hice.

—¿Quién dice que no?

Los ojos de Tyler se abrieron como platos y sus mejillas empezaron a arder. Clavó la vista en el suelo. Su pecho subía y bajaba al ritmo de su respiración, rápida y superficial.

—Tyler, confía en tu viejo. Nadie está diciendo que debas olvidar nada y mucho menos el pasado. Solo tienes que aceptarlo y vivir con él, no por él. ¿Lo entiendes, hijo?

Tyler retuvo un suspiro ahogado, con el que sus ojos amenazaban con humedecerse de un modo algo vergonzoso para un hombre como él. Aquello era demasiado. Volver a oír lo mismo por segunda vez en un mismo día era más de lo que podía soportar.

Por suerte, en la puerta apareció un cliente, y después otro, y más el trabajo que se acumulaba desde hacía días, no tuvo que acabar aquella conversación con su padre.

Mientras quitaba tornillos, cambiaba manguitos y fumaba como si la fuente de la vida estuviera al final de cada cigarrillo, no dejó de darle vueltas a la cabeza. Pensó en todo lo que le había dicho Caleb y en las breves pero sabias palabras que le había dirigido su padre. Después buscó, removió y profundizó en su interior intentando averiguar qué demonios sentía en realidad.

¿La quería? ¿Se había enamorado?

No tenía una respuesta para eso, por momentos creía que sí, y a continuación le parecía la idea más absurda del mundo. Pero sí estaba seguro de una cosa, Cassie era especial, tenía algo a lo que le costaba renunciar, de lo que no podía alejarse. Y eso era justo lo que había hecho al dejarla plantada: renunciar, alejarse y cabrearla mucho.

No soportaba la idea de que estuviera enfadada por su culpa. Sabía que una disculpa no lo arreglaría, pero por algo debía empezar. Cogió el teléfono y la llamó. Apagado.

Cuando llegó la hora de cerrar, ya había perdido la cuenta de las veces que había marcado su número, pero ella continuaba con el puto teléfono apagado. Podría haberle dejado un mensaje, pero lo que tenía que decirle debía ser cara a cara.

¿Y si estaba con el idiota con el que la había visto y por eso pasaba de él? Esa idea lo puso enfermo.

De repente, el teléfono sonó y a punto estuvo de que se le cayera de las manos. Era Derek quien llamaba.

—¿Qué pasa, canijo?

—¿Estás liado?

—Un poco. Estoy cerrando para irme a casa. ¿Necesitas algo?

—No, en realidad eres tú el que necesita algo de mí.

Tyler puso los ojos en blanco y lanzó la cajetilla de tabaco vacía a la papelera.

—Derek, no estoy de humor. Suelta lo que sea.

—Tengo una información que puede interesarte.

—¿Qué información?

—Sobre tu amiga. La rubia que está buena.

—¿Cassie? ¿Y qué sabes tú de ella? —inquirió mosqueado.

—Eso tiene un precio.

—Sí, que no te arranque la cabeza como no empieces a hablar.

—Como si pudieras. Quiero que me prestes el Camaro. Tengo una cita.

A Tyler le entró un ataque de risa. Suspiró y trató de ponerse serio.

—Ni de coña.

—Vale, pues te quedas sin saberlo. Adiós, hermanito.

—¡Espera! —gritó al teléfono. Maldijo por lo bajo y apretó los dientes—. Te dejo la camioneta. El Camaro no es negociable.

—Entonces la quiero todo el fin de semana, incluido el viernes.

La tentación de averiguar qué podía saber sobre Cassie era más grande que cualquier reparo que pudiera tener a dejarle la camioneta.

—Espero por tu bien que merezca la pena... Trato hecho.

—Está aquí, con mamá. Ha venido a recoger un vestido... —A Tyler se le aceleró el pulso mientras Derek seguía hablando—: Me ha ofrecido veinte pavos si me aseguraba de que tú no aparecías por aquí.

—¿Has cogido su pasta?

—No. Sabía que a ti podría sacarte mucho más. ¿Qué le has hecho? Normalmente las chicas me pagan para que las ayude a acercarse a ti.

Tyler apartó con el pie una caja de herramientas y se dirigió al baño para lavarse. Esa era su oportunidad de hablar con ella, ya que continuaba con el teléfono apagado.

—Llenaré el depósito de la camioneta si consigues que no se largue hasta que yo llegue.

Una risita maliciosa se oyó al otro lado del teléfono.

—Vale, y una caja de condones.

Tyler se puso blanco.

—¿Para qué quieres tú una caja de condones?

—Para jugar a los globos. ¿Para qué los usas tú? —le espetó con tono mordaz.

A Tyler se le escapó la risa.

—¿Te da vergüenza comprarlos, canijo?

—¿Hay trato o no?

—Hay trato. Voy para allá.

21

*T*yler cerró el taller y subió al coche como alma que lleva el diablo. El potente motor rugió al enfilar la carretera y la velocidad del Camaro aumentó al mismo ritmo que su nerviosismo. Por dentro estaba completamente acelerado. Tenía el corazón desbocado y la adrenalina se estaba adueñando de su cuerpo. No iba a fingir que no estaba preocupado porque sí, lo estaba. Temía haber jodido su amistad hasta el punto de no poder recuperarla.

Tomó la salida que conducía al barrio, atravesando una calle tras otra hasta adentrarse en la que había crecido. Divisó un Ford blanco aparcado frente a la casa de sus padres y suspiró aliviado, ella aún seguía allí. Frenó bruscamente, apagó el motor y se bajó del coche a toda prisa. Estaba decidido a explicarse y a intentar arreglar todo lo que había estropeado entre ellos.

La encontró en el porche, hablando con su madre, y fue en su busca. Un simple vistazo a su cara le bastó para darse cuenta de que seguía tan cabreada como a mediodía y se odió a sí mismo por ello. La miró de arriba abajo, sin aliento. Se había puesto tan roja como el vestido que llevaba, el mismo vestido que le había quitado dentro de su coche una semana antes. ¡Dios, ya había pasado otra semana!

Derek estaba sentado en los escalones del porche y disimuló una risita mientras le guiñaba un ojo. A Tyler le costó horrores no devolverle la sonrisa. El canijo ya podía apuntarse otro tanto. Era como un dolor de cabeza, pero cuando se trataba de cubrirlo, nunca le fallaba.

Tyler terminó de subir los escalones y se paró junto a ellas, rodeando con el brazo los hombros de su madre. Le dio un beso en la mejilla.

—Hola —saludó, sin apartar los ojos de Cassie. Ella se empeñaba en evitar su mirada.

—¡Qué bien que hayas venido, cariño! —dijo su madre—. El coche de Cassie no arranca. ¿Podrías ver qué le ocurre?

—Claro, sin problema —respondió. Miró a la chica—. ¿Podrías abrir el capó para que le eche un vistazo?

Cassie alzó la vista de sus pies y clavó sus ojos en los de él. Le habría gruñido si su madre no hubiera estado delante, pero se limitó a asentir y a bajar del porche con el cuerpo tan tenso como la cuerda de un violín. Si su suerte empeoraba solo un poco más, probablemente en un par de minutos un meteorito la aplastaría contra el césped.

De primera mano sabía que Tyler no solía aparecer mucho por casa de sus padres, por eso había elegido ese momento para pasarse a buscar el vestido, pero allí estaba él.

Subió al coche y accionó la palanca que abría el capó.

Tyler lo levantó y se inclinó para echar un vistazo. No tardó en ver el problema. Derek había quitado uno de los cables de la batería. Ya podía habérselo trabajado un poco más; si ella hubiera mirado, lo habría visto enseguida. Lo conectó.

—Prueba ahora.

Ella giró la llave y el motor ronroneó.

—Solo era un cable suelto —explicó mientras bajaba el capó.

Cassie lo ignoró adrede. Bajó la ventanilla del copiloto y alzó una mano.

—Adiós, Blair. Gracias por todo.

—De nada, cielo. Nos veremos en la fiesta —respondió la madre de Tyler desde el porche.

Tyler se dio cuenta de que iba a darle esquinazo. De un salto alcanzó la puerta del coche y subió al asiento del copiloto.

—¿Se puede saber qué haces? —le espetó ella con malos modos.

—Tenemos que hablar.

—¡No hay nada que hablar! Bájate del coche. Ya.

—Cass, por favor. Solo dame cinco minutos para que pueda explicarme.

—No.

—Pues no pienso bajarme del coche.

—Pues llamaré a tu madre.

Tyler se repantigó en el asiento y cruzó los brazos sobre el pecho.

—Llámala. Le encantan los dramas.

Cassie lo miró enojada. Algo le decía que no era un farol. Atónita por su comportamiento, se inclinó sobre él y le abrió la puerta.

Tyler la cerró de nuevo. Alzó la mirada al techo del coche y sonrió con aire de suficiencia.

—Habla conmigo y me bajo.

Con un suspiro de exasperación, Cassie salió del aparcamiento a toda velocidad y se alejó rumbo a la Colina. Muy bien, si no quería bajarse del coche, que no lo hiciera. Pero de ningún modo iban a tener esa conversación. Él diría que lo sentía, buscaría mil excusas y ella acabaría cediendo y perdonando sus desplantes. Porque en lo que a Tyler se refería, ella había dejado de ser objetiva.

—Cass... —empezó a decir él con cautela.

La mano de Cassie salió disparada a la radio y la encendió, subiendo a continuación el volumen hasta que resultó molesto. Tyler lo bajó y ella lo volvió a subir mientras lo fulminaba con la mirada.

—Si vuelves a tocarlo te tiro en marcha —lo amenazó.

Tyler apretó los labios para no echarse a reír y dejó caer la cabeza hacia delante. Ya había intuido que le iba a costar llegar hasta ella. Pero ¡joder! estaba completamente desquiciada y así era imposible que dijera nada sin jugarse el pellejo. Se armó de paciencia y la observó conducir. Al cabo de un rato ella detuvo el coche en un centro comercial. Se bajó sin mediar palabra y se dirigió a la entrada con paso rápido.

Tyler la observó con suspicacia, mientras la seguía unos pasos por detrás, preguntándose qué estaría tramando. Y sabía que estaba tramando algo porque empezaba a conocerla muy bien. Una sonrisa de oreja a oreja se dibujó en su cara cuando la vio entrar en una tienda de lencería. Sacudió la cabeza. Buena jugada, pero con él no iba a funcionar. No era de los que se amedrentaban y se ponía colorado ante un expositor de bragas.

Cruzó la puerta y un par de dependientas se fijaron en él. La más alta le sonrió y salió a su encuentro.

—Hola. ¿Puedo ayudarte en algo? ¿Buscas un regalo? ¿Tal vez para tu novia? —dijo con cierto flirteo en la mirada.

—No, gracias. He... —Localizó la cabecita rubia de Cassie perdiéndose tras un cartel enorme con una modelo de Victoria. Le guiñó un ojo a la dependienta—. Ya sé lo que busco.

Se movió entre las mesas y los percheros, donde el encaje y la seda más sexy se mezclaban con el algodón más inocente.

Cassie se asomó con disimulo, intentando divisar la puerta. No estaba segura de si la había seguido. Se puso de puntillas y escudriñó los alrededores con los nervios de punta. Una sonrisa empezó a dibujarse en su cara al pensar que había logrado deshacerse de él.

—Tienes que llevarte este —dijo Tyler con voz ahogada.

Cassie dio un respingo y se giró de golpe para encontrarse con él pegado a su espalda, agitando entre los dedos una percha con un precioso conjunto de braga y sujetador azul noche. Resopló y le arrebató la percha de la mano.

—¿Tienes los trescientos dólares que cuesta?

Tyler abrió mucho los ojos y miró el conjunto como si le hubieran salido patas.

—¡No jodas! ¿Trescientos pavos? Si apenas tiene tela.

Cassie gruñó irritada. Él sonrió e hizo un leve gesto con el que señaló el local.

—Buena jugada. Pero si esperabas que unos cuantos ligueros me hicieran desistir…

—No voy a librarme de ti, ¿verdad?

—No hasta que hables conmigo.

Tyler sonrió y aparecieron esas malditas arruguitas alrededor de sus ojos que le hacían parecer un niño travieso. Cuando sonreía de ese modo era imposible defenderse de él.

Cassie suspiró cansada.

—¿Para qué perder el tiempo? Ya sé lo que vas a decir: que lo sientes, que te has puesto paranoico por Dios sabe qué, pero que no me lo puedes contar. Me pedirás perdón por ser un capullo y después sugerirás que vayamos a tu casa para hacer las paces. Me sé la historia de memoria, Tyler.

Tyler borró la sonrisa de su cara y se pasó la lengua por el labio inferior. Lo tenía calado. Y sí, en cierto modo eso pensaba hacer; si bien su conciencia no dejaba de repetirle que esta vez no iba a ser suficiente, para ninguno de los dos.

—Tienes razón, este mediodía me puse paranoico. Te vi hablando con un tío y… Os tocabais, reíais… La forma en que te miraba. Ese tío es como tú, Cass. Parecía algo natural veros juntos, apropiado. No como tú y yo. No sé… ha sido como una revelación.

Cassie relajó los hombros y trató de entender a dónde quería ir a parar con aquello que tanto parecía costarle explicar.

—¿Qué quieres decir con apropiado?

—Ese tío... Esa clase de tío es la que te conviene, Cassie. Yo... me he pirado porque... —Suspiró sobrepasado por todos los pensamientos que abarrotaban su cabeza—. Solo quería darte la oportunidad de que pudieras escoger a alguien que te conviene mucho más que yo. No quiero que pierdas el tiempo conmigo, cuando ese tiempo podrías pasarlo con alguien que puede ofrecerte mucho más. Alguien que puede ofrecerte algo bueno de verdad.

Cassie colgó en el perchero el conjunto que aún sostenía en la mano. Había esperado que le dijera cualquier cosa menos esa.

—Hablas como si yo esperara de ti algo serio y duradero. Si he hecho algo que te ha llevado a pensar que yo...

—No —atajó él, sacudiendo la cabeza—, tú no has hecho nada. Soy yo que... Es que tengo la sensación de que... ¡Joder!

—Escucha, Ty, creo que entiendo lo que quieres decir, lo que has visto este mediodía. Pero te equivocas. Ese chico era Lincoln y te juro que es la persona más opuesta a mí que existe en este mundo. No busco una relación como esa, no busco un hombre que me convenga y desde luego no creo que esté perdiendo el tiempo contigo. No sé qué es exactamente lo que te asusta de mí y por qué quieres desaparecer, pero si me lo explicas...

—No quiero desaparecer, Cassie. Este mediodía creía que sí, pero ya no.

Tyler miró de reojo a las dos dependientas, que con disimulo no perdían detalle de su conversación mientras fingían ordenar los percheros. Cogió a Cassie de la mano y la condujo hacia la salida.

—Tienes razón. Siempre que estamos bien hago algo para estropearlo y no sé el motivo. Puede que me asuste que acabemos confundiendo las cosas y que todo se vaya a la mierda. No quiero herirte.

«Y menos ahora que sé lo que te hizo ese otro tío, Eric o como demonios se llame», pensó.

Abrió la puerta de la tienda y la sostuvo para ella. A continuación la guió hasta un banco vacío junto a un jardín artificial que había enfrente. Se sentaron sin tocarse.

—Soy muy consciente de que entre tú y yo solo hay un rollo. No espero nada más de ti —dijo Cassie con sinceridad—. Si has dejado de sentirte cómodo y quieres terminar, me parece bien. Solo quiero que seas sincero y que me lo digas sin rodeos. No salgas corriendo dejándome plantada. Esas cosas sí me hacen daño.

Tyler la miró fijamente. Ya no estaba tan seguro de que solo fuera un rollo. Caleb había sembrado la semilla de la discordia en su interior y cada vez estaba más confundido respecto a lo que sentía. Y pese a todo, dejar de verla ni se lo planteaba.

—Olvida todo lo que he dicho. No quiero terminar nada —susurró él al tiempo que le tomaba el rostro entre las manos y le daba un beso en los labios—. Y te prometo que no volveré a cabrearte.

Ella asintió y una sonrisa coqueta se dibujó en sus labios, aunque esa alegría no llegó a sus ojos.

—Un último verano, Tyler. Quiero divertirme y disfrutarlo. Pronto me iré y todo se habrá acabado.

Tyler le rodeó los hombros con el brazo, atrayéndola a su pecho. La besó en el pelo.

—Vale, pero no te largues sin despedirte. Me fastidiaría mucho que te fueras otra vez sin un jodido adiós.

Cassie se estremeció y el corazón le dio un vuelco. Había sonado a reproche.

—No sabía que eso te había molestado. Ni que después de tanto tiempo lo recordaras.

—Me acuerdo perfectamente, listilla. Te largaste sin más. —Guardó silencio un momento—. ¿Por qué lo hiciste?

—No lo sé —susurró ella—. El curso empezaba y yo debía irme. No se me pasó por la cabeza que quisieras que nos despidiéramos.

—¿Por qué?

—No creí que fuese importante para ti.

—Pues ahora eres lo más importante —dijo él sin pensar, mientras deslizaba los dedos por su brazo desnudo, de forma distraída.

En cuanto las palabras penetraron en su cerebro, sus dedos se detuvieron y su cuerpo se puso tenso, aturdido durante un instante. De pronto comprendió que era cierto, Cassie se había convertido en alguien muy importante para él. Ocupaba sus pensamientos y cada paso que daba estaba encaminado a ella.

Gestos simples como comprar el café que a Cassie le gustaba o tragarse media temporada de esa serie de vampiros por los que ella babeaba. Llamarla solo para escuchar su voz o… ponerse celoso por verla reír con otro tío.

Y la realidad se abrió paso como una luz brillante en su mente en sombras. Esos sentimientos habían estado ahí todo ese tiempo, solo que no había sido capaz de prestarles atención hasta que…

¡Jodido Caleb!

Cassie contuvo el aliento. Tyler no podía haber dicho eso. Bueno, sí lo había dicho, muy clarito, pero no podía significar lo que parecía. Lo miró y vio que tenía la mandíbula crispada. Sus ojos sobre ella eran fuego mezclado con hielo, si eso era posible, y parecía vulnerable.

Podría jurar que estaba oyendo resquebrajarse la resistencia que había entre ellos desde el principio, cada una de las defensas que habían erigido para protegerse.

Había hecho todo lo posible para mantener a raya sus sentimientos hacia él. Tyler le gustaba, le gustaba mucho, y hacía un tiempo que había empezado a importarle más de lo que debería. Había asumido que corría el riesgo de enamorarse de él, pero también había preparado un plan de escape por si todo acababa complicándose más de la cuenta. Se iría de Port Pleasant y la distancia y el tiempo lo solucionarían todo. Era un suicidio querer a alguien roto, incapaz de sentir lo mismo por ella.

Pero no había contado con que Tyler pudiera albergar más sentimientos hacia ella que los de un amigo al que le encantaba meterse bajo sus bragas. Ahora, mirándolo a los ojos, tenía serias dudas sobre esos sentimientos y no sabía cómo encajarlo.

Así que hizo lo que siempre hacía, salir corriendo. Era su respuesta a todo.

—Tyler, tengo que irme. Si necesitas que te acerque a casa…

—Sí. Yo también debo volver —dijo él muy incómodo.

El viaje de vuelta lo hicieron sumidos en un tenso silencio. Algo había cambiado y ambos eran conscientes de ello. Cuando Cassie detuvo el coche frente a la casa de los Kizer, él permaneció inmóvil, con la mirada clavada en la ventanilla. No dijo nada y ella tampoco abrió la boca. Al final, Tyler acabó girando la cabeza y la miró.

—¿Puedo darte un beso?

Cassie asintió. Tyler le pasó el dorso de la mano por la mejilla y el pulgar por el centro del labio. Entonces sus bonitos ojos verdes le sonrieron con dulzura y algo más intenso. Posó sus labios sobre los suyos y presionó mientras inspiraba como si la respirara a ella y no el aire.

Tyler se separó con reticencia y la miró a los ojos. Se dio cuenta de que no tenía fuerza ni voluntad para evitar sentir lo que sentía. No podía ignorar a la chica que tenía delante. Ya era tarde. Y ni siquiera podía culparla por haberlo arrastrado hasta allí. Cassie intentó avisarlo aquella noche en su casa, pero estaba tan seguro de que no podría encoñarse con ella ni con ninguna otra…

Quiso decirle todo lo que le estaba pasando por la cabeza en ese momento. Deseaba explicarle cómo se sentía, pero si apenas era capaz de asumirlo él mismo, mucho menos podía tratar de decírselo a ella.

Sin mediar palabra se bajó del coche y se dirigió a su Camaro aparcado delante.

Tyler fue directamente a casa. Se deshizo de toda la ropa sucia y sudada y se metió bajo la ducha. Se quedó allí durante una eternidad, dejando que el agua caliente aflojara la tensión de su cuerpo. Apoyó la frente contra los azulejos y cerró los ojos. Era incapaz de desterrar a Cassie de su mente: su sonrisa, sus ojos azules, la forma en que fruncía las cejas cuando se enfadaba o pensaba en algo. Y cómo se cabreaba la puñetera. Cuando se enojaba de ese modo, lograba que a un tío se le encogieran las pelotas.

Al cabo de un rato, salió del baño envuelto en una toalla. Se vistió frente al armario con unos vaqueros viejos y una sencilla camiseta azul. Después se sentó en la cama y se puso unas zapatillas. Apoyó los codos en las rodillas, cansado, y se pasó las manos por la cara. Era inútil seguir dándole vueltas. Llevaba años negándose a atarse emocionalmente a cualquier chica y pensaba que lo estaba haciendo bien. Hasta ella. Cassie se había colado por cada una de las grietas de su cuerpo roto.

Cogió el teléfono y le envió un mensaje a Caleb. No le apetecía estar solo.

Recibió respuesta de inmediato. Agarró las llaves del coche y se dirigió al Shooter, donde ya se encontraba su amigo.

Como cada jueves, el local estaba hasta arriba. Tyler se abrió paso entre la gente y encontró a Caleb solo en la barra, sentado en un taburete. Se sentó a su lado y Spencer no tardó en aparecer.

—¿Una cerveza?

—Eso ni se pregunta.

Spencer puso frente a él una jarra muy fría. Bebió un buen trago y se lamió la espuma de los labios. Inspiró hondo y prestó atención a la música; Hinder sonaba de fondo con *Should have known better*. ¡Genial! Justo lo que necesitaba, canciones de desamor con letras que parecían dagas directas a su corazón.

—¡Qué mierda! —dijo Caleb con un suspiro.

—*Sip* —corroboró Tyler.

—Me encanta vuestro espíritu —replicó Spencer mientras secaba la barra.

Caleb alzó un dedo y se lo llevó a los labios, pensando. Tyler le lanzó una mirada inquisitiva a Spencer y esta asintió confirmándole que no era la primera cerveza que se había tomado esa noche. Su amigo se aclaró la garganta.

—¿Creéis que Savannah se enfadará mucho si paso de toda esta mierda del compromiso y la emborracho, la meto en un avión a Las Vegas y mañana se despierta con un anillo en el dedo?

A Tyler se le escapó una risita.

—Enfadarse, no sé. Matarte, seguro.

—Tú no estás bien de la cabeza —le soltó Spencer a Caleb.

Caleb sonrió y le guiñó un ojo. Después miró a Tyler como si de repente se hubiera dado cuenta de que estaba allí.

—Eh, yo tenía que decirte algo; algo importante.

—¿Qué?

—Es sobre lo que me contaste la otra noche. El nuevo taller. —Bebió un trago y Tyler se quedó mirándolo fijamente, atento—. Sí. Quiero asociarme contigo. Vancouver se puede ir a la mierda.

—¿Lo dices en serio? —preguntó Tyler con los ojos muy abiertos.

Spencer miró raro a Caleb y trató de quitarle la cerveza.

—No estoy borracho, Spens —se quejó. Suspiró y apoyó los codos en la barra. Después añadió—: Lo digo muy en serio. Le he preguntado a Savannah qué le parecía la idea y ella quiere quedarse aquí tanto como yo. Este es nuestro hogar.

Tyler sonrió de oreja a oreja.

—¡Joder, vamos a hacerlo!

—Sí, tío, creo que sí. Matt, Jace, tú y yo. ¡Los cuatro mosqueteros! Todos para uno y… ¿Cómo era eso?

—Por Dios, quítale la cerveza —rogó Spencer mientras se alejaba para atender a otro cliente.

—Se ha vuelto muy gruñona, ¿no te parece? —susurró Caleb.

Tyler observó a su amiga y sacudió la cabeza.

—No es la misma desde que perdió el bebé. Aunque ahora está mucho mejor.

Guardaron silencio durante un rato, sumidos en sus pensamientos.

—¿Cómo te diste cuenta de que te habías enamorado de Savannah? —preguntó de repente Tyler.

Caleb lo miró de reojo y sonrió. Así que el trozo de hielo que tenía sentado al lado había comenzado a derretirse. Ya era hora.

—Me volvía loco hasta querer estrangularla y en lo único que podía pensar en esos momentos era que quería que continuara volviéndome loco el resto de mi vida. Con ella soy vulnerable, tengo miedo casi todo el tiempo y a veces me asusta lo que me hace sentir.

—¿Por qué?

—Porque no sé qué haría si la pierdo.

Tyler asintió y después negó con la cabeza. Era pura contradicción.

—Es posible que haya empezado a quererla.

Caleb hizo un ruidito con la garganta.

—¡Tío, estás aquí conmigo, bebiendo y hablando de sentimientos! No has empezado a quererla, ya estás en plena carrera y sin frenos. —Inclinó la cabeza y lo miró—. No es tan malo como crees, te lo juro.

—Es el puto fin del mundo —masculló Tyler. Se frotó la cara y resopló—. ¿Y si el fantasma de Jen, si esta culpabilidad que me mata es más fuerte que lo que siento por Cassie?

—Buscaré a alguien que te pegue un tiro y me quedaré con el Camaro.

Tyler se echó a reír.

Caleb se giró en el taburete y acercó la cara a la de su amigo. Bajó la voz.

—Aún hay mañanas en las que al mirarme al espejo espero ver el rostro de mi padre devolviéndome la mirada. Sigo teniendo miedo a ser como él. ¿Y si resulta que me parezco a ese monstruo más de lo que creo y acabo jodiéndole la vida a mi novia? Es imposible no comerse la cabeza, Tyler. Los fantasmas nunca se marchan del todo —murmuró con pesar—. Aún me siento culpable por la muerte de Dylan. No me quito de la cabeza que si no me hubiera ido, que si hubiera vuelto antes…

Tyler alzó una mano para que no siguiera por ahí.

—Tú no tuviste la culpa. Era imposible que supieras lo que iba a pasar y mucho más difícil que lo evitaras.

—Al igual que tú no podías saber lo que iba a pasar con Jen —replicó Caleb, retándolo con una dura mirada a rebatirlo—. Liam me dijo algo cuando fui a vivir con él. Me dijo que no debemos olvidar el pasado. Me ha costado entenderlo, pero es la verdad. El pasado nos enseña quién no queremos ser y, lo más importante, quién queremos ser. No debemos dejarlo atrás, no es bueno intentar olvidar a toda costa o te volverás loco. Pero igual de malo es querer vivir en él como si el futuro no existiera, eso también te vuelve loco.

—¿Y entonces qué hay que hacer?

—Asumirlo, Ty. Asúmelo y enfréntate a él. Mira a tu fantasma a la cara y dile que se acabó. ¡Que se joda!

—Me pone de los nervios esta nueva faceta tuya.

—¿Qué faceta?

—La de filósofo listillo.

Caleb encogió un hombro con aire despreocupado.

—Siempre he sido más listo que tú.

Tyler se quedó mirando el fondo de la jarra vacía. Él no era una buena opción para ninguna chica y menos para Cassie. Ella merecía a alguien que no estuviera tan jodido como él. Merecía a alguien honesto y decente. Y él no era ese hombre por mucho que quisiera. No era tan estúpido como para albergar esperanza alguna.

Y aún sabiendo todas aquellas cosas, por primera vez en su vida era la clase de gilipollas dispuesto a ir en contra de cualquier pensamiento lógico y racional. Estaba lo bastante trastornado para tensar la cuerda entre Cassie y él, y rezar para que no se rompiera. Si lo hacía, la caída iba a destrozarlo.

—No sé qué hacer.

—Sí que lo sabes —dijo Caleb, desafiándolo con una sonrisa en los labios.

Tyler se frotó la mejilla y apartó a un lado su jarra.

—Para eso voy a necesitar algo más fuerte.

22

*A*gotada por el cúmulo de emociones de las últimas horas, Cassie rechazó la idea de Savannah de ir al cine y le propuso que se pasara por casa y pidieran comida. Se arrellanaron en el sofá, con un plato rebosante de arroz con curry y gambas, y se pusieron a ver la tele mientras hablaban. Cassie trató de seguir el hilo de cada conversación, pero le costaba mantenerse atenta cuando su mente se empeñaba en divagar hacia temas en los que no quería pensar.

Durante un rato escuchó pacientemente a Savannah contándole lo emocionada que estaba de volver a vivir en Port Pleasant. Cassie sonreía y asentía, relajada y contenta porque de verdad estaba encantada con que Savannah y Caleb fueran a quedarse en el pueblo. Pero por dentro su cuerpo estaba en ebullición. Borbotones de adrenalina en su torrente sanguíneo rebotaban de un lado a otro. Quería ignorar cómo se sentía, pero su mente tenía vida propia esa noche y no dejaba de dar vueltas y vueltas sobre lo mismo, una y otra vez.

—¿Sabes en cuántas revistas para chicas he leído que los hombres son simples y fáciles de entender? —soltó Cassie de repente—. Quienes escribieron esos artículos no conocían a Tyler. No. Si hubieran conocido a Tyler, dirían que los tíos son unos tarados complicados, emocionalmente desequilibrados y muy inestables. Son retorcidos. Peligrosos. Son el diablo. Eso de que solo piensan en dormir, comer y follar es una mentira casi insultante para las mujeres.

Savannah se atragantó con el refresco que estaba sorbiendo y empezó a toser.

Cassie continuó:

—Sus mentes son maquiavélicas. Se hacen los graciosos, los ocurrentes. Que si risas, que si complicidades. Saben liarte, te convencen de todo aquello que quieres oír, te desarman con un sexo alucinante y luego te apuñalan por la espalda. Te prometen que nunca cruzarán la línea, que estás a salvo. Pero luego no cumplen su promesa y te dejan sin defensa alguna.

—Vale. Para un momento y respira —rogó Savannah—. ¿Qué te ha pasado?

—Tyler está raro.

—Tyler siempre está raro.

—Mucho más raro de lo normal. Creo que… siente algo por mí. Y no me refiero a todo ese rollo de los amigos con derecho a roce y a que se ponga *cachondo* conmigo.

Savannah se echó a reír, no pudo evitarlo.

—Me gusta más lo de *follamigos*, es más corto y explica mejor la situación —comentó como si nada. Cassie la fulminó con una mirada asesina y ella suspiró al tiempo que se ruborizaba—. ¡Perdona! Vale, hablemos en serio. Crees que Tyler siente algo por ti.

—No es que haya dicho algo, no. Pero hoy… hoy han pasado un montón de cosas y él se ha comportado de un modo… raro. —Se quedó pensando—. La verdad es que sí ha dicho algo. Ha dicho: ahora eres lo más importante.

—¿Para qué?

—¡Para él, lo más importante para él!

Savannah entrecerró los ojos.

—¿Eso dijo? ¿Y estaba sobrio?

Cassie puso los ojos en blanco y subió las piernas al sofá.

—No lo dijo exactamente. Creo que se le escapó. Después se puso pálido y tenso y… Parecía confuso por el desliz.

—¿Y qué dijo después?

—Nada. De repente todo se volvió extraño entre nosotros y… Aquí estoy, intentando explicarte algo que ni yo misma entiendo.

Savannah se la quedó mirando y luego suspiró con expresión indulgente.

—No hay mucho que entender. Hace tiempo que Tyler está colado por ti. Todos nos dimos cuenta la otra noche en casa de Matt.

Los ojos de Cassie se abrieron como platos.

—¿Perdona?

—No te sorprendas tanto, Cass. Se veía venir desde el primer día —señaló Savannah como si fuera lo más obvio del mundo—. Lo que aún no entiendo es cómo vosotros dos habéis tardado tanto tiempo en daros cuenta. Estáis juntos a todas horas, prácticamente vives en su casa. Os comportáis como cualquier otra pareja. —Subió ambas piernas al sofá y se abrazó las rodillas—. Él también se ha convertido en alguien muy importante para ti. Te estás enamorando de Tyler.

—¡No! A ver, no voy a negar la atracción. Es guapísimo, divertido, tierno y sexy. Puede parecer un bruto, pero te aseguro que no lo es, y sí muy inteligente. Pero de ahí a...

—Me encantaría que pudieras oírte —suspiró Savannah parpadeando perezosamente—. Puedes negarlo hasta tu último aliento si eso te hace sentir mejor. Pero aquí solo hay una realidad: te estás enamorando de él. Y lo más gracioso de todo es que te lo advertí, en este mismo sofá. Te dije que los hombres como Tyler son peligrosos, tienen un algo que se te mete bajo la piel y consiguen llegar hasta el fondo, de donde es imposible sacarlos.

—No podrías meter en esa frase una tontería más aunque lo intentaras —replicó Cassie con indiferencia.

—Bien, pues sigue engañándote a ti misma. Es lo que siempre haces.

—Eso ha sido un golpe bajo, Savie. Incluso para ti.

—Lo siento, pero forma parte de ser tu mejor amiga. Decirte la verdad y todas esas cosas que nadie más podría decirte, ¿entiendes?

—Dios, apenas tienes veinte años y ya eres toda una cínica.

—¿De quién lo habré aprendido? —rezongó Savannah.

Ambas se quedaron calladas durante un rato, mirándose de vez en cuando con ojos suspicaces. Ninguna quería retomar la conversación. Aunque Cassie sabía que solo era cuestión de tiempo que Savannah acabara explotando, incapaz de permanecer callada. Podía oír los engranajes de su cabeza girando, crujiendo, echando humo mientras el sermón tomaba forma en la punta de su lengua.

—Tengo que decírtelo —soltó de repente Savannah.

—Vaya, cuatro minutos. Todo un récord —se burló Cassie.

—Cierra esa bocaza y escucha. Llevas mucho tiempo viviendo con miedo a que pueda aparecer esa persona que te provoque mariposas en el estómago y que ponga tu vida del revés. Pero ¿sabes qué? No puedes pasarte toda la vida huyendo y protegiéndote de querer a nadie. —Savannah se encogió de hombros y su cara se iluminó con una sonrisa cariñosa y franca—. Merece la pena ilusionarse. Vivir consiste en eso, en enamorarse, en equivocarse, en tropezar y en volver a levantarse. Sí, pueden romperte el corazón, pueden herirte… Pero ¿y si sale bien? ¿Y si esa persona resulta ser lo mejor que podría pasarte en la vida? Nunca podrás averiguarlo si no lo intentas. Merece la pena vivir ese «lo que sea», aunque solo dure un breve instante; es preferible a no sentir nada de nada. ¿Y sabes qué? Tú sientes, por mucho que intentes negarlo y disfrazarlo de otra cosa. ¡Tú sientes! Y Tyler te importa.

Cassie se quedó mirándola y sus ojos se humedecieron sin darse cuenta. Sus palabras la habían afectado. Le habían dolido porque su amiga tenía razón y en ese momento la odiaba por estar en lo cierto, porque la conocía mucho mejor de lo que se conocía a sí misma. Era la única capaz de abrirle los ojos para que pudiera ver lo que de otro modo jamás vería.

Tyler le importaba de verdad. Pero arriesgarse a que él le rompiera lo poco que le quedaba de corazón era una estupidez, y aun así lo anhelaba.

—¡Mierda! —gimió, consciente por primera vez de la verdad—. Es como si el destino me gastara una broma cruel: enamorarme otra vez del chico equivocado.

—Yo prefiero pensar que vosotros dos estáis destinados a estar juntos —dijo Savannah.

Cassie agarró un cojín con intención de sacudirla, pero el timbre de la puerta sonó, frustrando su venganza.

—Salvada por la campana —masculló.

Se levantó con reticencia y se dirigió a la puerta, preguntándose quién sería a esas horas. No solían recibir muchas visitas y menos entre semana. Abrió la puerta y notó cómo palidecía y las rodillas se le aflojaban.

—¿Qué haces tú aquí?

Tyler miró por encima de su hombro, como si con ese tono tan borde ya diera por hecho que ella no podía estar refiriéndose a él. No, se refería a él. Arqueó las cejas, divertido.

—¿Te he hecho algo en las horas que llevamos sin vernos? —inquirió con una sonrisita bailando en sus labios—. Porque eso sería como una especie de superpoder de la hostia.

Cassie puso los ojos en blanco y continuó inmóvil sin intención de apartarse. No tenía fuerzas para otro asalto con él. Emocionalmente estaba agotada. Necesitaba dormir, pensar y volver a dormir. Después ya se enfrentaría a Tyler y a sus sentimientos.

—¿No vas a invitarme a entrar?

—No. No estoy sola.

—¿Está tu madre? Me gustaría conocerla. —Hizo el ademán de pasar, pero Cassie le cortó el paso.

—No, mi madre no está. Y si estuviera no la dejaría conocerte.

Tyler se llevó la mano al corazón.

—¡Ay! Eso ha dolido —gimió. De repente se puso serio—. ¿No tendrás a ese tío ahí dentro? A Washington el pijo.

—Se llama Lincoln el pijo, y no, no está aquí —respondió Cassie con un gesto de exasperación.

—Bien. Entonces sí, quiero pasar —replicó mientras se colaba dentro de la casa sin que Cassie pudiera impedírselo.

Ella salió tras él y logró darle alcance cuando ya entraba en el salón donde Savannah se encontraba.

—¡Tyler!

—Hola, preciosa —la saludó al tiempo que se dejaba caer a su lado y le plantaba un beso en la frente.

Cassie se los quedó mirando desde el umbral, a todas luces molesta por su descarada intrusión.

—¿Qué haces aquí?

—Tengo que hablar contigo —dijo Tyler.

Savannah se puso de pie como si un resorte la hubiera catapultado.

—Y yo tengo que irme. Empieza a hacerse tarde.

—No tienes que irte —protestó Cassie con un mohín—. Lo estábamos pasando bien. —Fulminó a Tyler con la mirada—. Él es quien tiene que irse.

—Lo siento, pero de verdad tengo que marcharme. No sé nada de Caleb desde esta mañana —explicó ella mientras cogía su bolso y se ponía en marcha.

—Acabo de dejarlo en casa —dijo Tyler con una risita maliciosa.

Savannah se detuvo en seco y lo miró por encima del hombro.

—No quiero saberlo, ¿verdad?

—*Nop.*

Cassie acompañó a su amiga hasta la puerta. Se despidieron sin mediar palabra, mientras las miradas, cargadas de significados y advertencias, fluían en ambos sentidos. Después regresó al salón y encontró a Tyler donde lo había dejado. Él alzó la vista y sonrió a la vez que daba unos golpecitos a su lado en el sofá.

—Ven.

—No.

Tyler echó la cabeza hacia atrás y miró al techo. Dios, era imposible ser más cabezota.

—Vale. Tienes dos opciones: o te sientas tú o te siento yo.

Ella ya lo conocía lo bastante para saber que no bromeaba. Mascullando para sus adentros, se sentó a su lado.

—Vale, ya estoy sentada. ¿De qué quieres hablar? —preguntó casi con miedo.

Cassie no quería temblar, pero su cuerpo tenía otras ideas. Tyler la miró de reojo, tomó aire y lo soltó de golpe. Un leve tufillo a alcohol, disimulado con menta, llegó hasta su nariz.

—¿Has estado bebiendo?

Tyler se rió bajito.

—Un poquito. Es que sobrio no creo que pueda decir esto.

—¿El qué?

Tyler bajó los ojos y los posó en su boca.

—Esta tarde, en el centro comercial, eso que he dicho sobre que ahora eres lo más importante… Creo que tengo que explicarlo.

—No tienes que hacerlo, de verdad. Solo ha sido una frase.

Él negó con la cabeza.

—No ha sido solo una frase y lo sabes. Así que, no hace falta que finjas que ha sido frívolo para evitar que sea algo incómodo. No lo es, ni frívolo ni incómodo. En realidad ha sido bastante revelador. —Se miró las manos, entrelazadas en sus piernas—. Por esa puta frase me he dado cuenta de algo importante que… aún trato de asimilar. Llevo toda la noche dándole vueltas a la cabeza, pensando en mí, en ti y en lo que hemos estado haciendo estas semanas. Y creo que lo he jodido todo.

El corazón de Cassie dio un vuelco. Se sentía confusa y empezaba a no estar segura de nada. Una expresión de duda atravesó su rostro.

—¿Qué? ¿Qué has jodido?

Los ojos de Tyler volvieron a posarse en ella y sus hombros se tensaron al igual que sus rodillas.

—Nuestro pacto, nuestro acuerdo o como quieras llamarlo. No sé cuándo ni cómo, pero en algún momento he dejado de cumplirlo. Cass, me he dado cuenta de que yo te...

Cassie se levantó de un salto y se alejó de él. El corazón le golpeaba con fuerza las costillas y la pesadilla de su vida amenazaba con hacerse realidad. Si él decía esas palabras no habría vuelta atrás. Todo cambiaría. Su relación cambiaría y ella también lo haría. No tenía ni idea de cómo enfrentarse al giro que acababan de dar los acontecimientos.

—¡No! Cállate. Creo que es mejor que te vayas antes de que pase algo que después no tenga arreglo.

Él la miró como si hubiera perdido la cabeza.

—De eso nada. No voy a irme.

—Sí, te vas. Ahora mismo. Vete.

Tyler se puso de pie y trató de acercarse a ella. Algo imposible porque Cassie no dejaba de moverse alrededor de la mesa como si fuese un ratón huyendo de un gato.

—Cass, por favor. Tengo que decir esto o me comerá por dentro.

—No quiero oírlo. No quiero hablar contigo.

—Pero ¿a ti qué demonios te pasa que nunca quieres hablar conmigo?

Cassie sacudió la cabeza y, caminando de espaldas, se dirigió a la puerta que unía el salón con el vestíbulo.

—Sí que quiero. ¿Sabías que los Panthers parten como favoritos este año para los *playoffs*? ¡¿Te imaginas que lleguen a la Super Bowl?!

Tyler se quedó mirándola y una sombra de pesar cruzó por sus ojos.

—¿Por qué no quieres hablar de nosotros?

—Porque no hay un nosotros, Tyler. Tú no tienes relaciones y yo tampoco.

—Pero podríamos tener esa relación. De hecho, si lo piensas, ya la tenemos.

Cassie se tapó los oídos y le dio la espalda.

—Lo estás haciendo, estás hablando del maldito asunto.

—¡Esto es la hostia! —explotó él—. Creo que eres la única tía en el mundo con un hombre dispuesto a hablar de sus sentimientos y que pasa del tema. No sé, pero a las chicas os gustan esas cosas, ¿no? Hablar de sentimientos, ponerles nombre, definir las relaciones y toda esa mierda.

—Yo no soy como el resto de chicas, Tyler.

Él se relajó un poco y se entretuvo un segundo admirándola en la penumbra. Su figura, recortada contra la ventana que tenía a su espalda, estaba envuelta en un halo de luz. ¡Parecía un puñetero ángel!

—Lo sé y eso es lo que me gusta de ti. Y por eso creo que me estoy enamorando de ti como un gilipollas. —Se le escapó una risita achispada.

Ya está. Lo había dicho.

El corazón de Cassie latió como si estuviera en una montaña rusa que terminaba en un precipicio.

—Estás borracho.

—Y los borrachos decimos la verdad. No estoy bromeando, Cass. Ni tampoco jugando. —Su mirada se volvió dura—. Y juro por Dios que esto no es nada fácil para mí. Jamás pensé que acabaría delante de una tía, con el corazón al descubierto, diciéndole que… la quiero.

—Tú no puedes quererme —susurró ella, incapaz de creer que se estuviera declarando.

—Sí que puedo. El problema es que no debo quererte. Ahí fue donde me equivoqué. Me esforcé tanto en creer que no podía querer a nadie que se me pasó por alto protegerme de ti. Y poco a poco te has ido convirtiendo en una adicción, no sé si buena o mala, pero necesito mi dosis diaria de ti para no volverme loco.

—Esto es un disparate.

—¡Qué me vas a contar! —rió Tyler. Dio un paso hacia ella y Cassie retrocedió otro. Empezaba a cansarse de que huyera de él—. No sé cómo ha ocurrido, pero ya está hecho, me importas mucho. Ahora tengo que saber qué pasa contigo.

—¿Que qué pasa conmigo? —preguntó ella con tono inocente.

Tyler salvó la distancia que los separaba antes de que Cassie pudiese escapar. La acorraló contra la ventana y sus piernas presionaron las de ella, inmovilizándola mientras apoyaba las manos en el cristal, a ambos lados de su cabecita rubia.

—Vale. Voy a ponértelo más fácil, por si tienes dudas —susurró a escasos centímetros de su cara—. No sé si tú sientes lo mismo. Pero, si lo sientes, hay algo que tienes que saber. No te haces una idea del lío en el que te estarías metiendo conmigo, porque soy un puto caos. Y estoy muy jodido de aquí. —Apuntó con un dedo a su cabeza—. Guardo cosas que no sé si algún día podré contarte. Y son malas, Cass, muy malas. Pero trataré de mantenerlas lejos de ti y de mí.

Cassie no era capaz de formar una palabra con sentido y pronunciarla sin tartamudear. Había caído bajo el influjo que su boca ejercía sobre ella al moverse. La forma en la que sus labios se abrían y se cerraban al hablar era hipnótica.

Tyler la cogió por la barbilla y sus ojos recorrieron su cara, estudiándola, mientras trataba de averiguar qué estaba pasando dentro de aquella cabeza. Jamás había deseado tanto poder leer la mente de otra persona. Respiró hondo y su mirada se posó en sus labios.

—Te quiero. ¿Puedes entender eso? Te quiero —susurró, deslizando el pulgar por su labio inferior.

Cassie asintió y sus ojos se llenaron de lágrimas.

—Yo también te quiero —cedió al fin con voz temblorosa—, pero no sé cómo admitirlo. Tengo miedo de que tú también puedas hacerme daño.

Él suspiró sin aliento y deslizó la mano por su cuello, los dedos por la piel suave de su escote. La otra mano apoyada en su cadera. Sus bocas casi se rozaban.

—Yo también tengo miedo de que eso pase, pero no sé cómo hacer para mantenerme alejado de ti. Te mentiría si empezara a prometerte cosas, a jurarte que no meteré la pata y que no voy a cagarla. Y no quiero mentirte. Solo puedo ofrecerte buenas intenciones y sinceridad.

Su voz se quebró un poco. Sus ojos, fijos en los de ella, reflejaban nerviosismo e incertidumbre.

—Es más de lo que le he dado nunca a nadie, Cassie, porque jamás he sentido nada parecido por nadie. Tengo veintitrés años y es la primera vez que le digo a una mujer que la quiero y que no es mi madre. —Sonrió para sí mismo—. Sé que suena fatal y que es la peor comparación del mundo, pero es la verdad. Nunca se me han dado muy bien las palabras. Yo solo gruño, ¿recuerdas?

Cassie dejó que su cuerpo se relajara bajo sus manos. Para ella era una comparación perfecta porque sabía lo importante que su madre era para él. Si a ella solo la quería un poco de lo que amaba a esa mujer, entonces la quería con locura. Alzó su mano y le tocó la cara, áspera por el vello que empezaba a crecerle.

—Esto es un error. Lo mires por donde lo mires es una equivocación.

—¡Vaya, por primera vez estamos de acuerdo en algo! —bromeó él. Volvió a ponerse serio y acarició con el pulgar la curva de su pecho sobre el vestido, trazándola hasta el costado. Después ascendió rozando la parte superior y contuvo el aliento a la vez que ella—. No sé cómo vamos a lograrlo.

—Yo tampoco.

—Pero quiero intentarlo y ver cómo nos va.

—Yo también quiero intentarlo.

Tyler apretó su cuerpo con fuerza contra el de ella y la besó en la frente. Después sus labios se deslizaron por su sien hasta su mejilla y se detuvieron en la comisura de su boca, respirando trabajosamente.

Hizo todo lo posible por apartar los pensamientos tentadores que empezaban a oscurecer su mente. No sabía si al darles rienda suelta estropearía el momento que estaban viviendo y eso era lo último que quería. Entonces ella se pegó más a él y un sonido alucinante escapó de su boca. Pura seducción. Y se excitó de inmediato.

—Dios, me das un miedo atroz —murmuró él.

Cassie le tomó el rostro entre las manos para mirarlo a la cara.

—¡¿Qué?! ¿Cómo que te doy miedo? ¿No crees que debería ser al contrario? Mírate.

Tyler sonrió con malicia y su mirada se volvió ardiente e intensa. Rozó sus labios con la punta de la lengua, ella los abrió y se deslizó dentro, tratando de no mostrarse ávido.

—No, listilla, me da miedo lo que me haces sentir —dijo sin aliento.

El alcohol hacía rato que había desaparecido de su mente y esta se encontraba ahora despierta y consciente de todo cuanto le rodeaba. Podía percibir las reacciones a su seducción, los matices y la cadencia de estas en el cuerpo de Cassie, y empezaban a desesperarlo con una necesidad que lo abrumaba. La agarró por las caderas y le mordisqueó el cuello.

—Enséñame tu habitación.

Cassie parpadeó y un escalofrío le recorrió la espalda. Se moría por llevarlo arriba, pero… y si su madre… Tyler apretó sus caderas contra las de ella y notó en el vientre la firmeza que sus vaqueros apenas podían contener. La tensión empezó a acumularse dentro de su cuerpo cuando lo tomó de la mano y lo condujo por las escaleras hasta la planta de arriba. Un grito ahogado escapó de su garganta al notar que sus pies perdían el contacto con el suelo y que sus brazos fuertes la alzaban en el aire.

—La segunda a la derecha —le susurró, y después deslizó la lengua por la piel suave bajo su oreja. Le oyó gemir y gruñir al mismo tiempo y su excitación aumentó.

Tyler cruzó la puerta entreabierta de la habitación y la cerró tras él con el pie. La dejó en el suelo y sus ojos se deslizaron por ella de abajo arriba hasta su cara.

Cassie le sostuvo la mirada y se derritió como melaza caliente filtrándose por su piel de dentro afuera. Y de repente, estaba de nuevo entre sus brazos. Él la aplastó contra la pared y la besó con un tremendo sentido de posesión. Una parte de ella pensaba que nada de aquello era real, pero fuese lo que fuese, lo iba a tomar.

Mientras una de sus manos se deslizaba por su espalda y la otra bajaba hasta su culo, sus labios le recorrían la piel con el aliento pesado. Enredó los dedos en su pelo y se arqueó contra él. Una sólida erección pulsaba contra su estómago y se le escapó un ruidito de placer, palabras inconexas que él acalló con su boca. Solo era consciente de la intensa pasión de su beso y de su cuerpo pegado al suyo, clavándola a la pared. Podía sentir su corazón latiendo con fuerza contra su pecho, reverberando dentro del suyo, latiendo al unísono.

Bajó las manos hasta su camiseta y logró que se apartara lo suficiente para quitársela. Se maravilló con toda aquella piel dorada y suave, que temblaba bajo el más ligero roce. Le acarició los hombros, el cuello, las líneas de los músculos de su estómago y la perfecta uve de sus caderas. Después coló la mano dentro de sus pantalones y cerró sus dedos en torno a él. Tyler gruñó, impulsándose hacia su mano, y volvió a empujar mientras hundía los dedos en sus caderas, los deslizaba hasta sus muslos y los envolvía.

La levantó del suelo y la miró. Sus ojos verdes se oscurecieron con un deseo visceral que a Cassie se le clavó en el corazón. Se quitó el vestido por la cabeza mientras él cruzaba la habitación con ella hasta la cama. Cayeron sobre las sábanas y el resto de la ropa desapareció entre tirones bruscos y risas.

Tyler la contempló desde arriba. Lo que sentía por ella en ese momento era necesidad, fuego y un deseo insoportable. No quería poseerla, sino que ella lo poseyera hasta invadirlo por completo. Deslizó una pierna entre las de ella y apretó el muslo contra su centro. Se ganó un gemido sutil, la sensación de su cuerpo arqueándose contra él y sus manos recorriéndole la espalda hasta el trasero con impaciencia.

Cambió de posición y deslizó la otra rodilla separando sus piernas. Sujetó sus manos contra el colchón para que no pudiera tocarlo mientras la besaba por el pecho y el vientre. Ella se arqueaba y se retorcía bajo su cuerpo, ciñéndole las caderas con los muslos. Se meció y se contoneó con apremio, y él no pudo contener el gemido que provocó ese movimiento. Un rugido ronco que brotó desde lo más profundo de su garganta. No aguantaba más y soltó sus manos para plantar las suyas a ambos lados de su cabeza e impulsarse hacia arriba.

Cassie suspiró. Su peso era perfecto. Aguantó la respiración y cerró los ojos. El temblor que recorrió el cuerpo de Tyler al entrar en ella la estremeció de arriba abajo y llegó muy cerca, muy, muy cerca. Él empezó a moverse y lo único que pudo hacer fue estrecharlo con sus piernas y brazos, acogiendo en sus caderas una embestida tras otra. Se tensó y relajó a su alrededor, con la piel cubierta de sudor.

Tyler la miró a los ojos. Ella era la tentación a la que jamás podría resistirse, su cuerpo y su mirada la llave que había abierto su corazón.

—Te quiero —dijo junto a su oído—. Joder, te quiero.

Cassie tembló y no dejó de temblar mientras se rompía en mil pedazos. Y en aquel momento fue real. Era real. Todo lo real que una relación podía ser entre ellos.

23

Cassie no podía contener la sonrisa de oreja a oreja que iluminaba su cara. El vestido le sentaba de maravilla. Se miró en el espejo, girando sobre sí misma para poder observarlo desde todos los ángulos. El tono gris perla de la tela favorecía su piel. El corpiño de encaje se ajustaba perfectamente a su pecho estilizando sus hombros y sus brazos, y envolvía su cintura esculpiéndola.

El largo de la falda era un poco más corto que cuando lo compró, pero esa medida era la ideal para sus piernas, largas y delgadas. Y la espalda. Dios, la espalda era lo mejor porque no tenía. Su piel quedaba al descubierto desde la parte baja de su espalda hasta la nuca, donde se había recogido el pelo con una horquilla decorada con cristales, de modo que su melena caía sobre el hombro derecho como una cascada de ondas descontroladas.

La madre de Tyler había obrado maravillas con su vestido.

—Creo que lo mejor de esta fiesta van a ser las caras que pondrán Bonnie, Marcia y Nora cuando tengan que compartir el mismo aire con todas las personas del barrio a las que ha invitado Caleb —dijo Savannah a través del teléfono y se le escapó una risotada.

Cassie conectó el manos libres y dejó el teléfono sobre la cómoda. Abrió el joyero y le echó un vistazo a los pendientes, tratando de decidir cuáles ponerse.

—Que las follen —soltó sin cortarse.

—Quizá sea eso lo que necesitan. Un tío de verdad que les saque ese palo que se han tragado.

—Y que les meta otra cosa —se carcajeó Cassie—. Dios, somos malas. ¿Te das cuenta? Somos dos brujas.

—Prefiero ser una bruja a una esnob como Marcia. —Savannah hizo una pausa y suspiró con fuerza—. Después de leer en su blog de pacotilla lo que piensa de mi compromiso con Caleb, va a tener suerte si solo le saco los ojos. Por cierto, Lincoln será su acompañante de esta noche.

—Pobre chico, después de semejante trauma va a necesitar un terapeuta.

Las risas de Savannah resonaron por el dormitorio.

—Gracias, Cassie. De verdad, necesitaba esta conversación para poder relajarme. Estas semanas han sido horribles con todos los preparativos, mi madre histérica, mi padre deprimido porque ya no es el único hombre de mi vida... Si se han puesto así por una fiesta, imagina cuando llegue la preparación de la boda.

—Siempre tendrás Las Vegas. Podéis fugaros y que os case un tío disfrazado de Dennis Hopper en *Easy Rider*, subido en una Harley y con *Born to be wild* sonando de fondo. Algo me dice que a Caleb le encantaría.

—A Caleb le encantaría cualquier cosa que no le obligue a casarse en Port Pleasant por todo lo alto. Empieza a agobiarlo la idea. ¿Sabes lo que hizo ayer cuando salimos a navegar con Jace? Trató de convencerlo de que se sacara una licencia *online* para oficiar bodas y que nos casara allí mismo.

Cassie apretó los labios para no echarse a reír.

—Pues sí que lo lleva mal.

—No te haces una idea. Pero ¿sabes qué? Lo entiendo. Yo tampoco quiero una boda por todo lo alto, con quinientos invitados y un reportaje a color en la revista de cotilleos local. Aunque tampoco quiero casarme en Las Vegas, Cassie. Se trata de mi boda, con el hombre con el que deseo pasar el resto de mi vida. Tiene que ser especial.

Cassie se sentó en la cama con el teléfono entre las manos y sonrió.

—Lo sé, cielo. ¿Y sabes qué? Va a ser especial. Porque será tu boda, tu día más importante, y tienes a tu mejor amiga dispuesta a ayudarte a organizarla. ¿Quieres un consejo? Va a ser duro y te vas a sentir muy culpable cuando se ponga a llorar y monte el drama, pero habla con tu madre, dile lo que quieres y no cedas ni un milímetro.

Al otro lado de la línea se oyó un profundo suspiro.

—Vale.

—Vale. ¿Ya estás lista?

—Sí. Caleb me recogerá en cualquier momento. Debemos llegar pronto al Club para recibir a los invitados. ¿Y tú?

—También.

De repente, sonó el timbre de la puerta. Cassie se levantó de la cama con un vuelco en el estómago. Metió un pie en un zapato, mientras cogía el otro con la mano, y dando saltitos se dirigió al pasillo.

—Han llamado a la puerta. Debe de ser Tyler. Nos vemos en un rato, ¿vale?

Colgó el teléfono y bajó la escalera con los tacones de sus zapatos repicando en la madera. Hacía unos minutos que su madre y Bruce se habían marchado. Así que, de momento, había podido evitar el incómodo instante de las presentaciones. Temía ese momento.

Se detuvo frente a la puerta y tomó aire. Se alisó el vestido de un modo compulsivo. Esa era la primera vez que Tyler y ella iban a salir juntos tras el giro que había dado su relación; aunque aún no tenía muy claro cuál era ese giro. Se sentía estúpida por estar tan nerviosa. Después de todo, solo iban a asistir a una fiesta donde habría unas doscientas personas como mínimo. Entre las que se encontraría su madre, todos sus conocidos, sus viejas amigas, los padres de estas, los padres de Tyler, sus amigos... Dios mío, tenía ganas de vomitar, otra vez.

Se obligó a tranquilizarse y a deshacerse de ese pánico absurdo que la había acompañado durante todo el día y, sin más dilación, abrió la puerta. Durante un segundo se quedó bloqueada. Sus ojos no podían apartarse del rostro que le devolvía la mirada y, la expresión de este, la congeló en el acto.

—¡Papá! —susurró, como si la palabra le ardiera en la boca.

—Bien. Por fin te localizo —dijo el hombre sin apenas contener un profundo enfado—. Llevo semanas llamándote, dejándote mensajes con tu madre, y tú te has dedicado a ignorarme. ¿Cuándo vas a dejar de comportarte como una niña consentida y enfadada con el mundo? ¿Hasta cuándo va a durar esta venganza contra mí?

Cassie continuaba estupefacta y todo lo que pudo pensar fue que era un cerdo. La ira se abrió paso a través de ella y su mirada se volvió tan fría como la de él. Más de un año sin verse, sin apenas hablar, y la primera vez que se encontraban cara a cara era para tratarla peor que a un perro.

—¿Todo esto por doscientos dólares? Mamá me dijo que te los había devuelto. ¿Quieres también mi disculpa? Vale, pues lo siento —replicó con tono mordaz.

Su padre resopló bruscamente y dio un paso hacia ella.

—No juegues conmigo, Cassandra. Sé que me odias y que crees que soy lo peor. Quizá no haya sido el mejor padre del mundo, pero tú tampoco me lo has puesto muy fácil.

—¿Fácil? Me abandonaste. Te olvidaste de mí y siempre me has tratado como al estorbo del que no te quedaba más remedio que ocuparte. ¿Qué esperas? ¿Que te llame papi y te dé las gracias por haber convertido mi vida y la de mi madre en un infierno?

—Y ahora tú intentas hacer lo mismo con mi vida y mi familia, ¿no? Muy bonito, Cassandra, muy bonito. Si no fueses mi hija, ahora mismo estaría en un juzgado interponiendo una demanda por injurias y coacción en tu contra, en lugar de venir hasta aquí y tratar de hablar contigo y hacerte entrar en razón.

—¿A esto lo llamas tú hablar? ¿Y de qué se supone que me estás acusando esta vez?

—Hablo de tu hermana, de Emma, y de toda esa porquería que le has estado metiendo en la cabeza.

—¿Qué? ¿A qué te refieres? Hace años que no hablo con Emma. No he sabido nada de ella en mucho tiempo.

—Ella también niega haber hablado contigo. Pero yo sé que es cierto porque, si no, ¿de qué iba a saber ella toda esa mierda que fuiste contando sobre Asher Probst? ¿Te has vuelto loca? Contarle a una niña de trece años tus mentiras y manipularla para hacerme daño. Después de tanto tiempo. Empiezo a pensar que necesitas que te vea un especialista. —La miró de arriba abajo como si ella fuera una demente—. Quizá deba asegurarme de ello.

Cassie notó que las rodillas le temblaban y temió que no pudieran sostenerla. Su padre continuaba despotricando contra ella, cada vez más alterado. Las venas de su cuello estaban hinchadas y su cara roja. Había cerrado los puños y su actitud agresiva comenzaba a ser desmedida. Pero ella solo podía pensar en Asher Probst, el socio de su padre, y en aquel día que entró en su habitación y trató de tocarla a la fuerza cuando Cassie se negó a aceptar dinero y promesas de regalos si ella lo tocaba a él.

Comenzó a marearse y se le aceleró la respiración mientras el corazón se le desbocaba. Él había dicho que Emma estaba contando sus mismas mentiras y sintió la bilis ascendiendo por su garganta conforme empezaba a entenderlo todo.

—¿Emma ha acusado a Asher de algo? —preguntó. Su padre dijo algo malsonante y continuó con más amenazas—. ¡Cállate! ¡Cállate, cállate, cállate de una maldita vez y escucha! ¿Emma ha dicho que ese hombre la ha tocado?

Su padre apretó los dientes y un tic contrajo su mandíbula.

—Ha repetido tus mismas mentiras, palabra por palabra. Ni siquiera sé por qué me sorprendo.

Cassie se llevó una mano a los labios y se le llenaron los ojos de lágrimas. Se le cerró la garganta y le dieron ganas de golpear al hombre que tenía delante.

—Yo *jamás* le he contado nada a Emma. ¡Jamás!

—Y sigues negando que…

—¡Ese hombre quiso obligarme a hacerle cosas! —gritó a pleno pulmón. Las lágrimas resbalando por sus mejillas—. Y lo hizo en tu propia casa, contigo dentro. Subió a mi cuarto y me pidió que lo tocara. ¿Entiendes lo que te estoy diciendo, papá? Ahora Emma te está contando lo mismo. Seguro que te ha suplicado que la creas y que no le digas a Asher que te lo ha contado, porque entonces él te dirá que no es cierto, que es una pequeña puta mentirosa y tú lo creerás. ¿También entiendes eso o vas a esperar a que le haga algo que no pueda arreglarse? Es tu hija. Yo era tu hija. ¡Tu deber es protegernos!

Vio cómo su padre palidecía y su expresión cambiaba. Maldito capullo sin sentimientos, se merecía que le pasara eso. Se merecía esa trágica lección. Pero Emma no y, a pesar de todo, era su hermana. No iba a quedarse de brazos cruzados.

—Eres una mentirosa —gritó su padre al tiempo que la agarraba por la muñeca—. Tú le has metido esas ideas en la cabeza. Le has dicho lo que debía decir. Solo porque me odias.

La mano de Tyler apareció de la nada y lo apartó de un empujón en el pecho.

—No la toques —gruñó, interponiéndose entre ellos—. Si le vuelves a poner una puta mano encima, te arranco el brazo.

Cassie se quedó boquiabierta y tardó un segundo en recuperarse. Ni siquiera lo había visto aparecer.

—Tranquilo, es mi padre, no va a hacerme nada.

Tyler no se inmutó al descubrir quién era ese hombre y el desprecio en su mirada subió un par de grados.

—Pues no es lo que a mí me ha parecido —masculló.

—¿Quién es este? —preguntó su padre con desdén.

—Su novio. ¿Algún problema? —intervino Tyler.

Cassie sintió una oleada de calor recorriéndole el pecho y, si no hubiera estado tan angustiada, habría sonreído. Se movió de manera que relegó a Tyler a su espalda. Miró a su padre, que ahora lucía una expresión desconcertada sin dejar de observar a Tyler con recelo. Aunque, visto lo visto, era imposible no hacerlo. El chico vestía un traje negro, con una camisa gris humo y corbata a juego. Su aspecto intimidaba. Rígido, masculino y rezumando testosterona con una mirada asesina. Su presencia la reconfortó y le dio valor. Alzó la barbilla con ese gesto obstinado tan propio de ella.

—Piensa lo que quieras —empezó a decirle a su padre—. Nunca te mentí. Asher Probst, tu amigo, tu socio… es un pervertido al que le gustan las niñas. Y lo tienes metido en tu casa, poniendo a su alcance lo que más desea. Lo intentó conmigo y ahora va a por Emma. Y tú… —escupió con asco—, en lugar de creerla y protegerla de ese enfermo, vienes aquí a culparme.

—Cassandra… —Su padre sacudió la cabeza y frunció el ceño, aún negándose a darle crédito.

Ella no dejó que siguiera.

—A mí no me creíste. Al contrario, me llamaste mentirosa y me humillaste cuando más te necesitaba. —Tomó aliento, aunque ya no lo necesitaba. Una extraña calma se había apoderado de ella—. Y, tranquilo, no pasa nada. Siempre he sabido cuidarme muy bien yo sola. Pero Emma… Emma solo tiene trece años y me da mucho miedo pensar en lo que ese cerdo haya podido hacerle mientras tú lo defiendes y me culpas a mí.

Su padre sacudió la cabeza, con sus defensas cada vez más bajas. Se pasó una mano por el pelo y abrió el botón superior de su camisa buscando aire.

—Conozco a Asher desde que íbamos juntos a la Universidad. Él jamás me haría…

—¿Sabes, papá? Ese es el problema, que en tu visión de lo que te rodea solo cabes tú. Asher no te está haciendo nada a ti. Intentó hacérmelo a mí y ahora a Emma.

—No es posible.

—Cree lo que quieras. Pero yo que tú llevaría a Emma a un médico para asegurarme de que está bien y después denunciaría a ese cabrón. Y ahora, si no te importa, mi mejor amiga va a celebrar su compromiso en el Club. He quedado allí con mamá y con Bruce. Tyler y yo debemos irnos.

Movió su mano, que se encontró de inmediato con la de Tyler, y se aferró a sus dedos. Su apretón la calmó un poco.

—¿Bruce? —inquirió su padre.

—Sí. Bruce es el novio de mamá. Es un buen hombre y me trata muy bien. Por si te interesa. —Lo miró a los ojos un segundo—. Adiós, papá.

Sin apenas respirar, Cassie entró en casa con Tyler aún de su mano. Cerró la puerta tras ella y en ese momento se vino abajo. Se llevó las manos a la cara y empezó a llorar. Las lágrimas corrían por sus mejillas, calientes y saladas. Él intentó aproximarse y abrazarla, pero Cassie levantó las manos para que no se le acercara. No quería que la viera así, deshecha y destrozada. Tyler lo intentó de nuevo y Cassie negó con la cabeza y lo esquivó otra vez.

—Joder, Cass —estalló él. La enlazó por la cintura, frenando su huida, y pegó su espalda contra su pecho—. No hagas como si no necesitaras a nadie. No estás sola. Ya no, ¿vale? Déjame hacer esto —rogó en voz muy baja, rozando su nuca con la nariz.

Cassie se rindió. Se giró entre sus brazos y hundió la cara en su pecho. Los sollozos regresaron, tan profundos que le costaba respirar. Durante una eternidad permaneció entre sus brazos. Él no dijo nada y ella tampoco, y en cierto modo le agradecía que se diera cuenta de que no necesitaba palabras, solo que la abrazara como lo estaba haciendo.

Tyler la estrechó con más fuerza, la besó en el pelo y después en la sien, con los labios apretados para no escupir la sarta de barbaridades que tenía en la punta de la lengua. Con paciencia dejó que ella se desahogara, mientras en su mente repetía una y otra vez el nombre de Asher Probst hasta grabarlo a fuego en su cerebro. El hijo de puta estaba muerto, muerto y enterrado. Y después iba a tener unas palabras con el capullo de su padre, si es que podía hablar después de que le hiciera escupir los dientes.

—¡Qué horror! Te he puesto la chaqueta hecha un asco —dijo Cassie, sorbiéndose la nariz. Pasó la mano por la tela oscura, tratando de borrar los restos de lágrimas y maquillaje.

Tyler puso los ojos en blanco.

—A la mierda la chaqueta. ¿Estás bien?

Cassie asintió con la nariz colorada y las mejillas manchadas de rímel.

—Solo… solo ha sido un bajón. No suelo ponerme así.

—Pues deberías —replicó Tyler—. Deja de ir por libre, como si estuvieras sola en el mundo. No pasa nada por dejar que los demás vean que eres vulnerable. Los amigos están para ayudarte. Yo estoy para ayudarte.

—¿Y eso me lo dices tú? Tus muros son mucho más altos que los míos.

Tyler abrió la boca para decir algo, pero lo pensó mejor. Él no era el mejor ejemplo.

—¿De qué coño iba todo eso, Cass? Porque lo poco que he oído me ha puesto los pelos de punta.

Cassie se secó las mejillas con las manos y tragó saliva.

—Tú no eres el único que guarda cosas malas.

—Cuéntamelas.

—¿Por qué? Tú no me cuentas las tuyas.

—Porque estoy a punto de salir tras tu padre y ese tal Asher y preguntarles a ellos. No imaginas lo mucho que me está costando seguir aquí y parecer civilizado.

Cassie lo miró a los ojos y vio en ellos que decía la verdad. Su paciencia y buen juicio colgaban de un hilo muy fino. Esbozó una leve sonrisa, pero tardó un poco en responder a su pregunta.

Se quitó los tacones y se sentó en la escalera. Desde allí lo contempló con los ojos muy abiertos. Con las manos en los bolsillos del traje y la chaqueta abierta, Tyler estaba impresionante. Contuvo el suspiro que quería salir de su cuerpo. Si le contaba lo que había ocurrido años atrás, él lo sabría todo sobre ella. Casi era liberador pensar así.

—Te conté cómo conocí a Eric —susurró sin fuerzas—. Pero no te conté por qué acabé en ese bar cutre intentando conseguir alcohol con un carné falso.

Tyler inspiró hondo y se sentó a su lado en la escalera. Entrelazó los dedos sobre sus rodillas separadas y contempló los pies desnudos de Cassie y sus uñas pintadas de un rosa muy clarito. Ella comenzó a hablar:

—Asher es el socio de mi padre, además de uno de sus mejores amigos. Yo no lo conocí hasta después del divorcio, cuando mi padre se trasladó a Fayetteville y yo iba hasta allí a visitarlo. Asher siempre era muy amable conmigo, me trataba bien y solía hacerme regalos sin importancia. Nunca vi nada extraño en él, salvo que era muy cariñoso conmigo y mis hermanos, y le encantaba jugar con nosotros. Nos subía a caballito, nos hacía cosquillas… Ahora, cuando pienso en todo aquello, veo que había señales. —Suspiró con la respiración entrecortada—. Su actitud conmigo empezó a cambiar cuando cumplí los quince. Me trataba como si fuera adulta y me gustaba porque me dedicaba la atención que mi padre no me daba.

Tyler no dejaba de mover la mandíbula, mordiéndose el carrillo y chirriando los dientes como si estuviera triturando grava. Cassie continuó:

—Yo tenía diecisiete años cuando ocurrió. Había ido a pasar las Navidades con mi padre. Esa tarde, él y su mujer habían invitado a varios de sus amigos a casa. Yo estaba en mi cuarto, pasando el rato, cuando la puerta se abrió y Asher entró con una copa de vino. Me dijo que era para mí, que estaba cansado de toda esa gente aburrida y que prefería mi compañía porque yo le gustaba mucho más. Empezó a tocarme. Al principio de forma accidental, pero después fue mucho más directo y al cabo de un rato me dijo a las claras que quería que yo… Que yo le…

—Si acabas esa frase, te juro que voy ahora mismo y lo mato —dijo Tyler con voz ronca.

—Lo rechacé, le pedí que se fuera… Él no me hizo caso. Logré salir de aquel cuarto y corrí a buscar a mi padre. Fue su palabra contra la mía y lo creyó a él porque yo siempre he sido su hija la mentirosa, la conflictiva, la que le estorbaba en su vida perfecta. Me sentí tan humillada y sola que me marché de aquella casa. Así acabé en aquel bar, borracha.

Tyler guardó silencio durante unos segundos, limitándose solo a respirar. Se enderezó y de un modo muy sutil hundió su puño en la otra mano hasta que sus nudillos se pusieron blancos. Miró a Cassie y sus ojos relampaguearon.

—¡Qué hijos de puta!

—Sí —susurró ella—. Nunca más volví y corté toda relación con mi padre.

—¿Y tu madre no hizo nada?

—Nunca se lo dije, ni a ella ni a nadie. Solo se lo conté a Eric. Tuve que darle una explicación cuando aparecí en su casa pidiéndole que me dejara quedarme allí unos días.

—¿Qué te dijo él? Porque yo, aun sin conocerte de nada, les habría dado una paliza.

—Él también quiso hacerlo —convino Cassie. La abrumaba lo mucho que se parecían los dos únicos hombres que había querido en su vida—. Lo persuadí de que así no me ayudaría. No podía permitir que se metiera en un lío por mi culpa.

Tyler asintió con los dientes apretados. No era lógico, pero sentía unos celos tremendos cuando oía el nombre de ese tipo. Saber que Cassie había estado locamente enamorada de él y que aún pudiera estarlo, lo enfermaba. Pero se guardó todos esos pensamientos para sí mismo. No eran justos.

Cassie alzó la mano y le acunó la mejilla, acariciándola con el pulgar para relajar la tensión de su cara. Se inclinó y le dio un beso en la comisura de los labios.

—Prométeme que no vas a hacer nada —le rogó con dulzura—. Ha pasado mucho tiempo desde aquello. Asher no ha vuelto a aparecer en mi vida y dudo de que mi padre regrese por aquí.

—Espero por su bien que no lo haga —replicó Tyler—. Si vuelve a tratarte de ese modo, no respondo de lo que pase después.

Cassie sonrió y pegó sus labios a los de él. Su corazón se detuvo un momento y volvió a latir con fuerza. Un vendaval de emociones la sacudió en todas direcciones, arremolinándose en su interior. Tragó saliva sin saber cómo contenerlo.

—Eres un hombre estupendo —dijo, mirándolo a los ojos—. Y me gustas por eso. —Lo agarró de la corbata y lo atrajo para besarlo de nuevo—. Y porque estás guapísimo con este traje.

Tyler esbozó una leve sonrisa y ese hoyuelo que daban ganas de comérselo apareció en su cara. La miró de arriba abajo y otra grieta apareció en su muro, desmoronándolo un poco más.

—Tú sí que estás preciosa. Me encanta tu vestido. —Su garganta emitió un gruñido bajo y ronco, y la abrazó contra su pecho, rodeándola con fuerza—. Y me encantas tú.

Cassie se dejó mimar y cerró los ojos cuando él apoyó el mentón en su pelo.

—Le has dicho a mi padre que somos novios. ¿Lo somos?

—Eso parece, ¿no? Aunque yo lo mantendría en secreto esta noche. Todos estarán allí y paso de que nos torturen. Mis amigos son unos capullos.

—¿Lo harían?

—Oh, sí. Sería su único propósito. Y por mis padres tampoco pondría la mano en el fuego. Mi madre lleva años soñando con que tenga novia. ¡Si lo averigua, huye de ella!

Cassie le pasó los brazos por el cuello y enterró el rostro en su hombro con un gritito de terror.

—Sí, mejor fingimos que no nos conocemos de nada.

—Solo por esta noche —replicó Tyler con un guiño travieso—. Podemos darnos el lote en público la próxima vez.

Ella le dio un mordisquito en la oreja y él se estremeció.

—Eso suena a marcar el terreno, cavernícola.

—No es cierto, solo constataría un hecho.

—¿Y qué hecho es ese?

Tyler se rió burlón.

—Que soy todo tuyo, listilla.

—Me gusta que seas mío.

24

Tyler rodeó el coche, abrió la puerta y ofreció su mano a Cassie para ayudarla a descender. Sus miradas se encontraron y él le guiñó un ojo con desenfado. Su actitud era relajada, casi alegre, pero Cassie empezaba a conocerlo y sabía que esa noche él preferiría estar en cualquier otra parte.

Se unieron al resto de invitados que entraban al Club. Cruzaron las puertas dobles del enorme salón y se movieron entre las decenas de asistentes, buscando con la mirada a alguien conocido. Cassie se abría paso, sujetando su pequeño bolso entre las manos, y Tyler la seguía un paso por detrás. No podía apartar los ojos de su espalda desnuda, de la delicada línea que trazaba su columna hasta perderse en su cintura, de la piel suave y fina que captaba toda su atención. Esa noche estaba puñeteramente sexy.

No tardaron en dar con Caleb y Savannah que, junto a los padres de ella y la madre de él, saludaban a los recién llegados. Caleb fue a su encuentro nada más verlos, con Savannah de la mano.

—¡Ya era hora de que aparecierais! —les soltó. Se pasó las manos por el pelo con nerviosismo, poniéndolo todo de punta—. Mátame, lo digo en serio, mátame —imploró con sus ojos oscuros clavados en su amigo.

Tyler negó con la cabeza.

—Tío, aún estás a tiempo. Yo la distraigo y tú sales corriendo.

Caleb soltó una carcajada y Tyler se unió a él cuando Savannah le pegó un puñetazo en el estómago.

—¡Muy gracioso, Ty!

—¿Dónde están los demás?

—Llegaron hace rato. Ya se encuentran en la mesa.

La cena se alargó más de hora y media, y, tras el postre, todos pasaron a un salón contiguo donde se había instalado una barra y acondicionado una pista de baile. Tyler y Cassie apenas hablaron durante todo ese tiempo, pero ambos eran muy conscientes de la presencia del otro. De cada risa, de cada palabra, de cada roce accidental entre sus cuerpos.

Acabó una canción, y luego otra, y poco a poco toda aquella gente se fue animando. Tyler miró a su alrededor y localizó a sus padres conversando con los Halbrook. En aquella sala llena de gente, esa era la única interactuación real entre la gente del barrio y la de la Colina. Permanecían los unos apartados de los otros, como si por mezclarse estuvieran rompiendo algún tipo de regla universal castigada con una maldición.

—Voy con Spencer al baño —dijo Cassie a Tyler.

Él le dedicó una sonrisa y la observó mientras se alejaba y se perdía entre la multitud. Dio un trago a su copa y se acomodó contra la pared. Se dedicó a observar a la gente, sin fijarse en nadie en concreto, ya que tampoco había nada interesante que llamara su atención.

Se percató de que un pequeño grupo de chicas no apartaban sus ojos de él. No dejaban de cuchichear y sus miradas iban y volvían a él con disimulo. Le sonaban sus caras, aunque no recordaba muy bien de qué. Y de golpe cayó en la cuenta: esas eran las antiguas amigas de Cassie, por llamarlas de algún modo. Esas tías eran repelentes y parecían fabricadas en serie. Mismo aspecto, igual actitud, personalidad nula. Algo llamó la atención de las chicas y sus susurros alcanzaron un nivel más eufórico.

Sin nada mejor que hacer, Tyler buscó aquello que tanto las había intrigado. No le costó ver de qué se trataba. Spencer tiraba de la mano de Cassie hacia la pista de baile, poniendo ojitos y morritos, mientras esta se resistía a acompañarla. *Are you gonna be my girl*, de Jet, había empezado a sonar por los altavoces.

Era difícil resistirse a Spencer, ni siquiera Cassie pudo y acabó bailando con ella. Tyler sintió una emoción especial al verlas juntas, llevándose bien. Cassie encajaba en su mundo y eso le gustaba más de lo que nunca creyó posible.

Las observó con una sonrisita socarrona en los labios. Imposible no hacerlo.

Pero sus ojos solo eran para Cassie. Le brillaba la piel bajo las luces de colores. Una fina capa de sudor la cubría desde el cuello hasta la espalda desnuda. Ella echó la cabeza atrás y giró sobre sí misma. Sus incitantes caderas se movían y el ceñido vestido se agitaba con cada sacudida. Dios, sabía moverse y a él se le comenzó a secar la boca.

La canción acabó y otra más lenta comenzó a sonar. Cassie y Spencer iban a abandonar la pista cuando dos tíos las interceptaron. Cruzaron unas palabras con ellas. Cassie debía de conocerlos, porque segundos después se los estaba presentando a Spencer. Uno de los chicos, el más alto, se inclinó sobre Cassie y Tyler pudo ver que se trataba de Lincoln. Se enderezó de golpe contra la pared, con toda su atención puesta en ellos.

Intercambiaron unas frases y Cassie parecía reticente a lo que fuese que él le estaba diciendo. No tardó en averiguar de qué se trataba, cuando ella forzó una sonrisa y aceptó su mano.

Iban a bailar.

Tyler aguantó como un campeón los cinco minutos más largos de su vida. Lo ponía enfermo ver las manos de ese tío sobre ella, pero en ningún momento se propasó, ni tampoco la incomodó, pese a que no era capaz de apartar su cara de la de ella y su mano se empeñaba en descender demasiado.

Los últimos compases del tema sonaron y otro, aún más lento que el anterior, flotó en el aire. ¿Quién demonios había contratado al DJ más moñas de todo el condado? Tyler apuró su copa de un trago, la dejó en la bandeja de un camarero que pasaba y se encaminó a la pista con paso seguro, sin dar crédito a lo que estaba a punto de hacer. Por el rabillo del ojo vio a Matt y a Jace, que también bailaban con sus chicas, y cómo se echaban a reír mientras lo señalaban. Sin girarse, levantó el dedo corazón con un mensaje muy claro: «Que os den».

Cassie sonrió a Lincoln cuando este alabó otra vez lo guapa que estaba esa noche. No importaba cuántas veces lo había rechazado en las últimas semanas; su interés no parecía resentirse lo más mínimo. De pronto, sus ojos se encontraron con otros muy familiares. Unos preciosos ojos verdes que se la comían sin ningún disimulo. Tyler cruzó la pista de baile hasta detenerse frente ella. Alzó una mano y le dio un toquecito a Lincoln en el hombro. Este se giró y una expresión de sorpresa se dibujó en su cara al encontrarse de frente con él.

—Va siendo hora de que recupere a mi chica —dijo Tyler y le guiñó un ojo a Cassie.

—¿Tu chica? —inquirió Lincoln. Su cara resultaba casi cómica. Miró a Cassie como si esperara que ella lo negara.

—Lincoln, te presento a Tyler —dijo ella.

Tyler no se movió ni un centímetro, ni Lincoln se molestó en formalizar el encuentro con el típico apretón de manos. Se limitó a soltar a Cassie y a alejarse con una disculpa.

Tyler tomó aire y sonrió con un guiño travieso.

—¿Bailas conmigo?

—Pero ¿tú bailas?

—Contigo sí.

La tomó por la cintura y la atrajo a su cuerpo mientras ella le rodeaba el cuello con los brazos. Con el pulso martilleándole bajo la piel, pegó su barbilla contra su sien y se movió despacio, meciéndola con sus caderas a un ritmo lento y sensual. Su mirada sobre ella era penetrante y la ciñó un poco más de modo que sus torsos quedaron pegados desde el pecho hasta los muslos. Bailaron varias canciones en un cómodo silencio, apenas conscientes de que a su alrededor había decenas de personas.

De repente, Cassie se envaró y su expresión cambió al ver a su madre y a Bruce bailando a pocos pasos de ellos. Dana también se percató de su presencia y se acercó a ellos sin dejar de girar entre los brazos de su acompañante.

—Cariño, es una fiesta estupenda, ¿verdad?

—¡Mamá! Sí, es estupenda.

—¿No vas a presentarme a tu amigo?

Cassie notó que se ruborizaba y que las manos le temblaban. Tyler la miró, alzando una ceja con un gesto inquisitivo.

—Mamá, te presento a Tyler Kizer. Tyler es el mejor amigo de Caleb y será el padrino en la boda de Savie. Tyler, esta es mi madre, Dana Wells.

Los ojos de su madre se abrieron con reconocimiento y le dedicó una sonrisa sincera a Tyler.

—Es un placer conocerte, Tyler.

—El placer es mío. Ahora ya sé por qué Cassie es tan impresionante. Es igual que usted.

—Oh, qué encantador eres. Y tan guapo. —Miró a su hija y entornó los ojos como si dijera «así que es a este a quien has estado escondiendo»—. Cassie, nunca me has hablado de él.

—Bueno, mamá, es que hasta hace poco no había nada que contar.

—No importa —dijo Dana con toda su atención puesta en Tyler—. Siempre ha sido así, desde pequeña. Si yo te contara…

Conversaron durante unos pocos minutos y volvieron a quedarse solos. Tyler atrajo a Cassie de nuevo a sus brazos.

—¿Eres adoptada? —preguntó él sin cortarse.

—¿Qué? —inquirió ella sin entender. Entonces su sonrisita socarrona la sacó de dudas—. ¡Muy gracioso!

—Debe de volverte loca.

—No te creas. Apenas nos vemos. Siempre ha estado muy ocupada y ahora más desde que sale con Bruce.

La sonrisa se borró de la cara de Tyler y la miró de una forma muy intensa, como si tratara de leerle el pensamiento. Dios, la familia de Cassie era completamente disfuncional. Un padre para el que no existía y una madre que apenas tenía tiempo para ella.

—¿Y te parece mal que salga con ese tío? —se interesó.

—¿Con Bruce? No. Tiene derecho a rehacer su vida. —Cassie alzó los ojos hacia él y percibió su preocupación—. Estoy bien, de verdad. No tengo traumas ocultos ni nada que se le parezca.

Tyler no estaba tan seguro de eso ahora que conocía la vida que había tenido. Sonrió para deshacerse de la inquietud que sentía y la hizo girar entre sus brazos. La atrajo de nuevo a su pecho y le rozó la frente con los labios.

—Ven esta noche a casa. Duerme conmigo —susurró contra su piel.

—Si me lo pides así —respondió ella mientras se derretía con un suspiro.

De pronto, el teléfono de Tyler empezó a sonar en el bolsillo de su chaqueta. Lo sacó y le echó un vistazo. Era Derek. ¿Qué demonios hacía llamándolo cuando se suponía que debía estar allí mismo en la fiesta? Descolgó.

—Espera que busque un lugar donde pueda oírte.

Se alejó del ruido, con Cassie de su mano. Alcanzó el vestíbulo y salió a la calle.

—¿Qué pasa?

—Ty, me he metido en un lío —dijo Derek con la voz entrecortada.

—¿Dónde estás?

—En el hospital.

Tyler se puso pálido.

—¿Qué haces en el hospital? ¿Qué te ha pasado?

—Uno de esos pijos se ha metido con mi chica. La ha llamado puta y yo no podía quedarme de brazos cruzados.

—¿Os habéis peleado?

—La ha llamado puta en mis narices —dijo como si eso lo explicara todo—. El problema es que se nos ha ido un poco de las manos y Sean se ha empeñado en que debía verme un médico.

—¿Ese capullo estaba contigo y ha dejado que te pelearas?

—Los colegas son los colegas, Ty. Tú mismo me lo has dicho muchas veces. Él me cubría, pero era asunto mío.

Tyler maldijo en silencio. El muy idiota siempre se quedaba con la parte de la charla que le interesaba.

—Vale. No parece que vayas a morirte en los próximos diez minutos, ¿no?

Derek se echó a reír.

—No, pero me duelen un huevo las costillas y quieren hacerme unas radiografías. También necesito puntos. La enfermera dice que, como soy menor, debe ser un adulto quien rellene los papeles del seguro.

—De acuerdo, voy a por papá.

—¡No! Papá no puede enterarse de que me he peleado. Si lo hace, también se enterará mi entrenador y se me caerá el pelo. En cuanto empiece el curso, me castigará relevándome a suplente. ¡No puedo ser suplente! Por favor, Ty, eres mi hermano mayor, y me lo debes, por lo de la rubita.

Tyler gruñó una maldición. Jodido chantajista.

—Voy para allá.

Colgó el teléfono y miró a Cassie con un gesto de pesar.

—Tranquilo, he oído lo suficiente. Vete.

—¿Seguro?

—Sí, completamente segura. Les pediré a Caleb y Savie que me lleven a casa. Y ni una palabra a tus padres.

—Un día de estos voy a matar a ese idiota.

Cassie se echó a reír.

—No olvides que es clavadito a ti.

Tyler le tomó el rostro entre las manos y la besó, deteniéndose en sus labios un largo instante. Después la miró a los ojos.

—Prometo compensarte.

—Sé que lo harás.

*T*yler entró en la sala de urgencias y encontró a Derek sentado en una camilla. Sean estaba a su lado y se puso de pie en cuanto le vio aparecer.

—Te juro que le dije que no lo hiciera, pero él se puso gallito y...

—Cállate, Sean —le espetó Tyler.

Se plantó delante de su hermano y lo inspeccionó de arriba abajo. Con un dedo en la barbilla le alzó el rostro para poder verlo bajo la luz. Resopló con fuerza. Sobre la ceja tenía una brecha que requería puntos, el ojo izquierdo se le estaba poniendo morado y en el labio inferior lucía un corte que había sangrado de forma profusa. Llevaba la camisa sucia y ensangrentada y los pantalones rotos a la altura de las rodillas.

—Estás hecho un asco.

—Pues tendrías que ver cómo ha quedado el otro —señaló Derek con una sonrisa de oreja a oreja. Una mueca de dolor le transformó el rostro.

Enseguida apareció un médico y Tyler pudo hablar con él del estado de Derek. No parecía que su hermano tuviera nada importante de lo que preocuparse, pero querían asegurarse de que no había ninguna costilla rota. Mientras se lo llevaban para realizarle las pruebas necesarias. Tyler rellenó los papeles del seguro y después se sentó junto a Sean en la sala de espera.

—Esos tíos nos han tratado como si fuésemos mierda —dijo Sean al cabo de un rato—. Al principio no les hemos hecho caso. No merecía la pena. Pero después uno de ellos ha llamado puta a Clare y a Derek se le ha ido la cabeza.

Tyler giró el cuello de golpe y clavó sus ojos en Sean.

—¿Clare? ¿Te refieres a Clare, nuestra Clare? —preguntó Tyler. La imagen de su vecinita adolescente acudió a su mente, sustituida de in-

mediato por la caja de condones que le había proporcionado a Derek—.
¿Mi hermano está saliendo con Clare?

Sean asintió y Tyler notó que ese pensamiento lo irritaba profundamente. Iba a tener una larga charla con esos dos. Dios, a saber qué
habían estado haciendo y hasta dónde habrían llegado. Comenzó a
ponerse enfermo. En ese momento, Derek apareció en el pasillo. Le
habían vendado el costado y cosido la brecha, y caminaba con cierta
dificultad. Tyler se levantó y fue a su encuentro.

—No sé cómo demonios le vamos a explicar esto a papá.

—Puedes decirle que has sido tú. Que te birlé el Camaro. Seguro
que se lo traga.

Tyler le dio una colleja y Derek aulló una palabrota.

—Ni de coña. Por cierto, ¿qué es eso de que estás saliendo con Clare? Pero si sois como hermanos.

—No es asunto tuyo.

Derek apretó el paso y bajó la cabeza para ocultar que se había ruborizado. De repente, se paró en seco y dejó de respirar mientras su mirada se
clavaba en los ascensores. Los analgésicos que el médico le había dado se le
cayeron de las manos. Tyler corrió a su lado, preocupado.

—Eh, ¿qué pasa? ¿Estás bien?

—Ese es…

Derek no acabó la frase, demasiado impresionado. Tyler siguió su
mirada y el corazón le dio un vuelco. Jackson estaba entrando en uno de
los ascensores. Hacía años que no sabían nada de él. Y, de pronto, aparecía allí de la nada.

—Es él —dijo Tyler al tiempo que rodeaba con el brazo el cuello de
su hermano.

—Vamos a seguirlo —replicó Derek sin poder disimular un atisbo
de esperanza.

—¿Para qué quieres seguirlo? Sabes que es mejor que nos mantengamos alejados de él.

—Ya, pero estamos en un hospital. ¿No te preocupa que pueda
ocurrirle algo?

—Por Dios, Derek, claro que me preocupa. Pero si el mundo sigue
siendo el mismo de esta mañana, en cuanto nos vea se largará. No le
interesamos.

—Vale, pues él a mí sí. Es mi jodido hermano y quiero saber qué hace aquí. Que se largue o que me atice. Me da igual.

Tyler resopló y siguió a Derek hasta el ascensor. Se había detenido en la cuarta planta y ellos también subieron hasta allí. Nada más abrirse las puertas, vieron la espalda de Jackson desapareciendo tras una esquina.

—Es la planta de oncología —susurró Derek.

Tyler asintió, cada vez más nervioso. Recorrieron el pasillo y vieron a su hermano mayor entrando en una habitación del área de cuidados paliativos.

—Esto no pinta bien.

Derek sacudió la cabeza y clavó sus ojos en los de Tyler.

—¿Crees que está enfermo?

—No lo sé. Pero vamos a averiguarlo.

Tyler miró a su alrededor y localizó una cara conocida entre las enfermeras que se concentraban junto a un mostrador. No tardó en averiguar que se trataba de una clienta habitual de su madre. Un poco de conversación y un par de coqueteos le bastaron para obtener la información que necesitaba. Respiró con alivio al saber que no era Jackson quien estaba enfermo, pero su situación era igual de mala.

—Tenemos que llamar a papá —dijo Derek.

Tyler asintió y sacó el teléfono de su bolsillo. Segundos después, su padre respondía desde el coche. Regresaban a casa tras la fiesta.

—Papá, todo está bien, no te preocupes. Pero tienes que venir al hospital, ya.

—¿Qué ocurre, hijo? ¿Tu hermano está bien? ¿Tú estás bien?

—Sí, los dos estamos bien. No se trata de nosotros. —Hizo una pausa, cargada de efecto—. Papá, es Jackson. Ha vuelto. Su madre se muere.

—Voy para allá.

—Cuarta planta.

25

*L*as puertas del ascensor se abrieron y Drew las cruzó como alma que lleva el diablo. Tyler y Derek lo esperaban apoyados contra la pared del pasillo. Sus ojos volaron hasta su hijo pequeño y frunció el ceño.

—¿Y a ti qué te ha pasado? —Le cogió la cara para mirarla con atención—. Déjalo, prefiero no saberlo. Ya hablaremos de esto en casa. ¿Dónde lo habéis visto? —preguntó a Tyler.

—Está en una habitación, en el otro extremo de la planta.

—¿Él os ha visto?

—No.

Drew se pasó las manos por la cara, con un gesto idéntico al que solían hacer sus hijos.

—No va a querer saber nada de nosotros —añadió Tyler—. Se volverá loco en cuanto nos vea.

—Tu hermano tiene ya veinticinco años, es un hombre. Va siendo hora de que deje de hacer gilipolleces y de odiar a todo el mundo. Todos, absolutamente todos, necesitamos ayuda alguna vez en la vida.

—Y la familia siempre es la familia, ¿verdad, papá? —intervino Derek con un brillo intenso en sus ojos.

—Así es, hijo. —Miró a Tyler y bajó la voz—. ¿Qué te han dicho exactamente de su madre?

—Tiene un linfoma en fase terminal. Por lo que me ha contado esa enfermera, lleva algún tiempo ingresada y los médicos ya no pueden hacer otra cosa que ocuparse de que no sufra. También me ha dicho que Jackson es el único que está con ella y que hace días que no sale de aquí.

—Isabella no tiene familia en Port Pleasant. Recuerdo que tenía una hermana que vivía en Arizona, pero nunca la conocí. Jackson está completamente solo, así que, quiera o no, no nos moveremos de aquí.

Tyler y Derek asintieron sin dudar. Los tres juntos se dirigieron a la habitación en la que lo habían visto entrar.

Drew se adelantó para llamar, cuando la puerta se abrió y un chico moreno, de piel bronceada y ojos oscuros, apareció en ella. A Tyler le dio un vuelco el corazón, intentado asimilar el rostro que tenía delante. Un rostro ojeroso, sin afeitar, con el cabello aplastado y unos ojos rojos y brillantes. Durante un instante, su mirada conectó con la de él y la tensión se palpó en el ambiente. Algo parecido al horror apareció en la expresión de Jackson.

—¿Qué demonios hacéis vosotros aquí? —les espetó.

Drew dio un paso, sin achantarse lo más mínimo.

—He sabido que Isabella no se encuentra bien, me gustaría verla.

—Y una mierda, tú no tienes ningún derecho a verla.

—Tú eres mi hijo y ella tu madre. Te guste o no, así están las cosas. Quiero ver a tu madre —dijo Drew sin intención de ceder.

—No me obligues a sacarte de aquí —masculló Jackson, y lo decía en serio.

—¿Drew? ¿Drew, eres tú? —preguntó una débil voz desde el interior de la habitación.

—No es nadie, mamá. Descansa —dijo Jackson, fingiendo calma.

—Sé que es él. Quiero verlo. Drew, ¿estás ahí? Hijo, quiero ver a tu padre. Por favor, dile que pase.

Durante un largo instante, Jackson enfrentó la mirada de Drew. Su rostro reflejaba la tormenta de sentimientos que se había desatado en su interior. El conflicto entre su corazón y su cabeza, y el odio que rezumaba a su alrededor. Finalmente se hizo a un lado y Drew entró en la habitación. El chico lo siguió y cerró la puerta tras él.

Tyler y Derek se sentaron en el suelo del pasillo, decididos a esperar todo lo que hiciera falta.

—¿De qué crees que estarán hablando? —preguntó Derek.

—No lo sé —musitó Tyler preocupado.

—Llevan ahí mucho rato.

Tyler miró a su hermano y le sonrió. Después le rodeó el cuello con el brazo y lo besó en la cabeza.

—No te preocupes, ¿vale? ¿Cómo estás?, ¿necesitas uno de esos analgésicos?

—No, estoy bien.

La puerta de la habitación se abrió de golpe y Jackson salió en estampida. Drew lo seguía y logró asirlo por el brazo. Durante unos largos segundos ambos forcejearon, hasta que Drew logró acorralarlo contra una esquina y tomarle el rostro entre las manos mientras le hablaba en voz baja. Jackson negaba sin parar, llorando, y trataba de quitárselo de encima.

Su padre no cedió en ningún momento y continuó hablando. En su gesto se percibía la tensión y también el dolor, y entre todo aquel desastre se podía ver cierta esperanza. Poco a poco, Jackson se quedó quieto, con los ojos clavados en los de Drew y asintió una sola vez.

Entonces, Tyler y Derek vieron algo que jamás pensaron que sería posible. Su padre abrazó a Jackson y este, aunque tenso y rígido como una barra de acero, se dejó abrazar. Después entraron de nuevo en la habitación.

Ninguno de los dos dijo nada tras esa escena y se quedaron mirando la pared blanca sumidos en sus pensamientos.

Al cabo de otro rato, la puerta volvió a abrirse y Jackson salió solo. Caminó por el pasillo, pasando de largo al llegar junto a ellos e ignorándolos como si no estuvieran allí. Luego se detuvo, regresó sobre sus pasos y se apoyó en la pared, frente a sus hermanos. Clavó la vista en el techo, sin decir nada durante un rato. Su cabeza era un caos y se reflejaba en su expresión.

—¿Y a ti qué te ha pasado? —preguntó de repente, y miró directamente a Derek.

El chico se estremeció y sus ojos se abrieron como platos al darse cuenta de que le estaba dirigiendo la palabra.

—Un tío ha llamado puta a mi novia y he tenido que explicarle que esas cosas tan feas no se dicen —dijo con tono travieso.

Tyler sonrió para sí mismo, orgulloso de su hermano pequeño.

Los labios de Jackson también se curvaron un poco. Miró al chico y no le pasó desapercibido lo mucho que se parecía a él físicamente. Después se fijó en Tyler y pensó en la única ocasión que habían estado tan cerca el uno del otro, y en la paliza que le había dado y de la que había salido bastante mal parado. Nunca había olvidado ese momento y lo perseguía como una pesadilla.

En el fondo no había querido hacerle daño ni tampoco reaccionar de ese modo, pero estaba tan enfadado, tan amargado... y tan manipulado. Apretó los dientes, mirando la puerta de la habitación donde se encontraba su madre, y tuvo que contenerse para reprimir las lágrimas que se agolpaban tras sus pestañas. Parpadeó varias veces y se frotó la barba que le cubría las mejillas.

—¿Estás bien? —preguntó Tyler, percibiendo la tensión que volvía a acumularse en Jackson.

Jackson asintió con un leve gesto. La puerta se abrió y Drew salió de la habitación con gesto cansado. Se masajeó el puente de la nariz y se quedó mirando a sus tres hijos durante un largo segundo. Por primera vez en mucho, mucho tiempo, había auténtica paz en su rostro; y Tyler se preguntó qué habría pasado dentro de aquel cuarto.

Drew se acercó a Jackson, respetando su espacio, y se apoyó en la pared imitando su postura.

—Solo te pido que lo intentes —dijo el hombre en apenas un susurró. Jackson lo miró de reojo—. Piensa en todo lo que te ha contado tu madre y tómate el tiempo que necesites. Llevo toda mi vida esperándote, podré aguantar un poco más. Pero inténtalo, hijo. Somos tu familia y queremos ayudarte. Esos dos son tus hermanos y te necesitan, del mismo modo que tú los necesitas a ellos. El pasado no puede cambiarse, Jackson, pero podemos intentar que el presente mejore.

Jackson apretó los dientes y su mandíbula se crispó. Asintió con los ojos clavados en el suelo.

—Bien —dijo Drew, y miró a Derek con una sonrisa—. ¿Cómo ha quedado el otro?

—Hecho papilla. No se lo dirás a mamá, ¿verdad?

—No, se lo dirás tú. Anda, vamos, te llevaré a casa.

Derek se puso en pie con la ayuda de Tyler y dejó que su padre le rodeara los hombros con el brazo para ayudarlo a caminar. Un gesto de dolor transformó su rostro y gimió como un niño pequeño.

—Nenaza —rió Tyler.

—Capullo.

—¿El bebé se enfada?

—Siempre te ha jodido que la tenga más grande que tú.

—Sigue soñando, canijo.

Sin dejar el tira y afloja con su hermano, Tyler los acompañó hasta el ascensor.

—Voy a quedarme —le dijo a su padre.

—De acuerdo. Llámame si pasa algo, lo que sea.

Las puertas del ascensor se cerraron y Tyler giró sobre sus talones. El pasillo estaba desierto, ni rastro de Jackson por ningún lado. Se sentó en el suelo, frente a la habitación, y en algún momento debió de quedarse dormido. Se sobresaltó al notar un golpecito en el pie y abrió los ojos. Jackson lo miraba desde arriba.

—¿Sigues aquí?

Tyler asintió y se puso de pie con todo el cuerpo agarrotado.

—¿Por qué? —inquirió Jackson con suspicacia.

—Por si necesitas algo. No sé, si quieres ir a casa a cambiarte o a descansar, puedo vigilar a tu madre por ti. No me importa.

Jackson esbozó una sonrisa extraña y sacudió la cabeza.

—¿Crees que vamos a llevarnos bien sin más? ¿De verdad crees que veinte años se pueden borrar en unas horas y que vamos a jugar a los hermanitos que se quieren porque sí?

Tyler enfrentó su mirada y acortó de un paso la distancia que los separaba.

—No. No se olvidan. Ni esto tampoco. —Se señaló la leve cicatriz que marcaba su cara—. Pero soy tu hermano. Y por mucho que te joda, esta vez no pienso desaparecer.

La mirada de Jackson se suavizó un poco y suspiró. Se pasó la mano por el pelo, oscuro y corto. Podría quedarse durmiendo de pie si cerraba los ojos solo un segundo.

—¿Quieres un café?

Tyler asintió sin mucha convicción, como si no estuviera seguro del todo de si le estaba tomando el pelo o no. Juntos bajaron hasta la cafetería. Pidieron un par de cafés y unas magdalenas, y se sentaron a una mesa. Comieron en silencio durante un rato.

—¿Sabes que se muere? —preguntó de repente Jackson.

Tyler lo miró y notó un nudo en el estómago al pensar inmediatamente en su propia madre. Dios, su hermano debía de estar pasando un infierno.

—Sí.

—No le queda mucho. Ni siquiera los médicos saben cuánto. Una semana, dos, puede que tres si tiene suerte.

—Lo siento.

—Sí, yo también. Pero ahora estoy tan cabreado con ella… Se muere y yo estoy enfadado porque me ha estado mintiendo durante toda mi vida y no sé si podré perdonarla por ello.

Tyler tragó saliva y apartó su taza de café. No sabía qué decir ni qué hacer. Nunca se le había dado bien consolar a los demás.

Jackson agachó la cabeza, se miró las manos entrelazadas sobre la mesa y prosiguió con una calma y una sinceridad que impresionaban:

—Todo este tiempo me ha repetido que él no me quería, que no deseaba saber nada de mí. Me machacaba con que para él yo era su error, un desliz del que se avergonzaba y que ansiaba borrar de su vida porque tenía otra mujer y otros hijos a los que sí quería. Y nada de eso era cierto. Mi madre quería hacerle daño porque él nunca quiso amarla y me utilizó a mí para lograrlo. Todo, absolutamente todo sobre lo que se asentaba mi vida es mentira. Me hizo creer que siempre estuve solo y que no le importaba a nadie. ¿Cómo le perdono eso?

Tyler no sabía muy bien qué contestar. Había pasado toda su vida deseando que llegara aquel momento. Tener por fin a su hermano mayor delante de él, hablando como lo que eran, familia. Y ahora no era capaz de decir nada, cualquier cosa que le hiciera sentir un poco mejor. Miró sus ojos oscuros, ansiosos y brillantes.

—¡No sé cómo! Pero no tienes mucho tiempo para decidir. Si ella se va antes de que podáis solucionarlo, no podrás vivir con ello.

Volvieron a guardar silencio durante un rato.

—Aquel día, en el centro comercial, ¿por qué te acercaste a mí? —quiso saber Jackson, mientras limpiaba unas miguitas sobre la mesa con la mano.

—Quería saber por qué me odiabas.

Jackson soltó un suspiro ahogado y por su cara pasaron un montón de emociones.

—Lo siento.

—¿El qué? —preguntó Tyler, confundido.

Su hermano tomó aire y lo contuvo un segundo antes de soltarlo.

—Lo de la cara.

Tyler se tocó la mandíbula con las yemas de los dedos.

—Tranquilo. No fue para tanto y ya casi ni se nota.

—No sé cómo hacer esto. Estar aquí contigo como si nada —suspiró Jackson, derrotado.

—Créeme, yo tampoco. Pero te mentiría si dijera que no he pensado en este momento cada día, imaginando qué haría o diría cuando por fin te tuviera delante —dijo Tyler alzando la vista hacia él—. Quizá no tengamos que hacer nada. No sé, podríamos seguir a partir de este mismo instante y ya está.

—No te conozco, Tyler. No os conozco a ninguno. Veo el parecido entre nosotros, sé que compartimos la sangre y que somos familia, pero no lo siento así.

—No me lo creo. Mi abuelo… Nuestro abuelo —se corrigió a sí mismo— tenía un lema. Decía: «La familia se apoya. La familia se cuida. La familia es lo único que perdura. Aunque lo acabes jodiendo todo». —Inspiró hondo—. Bueno, pues esas palabras tienen muchas lecturas. Una de ellas es que a la familia se la quiere incluso cuando creemos que no. Y sé que, cuando nos conozcas, dejarás de pensar así. Eres un Kizer, Jackson.

Jackson se rió por lo bajo.

—¿Tenemos un lema?

Los ojos de Tyler se iluminaron.

—¿Lo ves? Has dicho tenemos y no… tenéis. —Se inclinó sobre la mesa—. No se puede cambiar lo que ha pasado, pero podemos intentar que a partir de ahora las cosas sean diferentes. Nuestro padre es un buen hombre y nunca ha perdido la esperanza contigo. Cuando habla de sus hijos, no se refiere solo a Derek y a mí, tú siempre has estado presente. Dale una oportunidad. Conócelo y verás que no es tan difícil que te acabes sintiendo parte de nosotros.

Jackson le sostuvo la mirada, mientras su corazón deseaba con todas sus fuerzas creer lo que Tyler le decía. Se sentía sobrepasado por toda la situación. Llevaba un par de semanas encerrado en aquel hospital y apenas había podido asimilar que su madre se estuviera muriendo. Sabía que ella no se había encontrado bien durante los últimos meses, pero en todo momento había creído que solo se debía al exceso de trabajo y al insomnio. En eso también le había mentido. Hacía más de un año que sabía que estaba enferma, que no había solución posible para ella, y se lo había ocultado.

Y ahora tenía que lidiar con esa realidad: se moría. Y también con otra igual de espeluznante. La familia que tanto había odiado, a la que había despreciado, resultó no ser la mala del cuento. Ahora debía coger todos esos sentimientos que había alimentado durante años y tratar de ignorarlos. Tenía un padre y dos hermanos que siempre habían querido conocerlo, tenerlo en sus vidas, y no sabía cómo manejarlo ni cómo actuar.

—No voy a prometerte nada, Tyler. Pero lo intentaré.

—A mí me vale con eso —dijo con sinceridad y alargó la mano por encima de la mesa.

Jackson se la estrechó con fuerza y así sellaron un nuevo comienzo para ambos.

El teléfono de Tyler sonó en su bolsillo. Le echó un vistazo. Un mensaje de Cassie parpadeaba en la pantalla. Lo leyó con un revoloteo en el estómago. No lograba acostumbrarse a esas mariposas que sentía cada vez que pensaba en ella. Quería saber si Derek se encontraba bien y quedar para comer juntos.

—¿Te importa si hago una llamada? Es importante —dijo al tiempo que se ponía en pie.

Jackson negó con la cabeza, se repantigó en la silla y observó a Tyler mientras este se alejaba unos pasos.

—Hola, preciosa —dijo Tyler, cuando Cassie contestó al teléfono.

—Hola. ¿Qué tal todo? ¿Derek se encuentra bien?

—Sí, está bien. Un poco magullado, pero en unos días estará planeando alguna otra tontería. Escucha, sobre lo de comer juntos. No voy a poder, Cass. Me ha surgido algo importante. Verás, se trata de mi hermano…

—Has dicho que Derek se encuentra bien.

Tyler tragó saliva y terminó de quitarse la corbata que llevaba horas colgando de cuello como un grillete.

—No es Derek. Es Jackson, ha vuelto y tiene problemas.

—¿Has hablado con él?

—¡Sí! —exclamó Tyler entusiasmado—. Aún no me lo creo. Estoy con él ahora, hemos hablado y creo que vamos a recuperarlo.

—¡Dios mío, cariño, eso es fantástico!

Tyler sonrió. Se pasó la mano por el pelo y repitió el gesto de forma compulsiva.

—Sí lo es, Cass, lo es. Oye, no… no sé cuándo podré verte. Intentaré que sea muy pronto, pero ahora necesito estar con él. Tiene problemas muy serios que no puedo contarte por teléfono.

—Tranquilo, no te preocupes. Lo entiendo. Es tu hermano y sé lo que este momento significa para ti. Además, yo solo quería que comiéramos juntos para contarte en persona una cosa.

Tyler se estremeció y apretó el teléfono entre sus dedos, alerta.

—¿Qué ocurre? ¿Estás bien? ¿Tu padre ha vuelto a molestarte?

—No, no ha vuelto a molestarme, pero no se trata de él. En realidad se trata de mi hermanastra, de Emma. Quiere verme. Le ha pedido a mi padre que la deje pasar unos días conmigo. No parece estar bien y se niega a hablar con nadie más.

—¿Y tu padre ha accedido?

—Sí, ha sido él quien me ha llamado. Creo que ha empezado a darse cuenta de la verdad. Está muy asustado y preocupado por Emma.

—¿Crees que ese cabrón le ha hecho algo a la niña?

—Es lo que quiero averiguar. Y si es así, yo misma iré a denunciarlo. Solo tiene trece años, Ty.

—Cass, si eso pasa, no quiero que lo hagas sola. Llámame y estaré ahí en un segundo.

—Sé que puedo contar contigo. Pero no te preocupes, Savannah se ha apuntado a esta locura. Pienso que Emma se sentirá mucho mejor si lo convertimos en una especie de reunión de chicas. Los padres de Savie tienen una cabaña en el interior, vamos a ir allí unos días.

—Vale, parece un buen plan. Mantenme informado, ¿de acuerdo?

—Lo haré. Y… me alegro mucho por lo de Jackson. Estoy deseando conocerlo.

—Yo también. Gracias, Cass.

—Voy a echarte de menos.

—Y yo a ti.

Tyler colgó el teléfono y se quedó mirándolo un momento. Sintió un nudo muy apretado en la garganta y un cosquilleo tras los ojos. Después de seis años, parecía que su mundo cobraba algún sentido. Jackson había entrado en su vida y también Cassie, lo mejor que le había pasado nunca. Quizá ya había purgado sus pecados y la vida y sus fantasmas estaban dispuestos a darle otra oportunidad. Si así era, la quería. Joder, la quería de verdad y no iba a desaprovecharla.

Regresó junto a Jackson y se sentó a la mesa.

—¿Era tu chica? Lo digo porque es lo que parecía —se interesó Jackson.

Tyler se encogió de hombros.

—Creo que sí.

—¿Crees?

—Empezó siendo un rollo, pero ahora... Ahora es importante. Estamos intentando ver a dónde nos conduce y si funciona de verdad. A ninguno de los dos nos ha ido muy bien antes y es complicado.

—Entiendo —dijo Jackson—. A mí me pasó algo parecido, aunque lo que esa chica y yo teníamos no llegó muy lejos. Calculé mal las probabilidades de que pudiera funcionar, me equivoqué y aposté en nuestra contra. Fue el peor error de mi vida. —Miró a Tyler con una triste sonrisa—. A veces, lo mejor es no pensar demasiado. Eso siempre jode las cosas.

Se puso de pie y embutió las manos en los bolsillos de sus vaqueros. Su pecho se hinchó con una profunda inspiración.

—Voy a volver con mi madre —anunció con tristeza.

Tyler también se levantó.

—Yo debería ir a quitarme este traje. No sé cómo puede haber gente que se vista así todos los días. Es una tortura.

Jackson asintió y alzó una mano a modo de despedida mientras se dirigía a la puerta.

—¡Eh! —dijo Tyler.

Su hermano lo miró por encima del hombro.

—Sabes que pienso volver, ¿no? Y también el viejo. Y no flipes mucho si mi madre también aparece por aquí. Siempre quiso conocerte.

Jackson frunció el ceño y una sombra nubló su cara. Pero pasó y su expresión se animó de nuevo. Se encogió de hombros y su imagen fue la de un hombre que se rendía ante lo que no podía vencer. Se dio cuenta de lo mucho que había cambiado en todo el tiempo que llevaba alejado de Port Pleasant. Puede que fuera lo que la gente llamaba madurez, o esa calma que se debe sentir cuando ya no puedes más y cedes a todo sin que te importe nada, porque sabes que lo único que puede salvarte es dejar que la corriente te arrastre, tomar aire y rezar para no hundirte.

—Ya sabéis dónde estoy —dijo sin más.

26

*B*lair y Derek se alejaron por el pasillo en dirección a los ascensores. Jackson se quedó mirándolos hasta que las puertas se cerraron y después contempló la bolsa que aún colgaba de su mano. Era imposible que pudiera comerse todo aquello.

Durante los últimos cinco días, esa mujer lo había estado atiborrando sin parar. Se sentía culpable al admitirlo, estando su madre tumbada en esa cama a punto de desaparecer, pero Blair Kizer le caía bien. En realidad, todos en esa familia habían empezado a caerle bien.

Su padre —aunque le costaba llamarlo así— era un hombre muy diferente al que siempre había imaginado y se sorprendió al darse cuenta de que se parecían en muchas más cosas que en el aspecto físico. Drew era un buen hombre, que amaba a su familia y que también lo quería a él. Jackson aún intentaba acostumbrarse a esas sensaciones, y en el fondo le estaba agradecido por tenerlo a su lado en aquellos momentos tan duros.

Derek era especial. Se estaba encariñando con el chico sin darse cuenta. Le hacían reír sus ocurrencias, sus aires de gallito y esa actitud de tipo duro con la que se pavoneaba. Aunque no tanto esa tendencia a meterse en líos que se le intuía. Pero ¿qué iba a decir él? Había sido igualito a su edad. Ahora sabía que la culpa era del ADN que compartían.

Y después estaba Tyler. En apenas unos días, ese chico se estaba convirtiendo en su mayor apoyo, en un amigo; y cuando pensaba en él como en su hermano, sentía cierto orgullo colándose en sus venas, directo a la sangre, certero al corazón. Hablar con él era sencillo, congeniaban y se sentían cómodos el uno al lado del otro sin necesidad de decir nada.

Había ido al hospital cada día y pasaba allí horas enteras. En algunas ocasiones, había acudido acompañado por algún amigo: casi siempre por ese chico, Caleb. También le caía bien y pasar el rato con ellos le estaba ayudando a sobrellevar toda aquella mierda. También sus miedos.

Dios, conforme pasaban los días, esa aprensión que sentía se intensificaba hasta robarle el aire.

Entró en la habitación y observó a su madre. Apenas se despertaba unos pocos minutos cada día y, cuando lo hacía, se sentía desorientada y casi no razonaba. Se sentó junto a la cama y la tomó de la mano. Verla así, tan indefensa, había hecho que no pudiera odiarla. Jamás lograría entender qué la había llevado a que, durante tantos años, le hubiera estado utilizando para causar tanto dolor a un hombre por el simple hecho de no amarla; y, sin pretenderlo, ese mismo dolor se lo había causado a él mismo. Pero no podía odiarla. Era incapaz.

Besó sus dedos fríos y se los llevó a la mejilla.

—¿Por qué, mamá? ¿Por qué me estás haciendo esto? —sollozó casi sin voz—. No puedes irte. Tienes que quedarte conmigo. No tengo a nadie, solo a ti. Así que no intentes dejarme solo, por favor. No sé si puedo sobrevivir solo. No sé hacerlo.

Hundió la cara en su vientre y la abrazó, aferrándose a sus caderas como cuando era pequeño. Los ojos se le llenaron de lágrimas que se negaba a derramar. Notó una leve caricia en la cabeza y se quedó quieto.

—Podrás —musitó su madre. Inspiró hondo y ese simple gesto la agotó—. No estás solo. Tienes una familia. Debes estar con ellos.

—Ya no soy un niño del que ocuparse. Los Kizer tienen su propia vida y yo la mía.

—No, tú eres un Kizer, siempre lo has sido por mucho que ahora lleves mi apellido. Deja que tu padre cuide de ti. Quiere hacerlo.

Jackson tragó saliva y se le crispó el rostro.

—Me cuesta acostumbrarme a ellos.

—Por mi culpa. Lo siento, mi amor, lo siento mucho. Ojalá puedas perdonarme —gimió, y su cuerpo tembló alterado.

—Ya lo he hecho, mamá. Tranquila, todo va a estar bien. Yo voy a estar bien. Descansa.

Volvió a quedarse dormida. En la habitación solo se oía su respiración y el zumbido de las máquinas a las que estaba conectada para controlar sus constantes y la sedación. Jackson le acarició la mejilla y después la frente para retirarle el pelo de la cara. Al cabo de un rato salió del cuarto, donde comenzaba a asfixiarse. Se tropezó con Tyler en el pasillo.

—¿Otra vez por aquí?

Tyler sonrió y le dio la vuelta a la gorra que llevaba, de modo que la visera quedó sobre su nuca.

—¿Un café?

Jackson se encogió de hombros y juntos hicieron el camino que ya habían recorrido varias veces en los últimos días. Se sentaron a su mesa habitual y se quedaron mirándose con las tazas entre las manos.

—¿El médico ha dicho algo nuevo? —se interesó Tyler.

—No, lo de siempre. Esperar a que suceda.

—¿Consigues dormir algo? ¿Has ido a descansar? Tienes un aspecto horrible.

—Muy poco. Solo he pasado por casa para ir empaquetándolo todo.

—¿Empaquetar? ¿Te vas?

—No, de momento no voy a ninguna parte. Cuando mi madre ya no esté, entonces pensaré qué hago.

—¿Y por qué guardas vuestras cosas?

Jackson se inclinó sobre la mesa y añadió azúcar a su café. Cogió un palito de plástico y lo agitó.

—He tenido que vender la casa. Mi madre ya no va a regresar allí y es absurdo intentar mantenerla. Con lo que van a darme podré cubrir los gastos del hospital y, con suerte, también los del funeral. El total suma muchos miles y puede que aún necesite vender también el coche. —Hizo una pausa y tomó un par de sorbos—. Esta noche tengo que ir a ver un apartamento. ¿Podrías quedarte con mi madre? Solo por si acaso.

—Ya sabes que sí. Lo que necesites. —En ese instante, Tyler se dio cuenta de algo—. ¿Ese apartamento es para ti?

—La familia que ha comprado la casa quiere mudarse de inmediato. Necesito un sitio donde quedarme.

—Claro que sí. Te quedarás conmigo. No voy a dejar que te metas en cualquier sitio de mierda.

Jackson clavó la mirada en su hermano y se le contrajo el pecho con una extraña emoción. Le había pillado desprevenido y su generosa oferta le afectó.

—No puedo hacer eso, Tyler. Te lo agradezco, pero no puedo meterme en tu casa, ya sois muchos.

—¿Qué? ¡No! Joder, perdona. Creía que te lo había dicho. Vivo solo, en la playa, y te aseguro que tengo espacio suficiente para los dos. Tendrás hasta tu propia habitación. Aunque primero tendremos que sacar de allí todas mis tablas. Usaba ese cuarto para guardarlas.

—No es necesario, de verdad. No creo que pueda…

Tyler sacudió la cabeza y sus labios se curvaron hacia arriba.

—No voy a aceptar un no, Jackson. Te vienes conmigo. Hoy mismo.

La mirada esperanzada de Tyler atravesó la coraza que Jackson trataba de mantener. Parecía uno de esos cachorritos de grandes ojos a los que era imposible resistirse. No podía decirle que no y necesitaba un sitio donde quedarse.

—Vale. Pero te ayudaré con los gastos el tiempo que esté allí.

—De acuerdo. Y ese tiempo puede ser todo el que quieras.

—¿Has dicho que tienes tablas? ¿Tablas de surf?

—¿Crees que tengo aspecto de dedicarme a la carpintería?

Jackson se echó a reír con ganas y sacudió la cabeza.

—Yo tengo una Bear Fat Wombat personalizada. Es mi tesoro.

—¿En serio? —exclamó Tyler con los ojos como platos—. Mi favorita es una Clayton Noserider. Pasé media vida ahorrando para conseguirla. ¡Te gusta el surf! ¡Es genial! Un día de estos podríamos coger mi camioneta y buscar una buena playa.

—Sí, estaría bien.

Hubo un momento de silencio. Tyler tamborileó sobre la mesa con los dedos, algo inquieto, dándole vueltas a una idea que le rondaba por la cabeza desde hacía un par de días.

—Hay una pregunta que quiero hacerte, pero no sé si va a molestarte.

Jackson frunció el ceño y asintió lentamente con la cabeza.

—Pregunta y ya veremos.

—¿No hay nadie a quien quieras tener cerca en este momento? Mi padre me dijo que creía que tenías una tía en Arizona.

—No. No tengo a nadie más, solo a mi madre. Mi tía regresó a Europa hace un par de años. Mi familia es de ascendencia italiana.

—¿Y no hay ningún amigo, nadie?

Jackson notó que se ponía tenso y que las ganas de levantarse y largarse empezaban a tirar de él. Relacionarse con los demás, hablar de sí mismo y de su vida no solía resultarle fácil. Nunca había logrado una relación de plena confianza con nadie. Miró a Tyler a los ojos y se reconoció en ellos. La familia, en la familia se podía confiar, se dijo a sí mismo.

—Hay una persona, pero dudo que quiera saber algo de mí.

—¿Por qué?

—Porque me rendí con ella y la fastidié.

—¿Hablas de una chica? ¿La misma que mencionaste el otro día?

—Sí.

—¿Tan mal acabó?

Jackson sacudió la cabeza.

—No, si te refieres a peleas, gritos y esas cosas. Acabó porque yo decidí que debía acabarse, y me arrepiento de haber tomado esa decisión. —Se inclinó sobre la mesa y apoyó los codos—. Te juro que daría mi brazo derecho por poder arreglar las cosas con ella. No ha habido ni un solo día que no me sienta mal por lo que hice. Pero ya es tarde. Ha pasado demasiado tiempo y dudo de que se dignara a hablar conmigo.

—¿Sabes cómo localizarla? ¿Dónde está ahora?

—Sí. Sé que conserva su antiguo número de teléfono porque... ¡Dios, esto va a sonar patético! Alguna vez la he llamado y al escuchar su voz he colgado. Solo quería saber si estaba bien, pero nunca me he atrevido a decirle nada.

Tyler inclinó la cabeza y esbozó una leve sonrisa. Después su semblante se puso serio.

—No es patético. Hace un par de meses te hubiera dicho que sí, pero ya no. Creo que te entiendo. Y por eso también creo que deberías llamarla y hablar con ella.

—No puedo, Tyler. No puedo irrumpir en su vida después de tanto tiempo.

—Pero la necesitas. ¿Quién sabe? Quizá siga pensando en ti y quiera ayudar a alguien que fue importante para ella. Joder, Jackson, si no eres egoísta en un momento así, ¿cuándo vas a serlo?

—Así que, según tú, debería llamarla y decirle... «Hola, he vuelto. Verás, me preguntaba si podríamos volver a ser amigos. Porque mi madre se está muriendo y tú eres la única persona en el mundo que puede ayudarme a pasar por toda esta mierda sin que me vuelva loco. Porque te necesito y te echo de menos, y fui un gilipollas por marcharme y no esperarte».

Tyler se encogió de hombros y consideró la idea.

—Sí, algo así. Y haz hincapié en lo de gilipollas. Admitir la culpa tiene un efecto inmediato en las mujeres —dijo con tono despreocupado.

Jackson se echó a reír, algo que en los últimos días hacía a menudo cuando se encontraba en compañía de algún Kizer. Y era un alivio poder aflojar un poco la tensión que lo carcomía.

—Lo que me da más miedo es que lo dices completamente en serio —señaló Jackson con cara de espanto.

—Porque estoy seguro de que va a funcionar. Llámala. No pierdes nada. Puede que te sorprenda.

—No sé...

Tyler se negaba a que su hermano se rindiera sin siquiera intentarlo. Hizo una bolita con una servilleta de papel y se la lanzó.

—Gallina —tosió, con la mano en la boca.

Jackson alzó una ceja ante la provocación. ¿Quería hacerlo, llamarla y pedirle que volviera a su vida? Sí. ¿Debía ponerla en esa tesitura, amparándose en la lástima que pudiera inspirarle? Casi con toda seguridad, no. Pero Tyler tenía razón, si no era egoísta ahora, ¿cuándo iba a serlo?

—Vale, lo haré. Y espero que no te equivoques con esto. Si pasa de mí...

—¿Quieres apostar algo?

—¿Sabes? Creo que es la primera vez que me gustaría perder una apuesta.

Abandonaron juntos la cafetería.

Jackson caminaba unos pasos por delante. Se notaba a la legua que estaba nervioso. Su cuerpo se movía con rigidez, con los brazos tensos y los puños apretados. Tyler sonrió, divertido al verlo tan abrumado. Sin embargo, un atisbo de duda hizo que su expresión cambiara. Era consciente de que su hermano estaba dando un paso decisivo al que él lo había empujado. Prácticamente lo había obligado, y si ella acababa pasando de él... Sería una auténtica mierda.

Subieron hasta la cuarta planta.

Jackson entró un momento en la habitación que ocupaba su madre. Comprobó que continuaba dormida y volvió a salir. Miró a Tyler y llenó sus pulmones de aire. Él tenía razón, ¿qué podía perder?. Pensó en ella, en la chica que le había robado el corazón desde el primer minuto que sus ojos se encontraron con los suyos.

A la mierda con todo. Iba a llamarla.

Se apartó un poco, buscando algo de intimidad en la sala de espera. Marcó el número, que se sabía de memoria, y esperó. Sonó, sonó y continuó sonando.

—¿Diga?

Esa voz le infló el pecho y una corriente de alivio recorrió sus venas.

—Hola, pequeña.

Tyler permaneció en el pasillo, apoyado en una de las ventanas desde la que se veía la entrada principal del hospital y los jardines que la bordeaban. El sol había empezado a ponerse y el cielo se teñía de tonos naranjas y violetas.

Le echó un vistazo a su reloj y notó que le faltaba el aliento. En un par de horas iba a ver a Cassie después de varios días separados. Tras la fiesta de compromiso, ambos se habían visto desbordados por situaciones imprevistas: Tyler por la repentina aparición de Jackson y todo lo sucedido entre ellos desde entonces; y Cassie al haber tenido que asumir el papel de hermana mayor con Emma. Por lo poco que habían podido hablar, la niña se encontraba bien y ese capullo pervertido no le había hecho nada irreparable. El padre de Cassie había abierto los ojos por fin y el caso estaba ya en manos de las autoridades

Distraído, Tyler deslizó el dedo por la pantalla de su teléfono y miró las fotos que guardaba de Cassie. Era preciosa y cada día que pasaba se lo parecía aún más. Nunca había imaginado que se pudiera echar tanto de menos a alguien. La ausencia de Cassie había dejado un vacío en su interior, molesto y extraño, que solo parecía llenarse conforme el tiempo para verla se iba agotando.

Por encima del hombro, echó un vistazo a la pared acristalada tras la que se encontraba Jackson. Se había sentado en un sillón y, con el cuerpo inclinado hacia delante y la cabeza colgando de los hombros, hablaba por teléfono. De momento, era buena señal.

Tyler no quería comportarse como un curioso cotilla, pero sus ojos volaban sin descanso hasta su hermano. Había vuelto a ponerse de pie y caminaba de un lado a otro, nervioso. Aquella conversación, fuese la que fuese, le estaba afectando.

Poco después, Jackson abandonó la sala de espera con los ojos rojos y brillantes. Se quedó parado en medio del pasillo y miró a Tyler.

—Ha accedido a que hablemos. Sigue en Port Pleasant y viene hacia aquí.

Tyler sonrió para sí mismo y asintió.

—Me alegro por ti. Yo voy a pirarme, así no interrumpo nada.

—¡No! —exclamó Jackson—. Quédate a conocerla. Tú... tú me has convencido para esto, ¿no?

A Tyler no le parecía muy buena idea, pero aun así accedió, incapaz de negarle nada. Permanecieron en silencio durante un buen rato, apoyados contra la pared, uno al lado del otro.

—Puede que esté saliendo con alguien —dijo Jackson. Ese pensamiento se repetía en bucle en su cabeza—. Incluso algo más serio que salir.

—¿Y qué? Todo va y viene, si quiere volver a estar contigo, lo estará. Si sale con alguien, puede que ese alguien solo esté siendo tu sustituto. Dicho así no suena muy bien, pero tú ya me entiendes.

—Te entiendo. Y me jode ser tan egoísta, pero ojalá tengas razón.

El teléfono de Jackson empezó a sonar, aún en su mano, y descolgó al ver que se trataba de la inmobiliaria que estaba tramitando la venta de la casa. Necesitaban confirmar un par de datos.

—Sí, D'Angello. Con dos eles... Sí, muy bien. Gracias. Pasaré a recogerlos mañana... Gracias de nuevo.

Cuando colgó, Tyler lo miraba con una expresión dolida.

—D'Angello... ¿por qué usas el apellido de tu madre? Papá te reconoció en cuanto naciste. Tu apellido es Kizer.

Jackson se pasó la mano por el pelo, un poco incómodo.

—No lo es. Mi madre lo cambió legalmente y llevo su apellido de soltera desde los tres años. Tú no lo sabes, pero... también cambió mi nombre. —Miró al suelo y se encogió de hombros—. Solo soy Jackson para vosotros y tengo que admitir que me está costando mucho acostumbrarme a que me llaméis así. A todos los efectos, ese no es mi nombre. Pero entiendo que para vosotros siempre he sido Jackson y me parece bien. Solo debo habituarme a oírlo.

Tyler tuvo que contenerse para no clavar una mirada de odio en la puerta tras la que agonizaba la madre de su hermano. Y que se estuviera muriendo era la única razón que lo ayudaba a contenerse y a morderse la lengua. Esa mujer había hecho más daño del que jamás podría llegar a comprender.

—¿Y cuál es ese otro nombre?

Jackson sonrió y sacudió la cabeza.

—Me llamo…

—¿Eric?

Una voz dulce y femenina llegó hasta ellos como un susurro. Tyler se giró hacia el sonido, pero su hermano ya se había puesto en movimiento y su espalda le tapaba toda la visibilidad. Mientras lo veía cruzar aquel pasillo casi a la carrera, ese nombre susurrado empezó a agitarse dentro de su cabeza, rebotando de un lado a otro mientras cobraba velocidad. Vio cómo se detenía a hablar con alguien que aún no podía ver. Un intercambio de palabras que duró unos segundos. Después, aquellas dos personas se fundieron en un abrazo.

Lo que ocurrió a continuación, solo podría definirse como una pesadilla.

Los ojos de Tyler se cruzaron con otros ojos que conocía de memoria y que ahora le devolvían la mirada con el mismo estupor.

¡Y una mierda! ¡No podía ser!

Jackson y Eric. Eric y Jackson.

Tyler notó que se mareaba por momentos. Jackson, su hermano, ¿era el Eric de Cassie? ¿En qué puto mundo de locos vivía? Sus pensamientos se convirtieron en un amasijo delirante que no era capaz de seguir.

*C*assie creyó que el corazón iba a estallarle en el pecho al ver a Eric atravesando aquel pasillo, yendo hacia ella con esa expresión de inseguridad, culpa y miedo en la cara. Esa cara con la que había soñado tantas veces.

Cuando su teléfono había sonado un rato antes, lo último que imaginaba oír era esa voz tan familiar. En ese momento todo su mundo había temblado con la fuerza de un terremoto. Al principio le había costado comprender lo que él trataba de explicarle, pero poco a poco su consciencia volvió a ella y fue uniendo retazos hasta hacerse una idea de lo que ocurría.

Eric había vuelto a Port Pleasant porque su madre se moría por culpa de un linfoma. No esperaba nada de ella después de tanto tiempo, pero necesitaba a su lado a la persona más importante que había tenido en su vida. No se veía capaz de pasar por todo aquello él solo y admitía ser un egoísta por colocarla en esa situación, pero la necesitaba como nunca lo había hecho.

«Te necesito», le había dicho entre sollozos.

No había sido capaz de negarse a verlo. Él había cuidado de ella cuando más falta le hacía. La había sacado del pozo en el que se había hundido y la había convertido en la mujer que era. Una mujer de la que se sentía orgullosa, que estaba alcanzando sus metas y con esperanzas de ser feliz.

Y había algo más. Escuchar de nuevo su voz había sacudido sus cimientos, el recuerdo de viejos sentimientos vibrando dentro de su pecho. Jamás había querido a nadie como a él. Jamás. No con esa intensidad, con esa pureza, con ese dolor sordo que soportaba su corazón al necesitarlo como lo había necesitado. Incluso ahora, a veces creía que esos sentimientos continuaban ahí y que se quedarían para siempre. Había querido, quería y querría para siempre a Eric.

—Hola, Cassie.

—Eric —susurró, mientras lo miraba con el rostro desencajado por la sorpresa.

No había cambiado nada en los tres últimos años. Solo parecía más cansado, más triste y un poco dejado.

—Te agradezco tanto que hayas venido.

—Siempre hemos sido amigos, ¿no? Y ahora me necesitas.

—Más que a nada.

Cuando Eric abrió los brazos, ella no pudo resistirse a perderse una vez más en ellos. Se fundieron el uno con el otro y fue como viajar atrás en el tiempo. Su olor, el tacto de su piel, el modo en que sus brazos la ceñían y la forma en que su cuerpo la envolvía, todo era igual.

Entonces, sus ojos volaron más allá y lo que vio la dejó muda.

¡Tyler!

—Ven, quiero que conozcas a mi hermano.

Cassie regresó de sopetón a la realidad y boquiabierta obligó a sus neuronas a funcionar.

—¿Tu hermano?

—Sí, es largo de contar, pero prometo explicártelo todo.

La invadió un calor diferente a cualquier otro que hubiera sentido antes. Un fuego frío comenzó a arder en su pecho, lamiendo con lengua de hielo su garganta impidiendo que pudiera respirar. Mientras Eric la cogía de la mano y la conducía hasta donde Tyler permanecía de pie, ella intentaba a la desesperada buscar un sentido a lo que estaba sucediendo.

En un resquicio de su mente una idea disparatada se abrió camino. Tyler le había dicho que su hermano había vuelto. Pero su hermano se llamaba Jackson. ¡Oh, Dios mío, y si…! No pudo acabar ese pensamiento.

—Cassie, este es Tyler, mi hermano. Es una larga historia, pero… digamos que… acabo de encontrarlo —dijo Eric.

—Tyler, ella es…

—Nos conocemos —lo interrumpió Cassie, tan desconcertada como Tyler parecía estarlo.

—¿Os conocéis? —inquirió Eric, sorprendido.

—Muy poco. Apenas hemos coincidido unas cuantas veces —intervino Tyler sonriendo como si nada. Por dentro un cuchillo candente se le estaba clavando en las entrañas—. Hola, Cassie. Qué pequeño es el mundo, ¿eh?

Sin dar tiempo a que ella pudiera replicar, miró a su hermano.

—Me piro, ¿vale? Llámame cuando puedas y vamos a buscar tus cosas.

Se dio la vuelta y su mirada se encontró con la de ella durante un segundo, tiempo suficiente para rogarle en silencio que no le contara nada. Tras esos ojos se reflejaba un miedo que ella no supo procesar.

Cassie notó que el pecho se le partía en dos.

El pasado y el presente se habían fundido y no tenía ni idea de dónde acababa uno y empezaba otro. Solo sabía que los dos hombres más importantes de su vida habían coincidido a un mismo tiempo, que uno la necesitaba en un momento difícil y que el otro se había marchado fingiendo que no la conocía. Y que esos dos hombres eran hermanos. Quién necesitaba inventarse historias cuando la realidad podía ser tan disparatada e incierta.

27

Cassie no podía apartar los ojos de la cama donde descansaba la madre de Eric. Se la veía tan frágil que no tuvo duda alguna de que esa mujer se encontraba realmente mal.

—¿Cómo está? —preguntó.

—Aguanta por simple voluntad. Pero no le queda mucho. Los médicos no creen que pase de la próxima semana —dijo él casi sin voz.

—¿Y no pueden hacer nada?

—No. Solo mantenerla sedada para que no sufra.

Cassie miró a Eric y sintió lástima por él. Se le veía triste y agotado.

—Lo siento mucho.

—Yo también. Me lo estaba ocultando, ¿sabes? Que se estaba muriendo. Llevaba más de un año enferma, sabiendo que no tenía cura posible, y no me lo dijo.

—¿Por qué hizo eso?

—No lo sé. Aunque estoy descubriendo que mi madre no era una persona muy sincera, así que… Quizá sea algo compulsivo. Mentir, quiero decir. Quizá ha enfermado por alguna especie de castigo divino.

—No digas eso.

—¿Que no? Durante veinticinco años me ha hecho creer que mi familia no me quería, que yo no les importaba nada. Me apartó a propósito de ellos por egoísmo y por venganza. Me crió sola y me hizo sentirme solo toda mi vida. Fue muy duro crecer así, odiando a personas que no lo merecían.

Ella sabía que se refería a los Kizer pero no se lo dijo, sino que se limitó a guardar silencio sin saber muy bien por qué lo hacía. Eric la miró con una expresión de desesperación que a ella se le clavó en el alma.

—Pensaba que tu única familia era tu madre —replicó en busca de las respuestas que necesitaba para entender qué estaba pasando.

—Tengo un padre y dos hermanos, pero nunca te hablé de ellos porque para mí no existían. Mi madre me hizo creer que no me querían y yo los borré de mi vida.

—Entonces, ¿Tyler?

—Siempre he sabido que es mi hermano, pero hasta hace unos días... —Eric sacudió la cabeza con vehemencia—. ¿Sabes qué? Da igual, lo mejor es olvidarlo todo y vivir el presente. En mi presente mi madre se está muriendo y necesito perdonarla por todo. En mi presente tengo una familia a la que le importo y que me quiere en su vida, y yo quiero estar en la de ellos. —La miró, abrumado por todas las emociones que sentía—. Y en mi presente vuelves a estar tú.

Se miraron fijamente durante un largo segundo. Eric alzó una mano y le acarició la mejilla. Cassie contuvo el aliento y sus labios se entreabrieron mientras él se inclinaba sobre ella. Iba a besarla, lo vio en sus ojos, y el deseo de que lo hiciera chocó contra la necesidad de alejarse.

Iba a apartarse cuando entró en la habitación una enfermera.

—Tengo que asearla y después cambiaremos las sábanas. Deberías aprovechar y salir un rato de esta habitación —informó a Eric.

—Y ¿adónde quiere que vaya? —inquirió él con un suspiro.

—No sé, ¿a distraerte un poco con tu novia?

—No es mi...

—No soy su...

La enfermera se los quedó mirando y sonrió. Le guiñó un ojo a Cassie.

—Aun así, sácalo de aquí un rato. No se despega de su lado. Apenas come ni duerme. Este chico va a enfermar como siga así.

Cassie frunció el ceño con gesto severo.

—¿Es eso cierto? —preguntó a Eric.

—No quiero dejarla sola mucho tiempo.

—Lo entiendo, pero tú necesitas cuidarte. Venga, vamos a cenar algo. Cerca de aquí hay un sitio tranquilo donde sirven unos tamales muy ricos.

Eric bajó la vista un momento y se ruborizó un poco.

—Aún recuerdas eso.

—¿Tu plato favorito? Sí, me hiciste comerlos decenas de veces. ¿Cómo iba a olvidarlo?

Él esbozó una sonrisa traviesa, que escondía un atisbo de esperanza.

—¿Y qué más recuerdas?

—Yo… —Cassie tragó saliva y calló, como si se sintiera incapaz de continuar—. Te mentiría si dijera que solo recuerdo eso.

—Yo lo recuerdo todo sobre ti.

La enfermera carraspeó, con los brazos cruzados a la espera de que la dejaran hacer su trabajo.

Sin estar muy convencido, Eric acabó abandonando el hospital con la promesa de no regresar hasta la mañana siguiente, después de que la enfermera le asegurara que lo llamaría de inmediato si su madre empeoraba.

El restaurante se encontraba muy cerca, y Cassie y Eric caminaron sin prisa. Soplaba una leve brisa y una ligera capa de bruma surgía de la costa refrescando el ambiente.

—¿Qué tal está tu madre? —se interesó Eric.

—Sigue en la galería y le va bastante bien. Organiza nuevas exposiciones cada poco tiempo y las obras se venden muy rápido.

—Me alegro de que le vaya tan bien. Aunque yo me refería a ti y a ella.

Los ojos de Cassie se iluminaron con ternura por su preocupación.

—Entre una cosa y otra, no pasamos mucho tiempo juntas; pero ella me quiere, Eric.

—Lo sé. Aunque demostrarlo no se le daba tan bien como vender cuadros —replicó él sin molestarse en disimular el tono ácido de su voz.

—Quizá no le den un premio a la mejor madre del mundo, pero dudo de que a mí me lo fuesen a dar a la mejor hija… —Hizo una pausa y se encogió de hombros—. Es mi madre y lo hace lo mejor que sabe. Estos últimos años se ha esforzado. Además, ahora sale con alguien que le gusta mucho y se nota que es feliz. Ella feliz. Cassie feliz.

Eric sonrió y la miró de reojo.

—¿Y tú sales con alguien? —Al final soltó la pregunta que llevaba dando vueltas en su cabeza un buen rato—. Sé que ahora no es de mi incumbencia, pero me gustaría saberlo.

—¿Por qué?

—Pues… porque tengo un montón de buenas razones. Nunca he dejado de preocuparme por ti. Así que, si sales con algún tío, quiero saber si te hace feliz, si se porta bien contigo, si vais en serio… Sus medidas para un ataúd… —bromeó.

Ella alzó la vista hacia él y se ruborizó. Esa era otra de las cosas que no habían cambiado en él; no se andaba con rodeos ni medias tintas.

—Y bien, ¿sales con alguien?

—Sí… —vaciló un segundo—. No… No lo sé —resopló exasperada.

—¿Cómo no vas a saber si estás con alguien o no?

Cassie forzó una sonrisa. No lo sabía porque Tyler se había largado un rato antes fingiendo no conocerla. Era imposible salir con alguien a quien no conoces.

—Es complicado. —Se colocó el pelo tras las orejas—. ¿Y tú sales con alguien?

—No he salido con nadie después de ti.

—¿De verdad? ¿No has salido con nadie en tres años? —preguntó sorprendida.

Eric hizo una pausa y se encogió de hombros.

—Nada serio. Cuando has tenido lo mejor, cuesta que alguien diferente cumpla tus expectativas. Siempre acabas comparando. —La miró—. Y tú eres lo mejor que he tenido.

Cassie guardó silencio sin saber muy bien qué decir. Comenzaba a entrever que Eric esperaba de ella algo más que su amistad. Sus miradas, sus gestos, sus palabras… pretendían otra cosa. Una eternidad soñando con ese momento y, cuando por fin llegaba, solo quería salir corriendo.

Caminaron en silencio el resto del camino. El restaurante se encontraba en un estrecho callejón, era muy pequeño y pasaba desapercibido si no sabías que estaba allí. Una camarera los acompañó hasta una mesa y les tomó nota de inmediato.

—¿Seguro que aquí se come bien? Porque no hay nadie —le hizo notar Eric, mirando a su alrededor.

—Seguro. Te va a encantar.

Él sonrió y asintió con la cabeza.

—Vale. Me fío de ti.

Se quedaron en silencio, escuchando la música que salía por los altavoces que había en el techo. Eric cogió el salero y comenzó a darle vueltas, inquieto, pensando en algo que decir. Pero solo era capaz de mirarla.

Poco después, la camarera regresó y les pasó sus vasos, dejando a continuación los platos sobre la mesa. Empezaron a cenar.

—Vaya, sí que están buenos —señaló Eric.

Cassie sonrió y agitó su bebida con una pajita. Tuvo que esforzarse para que no se le notara que estaba a punto de sufrir un ataque.

—¿Dónde has estado todo este tiempo? —se interesó.

—Donde te dije que estaría.

Ella alzó la vista de su plato.

—¿En la Marina?

—Me alisté, pasé las pruebas y el entrenamiento, y acabé destinado en Oriente Medio. Irak, Afganistán... Solo vigilancia, nada peligroso —le explicó él muy por encima.

Se produjo un silencio incómodo y luego Cassie habló de nuevo.

—¿Y vas a volver?

Eric dejó el tenedor en el plato y se limpió con la servilleta.

—No lo sé. No sé si quiero seguir en el ejército. Me gusta, pero... Siento que necesito hacer otras cosas. —Hizo una pausa e inspiró hondo con el ceño fruncido—. A veces tengo la sensación de que lo único que hago es huir y que no voy a parar nunca. ¿Y tú? ¿Qué haces? ¿Estudias, trabajas...?

Cassie sonrió por el tono de flirteo.

—Voy a la Universidad, a Washington and Lee, en Lexington. Dentro de unas semanas comenzaré mi tercer año y quiero especializarme en periodismo de investigación.

—¡Vaya, eso suena muy bien!

—Sí, ¿quién lo diría, eh? Yo en la Universidad.

Eric la miró con ternura.

—A mí no me sorprende. Siempre lo dije, podrás hacer todo lo que te propongas. Porque eres lista y fuerte, ¡y muy cabezota!

Cassie rió para sí misma.

—Siempre pensabas lo mejor de mí.

Eric sacudió la cabeza y, con los codos en la mesa, se inclinó hacia delante, mirándola a los ojos con una sinceridad que se palpaba.

—No lo pensaba, Cassie. Lo veía. Era imposible no darse cuenta de lo especial y maravillosa que eras. Que sigues siendo.

Cassie se sonrojó. Su cabeza era un embrollo de pensamientos contrapuestos y sentimientos enfrentados. Le costaba creer que Eric fuese real, que el chico al que se había sentido tan unida estuviera allí de verdad, diciendo aquellas cosas.

—No tienes que hacerme la pelota para que te invite a cenar —bromeó ella para aligerar la conversación.

Él sonrió burlón y se pasó la mano por el descuidado pelo.

—Solo soy sincero. Para mí eres muy importante y siempre lo serás.

Cassie le sostuvo la mirada y tragó saliva.

—Tú también eres importante para mí.

Eric retuvo un suspiro y se inclinó sobre la mesa sin estar muy seguro de qué expresión tenía su cara.

—Lo siento, Cassie. Siento mucho esta situación.

—Tranquilo. Ya te he dicho que me alegro de que me hayas llamado.

—No estoy hablando de eso. Siento… siento cómo acabó lo nuestro. Te dije que jamás te dejaría y no cumplí mi promesa. Hice que confiaras en mí, conocía tus sentimientos, tus miedos… y aun así te fallé.

Cassie alzó una mano para que no siguiera por esos derroteros.

—No me prometiste nada. Solo hablamos de marcharnos de aquí juntos en cuanto me graduara. Y esos planes cambiaron, nada más.

—Y lo deseaba de verdad. Quería salir de aquí contigo. Buscar otro lugar y estar juntos. Deseaba un futuro para nosotros —replicó él con vehemencia.

A Cassie se le dibujó una sonrisa amarga en los labios.

—Ya, pero ese deseo no te duró mucho.

Eric notó cómo ese dardo se le clavaba y dolía.

—En aquel momento no vi otra salida, Cassie. Tenía que largarme. Quedarme aquí estaba acabando conmigo.

Ella inspiró hondo y apartó su plato a un lado. No tenía más hambre y el estómago volvía a molestarle por culpa de los nervios.

—Y te fuiste. No creo que debamos darle más vueltas.

—No he dejado de arrepentirme.

—¿De verdad quieres hablar de esto? —le soltó ella un poco más alterada de lo que querría.

Eric también apartó su plato y suspiró con los brazos extendidos sobre la mesa.

—Sí. Quiero. Quiero desde hace meses. Pero no sé por dónde comenzar —confesó con tristeza—. Quiero disculparme hasta que me creas. Quiero hablar contigo y explicarte muchas cosas, pero no sé cómo.

Cassie le sostuvo la mirada y negó con la cabeza pidiéndole que lo dejara estar. Él continuó pese a su negativa:

—Me marché y te dejé aquí, después de prometerte que te esperaría. Te abandoné, Cassie, y eché a perder lo que teníamos.

A Cassie se le encogió el corazón en una diminuta bola, incapaz de apartar la vista de aquellos ojos oscuros que tanto había extrañado. No sabía qué responder. Podía fingir que era indiferente a todos los sentimientos que estaban despertando en ella, o gritarle todas aquellas cosas que había guardado en su interior durante más de dos años, envenenándola.

—Me has llamado porque necesitas una amiga en la que apoyarte en un momento difícil. No para hablar del pasado —le recordó.

—Tenemos un pasado, Cassie. Y sí, te he llamado porque estoy viviendo el peor momento de mi vida y solo puedo pensar en ti. Te necesito cerca para superarlo. Pero en el fondo, mientras decidía si te llamaba o no, también pensaba que si veía una mínima posibilidad de recuperarte, iba a intentarlo con todas mis fuerzas. —Hizo una pausa y la miró con una determinación férrea—. Pues bien, creo que esa posibilidad existe.

Cassie tragó saliva y apartó su mirada atónita de él, sintiéndose estúpida por el ritmo descontrolado que había alcanzado su corazón. Se sentía como si volviera a tener diecisiete años y Eric fuese el sol que iluminaba cada día; y empezó a odiar la situación que se estaba creando.

No quería hablar de esa promesa que no le había hecho y que había roto. No quería mirar de nuevo atrás y sentir ese dolor que tanto le había costado aliviar. No quería descubrir que aún lo amaba del mismo modo y que Tyler era una mentira que había creado su mente.

—No puedes hacerme esto —susurró.

Eric se inclinó sobre la mesa.

—No, no puedo, pero voy a hacerlo. Cassie, déjame intentarlo, porque te juro que no iré a ninguna parte sin ti, nunca más.

Cassie se puso de pie, empujando la silla hacia atrás con brusquedad.

—Esto es demasiado —dijo mientras se encaminaba a la salida.

Eric también se puso de pie y la siguió tras sacar dinero de su cartera y tirarlo sobre la mesa. Cuando cruzó la puerta del restaurante y sus pies pisaron la acera, ella ya se alejaba con paso rápido.

—Cassie, espera —suplicó al tiempo que la sujetaba por la muñeca y la obligaba a detenerse.

—No tienes ningún derecho a hacerme esto —lo reprendió ella con ojos brillantes.

—Culpable. Pero renunciar a la posibilidad de recuperarte no es una opción.

Cassie notó que alcanzaba su límite y estallaba sin control.

—¡Te fuiste! ¡Te largaste, maldita sea! —le gritó con rabia, y lo empujó en el pecho para apartarlo.

—Y me arrepiento tanto…

—Me destrozaste, me partiste el corazón.

Eric trató de abrazarla, pero ella se soltó de su agarre como si su tacto quemara, mientras las lágrimas empezaban a deslizarse por sus mejillas.

—Lo siento —musitó Eric con desesperación.

—No lo sientes. Tú no sientes nada de nada. ¡Me dejaste sola sabiendo que mi vida era una mierda y que tú eras lo único bueno que tenía! Me habría ido contigo, sin pensarlo, pero ni siquiera me diste la oportunidad.

—En aquel momento no era yo. Este lugar me estaba ahogando, me mataba por dentro y… Tú… tú ni siquiera eras mayor de edad. Yo ya era un adulto y llevarte conmigo habría sido un delito. ¡Que nos acostáramos ya lo era!

—Eso solo son excusas. Palabras que no arreglan nada —le gritó furiosa. Tanto tiempo reprimiendo sus sentimientos y ahora no era capaz de controlar lo que sentía. Necesitaba sacarse de dentro todo aquel dolor, toda aquella rabia—. Dejé de vivir aquel día. Tú… tú me echaste a perder para cualquier hombre.

Eric parpadeó y se puso pálido; y luego, poco a poco, un ramalazo de furia fue en aumento hasta que lo soltó:

—¿Y crees que tú a mí no? Desde que me fui no he conseguido estar con nadie. Sí, me he acostado con otras, no voy a ser hipócrita, pero con ninguna sentía nada salvo decepción y un agujero en el pecho. ¿Sabes lo que es estar con otra persona y solo ver tu cara, mirarla y que sean tus ojos los que me devuelven la mirada?

—Por supuesto que lo sé. Llevo así casi tres años. Y ahora apareces de la nada, me dices que quieres que volvamos juntos y esperas que yo acepte sin más como si no hubiera pasado nada.

La mirada y la voz de Eric se suavizaron.

—No. Pedirte eso sería injusto. Solo te pido que no me rechaces, que me des la oportunidad de volver a acercarme a ti. Sé que las cosas son diferentes, que ambos hemos cambiado, pero también sé que siempre hemos sido tú y yo.

Cassie le dio la espalda, incapaz de mirarlo por más tiempo sin romper a sollozar sin control. Su furia se estaba disipando bajo un dolor muy intenso. Añoraba lo que habían tenido, cómo había sido todo entre ellos, lo profunda y verdadera que había sido su relación. Extrañaba sentir sus manos, sus besos, la seguridad que le había proporcionado cuando más lo necesitaba. Pero algo fallaba, incapacitándola para ceder y dejarse arrastrar hacia él. Una vibración sorda en su pecho que le decía que todo eso ya formaba parte del pasado y que ella tenía un futuro muy distinto, con otra persona. Pensó en Tyler y notó cómo su cuerpo se estremecía. Sintió el aliento de Eric en su nuca, su olor, y volvió a estremecerse. Dos chicos, dos sentimientos tan similares que podría confundirlos si no se esforzaba en separarlos. Empezó a dolerle la cabeza y su estómago se agitó con náuseas.

Eric añadió:

—Cassie, te sigo queriendo más que a nada. Y creo que tú no has dejado de quererme en ningún momento.

Ella negó con la cabeza.

—Puede que antes sí. Ahora te odio.

—No me odias. Solo quieres hacerlo, pero no puedes. —Eric le puso las manos en los brazos. Con suavidad la hizo girarse y con un dedo bajo su barbilla le alzó el rostro para que lo mirara—. Te echo de menos, pequeña.

Los ojos de ella se anegaron de lágrimas, incapaz de negar que sentía lo mismo. Lo echaba de menos. Se quedó inmóvil cuando él la estrechó entre sus brazos, al principio con cautela. Después, al ver que no oponía resistencia, la abrazó con fuerza y le acarició la espalda mientras lloraba con el rostro enterrado en su pecho. La besó en la sien, sin dejar de susurrar que lo sentía mucho.

—Nunca he conocido a nadie como tú y es imposible que alguien pueda ocupar tu lugar en mi corazón —dijo Eric—. Me enamoré de ti aquella primera noche, cuando te arropé en mi cama, ebria y triste. Pensé que eras lo más bonito y dulce que jamás había visto.

—Eric... Por favor.

—Nunca había sentido nada así por nadie y debí darme cuenta de que jamás volvería a sentirlo. Hice mal. No debí marcharme. Porque lo supe, me di cuenta al alejarme de este pueblo: estaba enamorado de ti. Y aun así no di la vuelta, cerré los ojos y continué. Y he pasado casi tres años peleando contra este tirón constante que se empeñaba en atraerme hacia ti.

—Nunca me llamaste. Nunca.

—Lo hice. Muchas veces, y siempre colgaba al escuchar tu voz. Sentía que no tenía ningún derecho a volver, pero al mismo tiempo era incapaz de mantenerme alejado. Ahora me rindo, Cassie. No puedo hacerlo, no puedo ignorarte.

Cassie se aferró a su camiseta con los puños y el corazón palpitando en la garganta, anhelando dejar de sentir tal cúmulo de emociones. Contuvo el aliento al notar sus labios en la mejilla, después cerca de su boca, e inconscientemente ladeó el rostro buscando su contacto. Él le acarició el pelo y ella se relajó cuando su boca rozó la suya. Un remolino de sentimientos los envolvió al entreabrirse sus labios: dolor, excitación, amor, ira y desconcierto.

Eric la abrazó como si fuese a desvanecerse si no la sujetaba con fuerza. La había echado de menos y ahora que la tenía de nuevo a su lado no quería volver a perderla nunca más, sin importar lo que tuviera que sacrificar para lograrlo. Sus labios se abrieron y gimió cuando ella le permitió saborearla. Le tomó el rostro entre las manos y profundizó el beso, con ternura y una increíble dulzura.

Cassie se abandonó por completo, sin pensar en nada con los labios de Eric moviéndose sin cesar sobre los suyos, haciendo que se sintiera débil y que su corazón latiera con furia. De pronto, la abrumaron todos los sentimientos por él que se había esforzado en desterrar. Estaba cansada de luchar, de mantener el control; y dejarse llevar supuso un alivio.

Aunque algo se movía en su pecho como lo haría una mariposa encerrada en una caja de cristal, golpeando sin cesar las paredes, buscando escapar para alzar el vuelo.

Entonces supo lo que era y se apartó de él. Aquello no estaba bien y sintió un frío que le helaba los huesos. No podía besar a Eric cuando sentía que al hacerlo estaba traicionando a otra persona. Percibió una crispación en la boca del estómago y dio un paso atrás, convencida de que iba a vomitar.

—¿Cassie? —preguntó Eric turbado.

—No puedo hacer esto. Lo siento. Necesito tiempo para pensar.

Él tragó saliva y asintió despacio, incapaz de disimular que apartarse de ella le dolía.

—De acuerdo. Tómate el tiempo que necesites.

Cassie contempló su apenado rostro y se sintió culpable. No podía evitarlo aunque sabía que no tenía motivos. Pero necesitaba aclararse y pensar mucho. Y después tomar una decisión. Elegir un camino: Eric, Tyler… o estar sola.

Huir era la opción más fácil, pero estaba cansada de tomar siempre esa salida.

—Eso no significa que no vaya a estar a tu lado —susurró con voz temblorosa—. Cuentas conmigo y no voy a dejarte solo en estos momentos.

Eric asintió y desvió la mirada. La emoción que vibraba en sus ojos era tan intensa que Cassie sintió el impulso de abrazarlo, consolarlo y prometerle que todo iba a salir bien; cuando ni ella misma sabía a qué se estaría refiriendo exactamente, si a su madre, si a ellos…

—Tengo que irme —añadió mientras se secaba las mejillas con los dedos.

Y antes de que él pudiera decir nada que la hiciera caer de nuevo en sus brazos, se alejó de allí a toda prisa, con un nudo en la garganta que no la dejaba respirar. Se armó de voluntad para no darse la vuelta y seguir caminando. Iba a volverse loca, loca de remate. Poner distancia con Eric le estaba desgarrando el pecho y, al mismo tiempo, el deseo de acortarla con Tyler la estaba destrozando.

28

Su mundo no parecía más liviano cuando despertó de nuevo. Había pasado toda la noche en vela, sentada en el jardín trasero, junto a la piscina, ensimismada en el reflejo de las estrellas en el agua y en sus propios pensamientos. Al amanecer se había arrastrado hasta la cama, donde había dormido a ratos, incapaz de lograr un sueño profundo que la ayudara a librarse un rato de su angustia. Se dio cuenta de que en la mano aún sostenía el teléfono y lo miró anhelante. Con tristeza vio que Tyler no le había devuelto ninguna de las llamadas y mensajes.

No lo entendía. Le resultaba incomprensible que pasara de ella de ese modo, que se estuviera escondiendo y no diera la cara. ¿Tan poco había significado para él en realidad? Su declaración, todo ese amor que había dicho que sentía por ella, ¿dónde demonios estaba ahora? Negándose a aceptarlo, marcó su número y se llevó el teléfono a la oreja. Sonó y volvió a sonar una vez más, y otra. Los tonos se sucedieron hasta que la línea quedó en silencio.

Cassie se quedó mirando el techo y notó que las lágrimas volvían a humedecer sus ojos. Necesitaba una explicación, la merecía. Apretó los labios y contuvo un sollozo. Él también la había engañado, le había hecho promesas que no iba a cumplir y se había alejado abandonándola.

Dios, ¿qué era eso tan malo que había en ella para que todos acabaran dejándola?

Eric tampoco la había llamado. Aunque de él casi lo esperaba. Había dicho que le daría tiempo para pensar y sabía que lo cumpliría. Pensar en él le dolía como si alguien estuviera llenando de sal una herida muy profunda. Tanto como al pensar en Tyler.

Estaba hecha un lío. Sus pensamientos eran caóticos, sin sentido, contradictorios la mayor parte. De lo único que estaba segura era de que ambos le importaban.

Eric había abierto la caja de los truenos al regresar, despertando demasiadas emociones que, con el tiempo, se habían ido adormeciendo hasta convertirse en un rumor sordo que le recordaban que seguían ahí, pero que ya no dolían tanto. Hasta ahora.

Tyler, poco a poco, había ido limando la coraza con la que se protegía de todo y de todos, y había logrado atravesarla hasta su corazón. Lo quería, de eso no tenía dudas. Pero necesitaba saber cuánto y de qué modo, antes de tomar una decisión. No pretendía herir a nadie. Pero en su vida había dos hombres y debía averiguar a cuál de ellos amaba por encima del otro.

Si se trataba de Eric, sabía que él estaría ahí, esperándola.

Si descubría que era Tyler, corría el riesgo de que no fuera correspondida; pero debía enfrentarse a ese trance y arriesgarse incluso a perderlo y a volver a sufrir por alguien que elegía abandonarla.

La puerta de su cuarto se abrió y su madre apareció en el umbral mientras se ponía un pendiente. Frunció el ceño al verla aún en la cama, ya que casi era mediodía.

—¿Qué haces en la cama tan tarde?

—No he dormido muy bien.

—¿Por qué? ¿Estás enferma? —preguntó, sentándose a su lado. Le puso la mano en la frente y sacudió la cabeza—. No parece que tengas fiebre.

—Estoy bien, de verdad. Solo ha sido una mala noche.

—¿Quieres que llame al doctor?

—¡No!

—Pues yo creo que debería verte. Estás muy pálida.

—Mamá, por favor, estoy bien. No te preocupes —resopló con un aspaviento.

El timbre de la puerta sonó.

—Iré a ver quién es —dijo su madre con un suspiro.

Minutos después, la nariz de Savannah asomaba por la puerta entreabierta. Entró como un vendaval.

—¡Hola!

—Hola —respondió Cassie con una sonrisa.

Tras un momento de silencio, los ojos grises de Savannah adoptaron un semblante serio.

—¿Qué está pasando aquí? —soltó de golpe.

Cassie compuso su expresión más inocente.

—No tengo ni idea de qué estás hablando.

—A ti te pasa algo.

—No me pasa nada.

Savannah alzó una ceja con un gesto suspicaz.

—Ya. Desembucha o recurriré a juegos muy sucios para sonsa-cártelo.

—No me pasa nada, de verdad.

—¿Es tu padre? Creía que tras lo de Emma se había relajado un poco contigo.

—¿Qué? ¡No! Ya sabes que ayer mismo hablé con él y que todo está bien.

—Entonces, ¿se trata de Tyler? ¿Te hizo algo anoche? ¿Te dio plantón?

Cassie negó con la cabeza, incapaz de mediar palabra. Escuchar su nombre era devastador.

Savannah interpretó mal su gesto de dolor y gruñó una maldición.

—Ese idiota me va a oír.

—¡No! —exclamó Cassie. Suspiró y se rindió a la mirada irritada de su amiga—. No es eso. Es… más complicado. —Hizo una pausa para recuperar el aliento—. Eric ha vuelto. Ha regresado a Port Pleasant. Lo he visto… —se le quebró la voz.

Savannah la miró confundida y luego las palabras de Cassie penetraron en su mente, dejándola boquiabierta. No dijo nada, solo se quitó los zapatos y se subió a la cama, envolviendo con los brazos a su amiga. Su rostro se contrajo con un gesto de dolor, cuando la vio desmoronarse y echarse a llorar. Sin saber qué hacer o decir, se limitó a sostenerla y a dejar que se desahogara.

—Cuéntamelo —le rogó casi sin voz.

Cassie se lo contó todo, desde la llamada hasta el beso en la calle y su huida desesperada para alejarse de él. No mencionó a Tyler en ningún momento y no sabía por qué lo había evitado. Savannah la escuchó atentamente, sin interrumpirla ni una sola vez hasta que acabó su relato.

—¿Y qué vas a hacer?

Cassie negó con la cabeza.

—No lo sé porque ni siquiera sé cómo me siento. Él dice que me quiere, que nunca ha dejado de hacerlo y que siente mucho lo que pasó.

—¿Y tú le crees?

—Sí. Eric puede ser muchas cosas, pero nunca ha sido un mentiroso. Sé que todo lo que dice es cierto y que lo cree de verdad. No son excusas para convencerme de nada. Me sigue queriendo y... desea que volvamos a estar juntos.

—¿Y tú qué deseas, Cass? ¿También lo quieres?

—Sí. Claro que lo quiero. Lo he extrañado durante mucho tiempo. Que se fuera me destrozó. —Hizo una pausa y suspiró—. Solo que...

—¿Qué?

—Que no sé si lo que siento sigue siendo amor. Una cosa es quererlo y otra estar enamorada de él. No estoy segura de qué siento exactamente. Necesito tiempo para pensar y poder darle una respuesta.

—¿Y qué pasa con Tyler?

—¿Por qué crees que necesito tiempo? Debo averiguar qué siento exactamente por él. Si consigo encontrarlo y que se digne a dirigirme la palabra.

—¿Por qué dices eso?¿Te pilló con Eric?

—No. ¡Dios, no! —Hizo una pausa y tragó saliva, tratando de decidir si era asunto suyo revelar algo tan personal de otro—. ¿Sabías que Tyler tiene un hermano?

—Por supuesto. Ese descarado de Derek. Menuda pieza.

—No. No me refiero a Derek.

Cassie se sentó en la cama y la miró a los ojos. Savannah asintió muy despacio y su rostro se contrajo con una emoción extraña, a medio camino entre la sorpresa y la resignación.

—Te refieres a su otro hermano, ¿no? Ignoraba que tú lo supieras y nunca dije nada porque... no era asunto mío, Cass. Lo entiendes, ¿verdad? Y no es que yo sepa mucho, solo lo que Caleb me contó hace tiempo. Que tiene un hermano mayor al que casi no conoce y que para Tyler es un tema muy difícil. Pero ¿qué tiene que ver ese asunto con todo esto?

—No vas a creerlo. A mí aún me cuesta pensar que es cierto.

—¿El qué?

—Ese hermano al que Tyler apenas conoce es Eric. ¡Son hermanos, Savie!

Savannah se llevó las manos a la boca y ahogó un grito de sorpresa.

—¿Estás de broma? ¡No puede ser!

—Pues lo es.

—Menudo culebrón. ¿Cómo lo supiste?

Cassie se apartó el pelo de la cara con ambas manos.

—Tyler estaba en el hospital cuando llegué. Por lo visto, que la madre de Eric se esté muriendo ha logrado que se unan.

—Es de locos.

—Tyler tampoco sabía que Eric era... —se le quebró la voz—. Ató cabos cuando él nos presentó. Al igual que yo.

—¿Y qué dijo?

—Nada. Fingió que apenas me conocía y se marchó. Lo he llamado muchas veces, le he dejado mensajes... Pero no responde. Me está evitando.

—Para él debe de haber sido un *shock*. Tyler te quiere. Y darse cuenta de que Eric y tú...

—¿Y crees que para mí no lo ha sido? Tyler me importa mucho.

—Claro que te importa, o no estarías así.

—No sé qué voy a hacer. —Cassie se secó las lágrimas que le mojaban las mejillas—. Quizá debería recoger mis cosas y volver a Lexington. Olvidarme de todo.

Savannah inspiró hondo, sin disimular que esa idea la entristecía.

—Hazlo si es lo que quieres, pero no te marches para esconderte, Cassie. Esa no es la solución. Si te vas, hazlo porque es lo que de verdad quieres, porque estar sola es lo que necesitas. Pero antes aclara las cosas con ellos. Es lo sensato. Averigua qué sientes por cada uno y entonces actúa en consecuencia. No sería justo que perdieras a Tyler porque sientes lástima por su hermano. Y si resulta que es Eric, que siempre ha sido Eric, quizá debáis daros otra oportunidad.

Savannah se marchó bien entrada la tarde y Cassie permaneció en su cuarto, tumbada en la cama mientras continuaba dándole vueltas a la cabeza. Estaba hecha un lío y, cuanto más pensaba, más lo empeoraba. Necesitaba aclararse y averiguar qué sentía.

El algún momento debió de quedarse dormida y, cuando despertó, estaba amaneciendo. Más muerta que viva, se obligó a levantarse y a meterse bajo la ducha. Luego desayunó para calmar el mareo que sentía; pero apenas había ingerido media tostada y un poco de café, cuando tuvo que correr hasta el baño y vomitarlo todo.

Tantos agobios y preocupaciones le estaban destrozando el estómago.

A media mañana empezó a sentirse mejor, por lo que decidió vestirse y salir a que le diera el aire. Se acercó hasta la galería y después comió con su madre y con Bruce en el Club. Más tarde paseó por la ciudad durante horas, sintiéndose más perdida de lo que nunca había estado.

*T*yler apoyó la cabeza contra la pared del pasillo y cruzó los brazos sobre el pecho para no volver a mirar su teléfono. En él guardaba un total de trece llamadas perdidas y cinco mensajes de voz, y no había respondido a ninguno. No podía.

Había perdido la cuenta de las veces que había escuchado cada mensaje, con la necesidad compulsiva de oír su voz. Había sido duro ignorar sus súplicas y negarse a hablar con ella, pero no podía hacer otra cosa.

Cassie era historia y debía mantenerse firme en esa decisión. Aun así, sentía unos remordimientos terribles por haber desaparecido sin una sola palabra, pero el mal ya estaba hecho. Nada iba a ser como antes. Y por muy malo que hubiera sido su infierno particular, ahora era mucho peor. Estaba igual de solo y era igual de patético, pero su limitada vida había perdido cualquier sentido que anteriormente pudiera tener. Cassie había acabado con él.

Cerró sus ojos cansados y respiró hondo antes de abrirlos. En ese instante, Jackson... Eric salió de la habitación que ocupaba su madre. Joder, le estaba costando mucho acostumbrarse a llamarlo por ese nombre, pero él ya había dejado claro que se sentía más cómodo así. Después de todo, ese había sido su nombre durante los últimos veintidós años.

—¿Cuánto llevas aquí? —preguntó Eric.

Tyler se encogió de hombros.

—Solo unos minutos.

—¿Por qué no has entrado?

—No quería molestar.

—¡Qué tontería! Tú no molestas —replicó Eric, apoyándose en la pared a su lado.

—¿Cómo está? —se interesó Tyler, señalando con un gesto la puerta.

Su hermano meneó la cabeza y embutió las manos en los bolsillos de sus tejanos.

—Ya no se despierta. Se limita a respirar.

Tyler lo miró de reojo y se mordisqueó el labio. ¿Qué podía decir que aliviara la carga de su hermano? Esa mujer se moría y casi era mejor rezar para que ocurriera cuanto antes, que desear otra cosa. Al menos ella dejaría de sufrir y Eric acabaría superándolo con el tiempo.

Eric miró su teléfono un par de veces, nervioso. Y Tyler empezó a preguntarse qué lo inquietaba. Casi le daba miedo preguntar porque un pálpito le decía que se trataba de ella, pero la curiosidad se impuso a cualquier otro pensamiento racional.

—¿Qué tal tu chica?

Eric se encogió de hombros.

—No es mi chica.

Tyler alzó la vista del suelo, extrañado.

—¿No salió bien? Cuando apareció por aquí, pensé que era una buena señal.

—Sí. Salió mejor de lo que esperaba. Fuimos a cenar a un restaurante que hay muy cerca de aquí. Empezamos a hablar de cómo nos iban las cosas, de qué habíamos hecho estos últimos años... No me parecía apropiado forzarla a hablar de nosotros en ese momento, pero sin darme cuenta me encontré preguntándole si estaba saliendo con alguien. Dios, es que necesitaba saberlo, ¿entiendes?

Tyler asintió, consciente de que se estaba poniendo pálido.

—¿Y qué te dijo?

—Primero me dijo que sí. Después que no. Y a continuación que no lo sabía.

—¿Y qué crees que significa eso?

Eric inspiró hondo y lo miró. Negó, pensativo.

—No lo sé. Quizá signifique que hay otro tío, pero que no es importante. —Suspiró y cruzó una pierna sobre la otra a la altura del tobillo—. El caso es que vi la oportunidad que estaba esperando y me lancé. Le dije todo lo que sentía, que aún la quiero y que necesito recuperarla.

Tyler tragó saliva.

—¿Cómo se lo tomó?

—Al principio no quería hablar del tema. Pero, poco a poco, logré llegar a ella e incluso la besé. Y ella respondió al beso, te lo juro. Luego, de repente, se apartó y me dijo que no podía hacerlo, que necesitaba pensarlo... y se marchó. No he vuelto a verla desde entonces.

—No te preocupes. Seguro que solo necesita tiempo. Te llamará —dijo Tyler con voz ronca. Se obligó a no pensar en ellos dos besándose porque se le revolvía el estómago al imaginarlo.

—La necesito, Tyler. Debo recuperarla como sea o seguir aquí no tendrá ningún sentido para mí cuando mi madre ya no esté.

Tyler se quedó de piedra. Eric pensaba marcharse si no recuperaba a Cassie. Miró el suelo, inexpresivo.

—Siempre nos tendrás a nosotros. Somos tu familia.

Eric se giró hacia él al darse cuenta de sus palabras y el tono de congoja con el que las había pronunciado. Gruñó, molesto consigo mismo.

—Mierda, Tyler. No quería que sonara así. No me malinterpretes, por favor. Lo que quiero decir es que... Cassie es lo que necesito para seguir adelante y buscar una nueva vida. Si no, regresaré al ejército. Es lo único que sé hacer.

Tyler esbozó una leve sonrisa, sin saber qué decir para convencerlo de que, pasara lo que pasara, podría quedarse en Port Pleasant. Lograr una nueva vida no tenía por qué ser tan difícil cuando contabas con lo más importante: la familia.

—También podrías trabajar con nosotros en el taller. Seguro que podemos buscarte algo que se te dé bien. No tienes que irte, tío.

Eric miró a Tyler con afecto y le puso una mano firme en el hombro. Después hizo algo impensable hasta ese momento. Lo atrajo hacia sí y lo abrazó.

—Eres un buen tipo. Gracias, hermano.

Tyler se quedó sin palabras y un nudo muy apretado le cerró la garganta. Era la primera vez que lo llamaba así y no estaba preparado. Le brillaron los ojos y, despacio, sus brazos se movieron hasta devolverle el abrazo. Sonrió feliz. Pero esa felicidad se borró de su cara cuando las puertas del ascensor se abrieron. Sintió que su corazón se detenía un instante, antes de volver a latir como un martillo golpeándole el pecho.

Tyler se apartó de su hermano.

—Tienes visita —le dijo con un guiño cómplice—. Será mejor que os deje solos. Te veo luego.

Eric asintió sin apartar sus ojos de Cassie, que avanzaba hacia ellos por el pasillo.

Tyler se encaminó al ascensor sin apenas respirar. Trató de no mirarla mientras se acercaba, pero la tentación era irresistible. La contempló de arriba abajo y se sintió morir un poco. Estaba preciosa con ese vestido holgado y vaporoso que la hacía parecer una muñequita, pero su rostro no brillaba como antes. Tenía unas ojeras profundas y sus ojos azules parecían hundidos, sin vida. Se sintió culpable por ello.

Conforme se aproximaban, ella alzó el rostro y una adorable expresión de esperanza lo cruzó al buscar sus ojos. Sus labios se curvaron con una leve sonrisa, que se borró cuando él apretó los dientes y miró por encima de ella.

—¿Tyler? —la oyó susurrar cuando se cruzaron—. Tyler, por favor.

Él continuó andando. Entró en el ascensor y no se dio la vuelta hasta que las puertas se cerraron. Su súplica le había desgarrado el pecho como si fuesen garras afiladas. No quería herirla, pero si era el modo de alejarla de él, lo haría. Cassie había sido un sueño del que ahora debía despertar para enfrentarse a la realidad. Y su realidad era su hermano. Eric era lo más importante para él en ese momento y no pensaba perderlo por nada del mundo y menos por una chica.

Olvidarla era lo más fácil… pero no iba a serlo.

Abandonó el hospital y fue en busca del coche como alma que lleva el diablo. Necesitaba una botella de algo fuerte y olvidarse por una noche de todo. Pasó a buscar a Caleb, porque otra de las cosas que necesitaba para no volverse loco era un poco de compañía.

Mientras lo esperaba frente a su casa, sacó la cajetilla de tabaco que aún tenía oculta en la guantera y encendió un cigarrillo. Como siempre, la primera calada le supo a gloria y alivió en parte la tensión que sentía en el pecho.

Quería mostrarse indiferente, pero no lo conseguía. Le temblaban las manos y un dolor agudo a la altura del corazón lo estaba torturando. Durante unos días, el cuadro que había pintado había sido maravilloso. Lo había visto con todo detalle, con un sinfín de tonalidades alegres y luminosas: un futuro que merecía la pena, con una chica de la que se había enamorado como un idiota y el regreso de su hermano.

No deseaba nada más. Y se había convencido a sí mismo de que su deuda estaba pagada. Sus pecados perdonados. Por fin, tras seis años, podía vivir de nuevo.

¡Qué equivocado estaba! El destino se había estado burlando de él. Le había enseñado lo que podría ser su vida, para después arrebatársela sin remordimientos. E iba a sufrir, lo sabía. Tendría a su hermano, pero había perdido la mitad de su corazón.

Caleb salió al porche y lo saludó con la mano. Menos mal, porque si seguía dándole vueltas a la cabeza, acabaría volándosela.

—¿Listo para una paliza al billar?

—Me encanta esa confianza ciega que tienes en ti mismo. ¡Qué pena tener que arrastrarla por el suelo! —replicó Caleb con una sonrisa maliciosa. De pronto, su gesto cambió y bajó los peldaños como un rayo.

Tyler lo miró sin entender a qué venían esas prisas, pero la urgencia en su mirada le indicó que a su espalda había algo y que no era bueno. No tuvo tiempo de girarse. Notó un golpe que lo estrelló contra el coche.

—¡Maldito cabrón asesino! ¿Cómo puedes vivir como si no hubieras hecho nada?

Tyler se quedó helado al reconocer esa voz. Se dio la vuelta y se encontró de frente con Cole, el hermano de Jen. No se defendió cuando el chico alzó el puño y lo estampó en su mandíbula. Tampoco cuando lo enterró en su estómago, sacándole el aire de los pulmones.

—No voy a pelear contigo —logró decir.

—No, porque eso es lo que hacen los cobardes, se esconden —le espetó Cole, y trató de asestarle otro puñetazo.

Caleb se interpuso entre los dos y evitó que el chico volviera a golpearlo.

—Basta —gritó, protegiendo a Tyler con su cuerpo.

Cole no se amedrentó y clavó su mirada de odio en Tyler.

—Cabrón de mierda, está muerta por tu culpa y tú te ríes y te diviertes como si nada. Tú deberías estar en ese cementerio y no ella. Son tus huesos los que deberían estar pudriéndose.

Tyler le sostuvo la mirada y sintió que se desmoronaba. No podía más.

—¡Lo sé! Maldita sea, ¿crees que no lo sé? —explotó, asumiendo en voz alta lo que él mismo pensaba.

—Eres un hipócrita. Haces tu vida. Tienes a tu familia y te comportas como si no tuvieras que avergonzarte de nada.

—Eso no es cierto. No hay un solo día que no piense en ella.

—Es lo menos que puedes hacer cuando tú la mataste.

Caleb soltó un gruñido y apartó a Cole, controlándose a duras penas para no sacudirle.

—Tyler no hizo nada. Fue un accidente.

Cole lo fulminó con una mirada de desprecio.

—Y una mierda. Todo fue culpa suya —replicó con rabia. Clavó sus ojos en Tyler—. No tienes ningún derecho a ser feliz, ni siquiera un poco. Mereces sufrir el resto de tu vida y perder todo lo que te importa igual que lo ha perdido mi familia, sin que puedas hacer nada.

—Pues duerme tranquilo porque mi vida es una puta mierda —contestó con amargura.

—¿Dormir? Dormiré el día que mi madre deje de llorar por las noches. El día que tú pagues por lo que hiciste.

—Se acabó. Lárgate de una vez o no respondo —lo amenazó Caleb.

—¿Y tú qué vas a decir? Eres igual que él. Otro asesino que mató a su padre.

—¡Hijo de puta! —bramó Caleb, lanzándose sobre él. Pero Tyler fue más rápido y logró retenerlo agarrándolo por la cintura con un abrazo.

—Déjalo. Solo es un crío dolido —le rogó sin aliento, casi sin fuerzas para sujetarlo—. ¡Lárgate! —gritó a Cole.

Cole salió corriendo. Cuando estuvo seguro de que no había modo de alcanzarlo, Tyler soltó a Caleb y se derrumbó contra el coche jadeando. Escupió sangre al suelo y se limpió la boca con la mano.

—¿Estás bien?

Caleb gruñó un sí y le echó un vistazo a su camiseta desgarrada. Se la quitó con un gesto de rabia, lanzándola después contra el contenedor de basura.

—Alguien debería darle una lección a ese tío.

Tyler negó con la cabeza.

—Solo está enfadado. Además, tiene razón.

Caleb clavó sus ojos oscuros en Tyler y frunció el ceño.

—¿No creerás lo que ha dicho?

—No importa lo que yo crea. Jen está en una tumba desde hace seis años por mi culpa.

—Tú no fuiste responsable de eso. Deja de mortificarte por algo que no hiciste.

—Pues díselo a quien no para de joderme la vida. Porque, si de verdad no soy responsable de lo que pasó, entonces no entiendo por qué todo me sale mal —se le quebró la voz.

Caleb se acercó a él, preocupado.

—Tyler, ¿qué pasa?

—Tengo que olvidarme de Cassie y no sé cómo voy a hacerlo.

—¿Por qué? Pensaba que te importaba.

—Y me importa, más de lo que puedas imaginar. La tengo bajo la piel, en las venas, mezclada con mi sangre. Así que ya puedes hacerte una idea de cuánto me importa. Pero debo elegir entre ella o mi hermano y…

—¿De qué demonios estás hablando? —lo interrumpió Caleb—. ¿Qué tiene que ver Cassie con tu hermano?

—Estuvieron juntos. Ella era su chica —explicó Tyler, controlando a duras penas las lágrimas que sus ojos se empeñaban en derramar.

—¿Tu hermano y Cassie estuvieron juntos? —inquirió Caleb. De repente cayó en la cuenta de algo que Savannah le había contado—. ¡No jodas! ¿Tu hermano es el tío que dejó hecha polvo a Cassie?

Tyler asintió.

—Sí. Sigue enamorado de ella y quiere recuperarla.

—¿Y?

—Voy a dejarle el camino libre. Si ella vuelve con él, entonces se quedará aquí, en Port Pleasant. Y yo necesito que se quede. No puedo perder a mi hermano ahora que por fin lo he recuperado.

—¿Tú te estás oyendo? —le espetó Caleb con los ojos como platos—. ¿Acaso has perdido el juicio? ¿Vas a sacrificar a la primera chica de la que te has enamorado en tu jodida vida por un tío al que apenas conoces?

—¡Ese tío es mi hermano, joder! ¡Es su chica!

—Te equivocas, Tyler. Ella pudo ser su chica en el pasado, pero Cassie es ahora tuya. La quieres, y ella te quiere. No seas idiota.

—No soy idiota. Soy realista —masculló al tiempo que abría la puerta y subía a su Camaro. No iba a tener esa conversación.

—¿Y por qué no es él quien se sacrifica por ti, eh?

—Porque no sabe lo mío con Cassie —respondió Tyler. La mirada de Caleb le puso en alerta. Así que añadió con tono fiero—: Y si quieres que continuemos siendo amigos, vas a cerrar la puta boca. ¿Está claro? Tú y todos los demás.

Caleb apartó la mirada y sonrió con burla y desdén. No daba crédito a lo que estaba oyendo.

—¿Está claro? —insistió Tyler.

—Lo está. Como el agua. Pero eso no te hace menos gilipollas.

Tyler lo fulminó con la mirada. Cerró la puerta y puso el motor en marcha. Tras un segundo, pisó el acelerador y se alejó a toda velocidad.

29

Cassie era una chica fuerte y decidida que no se amedrentaba fácilmente, pero esa noche, mientras se dirigía a casa de Tyler, estaba aterrada. Se sentía intimidada porque no tenía ni idea de qué podía pasar, ni de cómo iba a reaccionar él. Pero necesitaba hablar con Tyler y necesitaba hacerlo ya.

Verlo en el hospital había hecho que sintiera el corazón como una figura de cristal estampada en el suelo. Y su mirada sobre ella lo había reducido a una miríada de fragmentos imposibles de unir.

Su mundo había sido un cúmulo de oportunidades fallidas y estaba cansada de repetir los mismos errores una vez tras otra. Necesitaba escapar del laberinto que tenía en la cabeza; y al contemplar a Eric, mientras Tyler desaparecía tras las puertas del ascensor, vio un leve atisbo de la salida.

Sí, había querido a Eric y aún lo quería, pero no del mismo modo que antes. No como quería a Tyler. Todas y cada una de las señales, de las voces en su cabeza, apuntaban a Tyler una y otra vez. Él le hacía sentir cosas que nunca antes había sentido. Le hacía desear una vida de verdad, y no iba a pasar eso por alto.

Y aun así no podía evitar sentirse culpable por Eric.

Cuando aparcó junto a su casa, el olor a océano y madera quemada le dio la bienvenida. Alguien había prendido una fogata en la playa y desde el coche podía ver las llamas. Aquello le hizo recordar la primera vez que vio a Tyler, dos años antes, y lo atraída que se había sentido por su actitud insolente y su mal carácter.

Salió del coche y se encaminó a la escalera, animándose a sí misma a subir. Tomó aire y llamó con los nudillos. Un segundo después, la puerta se abrió y Tyler apareció en el umbral, vistiendo tan solo unos pantalones cortos. Sus ojos se entornaron con un gesto hosco. No se alegraba de verla.

—¿Qué haces aquí? —gruñó Tyler, fingiendo una frialdad que no sentía.

Llevaba horas pensando en ella y también en Jen. Porque se había dado cuenta de que Cassie no era el perdón que durante seis años había anhelado, sino el culmen de su castigo. Ella era el tiro de gracia que acabaría con él. La habían puesto en su vida para que se enamorara de ella como jamás creyó posible y ahora se la estaban arrancando de los brazos para entregársela a la única persona a la que nunca podría hacer daño.

Ver a Cassie y a Eric juntos, día tras día, iba a ser su infierno. Y lo merecía por haber destrozado un alma pura que apenas había empezado a vivir. A cambio él había perdido la suya. El tatuaje en su pecho se lo recordaba cada día.

—¿Qué demonios haces aquí? —repitió al ver que ella no respondía.

Cassie tomó aire.

—Tenemos que hablar.

—¿De qué?

—¿Qué te parece si hablamos de por qué me estás evitando y de por qué has hecho creer a Eric que apenas me conoces? Le has mentido.

—¿Y? —inquirió él con desdén.

—¿Cómo que «y»? —Se quedó callada un instante y sacudió la cabeza, desconcertada—. ¿De verdad vas a hacer esto? ¿Vas a terminar así conmigo? Después de lo que ha habido entre nosotros, merezco algo más de tu parte.

—Entre nosotros no ha habido nada, Cassie.

Ella sintió una opresión en el pecho. La punta de un cuchillo atravesándolo.

—¿Perdona? Me dijiste que me querías, que te habías enamorado de mí.

—Lo dije, pero no era cierto. No fui sincero del todo. —Bajó la cabeza y resopló, evitando en todo momento mirarla a los ojos—. Esa noche estaba borracho y dije muchas tonterías. Había metido la pata y quería que me perdonaras. Solo se trató de una excusa para que se te pasara el cabreo. Joder, Cass, quería seguir acostándome contigo, ¿vale?

Sintiendo que unas lágrimas de rabia afloraban a sus ojos, Cassie le espetó:

—Mentiroso. Eres un maldito mentiroso y un embustero. No te creo. ¿Y qué hay de la fiesta? Esa noche estabas bastante sobrio y lo repetiste. Dijiste que me querías.

Tyler alzó las manos con un gesto de desesperación.

—¿Y qué podía hacer? ¿Confesarte la verdad la misma noche que tu mejor amiga celebraba su compromiso?¿Herirte en ese momento? Habría sido una cabronada, ¿no? Mira, lo creas o no, solo fueron las palabras de un borracho.

Cassie lo miraba boquiabierta, sin apenas poder articular palabra. La furia contuvo las lágrimas que estaban a punto de deslizarse por sus mejillas. Pero ¿qué demonios le pasaba? ¿Por qué se estaba comportando de ese modo?

—No hagas eso. ¡No lo reduzcas todo a eso! —le gritó, y su irritación aumentó hasta ahogarla. No podía permitir que le restara importancia a lo sucedido entre ellos—. Si quieres dejarme, si lo que pretendes es romper conmigo, al menos hazlo como un hombre.

Tyler flaqueó un instante y su mirada se suavizó. La estaba hiriendo a propósito y eso lo estaba destrozando. Pero no tenía más opciones, debía acabar con aquella relación aunque hacerlo también acabara con él. Se percató de que su vecino había salido a la terraza y los observaba. La agarró del brazo y la arrastró dentro; después cerró la puerta de un manotazo.

La miró, con las manos en las caderas. Quería sinceridad, de acuerdo.

—Está bien. ¿Quieres hablar? Hablemos. Hablemos de que mi hermano es el tío que te rompió el corazón hace tres años. Hablemos de que ha vuelto y que quiere recuperarte. Hablemos de que él es la única persona en el mundo a quien no quiero hacer daño. Hablemos, Cassie —dijo con soberbia al tiempo que su enfado aumentaba hasta perder la paciencia. Apretó los dientes y negó con la cabeza.

Cassie se lo quedó mirando con recelo. Dio un paso hacia él, pero Tyler se alejó como si fuese contagiosa. Llevaba una semana lejos de ella, sin apenas verla, sin tocarla, y mantenerse alejado era una tortura. Debía guardar las distancias por el bien de los dos.

—Y tú has decidido por los tres —replicó ella casi con desprecio—. Has resuelto romper conmigo y apartarte para dejarle a Eric el camino libre. Le has mentido sobre mí...

—¡Yo no le he mentido! Lo estoy protegiendo de algo que no necesita saber en este momento. Ya tiene bastante, ¿no crees? Por Dios, su madre se muere, no hay por qué hacerle más daño.

—Eric no es débil y no necesita que lo protejan. Y si hay algo que de verdad puede hacerle daño es que le mientan. ¿Y qué pasa conmigo?

Tyler la miró irritado. Necesitaba acabar con aquella conversación y que se largara de una vez.

—¿Qué pasa contigo?

—¿Y si yo no quiero nada de esto? ¿Y si yo no quiero volver con él?

—¿Por qué no? Ha vuelto a tu vida, te quiere y tú estás enamorada de él —dijo como si fuera lo más obvio y ella un poco lenta para captarlo.

A Cassie se le escapó de la garganta un ruidito de indignación.

—¿Enamorada de él? ¿Cómo puedes afirmar algo así? Tú no estás dentro de mi cabeza para saberlo. No tienes ni idea de lo que yo siento.

Tyler respiró hondo y su actitud se suavizó un poco.

—No me hace falta —susurró resignado—. Me remito a tus palabras, Cassie. Desde que él se fue, no has sido capaz de pasar página. No has logrado estar con nadie. Rota. Destrozada. Incapaz de sentir.

—He estado contigo. He sentido contigo.

—¿Y sabes por qué? Porque yo te recordaba a él. Tú misma lo dijiste, nos parecemos mucho.

Cassie sacudió la cabeza. Las cosas no eran como él las veía.

—Eso no es cierto. Puede que al principio fuese así, pero ya no. Te quiero, Tyler. Te quiero a ti, no a él.

Tyler sintió sus palabras en lo más profundo de su pecho, penetrando en su conciencia. Durante un segundo las creyó de verdad y eso le partió lo poco que quedaba intacto en su corazón. Pero no podía dar marcha atrás.

—Pues olvídate de mí —gruñó enfadado—. Tú y yo ya no estamos juntos. Nunca ha habido un nosotros ni lo habrá. Y si de verdad te importa Eric, vas a seguirme el juego en esto. Su madre se muere y nos necesita, a los dos, y no vamos a joderlo.

—No puedes pedirme algo sí.

—¿Por mi hermano? Sí que puedo porque él es lo más importante para mí. La familia es lo primero. Eric es mi familia. Tú, no. Él se queda en mi vida y tú te vas.

Abrió la puerta y la sostuvo con una clara invitación a que se marchara. Al ver que ella seguía allí parada, añadió:

—Vete, Cassie. Mi hermano vive ahora aquí y no quiero que te encuentre si regresa.

Ella lo miró como si no lo reconociera.

—No puedes estar haciendo esto de verdad.

—Vete, por favor.

No tuvo que pedírselo de nuevo. Ella le dedicó un duro gesto y salió sin mirar atrás ni una sola vez. Se quedó allí parado, hasta que el sonido del motor en marcha se alejó por el camino. Después cerró y subió hasta su habitación. Se sentó en la cama, pero de inmediato se levantó, incapaz de permanecer quieto. La rabia y un dolor sordo hervían dentro de él. Su puta conciencia machacándole los oídos. De repente, toda la furia que sentía explotó y empezó a patear el armario hasta que una de las puertas se soltó.

Llevaba muchos años convenciéndose de que cada uno es dueño de su destino y que nuestras decisiones y acciones marcan el curso de nuestra vida. Por eso se había encerrado en sí mismo y había rechazado a cualquier persona que pudiera arrebatarle ese control. Pero con Cassie había bajado la guardia, la había dejado entrar y había acabado adueñándose de ese control.

*E*sa mañana, Tyler se despertó antes de que amaneciera. Bajó hasta la cocina para prepararse un café y vio a su hermano durmiendo a través de la puerta entreabierta de su dormitorio. Ni siquiera se había desvestido y sostenía el teléfono en una mano. Suspiró, preocupado por él. Eric no aparecía mucho por casa, solo el tiempo necesario para darse una ducha, cambiarse de ropa y dar una cabezada que no duraba más de dos o tres horas. Después regresaba al hospital y no se movía de allí.

Se sentó a la mesa y bebió sin prisa su café. Una luz tenue entraba por la ventana, iluminando las paredes y los armarios en penumbra. Se quedó mirando el calendario que colgaba de la nevera y sorprendido se fijó en la fecha. Era dos de julio. Ya habían pasado seis semanas desde que viajó a Lexington. Seis semanas en las que su vida había dado tantas vueltas y giros que ni él la reconocía.

Enterró la cara entre las manos y ahogó el gruñido que ascendía por su garganta. Estaba tan tenso que le dolía cada músculo del cuerpo. La culpa la tenía el estado de ansiedad constante en el que vivía los dos últimos días. Cada vez que Eric entraba por la puerta, esperaba su reacción sin aliento, temiendo que ese hubiera sido el día que Cassie había decidido contarle la verdad. De momento, eso no había ocurrido y rezaba para que continuara así. Quería creer que ella se había rendido a la evidencia y que era con Eric con quien debía estar.

—Buenos días.

Tyler se había quedado tan ensimismado en sus pensamientos que no se había dado cuenta de que su hermano se había despertado, incluso se había duchado, y que ahora se movía por la cocina con prisa.

—Buenos días —respondió con una leve sonrisa—. ¿Has descansado?

—No mucho. Lo intento, pero me cuesta dormir —respondió Eric mientras se servía una taza de café. Se lo tragó casi sin respirar y se dirigió a la puerta—. Tengo que irme. ¿Pasas luego?

—Sí. Comemos juntos, aun a riesgo de que me envenenen en esa puta cafetería.

Eric lo miró por encima del hombro y sonrió.

—Genial. Nos vemos entonces.

Poco después, Tyler también se marchó.

Como cada mañana, se dirigió al taller. Las reparaciones se acumulaban y ni con Caleb trabajando allí daban abasto. Lo bueno de ese exceso de trabajo era que Tyler no tenía tiempo para pensar en nada.

—Dale —gritó desde la parte delantera del camión, un Mack Titan colosal con un motor MP1O de 605 caballos. Una máquina increíble.

Caleb obedeció y giró la llave de arranque. El sonido del motor se elevó en el aire y rugió un par de veces al ritmo que pisaba el acelerador.

—Listo —gritó de nuevo Tyler y saltó al suelo.

Caleb apagó el motor y se dejó caer desde la cabina. Se frotó el estómago.

—Me muero de hambre. —Le lanzó a Tyler una tuerca que llevaba en la mano y le acertó en el cuello. Su amigo se giró con un gruñido—. Vamos a comer algo al Shooter. Spencer trabaja hoy y eso me asegura doble ración.

Tyler sacudió la cabeza y se echó a reír.

—Tío, como sigas comiendo así, te vas a poner gordo como un oso.

Caleb esbozó una sonrisita de suficiencia mientras se quitaba la camiseta manchada de aceite de motor. Alzó los brazos y los flexionó, marcando bíceps y abdominales.

—Soy puro acero. ¿Crees que este cuerpo, acojonantemente perfecto, se mantiene con dietas? Filetes, tío, muchos filetes.

Tyler puso los ojos en blanco y se encaminó al aseo para lavarse y cambiarse.

—Hoy no puedo acompañarte. He quedado con mi hermano en el hospital. ¿Quieres venir?

Caleb puso cara de espanto.

—¡No, ni de coña! No pienso comer en un hospital.

—Si pudiera, yo tampoco iría. Pero Jack… —Hizo una pausa para corregirse—. Eric pasa allí demasiado tiempo solo.

Caleb se miró los pies y se encogió de hombros.

—Supongo que tendré que acostumbrarme a que ahora él forma parte de todo esto.

—¿Estás celoso? —dijo Tyler con un tonito malicioso.

Caleb lo miró, arqueando una ceja. Y le dio un ataque de risa.

—¡Menos lobos, Caperucita! —replicó, entornando sus ojos traviesos, y chasqueó la lengua—. Sabes que jamás encontrarás a otro como yo.

—¡Dios, estoy a punto de vomitar! ¿Seguro que no sois gais? —se burló Derek, que había aparecido tras ellos—. ¿Cuál de los dos es la chica?

Tyler y Caleb se giraron al mismo tiempo. Una sola mirada les bastó para ponerse de acuerdo e inmediatamente se abalanzaron sobre Derek, que salió corriendo mientras llamaba a su padre a gritos.

Por suerte, había cosas que nunca cambiarían, que siempre estarían allí, y para Tyler era un alivio que al menos eso fuese seguro.

Media hora después, Tyler llegaba al hospital. Se dirigió a la cafetería y al entrar el corazón le dio un vuelco. Eric estaba sentado a una mesa con Cassie a su lado y tenían las manos entrelazadas mientras conversaban. Se encontraban tan cerca el uno del otro que parecía que en cualquier momento iban a besarse.

Tyler se planteó darse la vuelta y largarse, pero no tuvo tiempo porque su hermano alzó la vista y lo vio. Su cara se iluminó con una sonrisa y con un gesto lo urgió a acercarse. Haciendo de tripas corazón, cruzó entre las mesas hasta detenerse junto a ellos. Apartó una silla y se sentó, forzando una sonrisa. Ella ni siquiera lo miró.

Cassie se obligó a respirar y a mantener la compostura. Se encontraba allí por un motivo, y entre Tyler y ella ya no había nada más que decir.

En cierto modo, la situación también estaba bastante clara con Eric. Cassie había sido sincera con él hasta donde había podido, tras decidir que lo mejor para todos era fingir que su relación con Tyler no había existido.

Eric le había repetido que la quería en su vida, que continuaba enamorado de ella. Aunque entendía que para Cassie las cosas eran algo distintas ahora; por lo que iban a tomárselo con calma, como amigos, y ver qué pasaba.

Cassie contempló el paisaje al otro lado de la ventana, mientras los dos chicos hablaban sobre el hermano más pequeño, Derek. Si la situación no hubiera sido tan difícil, habría disfrutado al verlos juntos y unidos como deberían haber estado siempre. Aquel era su final feliz y ella sabía que no podía destrozarlo.

Y fingió, tan bien como Tyler lo estaba haciendo. Animada por su indiferencia simuló que no pasaba nada, que todo estaba bien. Por dentro se moría. Se estaba resquebrajando y las grietas pronto alcanzarían el exterior, donde todo el mundo podría verlas.

En un momento dado, Eric se disculpó para ir al baño, y la tensión velada que había entre Tyler y Cassie quedó al descubierto cuando sus ojos se encontraron, por primera vez a solas desde la noche que ella había aparecido en su puerta.

—Gracias —dijo Tyler mientras jugueteaba con un tenedor.

—¿Qué? —replicó ella, sin estar muy segura de si había dicho algo o no.

Su tono de desdén hizo que Tyler levantara la vista de la mesa.

—Estoy intentando darte las gracias.

—¿Y por qué me las estás dando?

—Por quererlo.

—Nunca he dejado de quererlo, Tyler. Pero si te refieres a lo que creo, olvídalo. Lo quiero, no lo amo. Yo no puedo amar a dos personas a la vez.

Tyler se puso pálido. Un puñetazo en el estómago le habría dolido menos. Si dejarla estaba siendo un infierno, que le declarara sus sentimientos constantemente lo hacía mucho más duro.

—No vas a ponérmelo fácil, ¿verdad? —Se inclinó buscando sus ojos—. Tienes que entenderlo. Es mi hermano y lo está perdiendo todo. Tú eres lo único que le queda, que realmente le importa, y te quiere. No voy a arrebatarle a la única persona que hará que salga adelante.

Cassie también se inclinó sobre la mesa, sosteniendo su mirada. Perderse en esos ojos verdes era inevitable.

—Y tú tienes que entender que no puedes arrebatarle algo que no tiene y que ya te pertenece a ti.

Tyler gimió de impotencia y tragó la bola ardiente de su garganta. Cada rechazo que se veía obligado a hacer, lo rompía un poco más.

—Cassie, te lo suplico. ¡Por Dios, su madre se muere! No puede perderte a ti también.

—¡Y voy a estar a su lado! —musitó con vehemencia—. Va a tener mi apoyo y lo ayudaré a superar lo que sea. Pero no puedes pedirme que le mienta más. Tú y yo…

Tyler gruñó y plantó las manos en la mesa con un gesto agresivo.

—No hay un tú y yo, y no lo habrá jamás. Nunca. —Su mandíbula tembló—. Ese «nosotros» no existe y lo negaré delante de quien sea. No ha pasado. Y te juro por Dios que si mi hermano se entera de algo de esto, voy a desaparecer tan rápido que no te darás ni cuenta —soltó la amenaza con la voz empañada por la emoción y la ira.

Cassie sonrió a través del sufrimiento que le estaban causando sus palabras. ¡Cómo lo odiaba en ese momento! No quería llorar, pero podía notar las lágrimas quemándole tras los ojos. Necesitaba salir de allí o acabaría lanzándole el cuchillo que descansaba sobre su plato. Empezaba a entender la puñetera realidad de los crímenes pasionales y ella debía de ser una psicópata por estar pensando esa barbaridad. Hasta ahí la había empujado el idiota bipolar que estaba destrozando su mundo desde los cimientos.

Se puso en pie, dispuesta a largarse, cuando Eric entró en la cafetería. Él le sonrió con dulzura al cruzarse sus miradas y Cassie no fue capaz de hacer nada que pudiera contrariarlo. Le importaba demasiado y, sin que pudiera evitarlo, se sentía culpable.

Entonces vio cómo él sacaba su teléfono del bolsillo, iluminado por una llamada. Contestó mientras caminaba y, de repente, se paró en seco. Su cara cambió y una mueca de dolor la transformó por completo. Alzó la vista un segundo y sus ojos chocaron.

—¡No! —gimió antes de dar media vuelta y salir corriendo.

30

*E*l cáncer era un cabronazo. Ese era el pensamiento que rondaba por la cabeza de Eric mientras contemplaba en el cielo los fuegos artificiales del 4 de julio. Se sentía como si estuviera subido en un tiovivo que no dejaba de girar, desde el que todo se veía borroso e irreal.

Su madre había muerto dos días antes y aún no era capaz de asumirlo. Durante semanas se había estado preparando para ese momento; mentalizándose de que ese iba a ser el único desenlace; despidiéndose de ella cada vez que recobraba la consciencia aunque solo fueran unos segundos. Y aun así, su muerte lo había pillado desprevenido.

Sentía un vacío en el pecho que no lograba llenar con nada. Un dolor agudo y profundo que no sabía cómo aliviar. Pero lo peor era la sensación de traición y abandono que se le había quedado. Esas emociones hacían que se sintiera un poco despreciable, ya que su madre no tenía la culpa de haberlo dejado solo.

Solo.

Se obligó a creer que no lo estaba. Durante el funeral se había sorprendido de las muchas personas que habían acudido al cementerio. A su lado, sin moverse ni un solo paso, había estado Cassie. Al otro, su padre. Afectuoso y protector. Orgulloso de que todos los vieran juntos.

No, no estaba solo. Su hermano le había ofrecido su casa durante todo el tiempo que pudiera necesitarla, sin presión, y también había puesto a su alcance un puesto de trabajo en el taller que lo ayudaría a empezar de nuevo.

Una parte de él ansiaba aceptar esa nueva vida, con un hogar, familia y amigos. Pero en ese sueño faltaba lo más importante. Ella, su alma gemela.

Cassie ya no era la chica que había conocido cuatro años antes. No era la misma que había dejado cuando salió huyendo… Y ya no era esa niña enamorada de él. No podía reprochárselo ni exigirle nada, pero tampoco iba a rendirse sin más. No ahora que tenerla entre sus brazos era lo único que le brindaba cierto alivio.

—¿Tienes frío? —preguntó al ver que ella se estremecía.

Cassie dijo que no con los ojos clavados en el cielo, iluminados con un sinfín de destellos de colores. Volvió a estremecerse y Eric le rodeó los hombros con el brazo. La besó en el pelo y ella le permitió cada gesto de afecto.

—Quédate esta noche conmigo —le rogó en un susurro. Cassie contuvo el aliento y lo miró a los ojos—. Solo como amigos —añadió él al ver su gesto desconfiado, y repitió—: Solo como amigos. Necesito dormir y no creo que pueda hacerlo si no tengo algo familiar conmigo.

Ella le devolvió la mirada con ternura y le acarició la mejilla con sus dedos fríos. Eric le cogió la mano y se la calentó entre las suyas. Le sonrió, con la única pretensión de que ella también lo hiciera y su bonita cara brillara.

—Vale —cedió Cassie.

Cogidos de la mano, regresaron a la casa. Al entrar encontraron a Tyler recostado en el sofá, leyendo. Cassie tembló ante la imagen tan familiar y se obligó a apartar los ojos de él. Estar allí era demasiado incómodo, y al mismo tiempo se sentía como en casa. Contradicciones, su cabeza estaba repleta de ellas.

—Cassie va a quedarse esta noche. Si a ti no te importa —dijo Eric.

Tyler se puso tenso y sus dedos se crisparon en torno al libro. Durante un segundo se olvidó de respirar. Ella iba a quedarse, con su hermano, juntos en su habitación.

—Claro, tío. Ahora esta es tu casa —respondió sin moverse, tratando de sonar despreocupado.

Evitó mirarlos mientras se dirigían al dormitorio, pero en el último segundo sucumbió y los vio cruzar la puerta cogidos de la mano. Esa visión le secó la boca y le provocó náuseas. Su mente empezó a recrearse en un montón de escenas íntimas y unos celos amargos recorrieron sus nervios.

Trató de concentrarse de nuevo en la lectura, aunque le resultó imposible porque todos sus sentidos parecían haberse intensificado, convocados en lo que estaba pasando tras esa puerta. Oyó una risa, el crujido de la madera y después el ligero frufrú de la ropa. Deseó que su cerebro se callara de una maldita vez, pero tenía puesto el piloto automático.

Al final dejó el libro sobre la mesita y decidió que dar un paseo era lo que más le convenía. Ni en sus peores pesadillas había imaginado que sería tan duro verlos juntos.

A la mañana siguiente, Cassie se despertó antes que Eric. Durante un rato permaneció tumbada, mirándolo mientras dormía. Había creído que le resultaría incómodo compartir la cama con él, pero nada más lejos de la realidad. Había sido agradable acurrucarse de nuevo a su lado. Habían hablado durante horas, recordando detalles del pasado, momentos que solo les habían pertenecido a ellos. Y recuperar esa conexión, esa familiaridad, les había hecho bien a ambos.

Se levantó sin hacer ruido y salió de la habitación para ir al baño.

Se sentía muy rara moviéndose por la casa, un espacio que atesoraba un montón de recuerdos íntimos, divertidos y tiernos, ahora que no estaba con Tyler. Se apoyó en el lavabo y se miró en el espejo. Sus ojos le devolvieron la mirada y comprendió, con cierta decepción, que ni de lejos estaba tan preparada como creía para afrontar el triángulo que se estaba creando allí.

Salió del baño y se dio de bruces con un cuerpo medio desnudo, que la sostuvo y tiró de ella haciendo que recuperara el equilibrio. Alzó la vista y se encontró con los ojos de Tyler clavados en los suyos. No le pasó por alto el recorrido que hicieron de su cuerpo, apenas cubierto por la camiseta de Eric, ni la fuerza de sus manos en torno a sus brazos como si se negaran a soltarla.

—Lo siento —se disculpó Tyler, apartándose de ella.

—Ha sido culpa mía. He salido sin mirar.

Ninguno se movió y el silencio se alargó unos segundos.

Tyler notó que cada nervio de su cuerpo ardía. Su piel se calentó, sus músculos se contrajeron y su respiración se aceleró. Contemplarla hacía que su corazón doliera y que se olvidara de latir. Y la forma en la que ella lo estaba mirando empezaba a afectarlo. Seguro que Cassie no era consciente de lo expresiva que era su cara, del deseo y el anhelo que mostraba. Apretó los puños y se hizo a un lado para dejarla pasar, sintiendo que cada célula de su cuerpo la codiciaba.

—Parece que no te está costando tanto como creías consolarlo.

Cassie se giró y lo miró con rabia.

—No vuelvas a echarme en cara algo a lo que tú me has empujado. Tenías opciones y elegiste esta.

Dicho eso, lo apartó de un empujón y se dirigió a la cocina.

Tyler no supo qué lo había incitado a decir aquello y se sintió miserable al darse cuenta de las connotaciones. Era cierto, él había decidido.

Subió a su habitación y buscó unos pantalones cortos y sus zapatillas de deporte. Después salió a la calle con intención de correr hasta desmayarse. Cuando regresó a casa, ellos ya no estaban.

Amaneció el lunes, y después el martes, y la semana transcurrió envuelta en una rutina extraña.

El viernes por la noche, Tyler quedó con Caleb y el resto de los chicos en el Shooter. Cuando se detuvo en el aparcamiento, vio que el precioso Pontiac del 78 que conducía su hermano estaba allí. Le sorprendió porque recordaba que le había dicho que pasaría la noche con Cassie, que irían a cenar y después al cine.

Se quedó sentado en el coche, decidiendo si debía entrar o no.

Llevaba toda la semana sin ver a Cassie, echándola de menos como un perro abandonado. Sacó fuerzas de donde no las tenía para convencerse de que estaba haciendo lo correcto. Solo debía aguantar, confiar en que el tiempo lo acabaría solucionando.

Dentro de poco ella volvería a la Universidad y todo sería más fácil. Corría el riesgo de que Eric la siguiera, pero no podría reprochárselo si tomaba esa decisión. Aun así seguiría siendo su hermano, estaría cerca y mantendrían el contacto.

Inspiró hondo y bajó del coche, decidido a comportarse como un hombre y no como un llorica. Se abrió paso entre la gente que se agolpaba frente a la barra. No cabía un alfiler. No tardó en dar con todo el grupo, reunido en el mismo sitio de siempre. Eric también estaba allí, jugando al billar. Se acercó a saludar y enseguida se vio envuelto por el abrazo de su hermano.

—Pensaba que tenías otros planes.

—Sí. Pero nos hemos encontrado con Caleb y su chica y... Lo siguiente que recuerdo es una cerveza en mi mano y este antro —explicó Eric. Una sonrisita divertida se dibujó en su cara—. Tu amigo puede ser muy persuasivo.

Tyler también sonrió y miró de soslayo a Caleb. Este le guiñó un ojo.

—No tienes idea de cuánto. Voy a por una cerveza. ¿Quieres otra?

Eric negó con la cabeza y alzó la jarra medio llena.

Tyler se acercó a la barra y Spencer acudió enseguida con una botella de su cerveza favorita bien fría. Le dio un largo trago y se giró para observar a la gente. Eric y Jace se habían fundido en un abrazo, vete tú a saber por qué, y Tyler no pudo evitar sonreír. De pronto, su expresión divertida se le borró de los labios.

Cassie había aparecido entre la gente con unos chupitos en las manos. Le entregó uno a Eric y él la rodeó con sus brazos, pegando su espalda a su pecho.

Mientras los contemplaba, una punzada de celos se apoderó de él. Dio otro trago a su bebida e intentó dejar a un lado la irritación. Debía acostumbrarse a verlos juntos, a no reaccionar cuando se tocaban. Pero no tenía ni jodida idea de cómo hacerlo, cuando sus ojos eran incapaces de apartarse de ella.

Esa noche se había puesto unos vaqueros tan ceñidos que parecían una segunda piel y un top que dejaba a la vista su espalda y parte de su estómago. Su larga melena caía sobre los hombros con unos rizos perfectos que se sacudían cada vez que se movía.

Era una tentación para él.

No podía dejar de mirarla, ni siquiera cuando Eric le tendió la mano y comenzó a bailar con ella. Lo hipnotizaba su sonrisa, su mirada y cómo se apartaba el pelo de su cuello húmedo por el sudor. Se estaba comportando como un acosador y de esa actitud no podía salir nada bueno.

Dejó la cerveza sobre la barra, se dirigió a la salida y con paso rápido fue en busca del coche.

—¿Te marchas?

Tyler frenó en seco y miró por encima de su hombro a Caleb. Odiaba esa habilidad que tenía para aparecer de la nada y tocarle las narices.

—Estoy cansado y tengo que levantarme temprano. Mañana te llamo, ¿vale?

Abrió la puerta, pero Caleb volvió a cerrarla con su mano.

—Pero ¿qué demonios haces? —le espetó Tyler.

Caleb se cruzó de brazos delante de él.

—Se acabó. Tú y yo vamos a hablar.

Tyler tomó aliento bruscamente y negó.

—Olvídalo. Si quieres jugar a los loqueros, búscate a otro que le interese.

De repente, una mano en su pecho lo estampó contra la carrocería. Lo primero que pensó fue que iba a matarlo si había abollado el coche. Era un hecho. Un puto arañazo y era hombre muerto. Y ya se preocuparía de las consecuencias más tarde.

—Fingir que no te importa y huir de la realidad nunca funciona, Tyler —empezó a decir Caleb—. Lo sé muy bien. Si existiera un lugar para todos los capullos que hacen justo lo contrario a lo que deberían, llevaría mi nombre. Tienes que dejar de creerte tus propias mentiras y ser sincero contigo mismo. O vas a acabar perdiéndolo todo.

Tyler apretó los dientes y le dio un empujón para quitárselo de encima. Después sonrió con desdén.

—¿Desde cuándo se supone que tú me das consejos a mí? ¡El jodido descerebrado eres tú!

A Caleb le entraron ganas de borrarle la sonrisa de un puñetazo. Lo sacaba de sus casillas cuando se ponía en ese plan de «todo me importa una mierda, pasa de mí».

—Voy a hacer como que no he oído eso.

—Pero fingir que no te importa nunca funciona, ¿no? —se burló Tyler.

Caleb resopló y pegó su cara a la de él.

—Tienes razón. ¿Y si te parto esa jeta? No, mejor. ¿Y si entro ahí y le explico a tu hermano lo que estás haciendo y por qué? ¡El auténtico porqué!

—Cállate la boca. Es un aviso —replicó Tyler con una mirada asesina.

—¿Ah, sí, es un aviso? ¿Y quién va a obligarme? ¿Tú?

—Si me sigues jodiendo, sabes que sí.

—Adelante —lo retó Caleb.

Tyler negó con la cabeza, cada vez más cabreado. No quería tener una bronca con Caleb.

—No me provoques.

—¿Por qué no? ¿Qué vas a hacer? ¿Esconderte y ponerte a llorar? ¡Qué valiente!

—Al menos yo no soy un capullo domesticado —le gritó con los puños apretados.

—Prefiero ser un capullo domesticado y que mi novia sea mía, a dejar que otro le ponga las manos encima por muy hermano mío que sea —le espetó Caleb a la cara.

Oficialmente, Caleb estaba pisando arenas movedizas, pero el muy cabrón continuaba dando un paso tras otro. Así lo veía Tyler, que estaba haciendo todo lo posible para no abalanzarse contra él.

—No tienes ni idea.

Caleb sonrió y se pasó la lengua por los labios mientras su mirada se perdía en la oscuridad.

—No, ese eres tú. Esto no es por Eric, nunca lo ha sido. Él es la excusa. Esto es y será siempre por Jen. —Alzó los brazos, desesperado—. Ya no sé qué más decir o hacer para que te des cuenta de lo equivocado que estás. Prefieres creer lo que te dijo su hermano la otra noche (un crío que está dolido), lo que tú mismo piensas; a confiar en mí y a hacerme caso por una vez en tu vida. Muy bien, sigue así.

—¿Has terminado?

Caleb asintió con un gesto de rendición.

—Por ahora.

Tyler le sostuvo la mirada durante un segundo. Luego subió a su coche y salió en estampida.

—¿Quién es Jen?

Caleb se sobresaltó. Se giró y se encontró con Savannah, que salía de detrás de una furgoneta. Sus bonitos ojos grises lo taladraban con una mezcla de reproche y curiosidad.

—¡Joder, qué susto! ¿Cuánto tiempo llevas ahí?

Savannah se encogió de hombros.

—Desde el capullo domesticado. ¿Quién es Jen?

—¿Quién?

—No te hagas el tonto conmigo.

Caleb suspiró y negó con la cabeza. La dulzura inundó sus ojos al mirarla.

—Lo siento, nena, pero eso es algo que no puedo contarte.

—¿Por qué no? Porque si afecta a Cassie, quiero saberlo. ¿Está liado con ella y por eso pasa de mi amiga?

—No puedo contártelo, pero no se trata de eso.

—¿Es un secreto? —insistió ella. Caleb negó—. Entonces, ¿porqué no puedes decirme quién es esa Jen y qué tiene que ver con Tyler?

—Porque es algo que pasó hace mucho tiempo y Tyler no quiere que nadie más lo sepa. Es mi mejor amigo y yo respeto sus decisiones. Por eso.

Savannah se acercó y le puso una mano en el pecho.

—Pero yo soy tu novia.

Caleb entornó los ojos y las comisuras de sus labios se elevaron con un gesto socarrón.

—¿Y?

Ella le dedicó una mirada hosca.

—¿Te das cuenta de que uno de los votos que pronunciaremos en nuestra boda tiene que ver con los secretos y la falta de confianza? —le soltó molesta.

Caleb gimió enfurruñado.

—Joder, nena, eso es chantaje.

—No es chantaje. Si no confías en mí, quizá no deberíamos casarnos.

Caleb apoyó su frente en la de ella y la asió por las caderas. Rió en voz baja.

—Vas de farol.

—¿Estás seguro de eso?

Caleb le cerró la boca con un beso, delicado al principio. Después se volvió profundo y sus lenguas se enredaron.

—¿Y perderte esto el resto de tu vida? —susurró él, respirando su aliento.

Savannah sonrió. Él tenía razón, iba de farol y por nada del mundo renunciaría ni al más casto de sus besos.

—Vale. Si no quieres contármelo… Allá tú. Ya lo averiguaré por mi cuenta. Si no es un secreto, alguien en este pueblo sabrá quién es esa Jen —dijo como si nada y dio media vuelta de regreso al bar.

—¿De verdad vas a ponerte a preguntar por ahí? —inquirió él preocupado, mientras caminaba tras ella.

—Puerta por puerta si hace falta. No tengo nada mejor que hacer.

Caleb la sujetó por la muñeca y la giró con un tirón.

—Vale. Te lo diré —murmuró con voz profunda. Suspiró y la envolvió con sus brazos—. Pero como le cuentes algo de esto a alguien…

—No lo haré —replicó Savannah sin poder disimular su ansiosa curiosidad.

—Júramelo por… por nuestro primer hijo.

Ella puso los ojos en blanco.

—Dios, qué dramático te pones. Te lo juro.

Savannah:
Ven al baño. Ya. Y date prisa, que esto apesta.

Cassie leyó el mensaje de nuevo y frunció el ceño pensando qué tripa se le habría roto ahora. Se dirigió al baño, sorteando la cola que se había formado en el pasillo, y empujó la puerta tras dedicarle su mirada más letal a una chica que la increpó por colarse.

—¿Savie?

La tercera puerta por la derecha se abrió y el brazo de Savannah salió disparado por el hueco. Agarró a Cassie de la muñeca y la arrastró dentro. Se miraron, una a cada lado del retrete.

—¿Estás bien? —se preocupó Cassie.

—Tengo que contarte una cosa.

—Vale.

—El problema es que no puedo contártela porque le he prometido a Caleb que no lo haría.

—De acuerdo.

—Pero es algo que tienes que saber sí o sí.

—Ya —dijo Cassie, entornando los ojos mientras examinaba su cara en busca de señales que explicaran por qué parecía que Savannah había perdido la cabeza.

—Pero romper una promesa que le he hecho a mi futuro marido seguro que da una suerte terrible. Peor que si me ve con el vestido de novia puesto antes de la boda. No es que crea mucho en esas cosas, pero vete tú a saber.

Cassie se mordió el labio y forzó una sonrisa con la que trató de mostrarse lo más paciente posible.

—Vale, pues no me lo cuentes.

Savannah agitó las manos delante de su cara, nerviosa.

—Ya, pero es que tiene que ver con Tyler... y por qué hace las cosas que hace.

Cassie arqueó las cejas. Ahora sí que había captado su atención. Agarró a Savannah por el brazo y pegó su cara a la de ella.

—¡Ahora no puedes dejarme así!

—Lo sé —gimoteó—, pero lo he jurado por mi primer hijo. ¿Y si lo gafo?

—¿Estás embarazada? —inquirió Cassie atónita.

—¿Te has vuelto loca? ¡No!

—Vale. Calma. —Cassie inspiró hondo y se arrepintió de inmediato cuando los efluvios del retrete se colaron en sus pulmones—. No puedes contármelo, pero debo saberlo.

—Sí.

—¿Y cómo lo solucionamos? Porque estoy pensando salir ahí fuera y amenazar a tu novio con rayarle el coche —masculló con un subidón de adrenalina.

—Si haces eso sabrá que hemos hablado. —Savannah se quedó pensando y de repente tosió una palabra—. Jen.

—¿Qué?

—Jen.

—¿Quién es Jen?

Savannah guardó silencio y arqueó las cejas con un gesto elocuente.

—¿Intentas decirme que esa tal Jen tiene algo que ver con lo que no puedes contarme de Tyler?

Su amiga alzó las cejas de nuevo y la mente de Cassie retrocedió a aquel sábado por la noche, en la playa, cuando Tyler le confesó que en su vida había un fantasma del que no creía que pudiera hablarle nunca. La chica que lo destrozó para cualquier otra.

—¿Es muy malo? —quiso saber.

Savannah suspiró y asintió con un leve gesto.

Cassie también suspiró y la sangre se agolpó en sus oídos.

—¿Crees que he roto mi promesa? —susurró Savannah, inquieta.

Cassie sonrió.

—¿Escupiendo un nombre? No, tranquila.

—¿Qué vas a hacer ahora?

—Ni siquiera estoy segura de si quiero saber quién es esa chica y qué significa para él. He estado pensando y creo que debería regresar a Lexington cuanto antes y olvidarme de este pueblo.

—Odiaría que hicieras eso, pero si es lo que necesitas...

—Aquí me estoy ahogando, Savie. Y si aún no me he marchado es por Eric, porque lo está pasando mal y necesita mi apoyo.

—Ese chico te quiere muchísimo. Te adora. —Savannah se apoyó contra la pared y se recogió el pelo tras las orejas. Sonrió con un atisbo de tristeza—. ¿Te das cuenta de lo contradictoria que es esta vida? Has pasado tres años sufriendo por él, deseando que vuelva a tu vida, y cuando lo hace...

—Resulta que me he enamorado de su hermano «secreto» —terminó de decir Cassie con voz trágica. Hizo una mueca burlona—. ¡Eh, podrías usar este culebrón para uno de tus libros!

A Savannah se le escapó una risotada.

—Dios, incluso siendo real es demasiado tópico. Nadie se lo creería y me crucificarían en Goodreads si me lo publicaran. —Se puso seria y bajó la mirada—. Tyler también te quiere, Cass. No te rindas con él. Eric es buen tío, creo que... si le cuentas lo que ha pasado, lo entenderá. Además, tenías derecho a rehacer tu vida.

—Es tarde para hablar. Todo se ha enredado demasiado y no quiero hacerle daño. Con todo lo de su madre... —Hizo una pausa y miró al techo—. Y aunque lo intentara, Tyler ya ha dejado clara su postura. No quiere nada conmigo. Cree que tiene que elegir y ha elegido a Eric.

—Está confundido, te lo aseguro. No imaginas el lío que ese chico tiene en la cabeza, y Eric es la pared tras la que se esconde.

Cassie se dio cuenta de que con esas palabras, su amiga estaba tratando de darle más pistas sobre ese secreto que Tyler guardaba; pero estaba tan cansada, tan dolida...

—Es posible, pero tú me conoces, Savannah. No soy de las que se arrastran y suplican. Tengo mi orgullo y Tyler ya lo ha pisoteado bastante.

31

La camarera del bar no tardó mucho en darse cuenta de que Tyler no era buena compañía. Cada uno de sus intentos por entablar conversación se habían visto frustrados por la apatía y la actitud deprimida que él no se molestaba en ocultar. Así que se limitó a servirle.

Tyler prendió otro cigarrillo y se quedó mirando la llama titilante del encendedor. La música sonaba muy alta, pero no lo suficiente como para ahogar sus pensamientos ni para distraerse de la sensación de angustia que el alcohol no conseguía apaciguar.

Una chica morena se acercó, tratando de entablar conversación. Era guapa y parecía decidida a llamar su atención. Un par de roces accidentales, la mano en su muslo… Ya sabía de qué iba el tema. Ella buscaba un rollo y ese era justo el tipo de chica que encajaba con él. Sin compromisos. Sin promesas. Siempre lo mismo. Y por eso le gustaban esos encuentros rápidos.

—Hola, soy Alison.

Tyler esbozó una leve sonrisa intentando ser amable, pero pasó de decirle su nombre. Esa noche, ni ella ni ninguna otra le ponían lo más mínimo. Solo podía pensar en una chica, por la que le había dado tan fuerte que nada volvería a ser lo mismo para él.

Cogió el vaso y lo apuró echando la cabeza hacia atrás, dejando que el líquido le quemara la garganta. Caleb tenía razón. Lo único que hacía era esconderse en un rincón y ponerse hasta arriba de bourbon.

Echó un vistazo a la morena, que había empezado a contarle su vida, y a continuación sus ojos recorrieron el local. Lo único que se le pasó por la cabeza fue preguntarse qué demonios hacía allí. Sacó un billete de su cartera, lo dejó sobre la barra, se levantó y con las manos en los bolsillos se largó sin mediar palabra.

Caminó por el paseo, desierto a esas horas de la madrugada. Cuando llegó a su casa, encontró el coche de Eric aparcado tras su Camaro.

Miró arriba, a las ventanas, deseando tener rayos X en los ojos para averiguar si ella estaba allí. Solo se había quedado una noche, la del 4 de julio, y él no había podido pegar ojo sabiendo que estaba tan cerca, en otra cama que no era la suya, con un tío que no era él.

No tenía ni idea de qué estaba pasando entre Cassie y su hermano. Si habían iniciado algún tipo de relación o si solo eran amigos. Porque dos amigos podían compartir una cama y que no pasara nada de nada, ¿no? A no ser que se sintieran tan atraídos el uno por el otro y que hubieran estado tan enamorados que Romeo y Julieta a su lado solo tuvieron un rollo.

Si estaba allí o no, no tenía ganas de comprobarlo.

Se quitó las zapatillas, las dejó en la escalera y se encaminó hacia la orilla. A lo largo de la playa, las luces brillaban en las casas a primera línea de la costa. En esa zona no había mansiones ni grandes hoteles, solo pequeñas casas como la suya y bungalós. Apenas había comercios y locales de ocio, y estos se concentraban en torno al paseo y el muelle a un par de kilómetros de allí. Por todos esos motivos le gustaba vivir en aquella playa. Era tranquila, silenciosa, casi virgen y no había caminos asfaltados que facilitaran el acceso.

Se acercó a la orilla y el agua le lamió los pies con un lento vaivén. Le gustaba el océano por la noche. Inspiró hondo y cerró los ojos en busca de paz. Al abrirlos, un ligero movimiento llamó su atención. A unos metros de allí una silueta surgía del mar, caminando sin prisa entre las dunas y la hierba alta y amarilla. Era una mujer. Tyler la miró con atención, ensimismado en la escena que se desarrollaba ante sus ojos, y entonces la reconoció.

Cassie cogió la toalla. Se secó los brazos y la cara, y luego escurrió las puntas de su pelo. Se sentó en la toalla que ya había extendido sobre la arena y alzó los ojos hacia los puñados de estrellas que salpicaban el cielo oscuro. Se estremeció en el aire salado. Cerró los ojos y se tumbó.

Era agradable sentir la brisa sobre la piel húmeda y dejarse envolver por la oscuridad. Estaba acostumbrada desde pequeña a pasar mucho tiempo sola y de vez en cuando necesitaba desconectar y sumirse en su propio silencio.

—¿No crees que es un poco tarde para darse un baño?

Cassie abrió los ojos con un susto de muerte. No había oído acercarse a nadie. Tardó un segundo en darse cuenta de quién era y se levantó de la toalla, ignorándolo.

Tyler la miró de arriba abajo y se percató de que lo que llevaba puesto no era un biquini, sino ropa interior. Y que alguien le arrancara los ojos, porque recordaba ese conjunto y lo que había ocurrido sobre la encimera de la cocina la primera vez que se lo vio puesto. Esa noche le besó, lamió y mordisqueó la piel desde los muslos hasta el cuello. Adorándola.

—Te he hecho una pregunta.

Ella se limitó a doblar la toalla con la que se había secado y a ignorarlo.

—¿No vas a hablarme? —insistió.

Cassie se plantó delante de él, con los labios apretados y la respiración agitada.

—No podía dormir. ¿Contento?

—¿Y mi hermano?

—Se quedó dormido en cuanto llegamos. No he querido despertarlo para que me llevara a casa.

Tyler la miró, incapaz de apartar los ojos de ella. Y como era un capullo, sintió un gran alivio al saber que no quería pasar la noche allí. Por más que intentara asumirlo, se volvía loco al imaginarla con otra persona teniendo cualquier tipo de intimidad.

—Puedo llevarte yo, si quieres.

—No, gracias. No quiero nada de ti, y menos cuando apestas a alcohol.

Frustrado, Tyler dio un paso adelante, levantó las manos y se las pasó por el pelo.

—Joder, Cass, ¿no puedes intentarlo aunque sea un poco?

—¿Intentarlo?

—Volver a ser amigos. No te molestas en disimular ni un poco y Eric acabará dándose cuenta…

Cassie soltó una risita mordaz y sacudió la cabeza con incredulidad.

—¡Que te jodan, Tyler! —le espetó mientras pasaba por su lado.

Él la agarró del brazo, obligándola a detenerse, y la miró con una expresión vulnerable.

—Es imposible que creyeras que lo nuestro podía funcionar, que iba a durar. Eres demasiado lista. Sabías que se acabaría, olvídalo y ya está.

—No seas iluso, Tyler. No tengo un botón de apagado para dejar de quererte o necesitarte.

—Yo no te pedí que me necesitaras —su tono de voz era duro y la amargura envolvió sus palabras.

—No voy a disculparme por estar enamorada de ti —dijo ella sin ninguna vacilación y se soltó de su mano.

—No digas eso.

A Cassie se le escapó un sollozo.

—¿Por qué? A mí no me da miedo admitirlo. No me avergüenza.

—Nunca me he avergonzado de quererte, Cass —replicó él.

—No. Pero has cogido todo lo que teníamos y lo has barrido bajo la alfombra. No hay mucha diferencia.

—Ya sabes por qué —le recordó Tyler sin atreverse a mirarla.

—¿Estás seguro? Porque yo no lo tengo tan claro como tú.

—¿Qué insinúas?

—Que no me trago que todo esto sea por Eric. No tiene ningún sentido. Empiezo a creer que tu hermano es la cortina de humo tras la que tratas de esconder el verdadero motivo por el que no quieres estar conmigo.

Tyler se puso a la defensiva con un mal pálpito.

—No hay ningún motivo.

—¿Quién es Jen, Tyler?

—No sé de qué me estás hablando.

—Sí que lo sabes. ¿Quién es Jen?

La mirada de él se volvió oscura y le advertía de que no siguiera.

—Nadie.

—¿Quién es Jen?

—Nadie

—¿Dónde está?

Él la miró con inquina y acercó su cara a la de ella peligrosamente.

—Deja de acorralarme como lo estás haciendo o esto va a acabar muy mal.

—¿Quién es Jen?

A Tyler se le escapó un suspiro de pesar tan profundo que parecía más el de un animal herido que el de un humano.

—Déjalo, por favor —suplicó.

—¿Quién demonios es Jen y dónde está?

Y de repente allí estaban, todas las emociones que había deseado ver en él esas últimas semanas, todo lo que ella sabía que escondía, saliendo de él con una fuerza descontrolada, con un grito desesperado.

—¡Muerta! ¡Joder! ¡Está muerta! —Su respiración acelerada se convirtió en un sollozo y cayó de rodillas sobre la arena—. Está muerta por mi culpa. Yo la maté.

—¿La mataste? —preguntó Cassie estupefacta. Los ojos como platos. Se arrodilló a su lado con cautela y lo miró—. Tú no podrías hacer daño a nadie aunque quisieras.

—Si me conocieras, sabrías que sí puedo. Lo hice. La destrocé.

—No te creo.

Tyler sacudió la cabeza y las lágrimas que corrían por sus mejillas destellaron bajo la luz de la luna. Se las lamió y suspiró. El dolor asomó su fea cara. Siempre había estado ahí, prisionero bajo su piel, y por fin dejó de contenerlo porque lo estaba matando. Lo había estado matando los últimos seis años.

—Jen acababa de cumplir los dieciséis cuando le puse el ojo encima. Era preciosa, adorable y tan… tan inocente. Empezamos a salir. Nada serio. Yo tenía diecisiete años y pasaba más tiempo metiéndome en líos con Caleb que pensando en tener una novia de verdad. Pero ella me quería, decía que se había enamorado de mí y aguantaba todas mis mierdas.

Hizo una pausa y se sentó sobre los talones con las manos en los muslos.

—Cuando detuvieron a Caleb y se lo llevaron, yo perdí un poco el norte. Pero podía verlo de vez en cuando en el centro de menores y eso me ayudaba. Un día, Caleb me pidió que no volviera. Me dio sus razones y yo las entendí, pero no evitó que me doliera como si me estuviera traicionando. Esa noche bebí demasiado y acabé borracho en casa de Jen. Sus padres no estaban y… me aproveché de lo que sentía por mí para acostarme con ella. —Miró a Cassie a los ojos, mientras de los suyos no dejaban de brotar lágrimas—. Esa noche perdió su virginidad conmigo. Me entregó algo muy importante para ella y yo se lo agradecí largándome en cuanto conseguí subirme los pantalones.

Cada una de sus palabras provocó una herida en el corazón de Cassie. Él continuó, dispuesto a contárselo todo:

—Después de marcharme de su casa, acabé en un garito al que solíamos ir y seguí bebiendo. Se me acercó una chica… Ni siquiera recuerdo quién era y mucho menos cómo acabé montándomelo con ella a la vista de todo el mundo. Alguien llamó a Jen y le dijo que yo estaba allí. Apareció con su hermano, buscándome, y me pilló. Empezó a gritarme un montón de cosas horribles y salió corriendo. Yo la seguí porque sabía que había metido la pata hasta el fondo y que ella no se lo merecía.

Tyler hizo una pausa y se quedó mirando un punto en el horizonte que solo él podía ver.

—Y entonces todo pasó muy deprisa. Jen cruzó la calle sin mirar. Vi los faros del coche y cómo ella se detenía en medio de la carretera y me miraba. Tuvo un segundo, juro por Dios que lo tuvo, y pensé que se apartaría. Pero no lo hizo y el coche le pasó por encima.

Cassie se cubrió la boca con las manos y se tragó un grito.

—¿Insinúas que lo hizo a propósito?

Tyler sacudió la cabeza y se pasó la lengua por los labios, saboreando sus propias lágrimas.

—No lo sé y eso me está matando. Pensar que yo la empujé a hacer eso…

Cassie tragó saliva. Sus palabras se le clavaron en el alma, una por una.

—Escúchame, Ty. Lo hiciera o no, tú no tienes la culpa de lo que pasó. Si no fue un accidente, fue su decisión, no la tuya. No tienes la culpa.

—Claro que la tengo. Solo era una niña y yo me comporté como un cerdo —la contradijo, apartándose de ella cuando intentó tomarle el rostro con las manos.

—Y tú también eras un niño. Te desmoronaste porque habías perdido a tu mejor amigo en unas circunstancias muy duras. No está bien lo que hiciste, pero todos hemos hecho cosas de las que nos arrepentimos, que han causado daño a otras personas. Pero de ahí a culparte por la muerte de esa chica…

Tyler soltó una risa amarga y desesperada.

—Tengo la culpa. Todos decís que no, pero yo sé que sí. —Se golpeó el pecho, a la altura del corazón, con la palma de la mano—. Lo siento aquí dentro. ¿Sabes por qué llevo este tatuaje? —Tiró del cuello de su camiseta hacia abajo y mostró los trazos de tinta—. Porque eso es lo que soy, un cuerpo vacío, sin alma.

Cassie quería convencerlo de su error, pero él estaba tan encerrado en sí mismo que era imposible llegar hasta donde se encontraba.

—Por favor, Ty. Tienes que salir de esa espiral en la que te has metido y mirar hacia delante. No puedes vivir en ese pasado.

—No merezco vivir en otro sitio, Cass. No sería justo después de lo que hice, ¿lo entiendes? Tengo que pagar —sollozó casi sin voz—. Ella está en una tumba y yo... yo no tengo ningún derecho a ser feliz. —La tristeza que transmitían sus palabras era sobrecogedora. Desprendía lo culpable que se sentía.

—¿Por eso me has apartado? ¿Porque crees que no tienes derecho a seguir adelante?

—Destrozo todo lo que toco. Al final te hubiese roto. Lo sé.

Cassie salvó la distancia que los separaba y le tomó la cara entre las manos.

—No es verdad —susurró besando sus lágrimas—. Tú eres bueno, eres dulce... —Lo envolvió con sus brazos y notó que un temblor le recorría el cuerpo cuando lo atrajo hacia sí—. Eres lo mejor que me ha pasado en la vida. ¿Es que no lo ves?

Su boca silenció lo que él iba a decir. Presionó con fuerza sus labios contra los suyos. Después secó sus lágrimas con ternura y le dio otro beso, esta vez más largo; y tras un momento de vacilación, él la rodeó con sus brazos y le devolvió el beso con pasión. Sintió la ira y la frustración que se escondían tras sus labios.

Tyler se apartó respirando con dificultad y su mirada voló a las manos de Cassie, que comenzó a bajarse los tirantes del sujetador con dedos temblorosos. Cuando la miró de nuevo a los ojos, ya no pudo pensar en nada más. Se inclinó y la besó, atrayéndola a su pecho con una fuerza dolorosa.

Por un momento sintió que abandonaba el infierno para colarse en el cielo. Con ella siempre era así. Se hacía añicos en sus manos, reduciéndolo a nada. Una vocecita le susurró que aquello no estaba bien. Pero no podía detenerse ahora ni aunque lo intentara. Se sentía consumido por tenerla.

Se apartó lo suficiente para quitarse la camiseta. Después la tomó en brazos y la sentó en su regazo, con las piernas a ambos lados de sus caderas, y se movió hasta tumbarla de espaldas sobre la toalla. Quería besarla, hacerle el amor hasta que solo fuese suya por y para siempre. Con labios hambrientos, recorrió su garganta, su escote y la suave piel de su pecho. En ese momento dejaron de importarle las consecuencias, que eran muchas.

Cassie gimió, desbordada por todas las sensaciones que estaba experimentando su cuerpo. La boca de Tyler se esmeraba sobre ella mientras la sujetaba por las caderas y se mordió el labio para no sollozar. Necesitaba más, mucho más. Deslizó las manos por su espalda, por sus costados, y Tyler jadeó al tiempo que apoyaba la frente en el hueco de su cuello. Sus dedos encontraron el botón de sus pantalones, lo que había debajo, y, cuando lo tocó, todo su enorme cuerpo se sacudió sobre ella.

Tyler gimió, abalanzándose sobre su mano con la piel en llamas.

—Te quiero —susurró Cassie—. Te necesito tanto…

El tiempo se detuvo como si alguien hubiera pulsado el botón de pausa. Tyler se quedó quieto y alzó la cabeza hacia la casa, resollando. De repente, el ambiente se volvió gélido a su alrededor. Bajó la mano entre sus cuerpos, sujetó la muñeca de Cassie y la apartó. Posó los ojos en su cara. El fuego, el deseo, todas las emociones se habían extinguido de su rostro y en su lugar apareció una determinación de acero. ¿Qué demonios estaba haciendo?

Cassie dejó escapar un ruido ahogado, intuyendo los pensamientos oscuros que pasaban por su mente y sacudió la cabeza. Se negó a aceptar su rechazo y alzó la cabeza a la vez que deslizaba las manos por su nuca, buscando sus labios. No importaba el motivo por el que había parado, solo deseaba que continuara tocándola, besándola…

—No pares, por favor. No pares —suplicó sin orgullo.

—No puedo —masculló Tyler, apartándose de ella.

Se puso de pie y le tendió la toalla para que se cubriera. Después se abrochó los pantalones y buscó su camiseta con la mirada. Cassie también se puso de pie y notó cómo lágrimas de enfado se agolpaban tras sus ojos.

Estaba harta de todo aquello. Por mucho que lo quisiera, ya era demasiado.

—Lo siento —musitó él—. Lo siento mucho. No pretendía acabar así y menos herirte. He bebido demasiado.

Cassie soltó una risa burlona.

—¡Y ahí está, la excusa que todo lo justifica! —Se le escapó un sollozo y se limpió las lágrimas con los dedos—. ¿Sabes? No dejo de esperar que todo cambie y que las cosas vuelvan a su sitio. Que todo vuelva a ser como al principio entre tú y yo. Pero presiento que eso no va a pasar jamás. Estoy cansada de este chantaje al que me estás sometiendo. Estoy agotada.

—Cassie, yo... —empezó a decir él, desesperado porque entendiera que nunca tuvo intención de herirla.

Ella alzó la mano para que se callara.

—Te quiero. Te quiero muchísimo. Y eso no va a cambiar ni por Eric ni por nadie, pero no tengo fuerzas para luchar contra tus miedos.

—Yo...

—No voy a perseguirte más. Esto se acaba ahora mismo, he terminado contigo, Tyler. No vuelvas a acercarte a mí.

Abrazada a la toalla, dio media vuelta y se dirigió a la casa caminando entre las dunas.

Tyler se quedó allí plantado. Negó con la cabeza y las lágrimas le enturbiaron la vista.

«Destrozo todo lo que toco. ¿Acaso no lo ves?».

32

El día empezó mal para Tyler y a partir de ese momento fue cuesta abajo. A media mañana, tras cargarse la transmisión de una camioneta y el sistema de arranque de otra, su padre lo obligó a tomarse el día libre.

Sin querer volver a casa y sin saber muy bien qué otra cosa hacer, paseó por el barrio observando a la gente. Tenía la sensación de que todas aquellas personas sabían qué hacer con sus vidas, adónde las conducían. Al contrario que él, que se limitaba a respirar sin más pretensiones.

Sus piernas marcaron su propio ritmo y lo condujeron por las calles hasta llegar al paseo. Mientras permanecía de pie sobre el muelle, se dejó arrastrar por los recuerdos. Recuerdos que temía. Recuerdos que necesita enterrar en lo más profundo de su ser, pero que no sabía cómo. Estaba cansado de luchar contra sus fantasmas y, más aún, cansado de luchar contra sí mismo.

Bajó a la playa y se sentó en las rocas. Poco después, el cielo comenzó a oscurecerse. Las nubes de tormenta se estaban arremolinando sobre el mar y parecía que no tardaría en descargar sobre la costa.

Notó una gota en la cara, y después otra. Quisiera o no, era hora de volver.

Se encontraba a mitad de camino cuando una ligera llovizna se transformó en tormenta. Al llegar a casa, la lluvia había arreciado tanto que en la tierra había surcos por los que corría el agua formando riachuelos.

Subió la escalera al trote y se detuvo en el porche, calado hasta los huesos. Se sacudió como un perro y allí mismo se quitó las zapatillas y la camiseta. Entró en la casa, empapando el suelo con el agua que escurrían sus vaqueros.

Encontró a su hermano y a Cassie acurrucados en el sofá viendo una película. En la pantalla reconoció a Channing Tatum haciendo surf en una playa, con mirada de chico malo y actitud rebelde. La había visto antes: *Querido John*. Casi le entraron ganas de reír al darse cuenta de que él podía ser el jodido Tatum, Cassie la reencarnación de Amanda Seyfried y Eric el enfermo por el que la chica se sacrificaba.

—¡Eh, hola! —lo saludó Eric por encima del sofá—. Tío, estás empapado.

—Está cayendo una buena.

—Cassie ha preparado pasta. Te hemos guardado un plato, por si aparecías por aquí para comer.

Tyler asintió. Lo cierto era que estaba muerto de hambre.

—Gracias, Cassie —dijo con cierta cautela.

Habían pasado diez días desde su encuentro en la playa. Y desde entonces ella mantenía las distancias y lo trataba con una educación gélida que lo estaba volviendo loco. A simple vista cualquiera diría que se llevaban de maravilla, pero en realidad no eran más que actores de tercera que apenas lograban representar el papel de sus vidas.

—De nada —respondió ella sin apartar la mirada de la televisión.

Solo movió la cabeza para sonreír a Eric cuando este le rodeó los hombros con el brazo y la estrechó contra él.

Tyler se los quedó mirando. Y una vez más se dio cuenta de lo poco preparado que estaba para dejarla ir y que cada uno ocupara su sitio. El de ella junto a Eric, con el que parecía haber iniciado finalmente una relación. Percibió esa verdad en la boca del estómago.

Se encaminó a su habitación para quitarse la ropa mojada. Se detuvo un segundo en la escalera y, por encima del hombro, les echó una mirada larga y dolorosa. Cassie alzó la vista y sus ojos se encontraron, y notó que el hielo de su mirada se derretía durante un instante.

Subió arriba y se desnudó en el baño. Después se sentó en la cama y clavó la vista en el ventanal, donde la lluvia zigzagueaba por los cristales. Se moría de ganas de bajar abajo y decirle que había cometido un error y que lo sentía, sin embargo, era algo que no podría decirle jamás. No sabía qué lo frenaba, pero no podía dar ese paso; aun cuando verlos juntos era duro, lo mataba por dentro y lo destrozaba. Y lo único que quería en esos momentos era olvidarse de esas emociones y dejar de sentirlas de una puta vez.

—*T*e está volviendo loco ver a Cassie con tu hermano —dijo Caleb.

Tyler lo miró de reojo y frunció el ceño. ¿Tanto se le notaba? Quizá, si dejaba de mirarlos durante un rato, nadie más se daría cuenta. Se encogió de hombros, para qué iba a negarlo.

—Sí, lo admito, me molesta que haya pasado página tan rápido. Y me fastidia que eso me fastidie. Pero yo tomé la decisión y ella la aceptó. Fin de la historia.

—Tú mismo.

—¿Y ya está? ¿No vas a darme la charla ni a intentar convencerme de que estoy siendo un pedazo de animal?

—No. Si quisiera estamparme contra un muro de cemento, iría directamente al puerto y me lanzaría de cabeza contra uno de esos bloques. Pero ¡mira! esta noche no me apetece partirme la crisma.

—¿Sabes? La amistad también debe ser ciega, porque eso explicaría muchas cosas —dijo Tyler con una risita.

Se repantigó en la arena y clavó la vista en la fogata para no caer en la tentación de volver a vigilar a Cassie y a su hermano, que conversaban entre ellos un poco apartados del resto.

Esa noche todo el grupo se había reunido en la playa. Habían llevado comida y bebida, improvisando una de esas fiestas que tan a menudo solían montar. Les encantaban esas reuniones familiares y cada vez eran más los que se sumaban. Derek y Clare también estaban allí, junto con Sean y su chica. Spencer había aparecido con una camarera nueva que había empezado a trabajar con ella en el Shooter. Y Matt había invitado a su hermana, el marido de esta y el bebé regordete y llorón que había aumentado la familia el año anterior.

Tyler observó al pequeño y puso cara de asco al ver cómo se llevaba un puñado de arena a la boca y después la escupía para chupar un palo, que a saber dónde había encontrado. Se puso tenso cuando el bebé vino directo hacia él, dando pasitos vacilantes. Pero el niño acabó precipitándose en los brazos de Caleb, que empezó a hacerle pedorretas en la mejilla y cosquillas en la barriguita.

—¿Y este muchachito tan guapo? —preguntó Spencer, sentándose a su lado.

—Tú siempre consigues hacerme feliz —ronroneó Caleb.

Spencer puso los ojos en blanco.

—Se lo decía al bebé —replicó con un atisbo de exasperación.

Tyler se echó a reír y le dio un trago a su cerveza. Al levantar la vista, sus ojos se encontraron con otros que lo miraban fijamente. Una pelirroja con unas curvas de infarto lo observaba con timidez.

—Esta es Avery. Ha comenzado a trabajar en el bar —explicó Spencer, señalando a la chica que la acompañaba.

—Avery, ellos son Caleb y Tyler.

—Hola.

—¿Qué hay? —dijo Caleb.

Tyler se limitó a inclinar la cabeza con un gesto y su mirada la recorrió de arriba abajo. Se dijo que podía hacerlo, romper el círculo vicioso que tenía con Cassie y volver a los viejos hábitos. Quiso creer que podría sacarla de su cabeza con las distracciones adecuadas. Y aquella chica era perfecta para encontrar algo de motivación.

—¿Te apetece sentarte? —Palmeó con la mano la arena.

Ella no se lo pensó y con una sonrisa se sentó a su lado.

*T*yler estalló en carcajadas, otra vez. El sonido de su risa profunda era agradable y costaba ignorarlo. Cassie se obligó a no mirar porque cada vez que lo hacía y lo veía tonteando con esa chica se le revolvía el estómago.

Prestó atención a lo que Eric decía, sonriendo mientras se obligaba a permanecer serena, pese a que se sentía como si tuviera la cabeza envuelta en una neblina. Se había propuesto intentarlo, esforzarse para recuperar lo que una vez habían compartido. Recordaba todo lo que había sentido por él, ese amor loco y apasionado que le fundía los huesos con solo una mirada; pero por más que lo buscaba en su interior, no era capaz de encontrarlo.

Eric estaba siendo paciente. La complacía en todo y su entera atención era solo para ella, lo cual lograba que se sintiera muy culpable. Y ese sentimiento se multiplicaba por cien cada vez que buscaba a Tyler con la mirada.

Al cabo de un rato empezó a notarse indispuesta y muy cansada. Eric no quiso llevarla a casa, ya que su madre iba a pasar toda la noche fuera, y acabó quedándose con él en su habitación. Se metió en la cama y se acurrucó a su lado, y pronto se quedó dormida.

Bien entrada la madrugada, se despertó al oír ruidos en el salón. Susurros y risas, pasos en la escalera que conducían a la habitación de Tyler y una puerta al cerrarse. Una voz femenina dijo algo y después más ruidos. No quería, pero le dolió, mucho.

A la mañana siguiente se despertó muy temprano. Notaba el estómago pesado y un sabor amargo en la boca. Apenas se hubo incorporado, tuvo que salir corriendo hacia el baño. Cayó de rodillas frente al retrete y empezó a vomitar. Unas manos frías le acariciaron la frente.

—Joder, nena, estás ardiendo —dijo Eric, arrodillándose a su lado. Le apartó el pelo de la cara y le limpió el sudor de la frente y el cuello con una toalla húmeda.

—Creo que tengo algún virus estomacal. Llevo así unos días y no mejoro.

—¿Y por qué no me lo has dicho antes? —protestó él.

Cassie se encogió de hombros y se dejó caer contra la mampara de la ducha. Estaba tan fresquita que no quería moverse de allí, pero los brazos de Eric la alzaron del suelo y la llevaron hasta el sofá. Su rostro preocupado la contempló con atención mientras le acariciaba la mejilla con la mano.

—Debería verte un médico, cariño.

Cassie negó con un gesto.

—Solo necesito un analgésico para el dolor de cabeza.

—Y también algo de suero, has vomitado mucho.

—Vale —accedió ella.

—Voy a ir a la tienda a por un par de cosas, ¿de acuerdo? ¿Crees que estarás bien?

Cassie asintió y se hizo un ovillo en el sofá. Eric la besó en la frente, después cogió las llaves del coche y se marchó a toda velocidad. En algún momento debió de quedarse dormida y cuando despertó alguien estaba en la puerta, hablando en susurros. Alzó un poco la cabeza y miró, y se arrepintió de inmediato de haberlo hecho.

Tyler estaba metiéndole la lengua hasta la campanilla a la pelirroja de la noche anterior, mientras la sobaba. Se enfureció. Primero con él por la escena que estaba montando, y segundo consigo misma por enfadarse por algo así.

Cerró los ojos y trató de ignorar la rabia y los celos que la abrasaban.

La puerta se cerró y vio la sombra de Tyler dirigirse a la escalera. Trató de no reaccionar, pero antes de pensarlo siquiera ya estaba sentada y girándose bruscamente hacia él.

—Eso ha sido asqueroso.

Tyler se detuvo en el primer escalón y se dio la vuelta, medio desnudo. Su rostro no mostraba ninguna emoción.

—Estoy en mi casa, creo que aquí puedo hacer lo que me dé la gana.

—Al menos podrías cortarte un poco cuando hay otras personas delante.

Tyler arqueó una ceja con un gesto inquisitivo.

—¿Con «otras personas» te refieres a ti?

—Sí, sobre todo a mí. A no ser que hayas montado esa escenita a propósito porque sabías que yo estaba aquí.

—¿Qué insinúas?

—No te hagas el inocente conmigo. Sé sincero y admite que lo has hecho a propósito.

—¿Que admita qué? —preguntó Tyler con tono burlón. No sabía por qué le estaba dando alas para discutir, quizá porque prefería que le gritara a que lo ignorara.

Cassie señaló la puerta y puso cara de asco.

—Esa chica. Traerla a pasar la noche sabiendo que yo estoy aquí. La escena porno de hace un momento… Haces esas cosas para asegurarte de que me mantengo alejada de ti.

—Estás loca si crees eso. Me acuesto con tías desde los quince. Esa solo era una más —dijo Tyler como si nada.

Cassie se quedó boquiabierta.

—¡Eres un cerdo y un tarado! Debería darte vergüenza hablar así de otra persona. —Alzó los brazos con un gesto de derrota y lo fulminó con la mirada—. ¿Sabes qué? Funciona, tu táctica funciona, no volvería a tocarte ni con un palo. Por mí puedes tirarte a todo Port Pleasant.

—Ya me gustaría —rezongó él con sarcasmo.

—Pues adelante, hazlo. ¡Por mí no te cortes! —dijo Cassie alzando la voz.

—¡Ojalá pudiera! —Tyler también empezó a gritar y perdió la poca paciencia que le quedaba—. Pero para eso tendría que extirparte de mi cabeza y, créeme, me encantaría. Así dejarías de joderme cada polvo que intento llevarme a la cama.

—¿Qué?

—¿No lo entiendes? ¿Ahora te haces la inocente? —preguntó él con los ojos muy abiertos y una voz ronca y socarrona.

—No sé a qué te refieres.

—Tranquila. Te lo explico —repuso él mientras bajaba el peldaño y se aproximaba a ella con una mirada asesina—. ¿Sabes qué ha pasado esta noche con esa chica? Nada. Cuando llegó el momento no pude hacer nada. No pude porque cuando la miraba era tu cara la que veía, y no soy capaz de follar con otra tía pensando en ti. Soy así de legal… y de gilipollas.

—Pues bien que le metías la lengua.

—Algo tenía que darle —le espetó mordaz.

—Míralo, qué considerado él…

De repente, Cassie notó que su estómago se ponía del revés. Salió corriendo al baño y llegó al váter por los pelos. Empezó a vomitar.

Tyler la siguió, preocupado.

—¿Y a ti qué te pasa?

—Que me pones enferma —logró responder entre arcada y arcada.

—¡Cojonudo! Incluso muriéndote me das caña —exclamó él mientras le sujetaba el pelo.

—No me toques… Estoy bien.

—Cállate o te juro que te meto la cabeza en la taza.

Cassie se rindió y dejó que la ayudara porque apenas tenía fuerzas para ponerse de pie ella sola. Se sentía fatal e intentó tumbarse sobre las baldosas frías.

—Eh, no puedes quedarte ahí —susurró Tyler, apartándole el pelo de la cara.

—Tengo calor.

—Lo sé, nena, pareces una estufa —respondió, preocupado por su aspecto—. Creo que debería llevarte al médico.

—No. Eric ha ido por medicinas. No tardará en volver y se ocupará de mí.

Sus palabras se le clavaron a Tyler en las entrañas. Apretó los dientes y se dijo que así estaban las cosas, que él las había planeado de ese modo.

—Vale. Entonces déjame que te lleve a la cama.

La cogió en brazos y la llevó al cuarto. Después regresó al baño y empapó una toalla en agua fría. Volvió a la habitación, se sentó en la cama y le refrescó la piel de la cara y el cuello. Parecía tan frágil en ese momento que empezó a asustarse.

—No deberías quedarte aquí. Creo que es un virus —dijo ella con la respiración superficial.

—Después de ti, estoy inmunizado para cualquier cosa —le soltó Tyler en broma, buscando su sonrisa.

—Idiota.

—Listilla.

Ella cerró los ojos y sonrió, antes de volver a quedarse frita.

33

—¿*Q*ué opinas? —preguntó Savannah.

Cassie recorrió con los ojos la estancia vacía y frunció los labios con diferentes muecas. De todas las casas que habían visto esa semana, esa era la que más posibilidades tenía. Era amplia, con dos plantas de buen tamaño, y contaba con un montón de metros para un jardín. Además, era de nueva construcción y no necesitaba grandes reformas.

—Me gusta bastante. Lo cierto es que me gusta mucho.

—¿De verdad? —Savannah la miró con ojos brillantes y esperanzados.

—De verdad. Me gusta mucho, pero a quien debe parecerle bien es a Caleb. Va a ser vuestro hogar.

—Yo creo que le gustará. El problema es que se sale un poco de nuestro presupuesto.

Cassie se encogió de hombros y una sonrisita taimada curvó sus labios.

—Un par de carreras solucionarían eso, ¿no?

Savannah la fulminó con la mirada.

—Ni de broma. No quiero tener que casarme con él en la capilla de la cárcel. Lleva mucho tiempo sin meterse en líos y quiero que continúe así.

Cassie entrecerró los ojos y se asomó a la ventana que daba a la calle.

—¿De verdad quieres vivir aquí, en el barrio?

—Sí. Me he acostumbrado a moverme por estas calles. La gente es agradable y hacen que te sientas integrada. Prefiero mil veces este barrio a la Colina. ¿Por qué lo preguntas? No pensaba que a ti te fuera a importar.

—¿A mí? —se sorprendió Cassie—. ¡Lo decía por tu madre! Va a necesitar terapia durante los próximos treinta años.

Savannah se echó a reír con ganas. Cassie tenía razón, su madre llevaba muy mal que prefiriera una casa en el barrio a buscar un sitio «más acorde y seguro para ella» al otro lado de la ciudad. Lo que también demostraba lo poco que la conocía en el fondo. Miró a su amiga y arrugó la nariz con un mohín.

—No puedo creer que julio esté acabando y que te marches en unos días.

—Tengo que regresar a la Universidad y hacer ese curso. Lo necesito. Y si te soy sincera, me muero de ganas por volver y salir de este pueblo.

—¡Qué cruel! Eso ha dolido.

—Ya entiendes lo que quiero decir.

—Lo sé, pero no hace que me sienta mejor. Voy a echarte de menos. —Savannah arrugó los labios con un puchero—. ¿Eric y tú habéis hecho planes?

—De momento se va a quedar aquí. Trabajará en el taller con su padre e intentará ahorrar algo de dinero. Lexington no está tan lejos y podremos vernos a menudo, así que no habrá ningún drama. Después, ya veremos qué hacemos —respondió Cassie mientras se recogía el pelo en una coleta. Dentro de aquella casa hacía un calor horrible.

Savannah le lanzó una mirada preocupada.

—Parece que os va bien.

—Sí. Nos lo estamos tomando con calma, ya sabes.

—Con demasiada calma diría yo —señaló Savannah con retintín.

Cassie la miró con recelo.

—¿Y eso qué significa?

—Que Eric te quiere y está demostrando una paciencia infinita al darte espacio y tiempo. Pero tú vas a paso de tortuga, y él va a perder esa paciencia y te dará un ultimátum.

—Solo hace un mes que regresó y llevábamos casi tres años separados. Es normal que necesitemos tiempo para volver a estar como antes —se excusó Cassie a la defensiva.

Savannah esbozó una sonrisa traviesa.

—Lo primero que Caleb y yo hicimos, después de quince meses sin vernos, fue subir a mi apartamento y meternos en la cama durante tres días.

Cassie resopló.

—No es lo mismo.

—Por supuesto que no —le concedió Savannah—. Estás intentando por todos los medios enamorarte de un chico cuando ya lo estás de otro. ¿En qué realidad paralela funciona eso? Porque en esta no.

—Eso ha sido un golpe bajo.

—Es que me preocupas, Cass —se disculpó Savannah.

—Lo sé, pero estoy bien, ¿vale? Lo mío con Tyler no puede ser y lo he asumido, he pasado página.

—¿Estás segura de eso?

—Sí. En mi interior una voz me dice que ya va siendo hora de que haga lo mejor para mí y que piense en un futuro a largo plazo. Creo que no hay mejor futuro que Eric. Acabaré la carrera, trabajaré en mi campo y al llegar a casa habrá un hombre atento y maravilloso esperándome. ¿Quién no sueña con algo así?

Savannah parpadeó varias veces y la miró de arriba abajo.

—Dios, suenas tan práctica y fría que me están dando ganas de pincharte con algo para ver si sangras. ¿Quién eres tú? Porque mi mejor amiga no.

Cassie sacudió la cabeza, exasperada, y se pasó la mano por la frente. El calor la estaba mareando.

—Creo que voy a vomitar.

—Eso, búrlate de mí.

—No. Lo digo en serio, voy a vomitar.

Salió corriendo hacia el baño que había visto en la entrada y metió la cabeza en el retrete mientras se aferraba a la porcelana.

Savannah la siguió y se arrodilló a su lado, tendiéndole un pañuelo.

—¿Por qué no vas al médico de una vez? Esto no es un virus, Cass. Podrías tener algo más serio.

—Estoy bien.

—Y un cuerno. Estás fatal y llevas así muchos días. —La miró con el ceño fruncido—. ¿Qué otros síntomas tienes?

—Náuseas, mareos y este calor infernal que me hace sudar como un jugador de fútbol. Y estoy tan cansada como uno después de un *touchdown* —dijo al tiempo que se ajustaba el pecho en el sujetador con un gesto muy poco femenino.

Savannah se la quedó mirando y empezó a palidecer mientras una idea se abría paso en su cabeza.

—Cassie, cariño, ¿existe alguna posibilidad de que… —no sabía cómo decirlo— puedas estar embarazada?

Cassie la miró como si hubiera perdido el juicio.

—¡No! Tomo la píldora desde hace tiempo.

—¿Y no te habrás olvidado de tomarla algún día o algo así, no?

—No. —Cassie dudó—. Creo que no.

—¿Cuándo… cuándo tuviste la última regla?

Cassie entornó los ojos un poco nerviosa y empezó a ajustar cuentas.

—Diez semanas… más o menos —y se apresuró a añadir—: Pero con la píldora, y sin descansos, es normal no tener el periodo. A mí me ocurre constantemente. Además, no he hecho nada de nada con Eric.

—¿Y con Tyler?

Cassie asintió, cada vez más confusa.

—Ya sabes que sí, pero no en el último mes. Y siempre usamos preservativo…

De repente, se acordó de algo. Se le abrieron los ojos como platos y el impacto del recuerdo la dejó boquiabierta.

—¡Ay, Dios mío! —exclamó, poniéndose de pie a la velocidad del rayo—. ¡No puede ser! ¡Es imposible!

Empezó a temblar mientras se dirigía a la salida. Savannah la siguió, tras perder un segundo para tirar de la cisterna.

—Tuvimos un desliz —dijo casi sin voz al llegar al coche. Miró a Savannah, incapaz de disimular el pánico que se había apoderado de ella—. El día que fue a Lexington a buscarme. Esa noche paramos a cenar algo y… Acabamos colándonos en un motel y… Lo hicimos… Sin nada. Pero tomo la píldora, creo que no me he olvidado ninguna y es efectiva al…

—Noventa y nueve por ciento en el mejor de los casos —intervino Savannah, e hizo una mueca de dolor—. Aunque no te hayas olvidado ninguna, ese uno por ciento…

A Cassie se le cayó el alma a los pies.

—¡Ay, Dios mío! No me puede estar pasando esto.

—Bueno, tranquilízate. Quizá solo sea un virus.

Cassie gruñó y abrió la puerta del coche con malos modos.

—¿De los que pesan tres kilos al nacer y te llaman mamá? Savie, ¿y si de verdad lo estoy? Las náuseas, los mareos y... Ahora que me doy cuenta, tengo las tetas como si me las hubiera operado.

En otro momento, Savannah se habría echado a reír con ganas.

—Solo hay una forma de saberlo. Tienes que hacerte la prueba y salir de dudas.

Cassie se sumió en un silencio mortal durante todo el trayecto. Savannah conducía sin dejar de lanzarle miradas preocupadas que no la ayudaban en absoluto. Entró en la primera farmacia que encontraron y fue en busca del pasillo donde estaban las pruebas de embarazo. Primero cogió dos y después otras dos de otra marca y se dirigió a la caja atendida por un hombre de unos treinta y tantos.

El tipo la miró con sorna, como si llevara la palabra «zorra» escrita en la frente.

—¿Qué pasa, que a ti te trajo la cigüeña y tu madre aún es virgen? —le espetó sin cortarse.

Cogió su bolsa y el cambio, y volvió al coche. Minutos después se precipitaba en el baño de su habitación con la bolsa apretujada en la mano. Leyó las instrucciones y siguió metódicamente todos los pasos, negándose a pensar en nada. No podía estar embarazada. No podía estarlo. Y mucho menos de Tyler.

¡Ay, Dios, un bebé!

Un bebé de verdad y no uno de esos a los que puedes quitarle las pilas para que dejen de llorar.

Ni de coña.

¡Tenía un maldito virus!

Respiró hondo y dejó las cuatro pruebas sobre el lavabo. Se sentó en el borde de la bañera y se quedó mirando el suelo fijamente.

Savannah apareció en la puerta.

—¿Cuánto tiempo hay que esperar?

—Cinco minutos —respondió Cassie tratando de no perder el hilo de la canción que había comenzado a tararear en su cabeza.

Necesitaba concentrarse en algo que no fuera ese pálpito que tenía en el pecho.

—¿Se ve algo? —preguntó poco después.

—Aún no —susurró Savannah. De repente, se le escapó un ruidito de sorpresa—. Están cambiando de color…

—¿Y?

El corazón iba a explotarle en el pecho. Inspiró hondo y soltó el aliento de forma entrecortada. Alzó la vista al ver que Savannah no decía nada. Sus ojos se cruzaron y se habría caído de culo de no haber estado sentada.

—¿Positivos? —musitó, aunque ya sabía la respuesta.

Savannah asintió una vez.

—Los cuatro.

Cassie negó repetidas veces con la cabeza, notando cómo el corazón se le caía a los pies. Savannah se acercó y quiso cogerla de la mano, pero ella la apartó. No podía respirar…, no podía respirar. Era imposible que estuviera embarazada. Se puso de pie y miró las pruebas. Tenían que estar mal.

—Cassie, ¿estás bien? —inquirió Savannah, que parecía a punto de echarse a llorar.

No pudo contestarle y empezó a temblar de miedo y rabia. No podía estar embarazada, ni de puta coña. ¡Y de Tyler! Si no quería saber nada de ella, mucho menos de un niño que habían concebido durante un calentón.

Todo aquello debía ser un error. Una broma. En unos meses cumpliría los veintiuno, aún era demasiado joven para ser madre. Y estaba la Universidad, la posibilidad de ir a Europa para hacer esas prácticas con las que soñaba.

¡Y el maldito Pulitzer!

¡Y ni siquiera sabía si tenía algo parecido al instinto maternal!

—¿Qué voy a hacer? —dijo casi sin voz—. Si apenas soy capaz de cuidar de mí misma, no puedo tener un bebé. Ni siquiera sé si quiero tener hijos. Nunca he pensado en ello.

Savannah respiró hondo y la abrazó con fuerza.

—No te preocupes. Me tienes aquí y sabes que te voy a ayudar.

—¿Qué demonios voy a hacer yo con un niño? ¡Dios mío, mi madre va a matarme! ¡Y mi padre…!

Los ojos se le llenaron de lágrimas, intentando reprimir los sollozos que se abrían paso en su garganta.

—No se lo digas a nadie, por favor. No hasta que piense muy bien en todo esto.

—Claro que no. Te lo prometo.

—Necesito pensar con calma.

—Tienes tiempo, tranquila. Vamos a superarlo juntas, como siempre. Te ayudaré.

Cassie gimió.

—Entonces haz que todo esto desaparezca, por favor. ¡Haz que desaparezca!

*D*os días después, Cassie fue al médico. Necesitaba saber que se encontraba bien. Aún no había tomado una decisión respecto a su futuro ni al de ese bebé, pero no era idiota ni irresponsable y su salud le preocupaba. Había vomitado mucho y no se había alimentado bien. Además de que había ingerido medicamentos y que, alguna que otra vez, había bebido alcohol.

Cuando salió de la consulta, en la mano llevaba un sobre con todas las pruebas médicas que le habían realizado, incluida una ecografía. No había sido capaz de mirar el pequeño monitor y en su cabeza había estado gritando todo el tiempo para no oír ese rápido latido que ya se escuchaba en su vientre.

La doctora que la había atendido debió de darse cuenta de que no estaba llevando su situación demasiado bien, porque en todo momento guardó silencio y solo la informó de lo esencial. Estaba embarazada de nueve semanas y el feto se encontraba en perfecto estado. Le había recetado unas pastillas y unos complementos que debía tomar durante unas semanas, y unos días de reposo.

Una vez en casa, se encerró en su habitación. Estaba demasiado abrumada y muerta de miedo; y quizá fuera por la cantidad de hormonas que inflamaban su cuerpo, pero no podía dejar de llorar mientras miraba la información sobre el aborto que también le habían facilitado. Incluido un centro y un número al que llamar. La adopción era otra de las posibilidades que le habían sugerido.

La rabia y el dolor se mezclaban en su corazón mientras veía todas esas fotos sobre bebés y familias. Se metió en la cama sin desvestirse y se quedó mirando el techo, incapaz de hacer otra cosa.

Savannah la llamó un par de veces y la ignoró. Después le envió un mensaje disculpándose, pidiéndole algo de tiempo para pensar a solas, y luego apagó el teléfono. No sabía qué iba a hacer con su vida, pero sí sabía que esa decisión sería exclusivamente suya. También que debía tomarla cuanto antes. En menos de dos semanas regresaría a Lexington y para entonces debería tener algún plan.

A la mañana siguiente se encontró un poco mejor. La medicación para las náuseas y los mareos empezaba a hacerle efecto y bajó a desayunar con un hambre voraz.

Se encontró con su madre en la cocina, a la que apenas había visto en los últimos días. Vestía un atuendo playero y unos náuticos, y olía a protector solar. Hablaba por teléfono con Bruce y parecía que hacían planes para unas vacaciones.

—¿Te marchas? —preguntó Cassie, cuando ella colgó el teléfono.

—¡Ah, hola, cariño! No sabía que estabas en casa.

Cassie arqueó las cejas y exhaló con fuerza.

—Siempre estoy en casa, mamá. Y en los últimos tres días no me he movido de aquí. Eres tú la que no estás nunca —le espetó sin poder controlarse.

Su madre no pareció darse cuenta de su tono hosco y crítico, y si lo hizo, lo pasó por alto.

—Con el verano en todo su apogeo y la ciudad llena de turistas, prácticamente he tenido que dormir en la galería.

—Pero ¿te marchas? —repitió Cassie.

—Estoy agotada y necesito unas vacaciones. Mónica se encargará de todo mientras esté fuera.

—¿Unas vacaciones? —inquirió Cassie incrédula.

—Sí, por favor, o me moriré. Un amigo de Bruce le ha prestado su velero y vamos a pasar unos días en él, navegando. ¿A que suena fantástico?

Cassie frunció el ceño, contrariada. Su madre ni siquiera se había fijado en que su aspecto era el de una moribunda, con los ojos rojos e hinchados. En el fondo sabía que ella la quería, pero había llegado a un punto en el que no le bastaba con saberlo, necesitaba oírlo y sentirlo. Por una vez necesitaba tener una madre.

—¿Cuánto tiempo vas a estar fuera? Mis vacaciones se acaban y solo hemos pasado juntas un puñado de días.

—Cariño, volveré antes de que te marches, te lo prometo. Pero debes comprenderlo, Bruce ha tenido que cancelar un montón de compromisos para que podamos estar juntos. Ya eres mayor y entiendes estas cosas. Sabes lo que es una relación entre adultos y que hay que cuidarla.

«¿Y qué pasa con las relaciones madre e hija? ¿Acaso esas no hay que cuidarlas?», pensó Cassie. No podías poner un ser humano en el mundo y pensar que con un techo y comida ya hacías suficiente. Un hijo requería un compromiso.

—Sí, lo sé —fue lo único que pudo decir, mientras su mano se movía inconscientemente a su vientre.

—Sabía que lo comprenderías, cariño. —Su madre miró el reloj—. Dios mío, qué tarde es. Debo subir y terminar el equipaje.

Besó a su hija en la mejilla y se encaminó al vestíbulo.

Cassie se quedó inmóvil, mirando el lugar que su madre había ocupado un segundo antes. Quería llorar, pero no podía pese a sentir las lágrimas escociéndole en los ojos. Era como si se hubiera quedado seca. Su vida siempre había sido un desastre, plagada de malas decisiones y errores que nunca había sabido enfrentar porque nunca había tenido a nadie que la guiara.

Y con un acceso de rabia, recobró la voz.

Salió tras ella.

—No lo comprendo —gritó con un estremecimiento. Su madre se detuvo en la escalera y se volvió con los ojos muy abiertos—. No lo comprendo. No entiendo por qué nunca te has preocupado por mí. Por qué siempre soy la última en tu lista de cosas por hacer.

Dana se quedó parada.

—¿Cómo puedes decir que nunca me he preocupado por ti? ¿A qué viene esta rabieta, Cassie?

—No es una rabieta, es que ya no puedo más. Eres mi madre y te quiero, pero nunca estás conmigo. Desde pequeña no has dejado de repetirme que soy fuerte, que soy capaz de cuidar de mí misma… y lo decías tan convencida que yo lo creía y me esforzaba por ser así y no decepcionarte. —Se encogió de hombros, con actitud de derrota—. Pero no era verdad, una niña no puede ser fuerte y cuidar de sí misma todo el tiempo. Necesita a alguien que se preocupe por ella, que la castigue, que le ponga límites, que le diga no de vez en cuando… Tú nunca has hecho esas cosas. Nunca has sido una madre. ¿Y sabes qué? Hubo momentos que lo necesité. Aún lo necesito.

Su madre la miraba atónita, consciente de que le estaba hablando en serio. Sacudió la cabeza mientras asimilaba las palabras de Cassie. Bajó un escalón, pero algo la detuvo y se quedó donde estaba con una expresión extraña, casi como de culpabilidad.

—Lo he hecho lo mejor que he sabido. No es fácil ser madre, Cassie. Se aprende sobre la marcha y, a veces, simplemente no se te da bien. Es evidente que estás enfadada conmigo por algo y lo siento, pero no soy adivina y necesito que me digas lo que quieres para poder dártelo. Algún día tú serás madre y entenderás lo que intento decir.

Cassie quiso decirle que ese día había llegado, que dentro de ella había una vida creciendo y que estaba muerta de miedo.

—Mamá, hay algo que…

La puerta sonó.

—Dana, amor, llegamos tarde —dijo Bruce desde la calle.

Cassie sonrió para sí misma con tristeza. Así era su vida, una interrupción tras otra, y a ella siempre le tocaba esperar.

—Cariño, ¿qué ibas a decirme? —quiso saber su madre.

—Nada.

—Puedo quedarme. Me quedaré y hablaremos —convino su madre, pero su voz sonó insegura.

Cassie sacudió la cabeza.

—No hace falta. Disfruta de tus vacaciones. Ya hablaremos a la vuelta —suspiró, al tiempo que daba media vuelta y abría la puerta—. Hola, Bruce —saludó.

Y sin detenerse salió a la calle y se alejó caminando en busca de aire.

34

Los pasos de Cassie acabaron en la playa, donde las lágrimas regresaron y el viento las secó en su cara. Vagó de un lado a otro la mayor parte de la mañana, con la única esperanza de que aquella sensación de fragilidad pasaría y que, antes o después, tendría que empezar a funcionar como la persona resuelta y decidida que era.

Pasaron las horas y su cabeza hervía con un sinfín de reflexiones contradictorias. Pensó en su vida, en la de su madre, en cómo había sido su infancia con unos padres separados con muchos problemas. ¿De verdad quería eso para otro ser humano? Tyler era un saco de traumas. Y ella... ella lo seguía de cerca. Ambos eran un desastre. Eran inestables y no creían en el futuro. ¿Qué podían ofrecer? Una vida de mierda.

Cassie se convenció de que no podía tener ese bebé. Y con solo pensarlo se ponía enferma y se sentía despreciable, pero ¿qué más podía hacer? Debía pensar en sí misma, en su futuro. Jamás sería una buena madre.

Sacó el móvil del bolsillo y marcó el número que había guardado en la agenda.

—Centro de planificación —respondió una voz dulce al otro lado.

Tras esa llamada, su mente entró en una especie de letargo. Se dedicó a pasear sin más y a fingir que solo era otro día normal y corriente.

A media tarde regresó a casa y encontró a Eric sentado en el portal. Había estado evitándolo a toda costa porque no estaba preparada para hablar con él, aún no. No sabía qué decirle, hasta dónde contarle... Pero sí sabía que no quería perderlo. Era su amigo y lo quería, quizá no del modo que él deseaba, pero lo quería. Y estaba cansada de perder a la gente que necesitaba.

Eric se puso de pie en cuanto la vio y fue hasta ella con expresión molesta.

—Dios, Cassie… ¿Dónde te has metido? No coges el teléfono y nadie sabe nada de ti. ¿Te haces una idea de lo preocupado que estaba?

—Lo siento, perdona. Es que… —Se llevó una mano a la frente y no logró pensar en ninguna excusa. Así que suspiró y simplemente dijo—: ¿Quieres pasar?

Eric asintió y la siguió adentro.

—¿No está tu madre? —preguntó, echando un vistazo a su alrededor. La casa estaba en silencio y todo se veía impoluto.

—No. Se ha ido de vacaciones.

—¿Vacaciones?

—Sí, por eso he estado tan ausente. He tenido que encargarme de algunas cosas de la galería —mintió, tratando de que no le temblara la voz—. Siento haberte preocupado. ¿Quieres tomar algo? ¿Un refresco? ¿Un bocadillo?

—No quiero nada, gracias. —Eric la siguió mientras ella subía la escalera hacia su habitación—. ¿Estás bien? No tienes buen aspecto, Cassie.

—Sí, estoy bien. Solo un poco cansada, aún no me he recuperado del todo de ese virus.

—Eso me ha dicho Savannah.

—¿Has hablado con ella? —se interesó Cassie mientras se sentaba en la cama.

—La he llamado porque estaba preocupado. Perdona.

—No pasa nada. ¿Qué te ha dicho?

—Solo que estabas liada con cosas familiares.

Cassie se dio cuenta de que había estado conteniendo el aliento y lo soltó todo de golpe.

Eric se sentó a su lado sin dejar de mirarla, preocupado por lo que veía. Cassie estaba demasiado pálida y unos círculos oscuros enmarcaban sus ojos, que habían perdido todo su brillo. Además, parecía distraída y se comportaba como si sus pensamientos estuvieran en otra parte.

Sabía que ocurría algo y lo percibía desde hacía días, pero una parte de él tenía miedo a descubrir la verdad y había fingido que todo marchaba bien. Pero fingir no era la solución a ningún problema, solo retrasaba lo inevitable.

Bajó la vista un momento y un tic le contrajo la mandíbula. La miró de nuevo y en sus ojos se reflejaron multitud de emociones.

—¿Qué te pasa, Cassie?

—Nada, ya te he dicho que estoy bien.

—Sabes que puedes hablar conmigo.

—¡Lo sé! —exclamó ella con una sonrisa despreocupada.

—Por muy malo que sea lo que te está pasando, sabes que puedes contármelo —insistió él.

—Eric, ¿a qué viene esto?

—A que quiero que me hables. Sé que pasa algo y necesito que me lo cuentes. Verte así me destroza.

—Estoy bien.

—Y una mierda —explotó él. Se pasó las manos por el pelo y la presionó un poco más—: Te conozco mejor de lo que crees. Sé que te ocurre algo, así que cuéntamelo para que pueda ayudarte. Venga, pequeña, seguro que no es tan malo como piensas.

A Cassie se le escapó un suspiro tembloroso. Le escocían los ojos por culpa de las lágrimas que trataba de reprimir y apartó la vista para que él no se diera cuenta.

—No puedo decírtelo.

Eric se puso tenso. Ahí tenía la confirmación a sus sospechas.

—¿Por qué?

—Porque vas a odiarme.

Él se cogió el puente de la nariz con los dedos. Ahora le tocaba enfrentar lo que había estado temiendo los últimos días.

—¿Crees que voy a odiarte porque no me amas? ¿Estás así porque no sabes cómo romper conmigo? —preguntó con calma. Ella lo miró de hito en hito—. No podría odiarte aunque quisiera. No te voy a negar que me duele, y que me duele mucho, pero no hay nada que pueda reprocharte. Lo has intentado, pero lo que sentías por mí ha desaparecido. No pasa nada, la culpa es solo mía.

Le apartó el pelo de la cara y se lo recogió tras la oreja con ternura. Durante el último mes se había aferrado a la esperanza de poder recuperarla, de que volviera a ser su chica. Con el paso de los días se había dado cuenta de que eso no pasaría.

—No quiero perderte —susurró Cassie.

—No vas a perderme.

—Pero no querrás ser mi amigo si no estamos juntos y yo te necesito, Eric. Te necesito de verdad.

—Siempre vamos a ser amigos. Siempre. Y no voy a ir a ninguna parte.

—Todo el mundo se va. —Lo miró a los ojos—. Y yo me quedo.

—¿Qué tengo que decir para que me creas? Voy a quedarme, no voy a ir a ninguna parte. Solo dime la verdad. No hay ninguna posibilidad, ¿cierto?

Ella se puso de pie, sintiéndose culpable y a la vez aliviada de aclarar ese tema.

—Lo siento. Ojalá pudiera hacer que todo fuese como antes. Lo deseaba de verdad.

—Lo sé, pequeña. Yo también —dijo él cabizbajo.

Se echó hacia atrás y con la mano aplastó un sobre grande y blanco. Lo cogió para ponerlo en la mesita y algunos de los papeles que contenía se desparramaron sobre la cama. Advirtió que se trataba de pruebas médicas y también se percató de la ecografía. Aunque no le dio tiempo a ver de qué era porque Cassie se la quitó de las manos como si la hubiera poseído algún tipo de locura.

—No se deben tocar las cosas de los demás. Hay algo que se llama intimidad, Eric —le espetó alterada.

—Lo siento. No lo he mirado a propósito.

—Bien, porque esto es privado —le gritó.

—Nena, no es para tanto. No te pongas así por una tontería… —De golpe palideció con un mal presentimiento—. ¿Qué demonios ocurre?

Ella dio un paso atrás y chocó contra la pared, con la ecografía apretada en su mano sudorosa.

—Nada.

—Sí que pasa algo, puedo verlo en tu cara. No es un virus, es otra cosa, ¿verdad?

Cassie empezó a temblar y negó con la cabeza.

—¿Estás enferma? ¿Es algo grave?

Ella negó de nuevo.

—Puedes contarme lo que sea, por muy terrible que creas que es —insistió Eric cada vez más nervioso. Cassie se abrazó los codos como si tuviera frío—. ¡Háblame!

—¡Estoy embarazada! —estalló con el rostro crispado.

Un silencio opresivo cayó sobre ellos.

—¿Estás… embarazada?

Cassie le sostuvo la mirada y las emociones que vio en su rostro hicieron que quisiera no haber pronunciado esas palabras.

—Si pudieras verte la cara… —Se le quebró la voz— Lo sabía, sabía que pensarías todas esas cosas horribles que estás pensando. Y te equivocas. Lo supe hace solo tres días. Y no, no he estado con nadie desde que regresaste, ni siquiera contigo y lo sabes. Estoy embarazada de nueve semanas.

Eric cerró los ojos con fuerza un segundo. ¿Embarazada? ¿Y de quién? La rabia que sentía en el cuerpo era tan fuerte que la notaba como pequeñas descargas sacudiéndolo por dentro, lo que no concordaba mucho con la calma de sus palabras.

—¿Nueve semanas? ¿Tanto tiempo y no te habías dado cuenta?

Cassie bajó la cabeza un poco avergonzada.

—Tomo la píldora y esos periodos son normales en mí. Así que no me preocupé.

—¿De quién…? ¿Quién es el padre?

Cassie se encogió de hombros y parpadeó para alejar las lágrimas que sus ojos se empeñaban en derramar.

—Me dijiste que no te esperara y que continuara con mi vida. Eso hice —susurró ella con una sombra de reproche—. Lo conocí hace dos años, el verano siguiente a que tú te marcharas. Al principio no lo soportaba y era mutuo, nos odiábamos. Pero también nos atraíamos y acabó ocurriendo algo entre nosotros. No fue nada serio, solo pasábamos el rato y nos divertíamos. Cuando acabó el verano, yo me largué de Port Pleasant y perdimos todo el contacto. Hasta hace un par de meses que volvimos a vernos.

Eric resopló molesto. No necesitaba los detalles.

—No te he pedido que me cuentes la historia. Solo que me digas quién es él.

—Si quieres saberlo, primero vas a escuchar esto. Tú has empezado.

Él asintió con los dientes apretados. Ella prosiguió:

—Una cosa llevó a la otra y retomamos la relación donde la habíamos dejado… Al principio solo era algo físico, ya me entiendes; aunque las cosas empezaron a cambiar entre nosotros y supongo que fue inevitable que nos enamoráramos. O ya lo estábamos, pero no éramos capaces de verlo porque ambos vivíamos dolidos por culpa de otras personas.

Eric apartó la mirada y un gran sentimiento de culpa le aplastó los hombros. Al ver que ella no seguía hablando, levantó la vista y la encontró pegada a la ventana, mirando el jardín con gesto ausente.

—Continúa.

—Por fin todo empezó a ir bien, demasiado bien para ser bueno. Me sentía feliz, él se sentía feliz... y pasó algo.

Otra pausa, y empezaban a desesperarlo.

—¿Qué pasó?

Cassie negó con la cabeza.

—No puedo hacer esto. Vas a odiarme.

Eric se puso de pie con un pálpito. Aquello que no quería contarle iba con él, no podía ser otra cosa.

—Suéltalo, Cassie. Creo que merezco saber toda la verdad.

Ella realizó una dolorosa inspiración y dijo casi sin voz:

—Entonces apareciste tú.

—¿Y rompiste con él porque yo había regresado? —inquirió suspicaz.

—No, él rompió conmigo porque habías regresado.

—¿Me conocía, sabía lo nuestro?

—Sí, yo se lo había contado.

Eric respiró hondo, en busca de algo más que paciencia para poder llegar allí adonde Cassie se negaba a conducirlo.

—No lo entiendo. Ese tío está enamorado de ti y te deja porque aparece un exnovio. Nena, un tío que te abandona porque se siente amenazado por un ex...

Ella negó con la cabeza.

—No me dejó porque se sintiera amenazado. Me dejó porque a ti te quiere mucho más que a mí.

Eric palideció y sintió como si una mano hubiera penetrado en su pecho y le estuviera extrayendo el corazón.

—¿Qué acabas de decir?

—Que te quiere muchísimo. Y tiene problemas muy serios que no sabe cómo arreglar, así que se castiga a sí mismo por todo lo que se cree culpable. Yo quise hablar contigo y decirte la verdad. Pero él no me lo permitió.

Eric dio un paso atrás y se llevó las manos a la cabeza, atónito, cuando el puzle fue encajando en su mente.

—¡Tyler! Estás hablando de Tyler.

—Que aparecieras en su vida lo cambió todo. Su mayor sueño era recuperarte y ocurrió. Tú necesitabas su ayuda. Estabas sufriendo por tu madre y él no quería causarte más dolor. Sabía que aún me querías…

Eric la miró con los ojos muy abiertos.

—Porque yo se lo dije. Le dije que te quería y que te necesitaba para tener un motivo que me hiciera seguir adelante.

—Y prefirió sacrificar lo que habíamos empezado, a perderte a ti.

Una mezcla de culpabilidad y rabia golpeó de lleno a Eric. La fulminó con la mirada.

—Y me mentisteis, los dos. Todo este tiempo habéis estado fingiendo en mis narices y yo… ¿Os habéis estado viendo a mis espaldas mientras me pedías tiempo?

Cassie dio un respingo, como si la hubieran azotado.

—¡No, no te hemos mentido de ese modo! Lo nuestro se acabó el mismo día que me llamaste y aparecí en el hospital. Hasta que no te vi allí, con Tyler, no supe quién eras para él. No os relacioné.

—¿Y él?

Cassie negó con la cabeza.

—También se dio cuenta en ese instante. Ató cabos y por eso te dijo que apenas me conocía. Ni siquiera me dio opción a decidir.

A Eric se le escapó una risita mordaz.

—Pues la tenías. Tenías esa opción, Cassie. Debiste contármelo en ese mismo momento.

—No pude —sollozó ella.

—¿Por qué?

—No lo sé. Porque verte de nuevo fue un *shock* y mis emociones se volvieron locas. No sabía qué sentía respecto a ti, ni respecto a él. Todo se puso patas arriba y tú dijiste que me necesitabas, que continuabas queriéndome. Él no quería verme y me amenazó con dejarme como a una mentirosa si abría la boca. Tu madre se moría y ya sufrías demasiado. ¡No supe qué hacer! ¡Entre los dos me acorralasteis! —gritó con la cara llena de lágrimas.

Eric suspiró, levantando la cabeza hacia el techo.

—¿Lo quieres?

—Muchísimo.

Él se la quedó mirando, ofuscado por un montón de emociones que no sabía cómo tratar.

—Todo esto es una puta locura.

—Lo siento —se disculpó Cassie—. Lo siento mucho. Te avisé. Te avisé de que ibas a odiarme.

—No te odio.

—Pero estás enfadado.

—No estoy enfadado. ¡Estoy cabreado, estoy furioso contigo, con él... y conmigo! ¡Sobre todo conmigo por no haberme dado cuenta!

Se acercó a ella y la miró a los ojos echando chispas.

—Os habéis comportado como dos putos críos, Cassie. Nada de esto está bien. Pero lo que más me duele no es que no me quieras y que ames a otro. Ni que ese otro sea mi hermano, porque ese imbécil me importa mucho. Lo que me duele son las mentiras, estas semanas que habéis estado fingiendo. Eso es lo que me duele de verdad.

—Solo intentábamos protegerte de... de nosotros.

—¡Qué idiotas! Yo lo habría entendido. ¿Crees que después de casi tres años fuera no habría entendido que existen las jodidas casualidades y que vosotros erais una?

—Tomar buenas decisiones nunca ha sido mi fuerte, ya lo sabes.

—¡Sí! Y tampoco el de mi hermano.

Eric sacudió la cabeza y la emoción que había estado reprimiendo empezó a debilitarlo. Sus ojos brillaron por culpa de las lágrimas.

—Sé que es absurdo preguntarlo, pero ¿Tyler es el padre? —Cassie asintió—. ¿Lo sabe? ¿Se lo has dicho? —Ella negó y se le saltaron las lágrimas—. Tienes que decírselo. Esto también le incumbe.

El miedo explotó en el pecho de Cassie.

—¡No! ¡No voy decírselo! Y tú tampoco lo harás. Promételo.

—No puedes pedirme eso.

Cassie se apartó de él, frenética.

—Tyler no quiere saber nada de mí.

Eric soltó una exhalación.

—Hablaré con él y arreglaré este asunto.

—Por favor. No te metas, déjalo estar.

—¿Que lo deje estar? Rompéis por mi culpa, con un bebé en camino y ¿quieres que lo deje estar?

—Hay otro motivo por el que no volverá conmigo.

Cassie le relató todo lo que Tyler le había contado sobre Jen. Lo que había ocurrido esa fatídica noche y los motivos que habían llevado a esa chica a acabar delante de aquel coche. El miedo y la culpa que él sentía al no estar seguro de si se había tratado de un accidente o de otra cosa. Su necesidad de castigarse por su muerte.

Eric tuvo que sentarse, sobrepasado por la situación.

—¿Lo entiendes? No eres solo tú, ni tampoco yo. Es él. Y no quiere que nadie lo ayude —dijo Cassie, sentándose a su lado.

Eric asintió. Él mejor que nadie sabía lo que era crear tu propio infierno de la nada y no ser capaz de salir de él.

—Estoy cansada de ser siempre yo la que cede ante los demás, la que tiene que comprender, la que se queda esperando… Por una vez voy a pensar en lo que yo quiero y en lo que yo necesito. Y lo que necesito es regresar a la Universidad, retomar mi vida donde la dejé hace dos meses y olvidarme de este verano para siempre.

—No puedes ocuparte tú sola de ese bebé.

—Lo sé, por eso no puedo… —A Cassie se le formó un nudo en la garganta y tragó saliva—. No puedo tener este bebé.

Eric la miró atónito.

—¿Qué has dicho?

—No voy a tenerlo.

—Pero… ese bebé… ¡es mi sobrino! ¿Vas a …? —le espetó dolido.

—Es mi única opción.

—Eso no es cierto.

—Tú no lo entiendes. No puedes entenderlo. Jamás podría cuidar de este niño. No sería una buena madre y este bebé no tiene la culpa de que mi vida sea un desastre. Tengo una familia completamente disfuncional, con unos padres con los que nunca he podido contar y que no se soportan entre sí. Dependo de la beca de mis estudios y acabar la carrera es el único modo de asegurarme un futuro que merezca la pena. No tengo nada que ofrecerle a este niño… —Eric fue a abrir la boca, pero ella lo atajó—: Y no se te ocurra decir que amor, porque ni siquiera creo que pueda darle eso.

—¿Y qué pasa con Tyler? ¿Acaso él no tiene voto en esto?

—No, porque no va a saberlo. Jamás —dijo ella con fiereza—. Hemos cometido un error y no es justo que paguemos por él toda la vida. Como pagó tu padre, y tu madre, y también tú.

Eric la fulminó con la mirada.

—No tienes que recurrir a ese golpe bajo para que lo entienda. Lo entiendo, Cassie, mucho mejor de lo que crees. Solo que no estoy de acuerdo con tu decisión.

—Pues lo siento, porque ya está tomada. Pasado mañana tengo una cita en el centro de planificación familiar.

Eric sacudió la cabeza, negándose a considerarlo siquiera. El aborto le provocaba fuertes sentimientos por varias razones, incluido su propio nacimiento.

—No lo hagas, Cassie. Si no quieres quedártelo, no sé… dalo en adopción. Le buscarán una buena familia que lo querrá muchísimo. Tienes que darle una oportunidad.

Ella lo miró incrédula e igual de ofendida. Se levantó y empezó a moverse por la habitación.

—¿Una oportunidad? ¿Y qué hay de la mía? Aún me quedarían siete meses de embarazo. No podría hacer los cursos que necesito y tendría que renunciar a las prácticas en Europa. Todo por lo que estoy trabajando se iría a la mierda.

Eric suavizó la mirada.

—Pero no por nada, sino por ese bebé que tienes ahí. Si mi madre…

—Deja de condicionarme, de apelar a mis remordimientos, cuando todo esto es culpa tuya —alzó la voz con la indignación apoderándose de ella.

—¿Culpa mía?

—Todo marchaba bien hasta que apareciste. Tyler había aceptado lo nuestro e iba a intentarlo. Pero tú regresaste y todo cambió. Me dejó, él también me abandonó, como hacéis todos. Decidisteis por mí sin que os importaran mis sentimientos y ¿ahora tú también quieres decidir por mi cuerpo y mi futuro? Tener hijos es mi decisión, no la tuya, ni la de nadie. ¡Son mis años! ¡Es mi vida!

Temblaba tanto que parecía que estaba convulsionando. Las lágrimas caían por su rostro sin control mientras la ansiedad formaba un nudo tras otro en su estómago con un dolor insoportable. Se giró hacia la pared y se encontró con su reflejo en el espejo que había sobre la cómoda. Lo tiró al suelo de un manotazo, haciéndolo añicos.

—Cassie...

—¡Márchate y déjame en paz! ¡Vete, quiero que te vayas! ¡Vete, vete, vete...!

Eric empezó a asustarse por lo que parecía un ataque de histeria. Sus palabras habían logrado que se sintiera culpable y que empezara a dudar de todo, incluso de sí mismo.

—Cassie, lo siento. Yo solo quiero ayudarte.

Ella lo miró airada.

—¡Pues ayúdame! Déjame hacer esto y olvídate de todo.

—No imaginas lo que me estás pidiendo. Va en contra de todo lo que siento. De todo lo que creo —susurró él.

—Si de verdad me quieres tanto como dices, si de verdad quieres lo mejor para mí, no dirás nada a nadie y respetarás mi decisión.

Eric inspiró hondo y cerró los ojos, abatido.

—Es un secreto demasiado grande para vivir con él.

Cassie dio un paso hacia él y lo apuntó con un dedo acusador.

—Me lo debes. Tú sabes que me lo debes.

35

Eric abrió los ojos de golpe. No había pretendido quedarse dormido, pero, en algún momento a lo largo de la madrugada, le había vencido el cansancio. Había sido una noche dura, muy dura para los dos.

La luz del amanecer entraba por la ventana, tiñendo de una luz azulada las paredes blancas. Cassie suspiró, descansando sobre su pecho. Con cuidado de no despertarla, le acarició la cabeza, deslizando los dedos por su melena despeinada. Viéndola ahora entre sus brazos la sentía vulnerable y por su ceño fruncido se dio cuenta de que, incluso en sueños, intentaba defenderse de todo.

Levantó la mano que reposaba sobre su estómago y le apartó el pelo de la cara. Le rozó la mejilla con la yema del dedo y se la quedó mirando durante una eternidad. Estaba hecho un lío. Le había jurado que no diría nada y que cargaría con su secreto, pero esa promesa iba a suponerle un gran sacrificio: vivir con una conciencia que no le dejaría dormir tranquilo nunca más.

Poco a poco la cambió de sitio y salió de debajo de ella con el cuerpo entumecido. Se sentó en la cama, con los pies en el suelo, y se pasó las manos por el pelo. Reparó en un papelito sobre la alfombra, se agachó para cogerlo y al darle la vuelta vio que era la ecografía. Se la quedó mirando, intentando descifrar todas aquellas manchas grises y negras y, poco a poco, identificó una forma que se asemejaba a una cabecita diminuta. Incapaz de seguir mirándola, se la guardó en el bolsillo trasero de los pantalones.

Miró la hora en su teléfono. Debía ir a trabajar.

No quería dejar sola a Cassie, pero muy en el fondo sabía que ella no deseaba su compañía ni la de nadie en ese momento, que cuando despertara sería la chica fuerte la que tomaría el control y que no le querría cerca.

Se puso las botas y salió de la habitación sin hacer ruido.

Veinte minutos después, detenía su Pontiac frente al taller. Encontró a su padre quitando el candado de las puertas y lo ayudó a empujarlas sobre los rieles.

—Hoy has madrugado —dijo su padre.

Eric le sonrió y entró para encender las luces. Día a día, la relación con su padre se iba estrechando, empezaba a fluir de un modo natural y se sentía tan cómodo en su compañía que a veces se le olvidaba que solo llevaba allí unas cuantas semanas. Era un buen hombre, afectuoso, y no le importaba demostrarlo. Y sin darse cuenta, Eric se encontró buscando el modo de hacerle una pregunta que no dejaba de rondarle por la cabeza.

—¿Drew?

—¿Sí?

—¿Puedo hacerte una pregunta?

Su padre dejó lo que estaba haciendo y se giró hacia él.

—Claro, hijo.

Eric vaciló un segundo y se aclaró la garganta.

—¿Alguna vez has hecho algo que iba en contra de tus principios porque creías que debías pagar una deuda?

—¿De qué tipo de deuda hablamos? —preguntó su padre con un asomo de preocupación.

—Una deuda moral. Del corazón.

Su padre asintió y la sonrisa regresó a su rostro.

—Es difícil elegir entre lo que debemos hacer y lo que tenemos que hacer, ¿verdad? Puede parecer lo mismo, pero no lo es, hijo. No sé a qué dilema te enfrentas ni hasta qué punto es importante… Lo único que puedo decirte es que en estos casos siempre hay alguien que sale herido.

—¿Y qué hago, lo que debo o lo que tengo que hacer?

—Eso solo puedes resolverlo tú. Aunque me atrevería a decir que ya has tomado esa decisión, pero que te dan miedo las consecuencias.

Ambos se giraron cuando Tyler entró en el taller cargando con una caja repleta de donuts y una bandeja con vasos de café. Tyler se acercó y le ofreció uno de los vasos. Eric lo aceptó mientras clavaba su dura mirada en él, recordándose que había prometido comportarse como si no supiera nada.

Lo entendía. De verdad que había logrado entender todas y cada una de las partes de la historia que Cassie le había explicado. Y aun así sentía la imperiosa necesidad de estrangular a su hermano y después hacerlo picadillo. Joder, iba a necesitar un milagro para no abalanzarse sobre él y darle una paliza.

Las horas pasaron como si fueran minutos. Cada vez que Eric miraba el reloj, la inquietud que sentía en el pecho aumentaba un grado más. A la hora del almuerzo notaba su cuerpo como un volcán a punto de explotar. El momento se acercaba. Al día siguiente Cassie iría a ese puto centro y ya no estaba tan seguro de poder mantenerse al margen.

—¡Joder! —gruñó cuando se le cayó una llave al suelo.

Tyler miró de reojo a su hermano. Eric no se encontraba bien ese día. Estaba de mal humor, descentrado y cada vez más nervioso. De repente, se oyó un estropicio y a Eric maldiciendo mientras pateaba una llanta.

—Eh, tío, ¿te encuentras bien? —preguntó Tyler.

—Sí —masculló Eric por lo bajo.

Recogió la llanta del suelo y sacó el trapo que llevaba colgando del bolsillo trasero para limpiarse las manos. La ecografía crujió en su bolsillo y ese ruidito hizo que perdiera los nervios.

Tyler se enderezó cuando su hermano fue a su encuentro con los dientes apretados.

—¿Qué pasa? —preguntó alarmado.

Ocurrió tan de repente que ni lo vio venir; solo sintió el impacto en su mandíbula y el dolor que le siguió a continuación. Se tambaleó hacia atrás y notó la sangre caliente manando de su labio, resbalando por la barbilla y goteando en su camiseta. Atónito, miró a Eric, y lo vio en sus ojos. Sabía la verdad.

—Quiero matarte —gruñó Eric.

—Siento haberte mentido —dijo Tyler avergonzado—, pero pensé que si la recuperabas no te marcharías de aquí.

Eric volvió a golpearlo en la cara y después le lanzó un puñetazo al estómago que lo dejó sin aliento. Agitó el puño en el aire, intentando controlarse para no atizarlo de nuevo.

—Y por eso la dejaste, la amenazaste y la obligaste a mentirme. Eres un mierda, Tyler. Eres un puto crío que solo piensa en sí mismo y que no se da cuenta de que cada acto tiene consecuencias.

—Lo hice por ti...

—Cállate la boca. Si dices una sola palabra te juro que no respondo de lo que pase después.

—Eric...

—¡Que te calles, joder! —gritó con los tendones del cuello tensos como cables de acero—. Ahórrate la saliva. Lo sé todo, desde el día que fuiste a buscarla a Lexington hasta lo que pasó la otra noche en la playa. Y con todo, también me refiero a lo de esa chica que murió hace seis años.

Tyler apenas podía respirar. Eric añadió:

—¡Estoy cabreado, Tyler! Tan furioso por toda esta historia que solo quiero matarte. Pero eres mi hermano y me he dado cuenta de que te quiero. Y por eso lo entiendo, ¿vale? Entiendo que tú también me quieres, que lo hacías por mí y que creías que era lo correcto. Pero no, te has equivocado de principio a fin y has hecho mucho daño. Me has hecho daño a mí, a Cassie y a ti mismo.

—Lo siento —dijo Tyler.

La culpabilidad que sentía lo estaba aplastando bajo toneladas y toneladas de desprecio hacia sí mismo. Jen, Cassie, y ahora Eric. Hacía daño a todo el mundo. No era su intención, pero lo hacía.

Eric inspiró hondo, sin apartar sus ojos oscuros de él.

—Me alegro de que lo sientas. Porque te juro por la memoria de mi madre que vamos a hablar de todo esto, y mucho, y también de esas paranoias que tienes en tu jodida cabeza hasta que las solucionemos. Como si tengo que encerrarte en un puto psiquiátrico, ¿está claro?

Tyler apartó la mirada y apretó los labios conteniendo un par de estúpidas lágrimas. A otro ya le habría plantado cara, le habría dicho que se metiera en sus asuntos y que le dejara en paz con sus problemas, pero con Eric no podía. No cuando se estaba comportando como el hermano que siempre había necesitado.

—¿Está claro? —repitió Eric.

—Está claro —murmuró a la vez que sus lágrimas fluían.

Eric suspiró y la rabia fue dando paso al cariño que le había cogido al imbécil que tenía a su lado. Se fijó en que el labio no dejaba de sangrarle y que no lograba ponerse derecho, presionando con su mano izquierda las costillas.

—Déjame ver —le pidió mientras le alzaba la cabeza. Joder, le había partido el labio.

—Me lo merecía —dijo Tyler, intuyendo sus pensamientos culpables.

—Y tanto que te lo merecías. ¿Qué tal el costado?

—No están rotas. Pero me duelen como el demonio.

Eric sacudió la cabeza y sonrió con malicia.

—Me alegro —replicó.

Tyler lo fulminó con la mirada, pero no dijo nada. Se apoyó en el banco de trabajo y resolló cuando sus costillas protestaron. Eric se colocó a su lado.

—¿Qué tienes en la cabeza, Tyler? Puedo entender que lo de esa chica te impresionara; solo tenías diecisiete años. Pero ha pasado mucho tiempo y tienes que dejar de torturarte.

—Lo sé —sollozó Tyler, desmoronándose poco a poco.

—Pues para.

—No sé cómo hacerlo, tío.

Eric se rascó la coronilla, reflexionando.

—Empiezo a pensar que los Kizer venimos con algún defecto de fábrica que nos hace más gilipollas que al resto.

—¿Lo dices por alguien en particular? —se burló Tyler y vio las estrellas cuando sus labios se curvaron con una leve sonrisa.

—En general. Si adoptáramos un perro, seguro que nos llevaríamos a casa el más tonto de la perrera —bromeó.

Tyler le sostuvo la mirada e inspiró con cuidado.

—Sé que estoy muy jodido, Eric.

—Bueno. Ahora me tienes a mí. Te voy a sacar de esa mierda sí o sí.

Tyler lo miró con espanto.

—¿Piensas atizarme cada vez que la cague?

Su hermano se echó a reír con ganas, pero no respondió. Al cabo de unos segundos su expresión se volvió más seria. Como si estuviera dividido por alguna cuestión. Tyler le dio un empujoncito con el hombro.

—¿Estás bien?

Eric le sonrió.

—Sí, solo pensaba que hay otra cosa de la que tenemos que hablar.

—¿De qué?

—Siéntate —le pidió. Tyler lo miró suspicaz. Y Eric insistió—: Confía en mí, tienes que sentarte.

Tyler frunció el ceño y se subió al banco, impulsándose con un solo brazo. Su hermano se sentó a su lado y suspiró nervioso. Después adoptó una expresión de determinación y sacó del bolsillo de su pantalón un papelito arrugado que puso en su mano.

—¿Qué es esto? —preguntó Tyler.

—¿De verdad no sabes lo que es?

—Joder, no. Me estás haciendo sentir estúpido —se quejó, ruborizándose un poco.

Eric se rascó la nariz y lo miró a los ojos antes de contemplar la ecografía.

—Vale. Pues… esto de aquí es una cabeza y esto de aquí creo que son los bracitos, dos piernas… —Sonrió con picardía—. Y espero que esto no sea la polla porque si lo es…

Tyler se quedó boquiabierto y apenas fue consciente de cómo su pulso se ponía por las nubes al tiempo que su corazón rebotaba dentro de su caja torácica. Su mirada pasó sucesivamente de la cara de su hermano a la ecografía.

—Cassie está embarazada de nueve semanas. Y es tuyo, papaíto —dijo Eric sin ningún preámbulo.

—¿Un bebé? —susurró Tyler para sí mismo. Se le fundieron todos los cables—. ¿Cassie va a tener un bebé… mío?

Eric se puso muy serio y se frotó la cara antes de responder:

—No quiere tenerlo, Tyler. Está muerta de miedo y no quiere tener el bebé.

—¿Qué quieres decir con que no quiere tenerlo?

—Quiere abortar.

Tyler se bajó del banco, tan bloqueado que el agudo dolor de sus costillas le pasó desapercibido. Era como si su cerebro hubiera sufrido un cortocircuito y no consiguiera volver a ponerlo en marcha. Pálido y sudoroso, empezó a moverse de un lado a otro. Parecía perdido, y en realidad lo estaba, muy perdido. Jamás en la vida se había planteado la posibilidad de tener un hijo. Cualquier pensamiento a ese respecto había quedado descartado desde la noche que Jen murió, cuando renunció a tener una relación que implicara un futuro.

Él no estaba preparado para ser el padre de nadie. Arruinaría la vida de ese niño, estaba seguro. Y había logrado que Cassie lo odiara en dos meses. Había salido huyendo de él y esa era la mejor decisión que podía haber tomado. ¡Chica lista!

—¿Has oído algo de lo que te he dicho? —preguntó Eric al percatarse de que su hermano no le estaba haciendo ningún caso.

—¿Qué?

—Cassie tiene una cita mañana a las once en el centro de planificación familiar, para interrumpir el embarazo. Y después piensa largarse.

Tyler se encogió de hombros.

—Quizá sea lo mejor —dijo casi sin voz.

Eric bajó del banco de un salto y lo miró como si lo que acababa de decir fuese inconcebible.

—No puedes hablar en serio.

—¿Y cuál es la alternativa? Yo no estoy preparado para ser el padre de nadie. No sabría cómo hacerlo, soy un puto desastre. Y no te olvides de que ella no quiere verme ni de lejos.

—Esas cosas pueden arreglarse. Tú la quieres y ella te quiere, y de eso ha salido algo bueno, ese bebé. No has dejado de repetirme que la familia es lo más importante para un Kizer.

—Y lo es —la voz de Tyler se quebró.

—Pues en este momento, Cassie y ese bebé son tu familia.

Tyler lo miró y se le encogió el corazón hasta caberle en un puño. Su propia familia, eso sonaba bien. Pero por más que lo intentaba, no lograba verlo.

—No puedo hacerlo, ni obligarla a ella a que lo haga.

Eric sacudió la cabeza, desesperado.

—¿Por qué demonios no puedes?

—No lo sé, simplemente no puedo —respondió Tyler con tono quedo.

Acto seguido, dio media vuelta y salió del taller.

—¿Adónde demonios vas?

Tyler sacudió la cabeza sin detenerse.

—Necesito… necesito un momento.

Subió al Camaro y condujo sin rumbo durante mucho tiempo. Aunque ni el estar solo ni la sensación de velocidad le hizo sentir mejor.

Continuó deambulando, sin fuerzas para volver a casa y enfrentarse de nuevo a su hermano. Y sin saber cómo, acabó aparcado frente al cementerio. Se quedó mirándolo a través de la ventanilla. La silueta de la puerta de hierro se alzaba iluminada por la luz de la luna; estaba abierta.

Jen se hallaba en algún lugar que desconocía bajo aquellos árboles y él aún no había sido capaz de visitar su tumba. Seis malditos años y no había logrado reunir el valor para cruzar aquella puerta; ni cuando la muerte de Dylan ni tampoco durante el funeral de la madre de Eric. Era un cobarde que no hacía otra cosa que esconderse.

Durante horas permaneció allí, inmóvil, lanzando miradas fugaces al trozo de papel que se había llevado consigo sin darse cuenta. Sus ojos se veían atraídos por él sin remedio y, cada vez que lo hacían, su corazón se aceleraba.

Lo cogió entre los dedos y lo observó bajo las luces del salpicadero. Lo miró con atención y trató de distinguir las formas que Eric le había señalado. Y las vio. Allí estaba la cabeza y, sí, aquello parecían dos brazos que acababan en dos manitas diminutas.

Inspiró aire con fuerza y se pasó la lengua por los labios. Aquella mancha minúscula era un ser humano, un ser humano; que crecía dentro del cuerpo de Cassie. Su ADN se mezclaba con el de ella dentro de aquel ser…

¡Era una locura!

Se le humedecieron los ojos. No sabía qué hacer. Y mientras pasaban las horas, él seguía dentro de aquel coche, hecho polvo por un bebé al que no iba a conocer y por una chica a la que quería más que a nada y a la que probablemente no volvería a ver. ¿Y por qué? Porque algo dentro de él lo frenaba y no conseguía averiguar qué era. Y mientras tanto, todo lo que quería, todo lo que deseaba, se le escapaba como arena entre los dedos.

Los pájaros comenzaron a desperezarse en los árboles al sentir que el amanecer se aproximaba. Con el cuerpo entumecido, Tyler puso el Camaro en marcha y bajó las ventanillas para respirar aire fresco. De repente, una corriente penetró en el interior y la ecografía salió volando por la ventanilla del copiloto.

Actuando por un impulso irracional, Tyler bajó del coche y corrió tras aquel trozo de papel que voló al otro lado del enrejado del cementerio. No dudó al cruzar la puerta, persiguiéndolo como si su vida dependiera de recuperarlo. Gimió de alivio cuando logró atraparlo y lo apretó entre sus dedos sin entender por qué le importaba tanto.

Miró a su alrededor con las primeras luces del día colándose entre las ramas de los árboles y se tambaleó un momento, consciente de pronto de dónde se encontraba. Bajó la vista al suelo y la frente se le perló de sudor al ver el nombre grabado en la lápida de mármol blanco que había a sus pies. Tomó aliento, tembloroso, y se le nubló la visión.

¡Joder, estas cosas solo pasaban en las películas, no en la vida real!

Jen Collins
Amada hija. Amada hermana.
Que tu luz nos guíe entre las sombras.

Mantuvo la vista en la hierba durante un largo rato, incapaz de moverse e incluso de respirar. Se agachó y observó las letras grabadas en la piedra. Alargó una mano para tocarlas, pero en el último momento la cerró en un puño y la retiró notando unas fuertes náuseas.

Una necesidad abrumadora crecía en su pecho, mezclada con el dolor, el pasado y las heridas que no lograban curarse. Unas palabras empezaron a resonar en su cabeza. Repitiéndose sin cesar. Ascendiendo por su garganta, enredándose en su lengua y empujando sus labios buscando una salida. Se dio cuenta de que nunca las había pronunciado y quizá por eso lo quemaban, lo asfixiaban y lo anclaban a un pasado que lo estaba consumiendo.

—Lo siento —susurró muy bajito—. Lo siento mucho, Jen. Lo siento.

El sentimiento de pesar se hizo más grande al oírlo tan claro en su voz. Inspiró profundamente y se frotó los ojos llorosos.

—Nunca quise hacerte daño ni que aquello pasara, tienes que creerme. —Hizo una pausa y volvió a respirar hondo—. Sé que no hay disculpa para cómo te traté. Me comporté como un cerdo y ni siquiera sé por qué. Yo no era así. Te hice mucho daño y luego, cuando ese coche… ¡Dios, esa noche mi mundo se fue al infierno y estoy allí desde entonces! No hay un solo día que no piense en ti, en lo que pasó, y lo único que deseo es poder volver atrás y borrar cada segundo de esa noche. Pero no puedo. No puedo, Jen... Lo único que me queda es que puedas perdonarme. Ojalá puedas perdonarme. Así, quizá, yo también pueda.

Abandonó el cementerio con el corazón en la garganta. Subió al coche y se quedó quieto, con las manos en el volante y la vista clavada en el camino. Sintió una extraña emoción, una congoja que hizo que se le saltaran las lágrimas. Se dio cuenta de que estaba llegando al fondo de la cuestión. Empezaba a ver la verdad, clara y diáfana, que se escondía en su pecho; y no le quedó más remedio que enfrentarse a esa verdad.

Por primera vez en mucho tiempo sabía lo que tenía que hacer. Lo que debía hacer.

Puso el motor en marcha y condujo cruzando toda la ciudad en dirección al interior. Veinte minutos después, se detenía en una calle residencial de bonitas casas y perfectos jardines. Miró una en concreto y se le escapó el aliento de forma entrecortada. Tras las ventanas había luz, así que no tenía excusa para esperar un poco más.

No iba a huir. Tenía que hacer esto, y lo tenía que hacer por él mismo.

Bajó del coche y cruzó la calle. Una inspiración, dos... y golpeó la puerta con los nudillos. Poco después, una mujer abría envuelta en una bata de casa. Al verle, sus ojos se abrieron como platos, pero no dijo nada y permaneció en silencio esperando a que él hablara.

—Señora Collins. Siento... siento presentarme en su casa tan temprano y sin avisar —susurró contrito—. No quiero molestar pero... Ni siquiera sé si soy bienvenido y me preguntaba si... Si podría hablar con usted y su marido. —La miró a los ojos y tomó aire—. ¿Puedo pasar?

Ella le sostuvo la mirada y, durante un instante, Tyler pensó que le cerraría la puerta en las narices. No lo hizo, sino que se apartó y le indicó con un gesto que entrara. La siguió hasta la sala de estar y comprobó que todo seguía igual. El mismo papel de flores cubriendo las paredes, a juego con la tela de los sillones, la misma alfombra y los mismos cuadros pintados a mano.

—John, tenemos visita.

Un hombre menudo y con poco pelo bajó el periódico que estaba leyendo y alzó la vista. Se detuvo en Tyler y la sorpresa transformó su rostro. Con una mano temblorosa, le pidió que tomara asiento.

Tyler obedeció y se sentó en el sofá, frente a ellos. Se frotó los muslos, nervioso, y después juntó las palmas de las manos. Demasiado cortado por la culpa y el arrepentimiento, tardó un poco en levantar los ojos del suelo. Cuando lo hizo, ellos lo miraban y, para su sorpresa, no había nada parecido al odio o al rencor en sus caras, solo tristeza. Eso lo hizo más duro.

—No sé por dónde empezar —dijo, sintiendo que un montón de emociones reprimidas emergían a la superficie—. Lamento… lamento no haber venido antes a verles. Sé que han pasado muchos años y no tengo una excusa que darles. Simplemente, no podía. No podía mirarles a la cara. No sabía qué decir. —Se le escapó un sollozo—. Lo que pasó aquella noche fue culpa mía. Si yo me hubiera portado bien con ella, no habría ido a buscarme y ese… ese coche no la habría atropellado. Seguiría viva.

Intentó contener las lágrimas y mantener su frágil compostura.

—No dejo de culparme ni un solo día. Han pasado seis años y yo…

Tuvo que respirar hondo un par de veces para recuperar la voz.

—Continúo allí, atrapado en ese instante, y aún sigo gritándole que se aparte. Pero no lo hace. —Se sorbió la nariz y tragó saliva—. Sé que me odian y que no tengo ningún derecho a estar aquí, pero necesito decirles algo… Lo siento. Lo lamento de veras. No lo merezco ni espero que me perdonen, pero… ¡Perdónenme! —Se le quebró la voz mientras repetía la palabra una vez tras otra—. Perdónenme, perdónenme…

Un silencio tenso y pesado se instaló en aquella habitación. Solo se oía el tictac de un reloj y el resuello de sus respiraciones.

—Llevábamos mucho tiempo esperando este momento —dijo el padre de Jen con un tono muy emotivo.

Tyler lo miró a los ojos y él le sonrió con entereza y una emoción apenas contenida.

—Aunque no esperábamos que tardaras tanto —añadió el hombre. Sacudió la cabeza y dejó el periódico a un lado—. Marna y yo nunca te hemos culpado, Tyler. Creemos en Dios y en sus designios; y esa noche, por la razón que fuese, Jen debía dejarnos. Pero necesitábamos que hicieras esto. Así que gracias, gracias por venir y pedir nuestro perdón.

Tyler ladeó la cabeza y vio a Cole, cabizbajo junto a la puerta. Sus miradas se encontraron. El chico no dijo nada, pero ya no parecía tan cabreado con él.

—Te perdonamos —dijo la señora Collins.

Tyler se quedó sin palabras. Su comprensión le había hecho añicos el corazón y el desconcierto se apoderó de él. De sus pensamientos, de sus sentimientos, de su cuerpo… Y conmocionado por un perdón que no merecía se hundió en el asiento, incapaz de moverse. Suspiró, y una pieza se aflojó en su interior, y luego otra, y sintió cómo una parte del peso que cargaban sus hombros se desvanecía.

Alzó del suelo su mirada brillante.

—Gracias —logró decir al fin y la sensación de alivio y libertad que sintió lo superó.

John y Marna acompañaron a Tyler hasta la puerta sin que ninguno dijera nada, y permanecieron en el porche mientras él bajaba los peldaños y se dirigía a su coche.

—Enhorabuena.

Tyler se giró y vio que el padre de Jen le sonreía.

—Por el bebé —aclaró el señor Collins.

Tyler se dio cuenta de que todo ese tiempo había llevado la ecografía en la mano, sin soltarla ni un segundo. Una leve sonrisa se pintó en su rostro.

—Gracias.

—Aprende de los errores, Tyler. Tienes que ser un buen hombre por tu hijo. Edúcalo bien, guíalo en sus pasos y haz todo lo que esté en tu mano para que se pueda sentir orgulloso de ti. Debes ser un buen padre.

36

*T*yler subió al coche con el cuerpo vibrando por el esfuerzo emocional que estaba realizando. Se sentía raro y extrañamente vacío, solo que esta vez no se trataba de ese vacío atormentado que solía acompañarlo. Este era muy distinto. En él no había desesperación ni ese enfado continuo que le sabía tan amargo. Simplemente, sentía el vacío que dejaba un gran peso al deshacerse de él.

El pasado seguía ahí. Cabía la posibilidad de que continuara atormentándolo y sabía que nunca lo olvidaría, pero no iba a permitir que lo controlara por más tiempo.

Suspiró y apoyó los brazos en el volante, sosteniendo entre las manos la ecografía.

«Un buen padre», repitió para sí mismo.

—Has sido como un pequeño amuleto —le dijo a la imagen.

Sintió un cosquilleo en el estómago y sonrió sin darse cuenta. Esa sonrisa no dejó de crecer hasta que se sorprendió a sí mismo riendo por lo bajo. Después de todo, la vida no era tan mierda como creía. Quizá sí que daba oportunidades cuando hacías lo correcto y te perdonaba, dándote a cambio más de lo que merecías. No podía remplazar el pasado, pero sí podía vivir con él y tratar de tener un futuro.

Había perdido seis años de su vida odiándose a sí mismo. Pero aún le quedaban otros muchos por delante y ya tenía todo lo que podía desear. Su casa, su trabajo, unos amigos por los que daría la vida y una familia sin la que no podría vivir. Familia. Esa palabra siempre le inspiraba una calma absoluta. Porque la familia lo es todo para un hombre, es lo único que perdura cuando todo se jode.

Contempló al bebé, porque ya no le parecía un conjunto de manchas, sino algo mucho más real. De repente, su corazón empezó a acelerarse y se le subió a la garganta. Miró el reloj.

—¡Joder! —gruñó al tiempo que ponía el coche en marcha y salía de allí a toda prisa.

Se movió en el asiento y sacó de su bolsillo el móvil. Marcó el número de Cassie, con un ojo en el teléfono y el otro en la carretera, y siseó una disculpa cuando se saltó el primer semáforo.

—Cógelo, cógelo, vamos, cógelo...

La línea quedó en silencio.

Colgó y tiró el teléfono sobre el salpicadero. Aceleró, rezando para que no lo pillaran cuando se saltó el segundo semáforo y pasó de largo en un *stop*. El testigo de la gasolina se iluminó y Tyler maldijo mientras tomaba la salida más cercana para repostar. Llenó el depósito y entró como una bala en el interior de la tienda buscando al encargado.

Junto al mostrador había un expositor con juguetes. Vio un osito de peluche de color blanco, con un enorme lazo rojo, y lo cogió. A los bebés les gustaban esas cosas. Estaba a punto de pagar cuando su mirada se topó con la miniatura de un Camaro rojo, idéntico al suyo, dentro de una cajita de plástico. Alzó una ceja con un gesto adorable y sonrió. Pasó del osito y cogió el coche.

De nuevo en marcha, aceleró con la temeridad de un suicida y condujo hasta el centro de planificación. Eric había dicho que la cita de Cassie sería a las once. Acababan de dar las diez y media, por lo que llegaría con tiempo de sobra.

Aparcó en la primera plaza libre que encontró y corrió hasta la puerta principal. Se acercó al mostrador de recepción, con la respiración silbándole en la garganta y la bolsa con el cochecito apretada en la mano. Una enfermera lo saludó con una sonrisa, que desapareció al fijarse en su rostro magullado.

—¿Puedo ayudarte en algo?

—Eh, sí. Estoy buscando a mi novia. Se llama Cassie... No. Cassandra Michaelson. Tiene una cita a las once, ¿está ya por aquí?

La enfermera lo observó un segundo, como si decidiera si debía darle esa información o no. Finalmente se giró hacia el ordenador y empezó a teclear. Tyler se pasó la mano por el pelo y resopló, nervioso.

—Sí, aquí la tengo —dijo la enfermera, y frunció el ceño—. Su cita no es a las once. Se la adelantaron a primera hora de la mañana. Según el registro, hace un rato que ha salido.

Tyler se quedó helado y un nudo del tamaño de Alaska se le formó en la garganta. Miró incrédulo a la enfermera, esperando que en cualquier momento le dijera que le estaba tomando el pelo, pero no lo hizo y su mirada apenada sobre él lo desarmó, como si la mujer hubiera intuido el golpe que acababa de darle.

Se apartó del mostrador con la sensación de no haber llegado a ninguna parte. Un dolor agudo le perforó el pecho y se sorprendió de lo profunda que era la herida que estaba abriendo. Salió a la calle con los hombros hundidos y se encaminó al coche sin saber muy bien cómo se sentía.

Ella finalmente lo había hecho. Había terminado con todo.

Se detuvo un segundo y miró al frente mientras intentaba recomponerse. Y la vio, sentada en un banco, en el parque al otro lado de la calle. Y allí estaba de nuevo, ese tirón que notaba cada vez que la veía.

Lo primero que sintió fue un inexplicable enfado. Estaba cabreado con ella por lo que acababa de hacer y no pudo evitar odiarla un poco. Pero también la quería con locura y la echaba tanto de menos…

Cruzó la calle y fue a su encuentro mientras asimilaba hasta el último detalle de su aspecto. Estaba allí sentada, inmóvil y con la vista clavada en el suelo, ajena a cuanto ocurría a su alrededor. Tan ensimismada que no se dio cuenta de que él tomaba asiento a su lado. El pelo rubio le enmarcaba su preciosa cara, más pálida de lo habitual. Entre las manos tenía una botellita de agua, a la que no dejaba de dar vueltas de manera compulsiva. La miró sin saber qué decir.

 Cassie sintió un escalofrío y giró la cabeza. En sus ojos azules se reflejó un miedo visceral.

—¿Qué haces tú aquí? —su voz sonó muy aguda.

—Venía a buscarte —respondió Tyler mientras le mostraba la ecografía que aún apretaba en la mano. Cassie palideció más si cabe—. Eric me la dio. Me lo contó todo.

Ella apartó la mirada y su rostro se convirtió en un caleidoscopio de emociones: desconcierto, rabia, dolor, alegría, vergüenza… La confusión se apoderó de ella y se dio cuenta de que no estaba preparada para verlo. Ni para hablar con él. No en ese momento, no después de lo que acababa de hacer.

—¿Sabes? Venía todo el camino preparando un discurso con el que convencerte de que no lo hicieras —comentó Tyler sin ningún preámbulo.

Ella empezó a temblar.

—¿Un discurso?

—Sí.

—¿Y qué decía ese discurso?

Tyler la miró y observó sus preciosos ojos muy de cerca, sintiendo cómo le llegaban al alma. Después de todo, eso también lo había recuperado. Se encogió de hombros.

—No era gran cosa, pero podría resumirse en algo así como... «Siento mucho haber sido el mayor gilipollas de la Historia. Sé que no lo merezco, pero quiero hacer esto contigo. Quiero tener este bebé contigo. Te necesito. Y quizá tú pienses que no me necesitas, pero yo sé que sí. Nos necesitas a los dos, a mí y a este bebé, porque, lo creas o no, ya somos una familia».

Cassie dejó escapar un sollozo y se limpió las lágrimas que se deslizaban por sus mejillas.

—¿Y de verdad lo creías o solo te sentías responsable?

—Lo creía de verdad, Cass. Lo sentía aquí dentro. —Se tocó el pecho—. Tú, yo y... Ojalá hubiera venido antes. Ojalá no me hubiera marchado nunca —dijo para sí mismo con un suspiro ahogado.

Se quedó mirando la calle y sus ojos también se llenaron de lágrimas. Deseaba con todas sus fuerzas alargar la mano y tomar la de ella, pero no era capaz de moverse.

—He ido al cementerio y he visto la tumba de Jen. No había podido hacerlo hasta esta mañana —confesó él casi sin voz—. Después he ido a ver a sus padres y les he pedido perdón. Ha sido... como volver a respirar de nuevo después de morir ahogado. Y ahora, de golpe, me siento libre y no sé qué hacer sin ese peso que me aplastaba.

Cassie raspó con los dedos la etiqueta de la botella.

—¿Por qué?

—Porque había olvidado lo que se siente cuando no tienes miedo. Cuando no te sientes perdido y tienes algo por lo que despertarte y vivir.

Ella percibió en su voz una esperanza que antes no había y al mismo tiempo una gran tristeza.

—¿Y por qué ahora?

—Por esto —dijo Tyler mientras miraba la ecografía, aunque no podía ver nada porque las lágrimas se lo impedían—. No sé explicarlo, pero... desde que cayó en mis manos, el mundo comenzó a girar de nuevo. Me he sorprendido a mí mismo deseando a este niño más que a nada. Queriéndolo porque sí. Y por ti, Cass. —Inclinó la cabeza y la miró—. Porque a ti también te quiero.

Cassie contuvo el aliento.

—¿Me quieres? ¿Incluso ahora? —susurró incrédula, sintiendo que se desmoronaba.

Tyler se frotó la cara magullada por los golpes y suspiró.

—Me rompe el corazón que ya no esté —sollozó y le dio la vuelta a la imagen para no verla—. Pero soy incapaz de culparte. No puedo hacerlo porque yo te he traído hasta aquí. Yo he provocado todo esto. Y porque estoy enamorado de ti y siempre lo estaré. Tendrían que arrancarme el corazón del pecho y quemarlo para que dejara de quererte, y ni así. Me mata, me destroza haberos perdido a los dos, pero ¿sabes qué? —Abrió la bolsa y sacó el cochecito. Empezó a darle vueltas—. No me rindo, esta vez no. No pienso abandonar. Ve y termina la Universidad. Viaja a Europa y haz todo lo que desees hacer. Gana ese Pulitzer. Y después, si te apetece, vuelve aquí. Te estaré esperando.

Cassie inspiró para tratar de calmar el dolor de su pecho. Había perdido toda esperanza, pero allí estaba él, diciéndole que aún la quería, que la esperaría si decidía marcharse. Pese a todo.

—Creo que si hay dos personas que deban estar juntas, somos tú y yo. Así que espero que vuelvas —añadió Tyler.

Se puso de pie y le entregó el cochecito. Le sonrió y tuvo que apretar los labios para no llorar como un crío.

—¿Y esto? —preguntó Cassie.

—Era para el bebé. No era para ahora, claro, sino para después. Para cuando… —Se le escapó un gemido ahogado y se pasó la mano por la nuca, incapaz de seguir hablando.

—¿Y si hubiera sido niña? —murmuró Cassie con la voz entrecortada.

—Habría flipado con la colección que tengo en casa. Y este habría sido el primero de la suya —dijo Tyler con una sonrisa. La miró una última vez—. Nos vemos, Cassie.

Dio media vuelta y cruzó la calle. No había nada en el mundo que pudiera calmar el dolor que sentía en el pecho en ese momento. Dios, quemaba como ácido y solo quería caer de rodillas y hundir los puños en el suelo.

De repente, notó una mano en su muñeca y al darse la vuelta se encontró con Cassie. Su cara, cubierta de lágrimas, le sonrió al tiempo que le devolvía el cochecito.

—Creo que deberías dárselo tú. Aún no sé si es niño o niña, pero seguro que le encantará tu colección.

—¿Le encantará?

Ella asintió.

Tyler se la quedó mirando, sin entender. Frunció el ceño, conmocionado, y una pregunta que no podía pronunciar quedó flotando en el aire. Ella asintió de nuevo.

—No he podido hacerlo, Ty. No he podido.

—¿Por qué? —quiso saber, tan sorprendido y aliviado que le daba miedo estar soñándolo todo.

—Porque yo también me he dado cuenta de que quiero a este bebé. Porque es algo bueno y lo hemos hecho nosotros. Forma parte de ti y de mí, y se merece una oportunidad, ¿no crees?

—¡Claro que la merece!

Tyler alargó la mano con timidez y la posó en su estómago plano. Una preciosa sonrisa se dibujó en su cara. Estaba muerto de miedo, desbordado, y no tenía ni idea de qué le deparaba el futuro. ¡Joder, solo tenía veintitrés años y los últimos seis casi ni habían contado! De lo único que estaba seguro era que quería con toda su alma a ese pequeño y que no podía esperar a ver qué aspecto tendría.

Miró a Cassie a los ojos.

—No se te nota nada.

A ella se le escapó una risita.

—Pues yo sí que lo noto.

—¿Sí? —preguntó curioso y fascinado.

—Sí. Me siento diferente y un poco más cansada. —Se limpió una lágrima de la mejilla y se echó a reír—. Y no dejo de llorar.

Tyler alzó la mano y le limpió otra lágrima con el nudillo.

—Y dentro de nada pareceré una foca muy gorda —añadió Cassie con un mohín.

Él sonrió y trazó un círculo con la mano sobre su vientre. Su cara de dicha se volvió soñadora.

—Vas a ser una foca preciosa.

Ella frunció el ceño, como si no creyera que pudiera estar preciosa embarazada.

—Me parece mentira —dijo Tyler, sin dejar de mirar su barriga, y la acarició de nuevo.

—¿El qué?

—Que aquí dentro haya una personita y que yo la haya puesto ahí.

—Eh, lo dices como si todo el mérito fuese solo tuyo —replicó Cassie, y le dio un empujoncito en el pecho.

Tyler dio un paso atrás y atrapó su mano antes de que la apartara. La atrajo hacia sí y sus cuerpos chocaron. La miró a los ojos, de repente serio, y tragó saliva mientras apretaba su mano contra su corazón y posaba la suya encima. Por primera vez en mucho tiempo se sentía en su propia piel y solo gracias a ella.

—¿Y qué hay de nosotros, Cassie? ¿Tú y yo también merecemos una oportunidad?

Ella le sostuvo la mirada con tanta intensidad que le hizo estremecerse. Abrió la boca para decir algo y la volvió a cerrar, sin palabras.

Tyler le acarició la mejilla y después deslizó el pulgar por sus labios, separándolos con un gesto íntimo. Se le aceleró la respiración.

—He metido la pata muchas veces —empezó a decir él—. He vivido con miedo y también he fastidiado todo lo bueno que he encontrado en mi camino. Soy un idiota, un desastre, tengo mal carácter y si fueras lista saldrías corriendo ahora mismo.

—No quiero salir corrien...

Él le cerró la boca con un dedo y chistó para que guardara silencio.

—Intento decir algo muy importante. —Alzó una ceja—. ¿Por dónde iba? Ah, sí. Estoy loco de remate, soy impulsivo y tengo un montón de traumas.

—Yo también tengo un montón de traumas.

—Sí —susurró Tyler con una risita—, y eso nos hace perfectos el uno para el otro. —Apoyó su frente contra la de ella y cerró los ojos—. Quiero encajar en tu vida, Cass, y que tú encajes en la mía. Quiero que vuelvas a ser mi mejor amiga, la mujer de mi vida y la madre de todos y cada uno de mis hijos.

—¿Hijos? —inquirió ella con un asomo de pánico.

Volvió a acariciarle el vientre y sonrió maravillado.

—Me gusta lo que se siente. —La miró a los ojos—. Te he echado de menos, nena. Te echo de menos incluso ahora. No estar contigo todo este tiempo ha sido lo más duro que he soportado en mi vida. Jamás… jamás he tenido tanto miedo como hace un rato, cuando creía que os había perdido.

Cassie alzó la mano y alisó su ceño fruncido.

—Lo siento.

—No te disculpes. Me merecía pasar ese rato. —Tyler le tomó el rostro entre las manos y le plantó un beso rápido y desesperado—. No va a ser fácil, lo sé, y habrá malos momentos en los que querrás matarme y yo a ti. Porque ambos somos así, temperamentales. Pero te quiero, cada vez más, y hacerte feliz va a ser mi misión en esta vida. Porque ahora tú eres mi familia. Tú y este bebé sois lo más importante para mí. Así que, voy a preguntártelo otra vez: ¿Crees que merecemos una oportunidad?

Cassie volvió a emocionarse y sus ojos brillaron por las lágrimas. Sonrió y se le escapó un ruidito a medio camino entre la risa y el llanto.

—Sí.

—¿Sí?

—Sí. La merecemos.

Una sonrisa enorme iluminó el rostro de Tyler. Y sin poder contenerse más, le tomó la cara entre las manos y la besó. Al principio con ternura, después con una pasión que le hizo arder como si ella fuera gasolina y él el fuego del infierno. Feliz e incrédulo, la alzó del suelo y giró con ella en brazos, haciéndola gritar y reír. De repente cayó en la cuenta de que debía tener cuidado y la dejó en el suelo como si fuese de cristal.

—Entonces, ¿te vienes a casa conmigo? —le preguntó esperanzado.

—Sí, pero solo por ahora —contestó Cassie con cautela. Él frunció el ceño y ella añadió—: Voy a ir a la Universidad, Ty.

Él asintió completamente de acuerdo.

—Me parece bien. Ya nos arreglaremos.

—Aunque paso de Europa.

Él contuvo el aliento y el corazón le dio un vuelco, aliviado.

—Vale, pero solo porque de verdad quieras, no por mí —señaló, y era muy sincero.

Cassie le acarició el rostro, incapaz de no tocarlo.

—Y voy a matar por ese Pulitzer.

Tyler soltó una carcajada ronca.

—Conozco un sitio perfecto para deshacernos de los cuerpos —bromeó con una mirada maliciosa, y en su cara se dibujó ese precioso hoyuelo que a ella la volvía loca.

Cassie enlazó las manos por detrás de su nuca y sonrió melosa.

—Y quiero que me dejes comer en la cama aunque la llene de miguitas. Y que no te enfades cuando use tu maquinilla, y ese cartel de gasolinera que hay en el salón va fuera, a la basura...

Tyler se apartó y la miró desde arriba con una sonrisita socarrona.

—¿No crees que te estás pasando un poco?

—Son antojos.

—Ya.

—Lo digo en serio.

Tyler le rodeó la cintura con los brazos y la pegó a su cuerpo.

—Listilla.

—Idiota.

—Creída.

—Capullo.

Él suspiró y acercó su boca a la de ella, muy cerca pero sin tocarla. Solo su aliento la acariciaba.

—Me encanta cómo avanza esta relación.

Sin avisar, le dio una palmada en el trasero y Cassie gritó.

La sonrisa que se apoderó del rostro de Tyler era condenadamente atractiva y Cassie sintió que se derretía con una oleada de deseo. Le encantaba ese poder que tenía sobre ella. Lo adoraba, lo quería y lo deseaba de tal manera, que no podía estar permitido sentir tanto.

Tyler entornó los ojos, consciente de la tensión que empezaba a vibrar entre ellos. La abrazó y pegó su pecho ardiente a su torso. Muy despacio, sus labios rozaron los de ella, y la besó hasta hacerla jadear. Cuando se detuvo, ambos respiraban con dificultad, ansiosos el uno por el otro. Pero había algo más en ese deseo. Algo mucho más ardiente y tierno. Más significativo.

Nunca dejaría de necesitarla. Siempre querría más de todo lo que pudiera darle y nunca sería suficiente. Ella era la persona adecuada para él. Su otra mitad. Lo primero en su vida. Y la quería más de lo que jamás pensó que podría querer a nadie. Pertenecía a esos ojos azules que le devolvían la mirada y siempre sería suyo.

La contempló embelesado. Ella era el calor del fuego en una noche fría. El puerto seguro al que siempre querría regresar. Jamás volvería a arriesgarse a perderla. Nunca. No sabía cuántas de sus reglas le quedaban por romper, pero quería que Cassie las destrozara todas y cada una de ellas.

A la mierda las putas reglas.

Agradecimientos

*U*na vez más y de todo corazón, quiero hacer llegar mi más sincero agradecimiento:

A mi editora, Esther Sanz, que siempre confía en mí y que con esta novela ha vivido tan al límite como yo. Eres maravillosa y me has dado el hogar perfecto para mis novelas. Gracias no solo por ser una editora estupenda, sino porque te has convertido en una amiga.

A todo el equipo de Titania y a la familia que es Ediciones Urano. Laia, Rocío, Mariola, Sole…, gracias por aguantarme y por el cariño que me demostráis.

A Luis, por crear las portadas más bonitas del mundo. Gracias por hacer que mis novelas enamoren a tanta gente.

A Nazareth, Yuliss y Tamara, por dejarlo todo siempre que las necesito. Por todos los momentos, todas las risas y todos los recuerdos preciados que me estáis regalando. Gracias por ser las mejores amigas que nadie podría desear. Os adoro.

A Victoria Vílchez, porque con nadie más compartiría mis «musos» salvo con ella. Te quiero, loca.

A Cristina Más, conmigo desde el principio y por siempre jamás. Eres mi tesoro.

También a Elena Castillo y Alice Kellen, por ser las mejores compañeras que podría desear.

A mis hijas, las estrellas más brillantes de todo el universo.

A mi familia, que me ha estado animando cada minuto de mi vida.

Y a ti que has abierto este libro. ¡Gracias, gracias, gracias!

ECOSISTEMA DIGITAL